W0360606

T.I. Lowe

Sophies Café

Über die Autorin

T.I. Lowe lebt mit ihrem Mann und ihrer Familie im US-Bundesstaat South Carolina und liebt es, besondere Geschichten zu schreiben. Mittlerweile hat sie bereits 20 Romane veröffentlicht, von denen *Sophies Café* ihr Debütroman war. Wenn Sie mehr über sie wissen möchten, besuchen Sie sie auf ihrer Homepage *tilowe.com,* auf Facebook unter *T.I.Lowe* und Instagram unter *tilowe.*

T. I. Lowe

Sophies Café

Roman

Aus dem Amerikanischen von Antje Balters

GerthMedien

Prolog

Helles Mondlicht schien auf das verliebte Paar, das sich im kühlen Wasser des Pools hin- und herwiegte.

Er küsste sie sacht hinter ihrem Ohr, wo er mit seinen Fingerspitzen leicht die lange verblasste Narbe nachfuhr. „Ich möchte mehr hierüber wissen", flüsterte er.

Sie jedoch schüttelte zur Antwort nur leicht ihren Kopf.

Dann überraschte er sie damit, dass er die gezackte Narbe auf ihrer Oberlippe berührte und leise sagte: „Ich möchte mehr hierüber wissen."

Er sah sie eindringlich an, und sie entdeckte in seinen meerblauen Augen eine tiefe Traurigkeit. Sie wollte nicht, dass er auch nur einen kleinen Teil ihres tiefen Schmerzes trug, aber er hatte offensichtlich bereits damit begonnen.

Er küsste sie zart auf die kaum zu sehende Narbe in ihrer linken Augenbraue und sagte: „Ich möchte mehr hierüber wissen." Dann bewegte er seinen Mund weiter zu der dünnen Narbe auf ihrem Kinn, die gerade heilte, als sie im letzten Herbst in dieser Stadt angekommen war.

„Ich möchte mehr hierüber wissen."

Er erinnerte sich.

Er sah erneut tief in ihre Augen, während sie einander weiter hin- und herwiegten. Dann ließ er ihre Hüfte los und küsste die

Innenseite ihrer vernarbten Hand, während er sagte: „Ich möchte mehr hierüber wissen."

Er presste ihre Hand auf sein pochendes Herz und sagte: „Ich *muss* mehr hierüber wissen."

Das tiefe Timbre seiner Stimme ließ sie erahnen, wie tief seine Gefühle für sie waren.

Zuletzt fuhr er mit seinem Daumen über die lange Narbe an ihrer Unterlippe und sagte erneut: „Ich muss mehr hierüber wissen."

Sie hielt den Atem an und Tränen brannten in ihren Augen. Ihm entging einfach nichts, und so legte sie ihren Kopf auf seine Schulter, um ihre Tränen vor ihm zu verbergen.

„Warum musst du alles über diese hässlichen alten Narben wissen?", fragte sie ihn.

Er schwamm in etwas tieferes Wasser, damit sie ihren Kopf heben musste, um ihm in die Augen blicken zu können.

„Ich muss es wissen, damit ich alles dafür tun kann, dass sie heilen", sagte er, während er mit einer Hand die Tränen von ihrer Wange wischte.

„Einige Narben werden niemals heilen", flüsterte sie, „ganz egal, wie sehr man es sich wünscht. Die Wunden sind einfach zu tief."

Sie tanzte noch eine Weile länger mit ihm diesen wiegenden Tanz in dem sanften Wasser des Pools, während sie ihr Gesicht an seinem Hals verbarg. Und während sie sich an ihm festhielt, wiederholten sich seine Worte immer wieder in ihrem Herzen. Er hatte recht, es war Zeit, sich mit der Vergangenheit auseinanderzusetzen, auch wenn es bedeutete, dass sie womöglich die Zukunft, die sie sich so sehr wünschte, verlieren würde.

1

DONUTS … mit Donuts geht alles besser!

„Ein perfekter Morgen für einen perfekten Donut. Willkommen im *Donut-Diner*. Ihre Bestellung bitte“, sagte die muntere Angestellte am Drive-in-Schalter.

„Ich hätte gerne zwölf Donuts und zwei kleine Cappuccino.“

„Das macht dann 15,76 Dollar. Bitte fahren Sie weiter zum Abholschalter.“

Gabriella Sadler hatte das gesamte letzte Jahr bei Shayna Donuts gekauft – seit dem Tag, an dem Shaynas Eltern zusätzlich zum Ladengeschäft den Drive-in-Schalter eröffnet hatten, und mittlerweile kannte die junge Frau Gabys Lieblingssorten: die mit Bayerischer Creme und Schokoglasur, die mit Zitronencreme-Füllung und Puderzucker und dann die Apfelkrapfen.

„Oh …“, sagte Shayna und schnappte kurz nach Luft, als sie das Fenster der Ausgabe öffnete. „Wow, das ist aber ein heißer Schlitten, den Sie da fahren, Gaby.“ Die junge Frau konnte sich vom Anblick des glänzenden neuen Range Rovers gar nicht wieder losreißen.

„Danke“, erwiderte Gabriella und versuchte dem jungen Mädchen das Geld zu geben, aber anstatt es entgegenzunehmen, sah Shayna Gabriella an, als bekäme sie gerade etwas zu sehen, das sie lieber hätte nicht sehen sollen.

„Hmmm, verstehe. Wieder mal ein Wiedergutmachungsgeschenk, was?“

„Ja, das kann man wohl so sagen“, bestätigte Gabriella und schlang sich ihren Schal etwas enger um den Hals. *Hör auf, Fragen zu stellen, und gib mir einfach meine Donuts.* „Tut mir leid, Shayna, aber ich bin etwas in Eile.“

„Hab ich mir doch gedacht, dass es ein Wiedergutmachungsgeschenk ist. Ich muss mir auch einen Mann suchen, der sich einen neuen Range Rover leisten kann. Sie haben ja *so* ein Glück“, kicherte Shayna.

„Du hast ja *keine* Ahnung“, murmelte Gabriella leise vor sich hin und versuchte noch einmal, ihr Geld loszuwerden, das Shayna jetzt auch endlich entgegennahm und ihr im Gegenzug die beiden Cappuccinos und das süße Gebäck reichte. „Ich wünsche Ihnen und Mr Sadler ein schönes Frühstück.“

„Danke“, sagte Gabriella, stellte die Schachtel mit den Donuts auf den luxuriösen, lederbezogenen Beifahrersitz, die Kaffeebecher in die dafür vorgesehenen Halterungen und fuhr dann ohne ein weiteres Wort los. Sie wollte einfach nur allein sein und sich ihre Donuts schmecken lassen.

Als sie vom Parkplatz fuhr, angelte sie sich einen mit Bayerischer Creme aus der Schachtel, verzehrte das fettgebackene Teilchen mit drei Bissen und spülte mit dem gesüßten Kaffee nach. Danach fühlte sie sich schon etwas besser und fuhr weiter zum Supermarkt. Heute war Donnerstag und Donnerstag war Einkaufstag.

Als sie ihren Wagen ganz am Ende des Parkplatzes abstellte, klingelte ihr Handy. Zögerlich nahm sie es aus der Handtasche und zuckte zusammen, als sie den Namen auf dem Display sah.

„Hallo?“

„Wo bist du?“, fragte Brent mit kalter, kontrollierender Stimme.

„Ich bin schon fast beim Supermarkt“, antwortete sie, und ihr Magen zog sich schmerzhaft zusammen, während sie dasaß und auf das besagte Gebäude schaute. Gleichzeitig lief ihr das Wasser im Mund zusammen, als sie den Deckel der Donutschachtel wieder öffnete. Einer der Apfelkrapfen rief praktisch ihren Namen, und sie konnte sich kaum beherrschen, sofort hineinzubeißen, aber das hätte er sofort gemerkt, und der Standpauke, die unweigerlich folgen würde, fühlte sie sich im Moment nicht gewachsen.

„Ich gebe dir eine Stunde, dann bist du wieder zu Hause“, herrschte Brent sie nur an und legte ohne ein weiteres Wort auf.

„Ich hasse dich“, flüsterte sie noch in ihr Handy, bevor sie es zurück in ihre Handtasche warf.

Dann stellte sie den Fahrersitz weiter zurück, damit sie die Schachtel mit den Donuts auf den Schoß nehmen konnte, und machte sich über die restlichen Exemplare her. Sie mochte die Privatsphäre hinter den getönten Scheiben des silbernen Range Rovers, denn dort hatte sie das Gefühl, in ihrer eigenen Blase zu sein. Sie hielt sich zurück und verschlang den Apfelkrapfen nicht mit drei Bissen, sondern genoss jeden Mundvoll und machte dann weiter mit dem Donut, der mit hausgemachter Erdbeermarmelade gefüllt war und praktisch in ihrem Mund zerschmolz. Das Exemplar mit Zitronencreme-Füllung spülte sie dann mit dem Rest des ersten Cappuccinos hinunter. Um die Leere in ihrem Leben irgendwie zu füllen, aß sie so lange weiter, bis sowohl die gesamte Schachtel mit Donuts als auch die beiden Becher Cappuccino leer waren … und im selben Moment zeigte auch schon der Schrecken über das, was sie da gerade getan hatte, missbilligend mit dem Finger auf sie.

Nachdem sie ein paarmal heftig durchgeatmet hatte, untersuchte Gabriella die Sitzpolster auf Krümel und legte frischen Lipgloss auf. Dann stieg sie aus dem Wagen, sammelte die Abfälle zusammen und warf alles in den Mülleimer, neben dem sie vorsorglich geparkt hatte.

In dem Moment, in dem sie den Supermarkt durch die automatischen Türen betrat, wurde sie von einer Welle von Übelkeit und Schwindel erfasst, wahrscheinlich, weil sie viel zu viel Süßes und Fettiges viel zu schnell verzehrt hatte. Sie versuchte, wieder einigermaßen zu sich zu kommen, und schaute sich um. In der Obst- und Gemüseabteilung, die sich in der Nähe des Eingangs befand, stand eine gackernde Schar einheimischer Frauen, der sie unmöglich ausweichen konnte, und außerdem hatten sie sie auch schon bemerkt, sodass es kein Entrinnen gab.

„Sieh mal einer an, wer da zur Tür hereingewatschelt kommt", sagte die große brünette Frau namens June feixend.

„Was um Himmels willen sieht Brent nur in Gaby? Ich meine … also wirklich", bemerkte Sara mit gerümpfter Nase.

„Wieso denn?", fragte ihre ahnungslose Freundin Hannah und fuhr fort: „Ich finde, mit ihrer cremefarbenen Haut und dem wunderschönen Haar sieht sie aus wie ein Porzellanpüppchen."

Doch darüber lachten die anderen nur, und June bemerkte: „Na, dann aber wie eine ziemlich dicke Porzellanpuppe."

„Hallo Gaby, Schätzchen. Was für einen schönen Schal du da trägst. Der peppt den großen alten Mantel richtig auf", kommentierte June mit zuckersüßer Stimme und schaute zu, wie Gabriella sich einen Einkaufswagen holte.

Gabriella sah kaum zu den Frauen hinüber, sondern ging einfach weiter, denn sie brauchte ihre gesamte Konzentration, um nicht in Tränen auszubrechen, und murmelte deshalb nur ein kurzes „Danke". Sie war nicht dumm, fühlte sich aber absolut außerstande, etwas Geistreiches zu entgegnen. Und als sie ihren Einkaufswagen in die Obstabteilung weiterschob, hörte sie die drei kichern.

Mittlerweile standen ihr Schweißperlen auf der Oberlippe, und ihre Benommenheit wurde immer schlimmer. Ihr war natürlich klar gewesen, dass es nicht besonders schlau war, so viele Donuts auf einmal zu essen, aber sie hatte es einfach nicht fertiggebracht, auch nur einen einzigen davon wegzuwerfen. Beim nächsten Mal würde sie nur halb so viele bestellen.

Die gackernde Frauenschar bewegte sich jetzt in Richtung der Schlangen vor den Kassen und Gabriella versuchte, sich auf ihren Einkauf zu konzentrieren, doch da überfiel sie eine so heftige neue Welle von Übelkeit, dass sie ihren Einkaufswagen stehen ließ und zur Toilette stürzte. Sie schaffte es gerade noch in die Kabine, da erbrach sie auch schon die Donuts und die Cappuccinos. Dabei strahlte von ihrem schmerzenden Nacken ein so heftiger Schmerz aus, dass sie noch einmal heftig würgen musste. Sie stützte ihren Hals von beiden Seiten mit den Händen und hielt sich gleichzeitig ihre Haare zurück, und als das Würgen endlich aufhörte, betätigte sie die Spülung.

Was für eine Vergeudung.

Nach diesem abrupten Abbruch des Zuckerflashs ging Gabriella jetzt langsam zum Waschbecken, um sich den Mund auszuspülen. Sie war abgestoßen von ihrem eigenen Spiegelbild, und ihr war klar, dass das, was hier gerade passiert war, in die Kategorie Essstörung gehörte. Vorsichtig massierte sie ihren schmerzenden Hals und empfand nur Hoffnungslosigkeit bei der Frage, wie sie aus alldem wieder herauskommen sollte.

Weil sie wusste, wie wenig Zeit ihr jetzt noch zum Einkaufen blieb, ging sie rasch zurück in die Obst- und Gemüseabteilung zu ihrem Einkaufswagen und packte alles, was auf ihrer Einkaufsliste stand – Joghurt, frischer Fisch, mageres Steak, Obst und Gemüse, Kaffeebohnen und fettarme Milch –, hinein. Bei Lebensmitteln war Brent sehr eigen. Gabriella durfte nur bestimmte

Marken kaufen, und er achtete darauf, dass sie sich genau an die Einkaufsliste hielt. Außer den Sachen von der Liste legte sie aber auch noch das in den Einkaufswagen, was sie sich selbst im Kopf notiert hatte. Das waren Oreos, Süßigkeiten und Dosenlimo.

Als sie alles hatte, ging sie zu den Kassen hinüber und schaute, an welcher davon eine Kassiererin saß, die sie noch nicht kannte. Dann legte sie die Sachen von der Liste und ihre eigenen getrennt aufs Band und bezahlte das, was Brent haben wollte, mit der Kreditkarte, ihre eigenen Sachen in bar. Während die Kassiererin die Süßigkeiten in eine Tüte packte, schaute sich Gaby um und war erleichtert, dass sie keines der Gesichter in ihrer Umgebung kannte. Sie atmete einmal tief durch, ging zurück zu ihrem Range Rover, lud ihre Einkäufe ein und machte sich auf den Heimweg.

Ihr Zuhause war eine ultraschicke Loftwohnung in der Innenstadt von Olympia, Washington. Es war bestimmt einmal eine hübsche, rustikale Wohnung gewesen, mit Sichtmauerwerk und alten Dielenböden, aber davon war nichts mehr übrig. Alles war modern und clean mit klaren Linien und einem monochromen Farbkonzept aus Grau und Weiß. Die einzige richtige Farbe, die in dem Loft – allerdings nur sehr sparsam – verwendet worden war, war ein dunkles Orange. Für Gabrielle sah nichts in der Wohnung einladend aus. Die Möbel waren mehr nach Design als nach Funktionalität oder gar Bequemlichkeit ausgewählt worden, und wenn man auf der Couch saß oder auf den Stühlen mit sehr geraden Rückenlehnen, gaben die Oberflächen nicht das kleinste bisschen nach. Es war eine Wohnung, in die kaum jemals Besuch kam.

In dem Moment, in dem Gabriella zur Tür hereinkam, fing ihr Handy an zu klingeln. Panik durchfuhr sie wie ein Blitz, weil sie wusste, dass es nur noch zweimal klingeln würde, bevor die Mailbox anging. Sie ließ deshalb die Tüten fallen und kramte in ihrer

Handtasche nach dem Handy, tastete nach dem Annehmen-Button und sprach schon, bevor sie das Handy am Ohr hatte. „Ich bin schon zu Hause."

„Du bist zu spät."

„Nein!", beeilte sie sich zu erklären. „Ich war nur auf der Toilette."

„Was ist denn mit deiner Stimme los?", fragte Brent ungehalten. *Also wie war das noch gleich? Du hast mich diese Woche fast erwürgt, du krankes Ungeheuer, und ich habe versucht, es zu vergessen, indem ich ein Dutzend Donuts und zwei Cappuccinos inhaliert habe. Davon ist mir furchtbar übel geworden, und deshalb geht es mir jetzt noch schlechter.*

Doch Gabriella riss sich zusammen und antwortete ganz ruhig: „Mein Hals und mein Nacken tun ziemlich weh. Ich glaube, ich muss damit zum Arzt, Brent." Sie wusste, dass er das niemals erlauben würde, aber sie hoffte, dass sie ihn so loswurde und er sie in Ruhe ließ.

„Warte einfach ein paar Tage ab, dann ist bestimmt alles wieder okay", sagte er und klang beinah reumütig. *Beinah.* „Hast du den Fisch gekauft, wie ich es dir gesagt habe?"

Gabriella verdrehte die Augen. „Ja."

„Gut. Mein Flug landet planmäßig um kurz nach fünf. Ich möchte Fisch und gebratenes Gemüse, und zwar um Punkt sieben."

„Okay", sagte sie, aber da hatte er schon wieder aufgelegt. „Ich hasse dich", flüsterte sie in ihr Handy und starrte ihr Spiegelbild auf der Hochglanzfront des Oberschrankes in der Küche an.

Gabriella musste daran denken, dass ihr Leben von Anfang an ein einziger Albtraum gewesen war. *Hätte ich nicht endlich einmal etwas Gutes verdient, nachdem ich das Pflegeelternsystem überlebt habe? Stattdessen bin ich direkt in die Hölle gezogen und wohne jetzt zusammen mit dem Teufel in seinem schicken Loft.*

Nachdem sie die offiziellen, für ihn eingekauften Lebensmittel weggeräumt hatte, nahm sie die Tüten mit ihrem Junkfood und ging zu dem begehbaren Schrank im Gästezimmer, der ihr als persönlicher Vorratsschrank diente, aber auch ihre Gefängniszelle war, wenn Brent ihren Anblick nicht mehr ertragen konnte. Sie schüttete die einzeln verpackten Schokoriegel in leere Schuhkartons und versteckte die anderen Süßigkeiten und die Limodosen in der hintersten Ecke, wo sich auch ihr Vorrat an Wasserflaschen befand. Dann sammelte sie alle Verpackungen ein und entsorgte sie in der Mülltonne der Nachbarn.

Wieder im Haus, schaute sie auf die Uhr. Sie hatte noch ungefähr sieben Stunden Zeit, bis sie anfangen musste, sein Abendessen zuzubereiten, deshalb nahm sie ein paar starke Schmerztabletten und legte sich ins Bett in der Hoffnung, so für eine Weile der Welt entfliehen zu können. Sie stellte den Wecker und wischte sich eine Träne weg. Ihr Hals tat weh und ihre Seele fühlte sich völlig vernichtet an. Sie nahm den Schal ab, unter dem die dunkelblauen Blutergüsse am Hals verborgen waren, streckte sich auf dem Bett aus und massierte sich vorsichtig den Hals. Dabei begann sie innerlich das Lied „Fly Away" von Lenny Kravitz zu singen, während sie darauf wartete, dass die Wirkung der Tabletten einsetzte.

2

Noch völlig benommen, schaltete Gabriella den Wecker aus, als er klingelte, und ging duschen. Denn noch bevor sie mit der Zubereitung der Mahlzeit begann, bestand ihre erste Aufgabe darin, sich präsentabel zu machen. Nachdem sie sich mit dem heißen Wasserstrahl der Dusche den empfindlichen Hals massiert hatte, stieg sie wieder aus der Dusche und trocknete sich ab. Sie stöpselte das Glätteisen ein, denn eine weitere von Brents Anforderungen lautete: *Dein Haar muss immer ein ganz dunkles Rot haben und so glatt wie möglich sein. Niemals Locken.*

Als sie mit dem Glätten fertig war, ging sie zu dem großen Kleiderschrank im Schlafzimmer, um ein passendes Outfit für Brents Heimkehr auszusuchen. Sie wählte einen Pulli mit Stehkragen, überlegte es sich dann aber anders und entschied sich für eine Bluse mit rundem Ausschnitt, sodass die Blutergüsse sichtbar waren und er daran erinnert werden würde, was er getan hatte.

Sie wollte Brent nicht provozieren, hoffte aber, dass er dadurch seine Hände bei sich behielt. Nachdem sie in eine schwarze Loungehose geschlüpft war und ihr Make-up aufgefrischt hatte, ging sie in die Küche, um sich um das Essen zu kümmern, aber als sie noch einmal auf die Uhr schaute, stellte sie fest, dass sie noch genügend Zeit für einen kleinen Abstecher in den begehbaren Schrank im Gästezimmer hatte.

Die Angst vor Brents Rückkehr war erdrückend, also öffnete sie die Schranktür und setzte sich dann darin im Schneidersitz auf den Boden. Mit zittrigen Händen kramte sie ein paar Süßigkeiten hervor und hoffte, dass sie ihr den Mut geben würden, den Abend durchzustehen. Sie aß zwei Schokoriegel, aber schon beim Anblick der leeren Verpackungen waren die Gewissensbisse wieder da. Also aß sie auch noch einen Karamellriegel. Damit würde es bestimmt klappen. Doch schon beim letzten Bissen waren die vertraute Reue und die Schuldgefühle erneut spürbar.

Beschämt über sich selbst, verließ Gabriella den Schrank und begab sich in die ungemütliche Küche, wo sie wie benommen tat, was zu tun war.

Als Brent zur Tür hereinkam, stand das Essen für ihn bereits auf dem modernen Esstisch. Er ließ sein Gepäck und den Aktenkoffer einfach fallen und sah Gabriella an, die ein künstliches Lächeln aufsetzte und, so gut es ging, ihre zitternden Hände hinter dem Rücken verbarg, während er ihr Äußeres begutachtete. Ganz kurz verharrte sein Blick auf ihrem Hals, aber dann wandte er seine Aufmerksamkeit dem Essen zu.

„Zieh dir ein anderes Oberteil an“, sagte er nur und setzte sich dann, ohne noch einmal in ihre Richtung zu schauen, an den Tisch.

Gabriella huschte schnell ins Schlafzimmer, wechselte dort die Bluse gegen den Pulli und war froh, dass seine Reaktion nicht heftiger ausgefallen war. Sie verspürte einen pochenden Dauerschmerz im Hals und hoffte, dass das ausgeschnittene Oberteil seinen Zweck erfüllt hatte und er sie wenigstens diesen Abend und die Nacht in Ruhe lassen würde.

Als sie wieder an den Esstisch kam, stellte sie fest, dass Brent mit dem Essen fast fertig war. Sie setzte sich auf ihren Platz und versuchte, sich möglichst ruhig zu verhalten, so wie er es mochte, aber als sie nach ihrer Gabel griff, merkte sie, dass ihre Hand zitterte. Sie gab sich große Mühe, es zu verbergen, bevor er es merkte.

„Du musst die Küche putzen“, sagte Brent, als Gabriella gerade den ersten Bissen Fisch in den Mund stecken wollte. Sie zögerte kurz, beschloss dann aber doch, den Bissen zu essen. Doch bevor sie wusste, wie ihr geschah, hatte Brent ihr mit dem Handrücken eine so heftige Ohrfeige verpasst, dass sie vom Stuhl flog. Sie lag auf dem Boden und rieb sich mit der einen Hand die pochende Wange, während sie mit der anderen ihren schmerzenden Hals stützte.

Den Bissen Fisch hatte sie immer noch im Mund und wusste nicht, ob sie ihn ausspucken oder herunterschlucken sollte, ja, sie wusste nicht einmal, ob sie überhaupt schlucken konnte, nachdem ihr Hals jetzt schon wieder einen Ruck abbekommen hatte. Der Fisch in ihrem Mund schien immer mehr zu werden, und sie hatte das Gefühl, keine andere Wahl zu haben, als ihn auszuspucken.

Sie rappelte sich also mühsam wieder auf und fing an, den Tisch abzuräumen, während Brent ins Schlafzimmer ging, um zu duschen. Sie hoffte, dass dabei die Wirkung des Alkohols etwas verfliegen würde, denn wenn er getrunken hatte, behandelte er sie immer besonders schlimm, und an diesem Abend roch er wie eine ganze Bar. Sie brauchte also gar nicht erst lange zu rätseln, wo er die Zeit zwischen Flug und Abendessen verbracht hatte.

Sie spuckte jetzt den Fisch zurück auf ihren Teller, räumte die Küche und den Essbereich auf und putzte alles blitzblank, ohne sonst noch etwas zu essen, bevor Brent zurückkam, um seinen Absacker zu trinken.

Als er wieder in der Küche auftauchte, hatte sie ihm schon den üblichen Whiskey auf Eis eingeschenkt. Sein dunkles Haar war noch feucht vom Duschen, und er trug nur seine dunkle Schlafanzughose.

Brent war ein gut aussehender Mann, der sich perfekt in Form hielt. Als ob das reichen würde …

Am Anfang hatte es ihr tatsächlich genügt, aber inzwischen war sie ziemlich fassungslos darüber, wie oberflächlich sie gewesen war, als sie sich ihn als Partner und sogar als Ehemann ausgesucht und auf nichts weiter geachtet hatte als auf seine hübsche Hülle und die Hinweise darauf, dass er Geld hatte.

Rückblickend schob Gabriella es auf die Umstände, unter denen sie groß geworden war. Sie war ihre gesamte Kindheit hindurch hin und her geschoben worden zwischen Pflegefamilien, Wohngruppen und Heimen, und als sie dann mit 18 endlich volljährig geworden war und das Jugendamt nicht mehr für sie zuständig gewesen war, hatte sie in Chicago auf der Straße gelebt. Doch zum Glück hatte diese Phase nicht lange gedauert, denn schon bald hatte sie sich mit ein paar Mädels zusammengetan, die nach Las Vegas wollten, um dort als Tänzerinnen Karriere zu machen.

Gabriella hatte zwar absolut nicht das Bedürfnis gehabt, irgendwo im Rampenlicht zu stehen, aber ans Kellnern hatte sie sich dann ziemlich rasch und leicht gewöhnt. In diesem Job hatte sie erst vier Monate lang gearbeitet, als sie schließlich in den *Brent-Sadler-Zug* in Richtung Hölle eingestiegen war.

Er hatte an jenem Abend selbstsicher und charmant das Casino betreten und dann nur noch Augen für sie gehabt. Nach ein paar Stunden hatte er sie dann zu sich herübergewinkt und war aufgestanden, um sie zu begrüßen, als sie sich in dem völlig überfüllten Lokal endlich den Weg zu seinem Platz gebahnt hatte.

„Das ist allein deine Schuld“, hatte Brent gesagt und dabei mit seinen dunklen Augen jeden Zentimeter ihres Körpers abgescannt. Sie registrierte genau, dass es ihm gefiel, wie die Casino-Uniform, die aus Hotpants und einem Glitzer-Top bestand, ihre Figur betonte.

„Tut mir leid, aber das verstehe ich nicht", hatte sie entgegnet, denn obwohl er diese Bemerkung in einem verführerischen Ton gesagt hatte, irritierte sie diese Aussage.

„Ich habe heute Abend jedes Spiel verloren, weil mich deine kilometerlangen Beine so abgelenkt haben", hatte er ihr ins Ohr geflüstert und ihr mit der Hand über den Oberschenkel gestrichen.

Gabriella hatte spielerisch seine Hand weggeschlagen und entgegnet: „Das kling aber eher so, als wäre es dein und nicht mein Fehler gewesen, Schätzchen."

Daraufhin war sie mit ganz besonders viel Hüftschwung wieder zurück an die Bar gegangen, wohl wissend, dass er ihr unmittelbar folgte.

An der Bar angekommen, hatte er ihr den Arm um die Taille gelegt und ihr Gesicht behutsam zu sich hingedreht. „Doch, es ist absolut deine Schuld, und ich glaube, dass du das wiedergutmachen musst", hatte Brent behauptet. „Wann ist denn deine Schicht hier zu Ende?"

„Um Mitternacht", hatte Gabriella atemlos geantwortet.

Die kühle Selbstsicherheit, die dieser hinreißende Mann ausstrahlte, hatte sie immer mehr in seinen Bann gezogen. Die oberen Knöpfe seines weißen Hemdes waren geöffnet gewesen, dazu hatte er eine teure schwarze Anzughose getragen – allem Anschein nach war er also eine besonders vielversprechende Gesellschaft für diesen Abend, an dessen Ende sich Gabriella in seiner Penthouse-Suite wiedergefunden hatte.

Am nächsten Morgen hatte Brent sie dazu überredet, ihn zu heiraten und mit ihm nach Washington zu kommen, wo er sie für den Rest ihres Lebens auf Händen tragen wollte. Dieser Mann hatte ihr in der kurzen Zeit, in der sie zusammen gewesen waren, praktisch jeden Wunsch von den Augen abgelesen. Er war fünfzehn Jahre älter als sie, und Gabriella hatte seine Versprechen damals unwiderstehlich gefunden.

Dazu beigetragen hatte auch, dass sie gemeinsam eine komplett neue Garderobe für sie gekauft hatten, die er mithilfe der Verkäuferinnen in teuren, schicken Boutiquen höchstpersönlich zusammengestellt hatte. Die Verkäuferinnen und auch Brent hatten sie mit Komplimenten überschüttet, und er war mit ihr in die Umkleidekabinen gekommen, hatte ihren Hals mit Küssen bedeckt, und sie hatten zusammen in die großen Spiegel geschaut. Ihre gegensätzliche Erscheinung – sie mit dem hellblonden Haar und den eisblauen Augen und er mit dem dichten dunkelbraunen Haar und den braunen Augen – hatten einen wunderschönen Kontrast gebildet.

„Wir sehen sogar so aus, als würden wir zusammengehören, Baby. Du bist wie für mich gemacht", hatte er gesagt.

Gabriella war richtig berauscht gewesen von seiner verschwenderischen Aufmerksamkeit, denn bis zur Begegnung mit diesem unwiderstehlichen Mann hatte sie sich noch nie wirklich geliebt gefühlt.

Nach der Shoppingtour war dann noch eine Spa-Behandlung mit Maniküre, Pediküre und zum ersten Mal in ihrem Leben einer professionellen Massage gefolgt, und weil sich Gabriella schon lange nach genau so einem neuen Leben gesehnt hatte, hatte es ihr auch nichts ausgemacht, sich die Haare in einem dunklen Rot färben zu lassen, als Brent und die Friseurin überzeugend behauptet hatten, dass diese Farbe ihre Augenfarbe besonders schön betonen würde.

Als sie von Kopf bis Fuß auf Hochglanz gebracht und ihr dunkelrotes Haar perfekt geglättet worden war, hatte Brent sie sich geschnappt und sie in die nächstgelegene Hochzeitskapelle mitgenommen, um sie offiziell zu seinem Eigentum zu machen – so jedenfalls hatte er es genannt. Innerhalb weniger Tage hatte er ihre Persönlichkeit völlig ausgelöscht und sie genau zu der Person gemacht, die er hatte haben wollen. Und weil sie erst achtzehn gewesen war und schon etliche Jahre der Vernachlässigung hinter sich gehabt hatte, war Gabriella diese Veränderung natürlich absolut recht gewesen.

Das alles hatte sich angefühlt, als würden ihre kühnsten Träume wahr. Ein Prinz Charming war in einem Sportwagen in die Stadt gefahren und hatte das arme Aschenputtel gerettet, das in einem Casinoturm gefangen gehalten worden war.

Brent hatte dem Angestellten in der Hochzeitskapelle einen großzügigen Bonus dafür gezahlt, dass er auf der Heiratsurkunde bestimmte Informationen über sie wegließ. Obwohl ihr vollständiger Name Leah Gabriella Allen gewesen war, hatte auf der Urkunde gestanden, dass Gabriella Allen Brent Donovan Sadler geheiratet hatte.

Brent hatte ihr erzählt, dass er ein sehr erfolgreicher Geschäftsmann sei und durch diesen kleinen Trick nur ihre Privatsphäre schützen wolle. Er würde nicht zulassen, dass seine Frau in irgendeiner Form belästigt würde. Sie war mit allem einverstanden gewesen und hatte lieber keine Fragen gestellt.

Ach, hätte sie doch schon damals gewusst, was sie jetzt wusste. Während sie zuschaute, wie er jetzt sein Glas vom Küchentresen nahm und sofort einen Schluck trank, dachte Gabriella daran, wie leicht es doch wäre, diesen Gewalttäter einfach zu vergiften und sich aus seiner Gefangenschaft zu befreien. Doch immer wenn sie diesen Gedanken hatte, fand sie sich selbst sofort dermaßen abstoßend, dass sie ihn rasch wieder fallen ließ. So schwer es auch sein mochte, er war nun einmal ihr Mann.

Er trank schnell sein Glas leer und sah ihr dann in die Augen. Sein glasiger Blick bohrte sich in ihren, als er fragte: „Und, gefällt dir, was du siehst, Baby?“ Dabei verzog sich sein Mund zu dem Grinsen, das sie so gut kannte.

Oh nein. Sie hatte nicht die Absicht gehabt, ihn bei ihrem hässlichen Gedankenspiel derart anzustarren. Doch bevor sie noch antworten konnte, kam Brent schon zu ihr herübergeschlendert und zog sie an sich. Er gab ihr einen intensiven Kuss, sodass ihr von dem Alkohol, den er noch frisch im Mund hatte, die Zunge brannte. Dabei hielt er sie am Hinterkopf fest, um sie noch fester an sich zu ziehen, und sie wand sich und weinte beinah, weil ihr ihr verletzter Hals wehtat.

Der Zwischenfall, bei dem er sie gewürgt hatte, war jetzt vier Tage her, und ihrem Hals ging es immer noch nicht besser. Er hatte sie brutal geschüttelt, weil sie vergessen hatte, Sachen von ihm aus der Reinigung zu holen, und dann war er völlig durchgedreht, weil das Essen wegen seines Ausrasters fünf Minuten zu spät auf dem Tisch gestanden hatte. Es war ihre Schuld. Immer ihre Schuld. Als sie neben ihm gestanden und sich leicht vorgebeugt hatte, um ihm seinen Teller hinzustellen, hatte er sie am Hals gepackt und so lange gewürgt, bis sie das Bewusstsein verloren hatte.

Als sie wieder zu sich gekommen war, hatte sie völlig entsetzt festgestellt, dass Brent immer noch am Tisch saß, als wäre nichts passiert, und mittlerweile sein Abendessen beendet hatte, während sie direkt neben seinem Stuhl bewusstlos auf dem Boden gelegen hatte. Sie war liegen geblieben und hatte nicht gewusst, ob sie sich mit ihrem schmerzenden Hals überhaupt würde bewegen können, bis er gesagt hatte, sie solle gefälligst aufstehen und sich um das Chaos in der Wohnung kümmern.

Sie schob diese Erinnerung jetzt rasch beiseite und versuchte, sich auf die unmittelbare Bedrohung zu konzentrieren. „Bitte,

Brent. Mein Hals ich wirklich verletzt. Ich tue alles, was du willst. Aber sei *bitte* vorsichtig …"

Doch er packte sie am Kinn, um sie zum Schweigen zu bringen, und zischte in seiner betrunkenen Wut: „Vielleicht solltest du ein paar Tage im Wandschrank verbringen, bis sich dein Hals erholt hat!" Und mit diesen Worten zerrte er sie ins Gästezimmer.

„Aber morgen Abend ist doch das Benefizdinner für das *New Hope Children's Home!*", flehte sie ihn an. Doch der Appell war wirkungslos, und ihr war klar, dass er sie an ihrem einzigen Herzensprojekt nicht würde teilhaben lassen.

Er grinste sie nur höhnisch an und sagte: „Dann musst du es dir demnächst vielleicht besser überlegen, mir zu widersprechen. Die Gören werden wohl ohne dich auskommen müssen, meine Liebe."

Da gab Gabriella das Flehen und Betteln auf, weil es einfach sinnlos war.

„Bitte, Brent, bitte lass mich erst noch ins Bad gehen. Ich mache auch bestimmt keinen Ärger mehr, versprochen."

Sie war überrascht, als er tatsächlich nachgab und sie losließ. „Ich gebe dir eine Minute", zischte er.

Sie ging also ins Bad, und beim Händewaschen öffnete sie ganz leise den Medizinschrank, nahm die Packung mit Schmerztabletten heraus, die ganz hinten lag, steckte sie sich in den BH und ging wieder zu Brent, der schon vor der Tür wartete. Bereitwillig begab sie sich in den begehbaren Schrank, wo sie sich noch einmal umdrehte und ihn ansah. Seine schokoladenbraunen Augen waren gerötet und blitzten böse. Sie machte einen Schritt auf ihn zu, als er sich an den Türrahmen lehnte und sie ebenfalls einen Moment lang ansah. Sie wollte doch nur, dass er sie liebte, aber er schüttelte ganz langsam den Kopf, sodass sie lieber stehen blieb.

„Das wäre alles nicht nötig, wenn du tun würdest, was du sollst", sagte er mit müder Stimme und fuhr fort: „Aber du machst immer nur alles unnötig kompliziert." Dann schlug er ihr die Tür vor der Nase zu.

Gabriellas Schultern sackten wie automatisch nach unten, als sie das vertraute Klicken hörte, mit dem er die Tür erst abschloss und dann noch zusätzlich den Riegel vorschob. Wie betäubt stand sie in dem engen begehbaren Wandschrank, hörte, wie Brent die Schlafzimmertür schloss, und wusste, dass er in absehbarer Zeit nicht wiederkommen würde.

Der pochende Schmerz in ihrem Hals, der bis hinunter in ihren Rücken strahlte, war mittlerweile fast unerträglich. Sie versuchte, sich an die völlige Dunkelheit zu gewöhnen, und tastete auf dem obersten Regal nach dem u-förmigen Nackenkissen, das sie dort vor ein paar Jahren deponiert hatte. Jemand aus Brents Büro hatte es ihm zu Weihnachten geschenkt, wahrscheinlich, weil es ein praktisches Utensil für jemanden war, der viel flog, aber Brent hatte es natürlich nie benutzt. Gabriella hatte es trotzdem nicht weggeworfen und war darüber jetzt sehr froh, weil es sich gut als Stütze für ihren Hals und Nacken eignete. Sie nahm es also jetzt aus dem Regal und legte sich das glatte, weiche Kissen um ihren schmerzenden Hals.

Völlig erschöpft warf sie noch ein paar zusätzliche Kissen und eine Decke auf den Boden und kramte ganz hinten am Boden des Schrankes nach einer Wasserflasche, von denen sie immer einen größeren Vorrat dort deponiert hatte. Ein einziges Mal war es ihr passiert, dass sie vergessen hatte, den Wasservorrat aufzufüllen, und dieses Versäumnis hätte beinahe verhängnisvoll geendet, denn als Brent sie wieder aus dem Schrank befreit hatte, war sie so dehydriert gewesen, dass ihm nichts anderes übriggeblieben war, als mit ihr in die Notaufnahme zu fahren. Das war das zweite Mal gewesen, dass er eine medizinische Behandlung zugelassen hatte. Die Dehydration hatte er dann auf einen üblen Magen-Darm-Infekt geschoben, und Gabriella hatte nicht gewagt zu widersprechen.

Beim ersten Mal waren sie in die Notaufnahme gefahren, als sie etwa zwei Jahre verheiratet gewesen waren. Gabriella hatte sich nach Feierabend mit Brent auf einer Party treffen sollen und zu diesem Anlass ein elegantes, langes smaragdgrünes Kleid und dazu goldfarbene Stilettos getragen. Doch dann hatte Brent völlig entsetzt festgestellt, dass sie darin größer war als er. Den ganzen Abend über hatte sie von ihm entfernt stehen müssen, damit es niemand bemerkte, und nachdem sie wieder zu Hause gewesen waren, hatte der völlig betrunkene Brent ihr vorgeworfen, sie habe ihn total blamiert.

Als sie dann vor ihm her die Treppe hinaufgegangen war, um seiner Wut aus dem Weg zu gehen, hatte er sie an den Haaren gepackt und heftig zurückgezerrt, sodass sie gestürzt war und sich einen so komplizierten Knöchelbruch zuzog, dass eine Operation nötig gewesen war. Sechs Wochen hatte Gabriella danach auf dem Sofa liegen müssen und dabei deprimierend viel Gewicht zugenommen.

Als sie jetzt in dem dunklen begehbaren Wandschrank saß, holte sie die noch fast volle Packung Schmerztabletten aus ihrem BH hervor und überlegte, ob sie nicht die Tabletten alle auf einmal schlucken sollte, um diesem ganzen Elend ein Ende zu machen. Es war wirklich eine große Versuchung, einfach einzuschlafen und nicht wieder aufzuwachen, um diesem Albtraum ein für alle Mal zu entkommen. Brent hasste sie. Sie hasste sich selbst. Sie hatte niemanden.

Sie drückte drei Tabletten aus der Packung in ihre Handfläche, steckte sie in den Mund und spülte sie mit Wasser herunter.

Dann drückte sie weitere drei Tabletten in ihre Hand, und ihr liefen Tränen übers Gesicht, als sie sie betrachtete. Sie wünschte es sich so sehr, aber sie brachte es einfach nicht fertig.

„Was bist du für ein Feigling. Ich hasse dich", flüsterte Gabriella im Dunkeln, als sie die Tabletten wieder einpackte, das Nackenkissen zurechtrückte und versuchte, sich für die unbestimmte Dauer ihrer Strafe einzurichten. Während sie darauf wartete, dass die Tabletten zu wirken begannen, zählte Gabriella all die Gründe auf, weshalb sie eine Versagerin war und sie dieses elende Leben verdient hatte. Niemand hasste Gabriella Sadler so sehr wie Gabriella Sadler selbst.

Während sie versuchte, es sich einigermaßen gemütlich zu machen, musste sie wieder an ihren ersten Aufenthalt in diesem Schrank denken. Sie war damals seit etwa fünf Monaten mit Brent verheiratet gewesen und hatte als Überraschung für ihn beschlossen, sich die Haare wieder blond zu färben. Als er nach Hause gekommen war, hatte er sie erst geschlagen und dann in den begehbaren Schrank gesperrt.

Er könne ihren Anblick nicht ertragen, hatte er behauptet, und die völlig geschockte Gabriella hatte zwei Tage lang ohne Wasser und etwas zu essen in dem Schrank gesessen. Sie hatte sich furchtbar geschämt, denn sie hatte ihre Kleider eingenässt, weil sie nicht zur Toilette hatte gehen können, und als Brent sie endlich wieder herausgelassen hatte, hatte er sie immer wieder um Verzeihung gebeten und gesagt, er wisse auch nicht, was da in ihn gefahren sei. Er hatte versprochen, so etwas nie wieder zu tun, und ihr als Wiedergutmachung ein Brillantarmband gekauft. Und die junge, naive Gabriella hatte ihm geglaubt.

Der nächste Aufenthalt in dem Schrank war die Strafe dafür gewesen, dass sie im Fitnessstudio von einem jungen Mann angesprochen worden war. Zusätzlich zu ihrem erzwungenen

Schrankaufenthalt hatte Brent dieses Mal auch noch ihren Vertrag mit dem Fitnessstudio gekündigt. Als sie damals mit eingenässter Hose zusammengerollt auf dem Boden des Schrankes gelegen hatte, hatte sie immer nur an das Sprichwort „Wer zweimal auf denselben Trick hereinfällt, ist selber schuld" denken können.

Aber Gabriella war zu diesem Zeitpunkt davon ausgegangen, dass Brent gerade nur eine schwierige Phase durchmachte, die vorübergehen würde. Das hatte sie auch dann noch geglaubt, als sie bei einem Blick auf den begehbaren Kleiderschrank im Gästezimmer festgestellt hatte, dass außen an der Schranktür zusätzlich ein Riegel angebracht worden war. Erst war sie nur völlig verwirrt gewesen, aber dann war ihr plötzlich bewusst geworden, dass all das mit Vorsatz geschah, und sie hatte gehofft, dass nicht schon vor ihr jemand die Gefangenschaft im Schrank hatte ertragen müssen.

Nachdem sie nach der zweiten Gefangenschaft im Schrank von Brent wieder befreit worden war, hatte Gabriella sich auf weitere Aufenthalte dort vorbereitet und Vorräte angelegt. Als sie sich dann dabei ertappte, wie sie als provisorische Toilette eine Dose mit Deckel im Schrank deponierte, war sie über ihr Verhalten selbst irritiert gewesen. Ihr Bauchgefühl hatte ihr gesagt, dass sie die Beine in die Hand nehmen und weglaufen solle, aber wohin um alles in der Welt hätte sie denn fliehen sollen? Sie hatte nichts und niemanden und saß hoffnungslos in der Falle.

Statt wegzulaufen, hatte sie also versucht, ihre Situation so angenehm und bequem wie möglich zu gestalten.

Ein paar Stunden später wachte Gabriella mit pochenden Schmerzen am ganzen Körper auf. Sie war die ewigen Schmerzen so leid. Eine Weile lag sie einfach da und versuchte, ihren lädierten Körper dazu zu überreden, sich zu bewegen. Sie tastete nach ihrer Uhr und drückte auf den Beleuchtungsknopf. Es war neun Uhr morgens. Erleichtert, dass Brent bereits zur Arbeit gegangen sein musste und den ganzen Tag nicht da sein würde, kramte sie nach der großen Taschenlampe und setzte sich mühsam auf. Nachdem eine Welle von Benommenheit langsam nachließ, drückte sie gegen die Schranktür, war aber nicht weiter verwundert, dass die Tür nicht nachgab.

Jeder Morgen im Schrank begann mit der qualvollen Hoffnung, endlich herausgelassen zu werden. Brent schloss die Tür nie auf, wenn Gabriella wach war, und sie nahm an, dass das wahrscheinlich seine Art war, nicht mit dem *Problem* konfrontiert zu werden, das er sozusagen selbst hervorgerufen hatte.

Als Nächstes benutzte sie ihre Toilettendose, holte dann ihre Zahnbürste hervor, die Zahnpasta und eine Flasche Wasser. Im Laufe der zehn Jahre, die sie jetzt schon mit Brent zusammenlebte, war ihr diese Schrankroutine in Fleisch und Blut übergegangen. Nach dem Zähneputzen reinigte sie sich mit ein paar Feuchttüchern den Körper, aber als sie danach wieder auf die Uhr schaute, waren erst 20 Minuten vergangen. Als wüsste er, dass er etwas zu tun brauchte, fing jetzt ihr Magen an zu knurren. Also gab sie nach und kramte eine Tüte mit Keksen hervor.

Sie gönnte sich die halbe Tüte, bevor sie sie wieder verstaute, und verzehrte als Nächstes einen kleinen Bisquitkuchen und danach zwei Schokoriegel, die sie mit einer Büchse warmer Limo hinunterspülte. Beschämt räumte Gabriella den Süßkram wieder weg und stellte beim Blick auf die Uhr fest, dass ihr Frühstück nur zehn Minuten gedauert hatte. Sie beschloss, noch einmal zwei Schmerztabletten zu nehmen, und entschied sich dann auf ihrem Schlaflager noch eine dritte zu nehmen.

Die nächsten beiden Tage vergingen in einem leicht benebelten Wechsel vom Kontrollieren der Zeit, dem Essen von Süßigkeiten,

Weinen, noch mehr Tabletten und unruhigem, unerholsamem Schlaf. Am dritten Tag waren alle Tabletten und das gesamte Wasser aufgebraucht. Weil sie sich so schmuddelig fühlte und in ihrem Gefängnis langsam panisch wurde, suchte Gabriella nach dem Schraubenzieher, den sie versteckt hatte, und machte sich an dem Schloss des Schrankes zu schaffen und flüsterte ein schnelles Dankgebet, als sie das vertraute Klicken des Schlosses hörte … nur um festzustellen, dass Brent auch noch den Riegel über der Tür vorgeschoben hatte.

3

Gabriella war unbeschreiblich erleichtert, als sie am fünften Morgen feststellte, dass die Schranktür nicht mehr verschlossen war. Sie stieß sie auf und atmete die kühle frische Luft des großen Raumes ein. Dann richtete sie sich langsam auf, ging zum Waschbecken im Gästebad und trank gierig aus dem Wasserhahn. Nach mehreren tiefen Zügen spritzte sie sich zur Erfrischung Wasser ins Gesicht, und als sie sich wieder aufrichtete, um ihren völlig verspannten Rücken zu strecken, erhaschte sie im Spiegel einen kurzen Blick auf ein völlig verzotteltes rothaariges Monster mit tiefen dunklen Ringen unter den Augen.

Eine ganze Weile schaute sie sich im Spiegel an und stellte fest, dass ihr Haar schon einen deutlich erkennbaren blonden Ansatz hatte. Gut, dass die Blutergüsse am Hals so weit verblasst waren, dass sie sich wieder zum Friseur trauen konnte.

Gabriella ging ins Schlafzimmer, um ihr Handy zu holen, denn sie musste unbedingt wissen, welcher Tag es war und welche Termine sie absagen oder verlegen musste. Als sie es aus ihrer Handtasche nahm, sah sie darin die Packung mit ihren Antibabypillen und nahm rasch eine. Da sie vier Tage lang die Pille nicht hatte nehmen können, hatte sie zu einem sehr ungünstigen Zeitpunkt ihre Periode bekommen, aber die Blutung war zum Glück nicht so stark – wenigstens hatte sie versucht, sich das in ihrer

Gefangenschaft einzureden. Nachdem sie ihr Handy ans Ladekabel angeschlossen hatte, vereinbarte sie einen Friseurtermin direkt für den nächsten Morgen, denn sie wusste, dass Brent explodieren würde, wenn er den blonden Ansatz bemerkte.

Als Nächstes holte sie einen Müllbeutel und entsorgte all den Müll aus dem Schrank. Nachdem sie alles aufgeräumt und sauber gemacht hatte, deponierte sie dort einen neuen Vorrat an Wasserflaschen sowie eine neue Dose mit Deckel und verstaute alles möglichst unauffällig. Den Müll stellte sie an die Tür, um ihn später zur Mülltonne zu bringen. Weil sie schon wieder müde wurde, ging sie erst einmal in die Küche, um etwas zu essen. Dabei entdeckte sie einen Strauß weißer Rosen und eine wunderschöne Geschenkbox – Brents übliche Entschuldigungsgeschenke –, die auf dem Küchentresen standen. Doch anstatt sich die Geschenke anzuschauen, ging sie erst einmal direkt zur Kaffeemaschine. Nachdem Gabriella die Kaffeemaschine befüllt und eingeschaltet hatte, steckte sie zwei Scheiben Brot in den Toaster und stellte eine Pfanne auf den Herd. Sie knabberte zunächst den Toast mit Butter und trank mit gierigen Schlucken einen Becher Kaffee, während sie sechs Eier briet. Als die Eier fertig waren, verzehrte sie sie mit noch mehr Toast und trank dazu weiter Kaffee.

Bei der dritten Tasse war sie wieder einigermaßen bei sich. Rasch räumte sie die Küche, das Wohnzimmer und das Bad auf und putzte alles blitzblank. Beim Aufräumen im Schlafzimmer entdeckte sie auf Brents Kommode mehrere Hundertdollarscheine und ein Streichholzheftchen aus Las Vergas. Er hatte sie also nicht nur eingesperrt, sondern währenddessen auch noch allein gelassen, aber auch wenn das sehr traurig war, überraschte es sie nicht weiter.

Sie schüttelte nur den Kopf, nahm die vier Hundertdollarscheine und legte sie in ihr Bargeldversteck hinter ihrem Frisiertisch.

Brent war furchtbar nachlässig mit seinem Bargeld, was für Gabriella allerdings von Vorteil war, denn manchmal gab er ihr große Summen Bargeld, ohne es vorher zu zählen, und trug ihr auf, sie auf sein Bankkonto einzuzahlen. Sie hatte keine Ahnung, woher das viele Bargeld kam, und im Grunde wollte sie es auch lieber gar nicht wissen. Auf diese Weise hatte sie im Laufe der Zeit unbemerkt Bargeld abzweigen und ein hübsches Sümmchen beiseiteschaffen können. Doch obwohl sie wusste, dass die Summe längst ausreichte, um sich abzusetzen, hatte sie furchtbare Angst davor, es tatsächlich zu tun.

Mittlerweile konnte Gabriella ihren eigenen Geruch kaum noch aushalten und ging ins Bad, um ausgiebig heiß zu duschen. Bei der Waschmaschine machte sie kurz halt und warf ihr Top und den BH hinein, aber weil sie wusste, dass die Blutflecke aus Slip und Hose nicht mehr herausgehen würden, stopfte sie beides mit in die Mülltüte, die noch an der Tür stand.

Immer noch ziemlich benommen duschte sie, glättete dann ihre lockigen Haare und schminkte sich. Irgendwann wurde die Stille vom Klingeln des Telefons durchbrochen, und sie erschrak, denn die Stille war ihre ständige Begleiterin geworden. Manchmal hörte sie tagelang von niemandem ein Wort.

„Hallo?"

„Ja, Mrs Sadler? Hier ist die Sekretärin von Mr Sadler. Er hat mich gebeten, Ihnen auszurichten, dass er heute das Abendessen liefern lässt und Sie den Abend freihaben." Es schien der Sekretärin zu gefallen, ihr diese gute Nachricht zu übermitteln.

„Okay, danke." Auch das gehörte zu seinem Wiedergutmachungsritual. Wenigstens war es dieses Mal kein neues Auto. Zunächst war Gabriella hingerissen gewesen von den Geschenken, die er ihr machte, wenn er ein schlechtes Gewissen hatte, aber im Laufe der vergangenen zehn Jahre war sie reifer geworden, und mittlerweile fühlte sie sich nur noch billig, wenn er ihr derartige Geschenke machte.

Nach dem Telefongespräch beschloss sie nachzuschauen, was in dem wunderhübsch verpackten Päckchen war, das sie in der Küche vorgefunden hatte. Sie nahm es mit ins Schlafzimmer und setzte sich aufs Bett, die einzige bequeme Sitzgelegenheit im gesamten Loft. Sie öffnete die Box und nahm ein smaragdgrünes seidenes Nachthemd mit einem passenden Morgenmantel heraus. Das Nachthemd war lang und elegant mit einem integrierten Mieder, aber sie erschrak richtig, als sie entdeckte, dass er es in Größe 44 gekauft und damit die richtige Größe gewählt hatte.

Der Gedanke, dass Brent Lingerie in einer so großen Größe vielleicht bei einer jungen, hübschen, schlanken Verkäuferin gekauft und dann auch noch als Geschenk hatte verpacken lassen, war ihr schrecklich peinlich, und er tat ihr fast leid. Gabriella war sich sicher, dass die Verkäuferin den gut aussehenden Mann, der offenbar eine Plus-Size-Frau am Hals hatte, bedauert hatte.

Als sie sich die schönen Wäschestücke genauer anschaute, war sie wieder davon überzeugt, dass Brent sie lieben musste. Warum sonst hätte jemand bei einer Frau bleiben sollen, die so dick war? Welchen Grund außer *Liebe* konnte es dafür geben? Sie zog sich wieder aus, um das Nachthemd und den Morgenmantel anzuprobieren, und frischte dann ihr Make-up noch einmal auf.

Während sie sich danach im Spiegel betrachtete, gelobte sie, alles zu tun, um Brent zu gefallen. Sie würde nie einen besseren Mann finden als ihn. Sie liebte Brent, und sie brauchte ihn. Solche und andere verworrene Gedanken darüber, wie sie überleben sollte, gingen ihr ununterbrochen durch den Kopf.

Als sie wieder auf die Uhr sah, stellte sie fest, dass Brent bald zu Hause sein würde, also ging sie zum Barschrank, um ihm seinen Drink zu mixen, und trank sich dann aus Angst vor seiner

Rückkehr mit zwei kleinen Bourbon Mut an. Kurz darauf traf Brent ein, und sie reichte ihm seinen Drink, den er mit einem reumütigen Kopfschütteln ablehnte.

„Ich versuche, weniger zu trinken“, sagte er, nahm sie zärtlich in die Arme und murmelte in ihren Hals vergraben: „Ich habe dich vermisst, Baby.“

Gabriella sog seine Zuneigung gierig auf, und seine beruhigende Umarmung hätte ewig dauern können. „Ich dich noch viel mehr“, sagte sie gegen seine Schulter.

„Ich liebe dieses Grün zu deinen Haaren“, erklärte er, als er sie nach der Umarmung eine Armeslänge von sich entfernt hielt, um die neuen Sachen an ihr anzuschauen, bevor er sie wieder an sich zog.

„Danke. Die Sachen sind wirklich wunderschön!“

„Für mein Baby nur das Beste“, flüsterte er ihr ins Ohr, sodass sie am ganzen Körper eine Gänsehaut bekam. Dieser Mann, der sie manchmal verprügelte, bis sie ein Nichts war, schaffte es genauso, ihr das Gefühl zu geben, die wichtigste Frau der Welt zu sein. Das war der Mann, in den sie sich Hals über Kopf verliebt hatte. Obwohl sie ihn nicht oft sah, war es alles Warten und Alleinsein wert, wenn er dann da war. Er konnte sie mit einem Blick genauso in seinen Bann ziehen, wie er sie damit in Angst und Schrecken versetzte.

Brent zog Gabriellas Gesicht ganz nah an seines heran und küsste sie sanft. Als er völlig unerwartet den Bourbon an ihrem Mund schmeckte, löste er sich wieder von ihr und grinste sie an.

„Wenn du schon mit unserer Party angefangen hast, dann können wir doch noch zusammen einen trinken, oder?“, sagte er, lächelte verrucht und griff nach dem Glas.

In diesem Augenblick wünschte Gabriella, sie hätte die Finger vom Alkohol gelassen, denn eigentlich trank sie nicht mehr seit der Zeit, in der sie in Vegas als Kellnerin gearbeitet hatte. Nachdem sie jetzt doch einmal schwach geworden war, fürchtete sie, dass sie vielleicht den Abend ruiniert hatte und nicht den netten Brent erleben würde, sondern mit dem betrunkenen fertigwerden musste; denn wenn er einmal zu trinken begonnen hatte, konnte er in der Regel nicht wieder aufhören.

An diesem Abend hatte sie jedoch Glück. Nach seinem dritten Bourbon zog Brent Gabriella zu ihrem Bett, wo sie den Rest der Nacht verbrachten – als Wiedergutmachung für ihren Aufenthalt im Wandschrank. Das Essen wurde geliefert und später entsorgt, ohne dass es angerührt worden war.

Brent nahm diese Versöhnungsnächte sehr ernst. Es war, als glaubte er, dass er dadurch das, was er ihr angetan hatte, völlig aus ihrem Gedächtnis löschen konnte. Ihr war klar, dass sie sich eigentlich gegen ihn hätte wehren, ihm widerstehen und mit ihm darüber hätte reden müssen, dass er Hilfe brauchte. Sie wusste, dass sie ihn eigentlich wegen häuslicher Gewalt hätte anzeigen müssen. Sie wusste, dass das aufhören musste, aber wenn er sie liebte und das auch zeigte, dann brachte sie es einfach nicht fertig, seine Zuwendung abzuweisen. Sich in Nächten wie dieser wichtig zu fühlen, war einfach unwiderstehlich für sie, denn sie glaubte, dass das wahre Liebe war – jedenfalls *fühlte es sich so an …*

4

DONUTS … Mit Donuts geht alles besser!

„Ein perfekter Morgen für einen perfekten Donut. Willkommen im *Donut-Diner.* Ihre Bestellung bitte“, sagte Shayna durch den Drive-in-Lautsprecher.

„Sie nehmen mir wirklich das Wort aus dem Mund“, entgegnete Gabriella.

„Hey Gaby. Wie üblich?“

„Ja, aber statt des einen Cappuccinos hätte ich heute gerne Milch?“

„Klar! Fahren Sie bitte zum Abholschalter.“

Gabriella hatte gehofft, dass die große Sonnenbrille ihre Blutergüsse und die geschwollene Nase verdecken würde, doch das war offenbar nicht der Fall.

„Oh …“, murmelte Shayna, als sie das Fenster öffnete. „Wow, Gaby, was ist denn mit Ihnen passiert?“

Gabriella lachte nervös und versuchte, ihr Gesicht mit ihren langen Haaren zu verdecken. „Ich bin gestolpert und gegen den blöden Tisch gefallen. Dabei ist mir irgendwie mein Gesicht abhandengekommen.“

„Ich kenne wirklich niemanden, dem so viele Missgeschicke passieren. Ist die Nase gebrochen?“, fragte Shayna und klang etwas misstrauisch.

„Ich glaube nicht", antwortete Gabriella, gab Shayna das Geld und bekam die Schachtel mit den noch warmen Donuts und den Kaffee durch das Fenster herausgereicht. Als Gabriella beides abgestellt hatte, reichte Shayna ihr die Flasche mit Milch hinterher, hielt sie aber fest, während Gabriella sie annehmen wollte.

Als sie ein bisschen zog, warf ihr Shayna einen wissenden Blick zu, ließ die Flasche los und fragte: „Weiß Mr Sadler es schon?"

Doch bevor sie weiterreden konnte, kurbelte Gabriella rasch das Fenster hoch und fuhr davon.

Auf dem Weg zur Arztpraxis verzehrte sie die Hälfte der Donuts und hob sich den Rest für den Heimweg auf. Sie war wegen der Verletzungen im Gesicht etwas nervös gewesen und jetzt ziemlich unglücklich, weil es Shauna sofort aufgefallen war. Nach ihrem letzten längeren Aufenthalt in dem begehbaren Schrank war Gabriellas Periode ausgeblieben. Etwas über zweieinhalb Monate war das jetzt schon her. Und weil sich ihr Körper so anders anfühlte, war sie ziemlich sicher, dass sie schwanger war.

Brent war in letzter Zeit einigermaßen umgänglich gewesen, sodass sie sich vorstellen konnte, ihm die Neuigkeiten mitzuteilen, auch wenn er eigentlich von Anfang an sehr klargemacht hatte, dass in seiner Lebensplanung Kinder nicht vorgesehen waren. Vor drei Tagen hatte sie dann ganz vorsichtig versucht, sich dem Thema zu nähern, aber das hatte die Verletzungen im Gesicht und eine Nacht im Schrank nach sich gezogen.

Nach ihrer Freilassung aus dem Schrank hatte Gabriella dann heimlich einen Arzttermin vereinbart, denn ihre Sorge war zu groß, um mit der Feststellung der Schwangerschaft zu warten, bis ihr Gesicht vollständig verheilt war. Sie würde die neue Gynäkologin deshalb von Anfang an belügen müssen, und das hatte sie bei Shayna üben wollen. Doch nicht einmal die hatte ihr ihre Erklärungen abgenommen.

Die Schminke hob die Schwellungen und Blutergüsse offenbar noch hervor, statt sie abzudecken. Gabriella beschloss deshalb, es wie die Hollywoodstars zu machen und die Sonnenbrille erst abzunehmen, wenn sie im Sprechzimmer war.

Weil Donnerstag war, hatte sie den Termin auf die Zeit gelegt, in der sie normalerweise die Einkäufe erledigte, und morgens vor dem Verlassen der Wohnung noch die Lebensmittel, die sie brauchte, für 13:00 Uhr beim Lieferservice bestellt. Diesen Service hatte sie auch schon genutzt, als sie wegen ihres Knöchels hatte weder gehen noch Auto fahren können.

Außerdem hatte sie vor ihrem Besuch im Donutladen ein Postfach angelegt, damit sie bei der Anmeldung in der Arztpraxis eine Adresse für die medizinischen Formalitäten angeben konnte, denn Gabriella war fest entschlossen, sich nach dem Arzttermin zu überlegen, wie sie Brent verlassen und sich absetzen konnte. Das war sie sich und besonders dem Baby schuldig.

Als sie vor der Arztpraxis hielt, klingelte ihr Handy zum üblichen Zeitpunkt. „Hallo?“

„Hallo Baby, bist du schon beim Supermarkt?“, fragte Brent.

„Bin gerade angekommen.“ Sie hoffte, ihre zittrige Stimme verriet die Lüge nicht. „Brauchst du noch irgendetwas?“

„Nein, ich wollte nur kurz nach dir hören. Trägst du die neuen Ohrringe?“

Gabriella schaute in den Rückspiegel und betrachtete die beiden funkelnden einkarätigen Diamantohrringe, die ihr von den Ohren baumelten.

„Ja. Sie sind wirklich wunderschön. Danke noch mal“, antwortete sie und versuchte, echt zu klingen, merkte aber, dass es ihr nicht gut gelungen war.

„Sorge dafür, dass das Abendessen um 19:00 Uhr auf dem Tisch steht“, sagte er dann nur noch und legte einfach auf.

„Ich hasse dich", flüsterte sie in ihr Handy, bevor sie es wieder in die Handtasche steckte.

Gabriella atmete noch einmal tief durch, bevor sie vor dem Ärztehaus aus ihrem Range Rover stieg und dann in die Praxis mit dem Schild Dr. Clara Simmons, Gynäkologie und Geburtshilfe ging. Sie ignorierte den irritierten Blick der Frau an der Anmeldung und nahm den Anamnesebogen in Angriff, doch noch bevor sie sich setzen konnte, wurde sie von einer Sprechstundenhilfe in ein freies Behandlungszimmer gebracht.

Gabriella war beeindruckt von dem offenbar flotten und reibungslosen Ablauf in der Praxis. In dem Moment, in dem sie ihre Sonnenbrille abnahm, betrat eine große Frau mit kaffeebrauner Haut und einer flippigen, aber sehr gepflegten Afrofrisur den Raum.

Dem Namensschild an ihrem Kittel nach war sie die Ärztin. Sie sah Gabriella direkt an und sagte: „Mir wurde mitgeteilt, dass wir einen Notfall haben. Ich bin Dr. Simmons."

Ihre karamellfarbenen Augen sahen Gabriella aufmerksam an, während sie auf eine Antwort wartete.

Weil sie wegen des Südstaatenakzents der Ärztin so verblüfft war, war Gabriella einen Moment lang sprachlos.

„Nein. Nein, kein Notfall. Das ist nur ein ganz normaler Arztbesuch", erklärte sie.

„Nein?", fragte die Ärztin mit gerunzelter Stirn. „Sind Sie ganz sicher?"

„Meinen Sie das hier?", fragte Gabriella und deutete auf ihr Gesicht. „Ich bin gestolpert und auf den Couchtisch gefallen", erklärte sie lachend, aber der Miene der Ärztin war deutlich zu entnehmen, dass sie ihr genauso wenig glaubte wie Shayna.

„Ich glaube, ich bin schwanger", platze es aus ihr heraus, und sie hoffte, dadurch von ihrer Lüge ablenken zu können.

„Okay“, sagte Dr. Simmons und trat hinaus auf den Gang, um eine Assistentin zu rufen. „Das ist Julie. Ich glaube, Sie haben sich gerade eben schon kurz gesehen, oder? Nehmen Sie doch Mrs Sadler bitte Blut ab, Julie, und lassen Sie sich eine Urinprobe geben, ja? Und wenn sich die Schwangerschaft bestätigt, bringen Sie sie bitte zum Ultraschall.“

„Mache ich, Dr. Simmons.“

Die Sprechstundenhilfe nahm Gabriella also mit ins Labor, wo Gabriella tief durchatmete, bevor sie auf die Waage stieg und fast angefangen hätte zu weinen, als 107 Kilogramm angezeigt wurden. Wie hatte sie sich nur so gehen lassen können?

Nachdem auch noch ihre Größe, ihre Temperatur und ihr Blutdruck gemessen und eine Blut- und eine Urinprobe genommen worden waren, wurde sie gebeten, sich frei zu machen und auf den Untersuchungsstuhl zu setzen. Die Helferin lächelte Gabriella noch einmal aufmunternd zu, bevor sie den Raum wieder verließ.

Es vergingen zehn Minuten in völliger Stille, bis die Ärztin wieder den Raum betrat. „Herzlichen Glückwunsch, Mrs Sadler, Sie sind tatsächlich schwanger“, sagte sie, und während sie Handschuhe anzog, bat sie Gabriella, sich zurückzulegen und möglichst zu entspannen. „Ich werde jetzt eine vaginale Ultraschalluntersuchung vornehmen, weil die Schwangerschaft noch im Frühstadium ist.“

Na toll. Gabriella rutschte auf dem Stuhl nach unten. *Noch mehr Zeugs, das richtig Spaß macht …*

Als die unangenehme Untersuchung beendet war und Gabriella sich wieder angezogen hatte, ging sie in das Sprechzimmer der Ärztin und setzte sich, während Dr. Simmons noch einmal alle Informationen durchging.

„Nach meinen Berechnungen sind Sie ungefähr in der zehnten Schwangerschaftswoche, und sowohl dem Ultraschall als auch den Blutwerten nach verläuft alles normal." Die Ärztin überreichte Gabriella die Ultraschallbilder und zeigte auf einen weißen, seltsam geformten Fleck in der dunklen Höhle ihrer Gebärmutter.

„Dieser kleine erdnussförmige Fleck da ist Ihr Baby", sagte sie mit einem freundlichen Lächeln.

Gabriella liefen Tränen übers Gesicht, als sie zurücklächelte. Endlich kannte noch jemand diese sehr persönliche Neuigkeit, auch wenn es eine Fremde war.

Gabriella gestattete sich, ganz kurz, so zu tun …

… als wäre diese Frau, die sie gerade erst kennengelernt hatte, schon seit ewigen Zeiten ihre beste Freundin. Sie hatten sogar dasselbe College besucht und sich im Wohnheim ein Zimmer geteilt. Sie trafen sich zum Lunch, um einen Grillabend im Garten zu planen, wo sie der versammelten Familie und den Freunden von ihren Schwangerschaften erzählen wollten. Natürlich hatten sie beide hingebungsvolle Ehemänner, die außer sich waren vor Freude über die Schwangerschaften und ihre Frauen um die Wette verwöhnten. Ein perfektes Leben voller Liebe und Lachen und Familie …

„Mrs Sadler?" Dr. Simmons hatte sich schon mehrmals geräuspert und sprach Gabriella jetzt direkt an.

Der Tagtraum verflüchtigte sich, und an seine Stelle trat wieder die harsche Realität, nämlich dass sie mit einem Gesicht voller Blutergüsse und einer ungeplanten Schwangerschaft, die sie bis jetzt geheim gehalten hatte, in einer Arztpraxis saß. Angst und Nervosität gewannen wieder die Oberhand, und ihr Lächeln erlosch genauso plötzlich, wie es gekommen war.

„Ist alles in Ordnung, Mrs Sadler?"

„Wie weit muss die Schwangerschaft denn fortgeschritten sein, dass eine Abtreibung nicht mehr möglich ist?", fragte Gabriella und weinte jetzt ohne Hemmungen.

Es war offensichtlich, dass die Ärztin wegen dieser Frage überrascht war, aber sie nahm eine Visitenkarte aus ihrer Schreibtischschublade und sagte: „Wenn Sie die Schwangerschaft abbrechen wollen, kann ich Sie an einen anderen Arzt überweisen." Sie versuchte, Gabriella die Karte zu überreichen, und erklärte mit professioneller Sachlichkeit weiter: „Ich selbst führe keine Abtreibungen durch, aber ich respektiere es natürlich, wenn Sie so entscheiden."

Doch Gabriella nahm die Visitenkarte nicht entgegen, sondern erklärte: „Nein ... Sie verstehen das falsch." Sie hielt inne und rang innerlich mit der Frage, ob sie sich Dr. Simmons anvertrauen sollte. Sie konzentrierte sich ganz auf ihre im Schoß gefalteten Hände und fragte schließlich: „Ist das, was ich Ihnen hier sage, vertraulich?"

„Selbstverständlich. Die ärztliche Schweigepflicht ist gesetzlich verankert", antwortete die Ärztin und wartete dann geduldig, bis Gabriella weitersprach.

„Mein Mann will auf keinen Fall Kinder. Deshalb muss ich die Schwangerschaft unbedingt geheim halten, bis ein Abbruch nicht mehr möglich ist." Sie weinte weiter und spielte an ihrem Ehering herum.

„Aber Ihr Mann hat gar nicht das Recht, über Ihren Körper zu bestimmen, Gabriella", erklärte Dr. Simmons, zögerte kurz und fügte dann noch hinzu: „Und genauso wenig hat er das Recht, Ihr Gesicht so zuzurichten."

„Ich bin auf einen Tisch gefallen. Ich bin einfach ungeschickt, und so etwas passiert mir andauernd." Dann ließ sie sich, völlig fassungslos darüber, wie sie diese Ausrede total vermasselt hatte, auf dem Stuhl zurücksinken.

„Sehen Sie mich an, Mrs Sadler", sagte Dr. Simmons daraufhin mit fester Stimme und sprach dann so lange nicht weiter, bis

Gabriella aufblickte. „Kein *Tisch* hat das Recht, Ihnen so etwas anzutun. Sie können es auf Ihre Ungeschicklichkeit schieben, aber Sie haben jetzt nicht nur die Verantwortung für sich selbst, sondern auch für Ihr Baby. Sie müssen das Baby vor dem *Tisch* beschützen."

Dazu konnte Gabriella nur zustimmend nicken.

„Ich bete für Sie", fügte die Ärztin noch hinzu.

„Äh … gut", murmelte Gabriella.

„Glauben Sie nicht an Gott?", fragte Dr. Simmons nach.

Gabriella schaute weg, weil sie den fragenden Blick der Ärztin nicht aushalten konnte. „Doch, aber ich kenne ihn nicht besonders gut. Ich bin meine ganze Kindheit hindurch eigentlich immer zwischen Pflegefamilien und Heimen hin und her gewechselt, und in den Pflegefamilien gab es fast nie jemanden, dem Gott wichtig war. Wie oft ich in der Kirche war, kann ich an einer Hand abzählen", erklärte sie achselzuckend. Dann kniff sie die Lippen fest zusammen und war selbst überrascht, dass sie einer völlig fremden Person so viel von sich preisgegeben hatte.

Als sie hörte, wie eine Schublade aufgezogen wurde, wendete Gabriella ihren Blick wieder zu ihrer Ärztin.

„Wie wäre es denn, wenn Sie ihn besser kennenlernen?", fragte Dr. Simmons, holte eine Bibel hervor und gab sie ihr. „Fangen Sie mit dem Johannesevangelium an. Das Buch Jeremia gehört ebenfalls zu meinen Lieblingsbüchern. Meine Lieblingsstellen sind unterstrichen."

„Ich kann doch nicht Ihre Bibel annehmen", sagte Gabriella fast erschrocken und versuchte, das Buch zurückzugeben, aber die Ärztin hob die Hände und schüttelte den Kopf.

„Nein, sie gehört Ihnen. Und jetzt wüsste ich noch gerne, was Sie gegen die Schmerzen nehmen?", fragte Dr. Simmons und schaute sich Gabriellas Gesicht an.

„Rezeptfreie Paracetamol-Tabletten. Ich habe in der Apotheke angerufen und mich erkundigt, ob ich die auch während der Schwangerschaft nehmen kann."

„Sehr gut. Die Sprechstundenhilfe stellt Ihnen jetzt Infomaterial für die Schwangerschaft zusammen, unter anderem auch eine Aufstellung all dessen, was Sie während der Schwangerschaft tun und was Sie lieber lassen sollten. Außerdem ein Heft, in dem Sie jede Woche sehen können, in welchem Entwicklungsstadium Ihr Baby gerade ist, und dann enthält es noch einen Monatsvorrat der Vitamine, die das Baby jetzt besonders braucht. Wenn Sie die gut vertragen, gebe ich Ihnen beim nächsten Vorsorgetermin ein Rezept dafür."

Gabriella nickte und versuchte, sich zu konzentrieren.

„Achten Sie gut auf Ihre Ernährung, denn was Sie essen, isst Ihr Baby mit. Wenn Sie ein halbes Dutzend Donuts verzehren, tut es Ihr Baby auch."

Gabriella zuckte zusammen. Sie fragte sich, ob die Ärztin wohl noch riechen konnte, dass sie auf dem Weg zu ihr Donuts gegessen hatte.

„Versuchen Sie, möglichst mageres Fleisch zu essen, frisches Obst und Gemüse. Magermilch- und Vollkornprodukte sind ebenfalls wichtig. Und achten Sie, während der Schwangerschaft auf Ihr Gewicht. Da Sie ohnehin schon Übergewicht haben, ist das besonders wichtig, um unnötige Risiken für Sie und das Baby zu vermeiden."

Ziemlich niedergeschlagen saß Gabriella jetzt da.

Da setzte sich Dr. Simmons auf den freien Stuhl neben sie und erklärte: „Die meisten meiner Patientinnen haben ein bisschen Übergewicht, meine Liebe. Das braucht Ihnen wirklich nicht peinlich zu sein", sagte sie und drückte Gabriella die Hand. „Aber ich wäre keine gute Ärztin, wenn ich nicht versuchen würde, Sie zu motivieren, alles Menschenmögliche für Ihre eigene Gesundheit und für die Ihres Babys zu tun, oder?“

„Ja natürlich. Tut mir leid. Ich habe heute nur einen ziemlich emotionalen Tag“, flüsterte Gabriella, während sie langsam, aber merklich Kopfschmerzen bekam.

„Na, dann willkommen im Land der Schwangerschaftshormone“, sagte Dr. Simmons lächelnd. „Julie hat Ihnen außerdem in der Praxis für plastische Chirurgie nebenan eine Schiene für Ihre Nase besorgt. Und ich gebe Ihnen noch eine Dosis Paracetamol, bevor Sie gehen, ja?“

Gabriella nickte, registrierte, dass die Ärztin aufstand, und sagte dann: „Darf ich Ihnen eine persönliche Frage stellen, Dr. Simmons?“ Ihr war klar, dass sie eigentlich schon viel zu viel Zeit der Ärztin in Anspruch genommen hatte.

„Sie haben mir schon die intimsten Stellen des Körpers gezeigt, den Gott Ihnen geschenkt hat, und mir Ihre ganz persönlichen Probleme mit Tischen anvertraut, da steht es Ihnen ja wohl zu, mir eine persönliche Frage zu stellen“, sagte Dr. Simmons mit einem freundlichen Lachen.

„Ich wüsste gern, woher Ihr wunderschöner Akzent stammt“, fragte Gabriella daraufhin.

Sie hatte sich schon bei den ersten Worten der Ärztin in deren starken Südstaatenakzent verliebt, weil er so beruhigend nach Heimat klang.

„Aus *good old Georgia*“, antwortete die Ärztin grinsend. „Und ich habe immer gedacht, ich klinge wie eine Hinterwäldlerin aus den Südstaaten.“

„Und wie hat es eine Südstaatenschönheit in den Bundesstaat Washington verschlagen?“

„Das sind jetzt schon zwei Fragen, aber ich glaube, Sie haben auch auf eine zweite noch eine Antwort verdient. Ich bin der

Liebe meines Lebens hierher gefolgt. Mein Mann hat ein Jobangebot bekommen, zu dem er nicht Nein sagen konnte, und deshalb bin ich jetzt auch hier." Sie schaute unauffällig auf ihre Uhr.

Das nahm Gabriella als Zeichen, ihre Sonnenbrille wieder aufzusetzen und der Ärztin noch einmal zur Anmeldung zu folgen, wo Julie schon auf sie wartete. Dr. Simmons trug Julie auf, Gabriella eine Dosis Paracetamol zu geben, und bevor sie zur nächsten Patientin in eines der Behandlungszimmer ging, drehte sich Dr. Simmons noch einmal um und nahm Gabriellas Hand in ihre.

„Es hat mich sehr gefreut, Sie kennenzulernen, Mrs Sadler. Sie können mich jederzeit anrufen, wenn Sie *irgendetwas* brauchen. Meine Telefonnummer finden Sie in dem Infomaterial."

„Vielen Dank, Dr. Simmons. Ich bin wirklich froh, dass ich Sie gefunden habe."

Daraufhin lächelte die Ärztin und verschwand im Behandlungszimmer.

Nachdem Gabriella die Schmerztablette bekommen hatte, ging die Sprechstundenhilfe noch einmal mit ihr gemeinsam das Infomaterial durch und vereinbarte dann den nächsten Vorsorgetermin.

Gabriella bedankte sich bei der Assistentin, verließ die Praxis und ging zu ihrem Range Rover. Als sie die Tür öffnete, fiel ihr Blick sofort auf die noch halb volle Schachtel mit Donuts, und fest entschlossen, von jetzt an bewusster zu essen, nahm sie sie und warf sie in die nächste Mülltonne.

Als sie dann eingestiegen war und sich angeschnallt hatte, wischte sie sich die Tränen ab und nahm sich ein paar Dinge vor. Als Erstes würde sie sich einen Fluchtplan überlegen und ihn auch in die Tat umsetzen, und bis dahin würde sie Brent, so gut es ging, aus dem Weg gehen, um ihr Baby zu schützen.

Zu Hause angekommen, schickte Gabriella einen völlig verdutzten Botenjungen mit all dem ungesunden Essen, das sie bestellt hatte, einem 30-Dollar-Trinkgeld sowie einer neuen Bestellung für gesunde Lebensmittel wieder weg und verbrachte den größten Teil des Nachmittags damit, alle Reste ihres ungesunden Lebensstils zusammenzupacken und diese einem Mitarbeiter des Kinderheims mitzugeben, für das sie sich ehrenamtlich engagierte.

Zuletzt legte sie einen Vorrat aus den gesunden Snacks an, die sie bestellt hatte, darunter waren Müsliriegel, Trockenobst, Mandeln und Obstsäfte. Auch ihre Schwangerschaftsvitamine verstaute und versteckte sie zusammen mit den Schwangerschaftsinfos in dem begehbaren Schrank. So seltsam es scheinen mochte, aber dadurch wurde ihre Gefängniszelle zu ihrem ganz persönlichen heiligen Ort.

5

Mit einem Schlag war es Oktober geworden in Olympia, Washington. Kalt blies der Wind. Der Herbst hatte seine wunderschöne Farbpalette ausgepackt und die Landschaft prachtvoll bunt gefärbt. Intensive Orange-, warme Burgundertöne und ein leuchtendes Gelb gaben den Bäumen und Sträuchern am Straßenrand Farbakzente. Der Herbst war auf jeden Fall Gabriellas Lieblingsjahreszeit. In einen dicken Pullover gekuschelt, machte sie ihren Morgenspaziergang.

Seit dem ersten Besuch bei der Gynäkologin achtete sie um des Babys willen besser auf sich und hatte sogar etwas abgenommen. Sie war jetzt am Anfang des siebten Monats und hatte fast sieben Kilo abgenommen, weil sie gesünder aß – aber auch weil sie in den ersten Monaten heftig unter Morgenübelkeit gelitten hatte. Zum Glück war diese Phase mittlerweile vorbei.

Ohne die Übelkeit und in der frischen kühlen Herbstluft fühlte Gabriella sich lebendig und war voller Hoffnung. Sie lernte sogar Gott besser kennen, denn sie las immer wieder in der Bibel, die ihr die Ärztin geschenkt hatte. Ja, sie war in mehrfacher Hinsicht voller Erwartung.

Mit Ausnahme des Schlags auf ihr Auge am vergangenen Abend hatte Brent seine Fäuste in letzter Zeit ganz gut bei sich behalten, aber seit ungefähr vier Wochen merkte sie, dass er sie immer wieder seltsam ansah, und das beunruhigte sie. Außerdem machte er Bemerkungen darüber, wie es eigentlich käme, dass sie überall abnehme außer am Bauch und den Brüsten. Gabriella wusste nicht, ob Brent nur das Offensichtliche leugnete – nämlich dass sie schwanger war – oder ob er wirklich so ahnungslos war.

Nach ihrem Spaziergang nahm sie ihre Handtasche und machte sich auf den Weg in die Arztpraxis zur monatlichen Vorsorgeuntersuchung. Außerdem wollte sie sich von der Ärztin verabschieden. Wenn alles lief wie geplant, würde Gabriella schon nächste Woche an der Ostküste sein. Brent ging auf Geschäftsreise nach Kalifornien, was für sie die perfekte Gelegenheit war, ihn zu verlassen.

Als sie die Arztpraxis betrat, war sie gespannt auf ihre ungewisse Zukunft, aber auch ein bisschen ängstlich. Nachdem sie ins Behandlungszimmer geführt worden war, setzte sie sich auf die Behandlungsliege und wartete auf Dr. Simmons.

„Gabriella!!" Der wissende Blick der Ärztin verharrte bei dem dunkelblauen, fast schwarzen Auge.

Gabriella berührte es vorsichtig mit den Fingerspitzen und sagte: „Es ist wirklich nur das Auge, mehr nicht."

„Ach ... da bin ich ja erleichtert, dass Sie *nur* ein blaues Auge haben", sagte Dr. Simmons sarkastisch und schaute es sich genauer an. „Sind Sie auch gestürzt?"

„Nein. Es war nur der Schlag."

„Okay, dann legen Sie sich jetzt bitte hin und ziehen Sie Ihr Oberteil etwas hoch, damit ich diesen wunderschönen Babybauch messen kann." Die Ärztin holte ein schmales Maßband aus der Tasche ihres Kittels und maß Gabriellas wachsenden Bauch.

„Genau wie es sein soll", bemerkte die Ärztin. Dann nahm sie den Kopf des Ultraschallgerätes aus der Halterung, fuhr damit über Gabriellas Bauch und fand schnell die Herztöne des Babys.

„Das klingt gut. Möchten Sie noch eine gründliche Ultraschalluntersuchung? Vielleicht dreht sich die kleine Maus ja endlich mal so, dass wir sehen können, ob es ein Junge oder ein Mädchen ist."

„Ach nein, lieber nicht. Mir gefällt die Vorstellung, dass es eine Überraschung bleibt, immer besser", erklärte Gabriella, während die Ärztin ihr half, sich wieder aufzusetzen.

„Also, dann wären wir für heute fertig. Es sei denn, Sie haben noch Fragen."

„Ich denke, Sie sollten wissen, dass wir uns nicht mehr wiedersehen werden, weil ich in den Süden gehe, um mir dort ein bisschen Südstaatenakzent anzueignen."

Die Ärztin verstand sofort. „Ich werde Sie vermissen", sagte sie und umarmte Gabriella zum Abschied sehr fest.

„Ich Sie auch", entgegnete Gabriella und erwiderte die Umarmung.

Als sie sich wieder voneinander gelöst hatten, sah die Ärztin Gabriella bedeutungsvoll an und sagte: „Versprechen Sie mir bitte zwei Dinge."

„Was Sie wollen."

„Das letzte Schwangerschaftsdrittel hat jetzt begonnen, und es ist wichtig, dass Sie sich dort – wo auch immer – so schnell wie möglich einen neuen Arzt oder eine Ärztin suchen, damit Sie einen Geburtsplan erstellen und sich auf die Geburt vorbereiten können."

„Okay. Und was noch?"

„Überlegen Sie sich um Himmels willen eine bessere Erklärung als die Geschichte mit dem Südstaatenakzent." Beide Frauen lachten und umarmten sich dann noch einmal, und Dr. Simmons fuhr fort: „Und bitte versprechen Sie mir, mich anzurufen, wenn ich Ihnen irgendwie helfen kann, ja?"

„Das waren jetzt schon drei Dinge, aber wahrscheinlich steht Ihnen das zu", sagte Gabriella lächelnd und ging dann, ohne ein weiteres Wort zu sagen, zur Anmeldung, um dort ihre Rechnung zu bezahlen. Als sie ins Loft zurückkam, fühlte sie sich mutig und stark.

Doch Gabriellas Zuversicht und Mut waren wie weggeblasen, als sie zu Hause ankam, denn Brents Mercedes stand auf seinem Stellplatz in der Garage. Völlig in Panik hätte sie beinahe den Rückwärtsgang eingelegt, um sofort wieder loszufahren, aber das hätte bedeutet, ihre wenigen Besitztümer und das versteckte Geld zurückzulassen und ihren einzigen Versuch, die Sache erfolgreich durchzuziehen, abbrechen zu müssen.

Zögerlich stellte Gabriella also ihren Wagen neben dem Mercedes ab und überlegte fieberhaft, was sie jetzt tun sollte. Doch bevor sie auch nur einen Gedanken fassen konnte, wurde die Fahrertür ihres Wagens von außen aufgerissen, und sie wurde an den Haaren aus dem Wagen gezerrt. Brent zog sie – immer noch an den Haaren – die Treppe hinauf und stieß dabei die ganze Zeit vulgäre Beschimpfungen gegen sie aus. Den Schmerz an der Kopfhaut und die Beleidigungen nahm sie gar nicht richtig wahr, weil sie an nichts anderes denken konnte als an das Baby und dass sie es um jeden Preis schützen musste.

In der Wohnung angekommen knallte Brent die Tür zu, wirbelte Gabriella herum und drückte sie gegen die Tür. „Du hältst mich wohl für blöd, was?"

Sie roch den Alkohol in seinem Atem.

„Ich weiß wirklich nicht, was du meinst …"

Brent versetzte ihr einen Schlag ins Gesicht, durch den die Haut über ihrem linken Auge aufplatzte. „Lüg mich nicht an, blöde Kuh!"

„Wieso lüge ich dich denn an?"

Er drückte sie mit einer Hand gewaltsam am Kinn nach hinten und zog ihr Gesicht näher an seines heran, sodass sein Atem ihr abstoßend heiß über die Wange strich.

„Du bestiehlst mich, du Diebin."

„Nein …"

Brent lockerte seinen Griff am Kinn ein wenig und schlug noch einmal zu. Dieses Mal aufs Kinn. Auch hier platzte die Haut auf, und sie spürte, wie ihr warmes Blut den Hals hinunterlief.

Dann packte Brent sie an den Schultern und schüttelte sie. „Ich gebe dir alles und das ist der Dank dafür? Es gibt Ungereimtheiten auf meinen Konten, und du weißt genau, dass du dafür verantwortlich bist." Er ließ sie los, holte eine Flasche Bourbon aus der Bar, setzte sie an den Hals und trank.

Während Gabriella ihm zusah, schalt sie sich selbst dafür, dass sie mit der Zeit immer mehr Geld für sich zurückbehalten hatte, wenn sie Bargeld zur Bank gebracht hatte. Jetzt hatte er also die Fehlbeträge auf den Auszügen bemerkt. Sie wusste, dass sie in den letzten Monaten ein hohes Risiko eingegangen war, aber sie hatte gehofft, längst über alle Berge zu sein, wenn er die Unstimmigkeiten bemerkte. Sie hätte wissen müssen, dass es nicht so einfach werden würde. Jetzt wurde ihr klar, dass sie für ihre Unehrlichkeit einen hohen Preis würde zahlen müssen.

Gabriella stand immer noch direkt vor der Tür, als Brent sich wieder zu ihr umdrehte. Instinktiv schützte sie mit beiden Händen den gewölbten Bauch, und in dem Moment registrierte Brent, was los war. Er war so verblüfft, dass er sich an dem Whiskey verschluckte.

„Wie kannst du es wagen?"

„Lass mich einfach gehen, dann brauchst du dir über das hier keine Sorgen mehr zu machen", sagte sie und zog dabei vorsichtig an der Tür, aber Brent war schon bei ihrer ersten Bewegung bei ihr. Er schlug ihr mit der Faust direkt auf den Mund, sodass ihre Lippe aufplatzte und es noch eine weitere schmerzende und blutende Stelle in ihrem Gesicht gab, dann packte er sie wieder bei den Haaren und schleppte sie zu dem begehbaren Schrank im Gästezimmer.

Nachdem er die Tür geöffnet hatte, drückte er sie an die hintere Schrankwand und schrie: „Wo hast du mein Geld versteckt? Ich weiß, dass es hier drinnen ist, zusammen mit all deinem Süßkram und dem anderen Scheiß." Völlig außer sich begann er, Sachen aus dem Regal zu zerren, und jedes Mal, wenn er dabei auf eine Packung mit etwas Essbarem oder auf Wasserflaschen stieß, schleuderte er es auf Gabriella, die verzweifelt versuchte, die Geschosse abzuwehren, damit sie nicht ihren Bauch trafen.

Nachdem Brent den Gedanken aufgegeben hatte, dass das Geld im Schrank war, zerrte er Gabriella wieder aus dem Schrank heraus, immer noch mit der inzwischen halb leeren Whiskeyflasche in der Hand.

„Wo ist es, Gabriella?" Mit diesen Worten schob er sie in den begehbaren Kleiderschrank im Schlafzimmer und fing wieder an, sie wüst zu beschimpfen. „Irgendwo hast du es versteckst. Ich weiß, dass du es nicht ausgegeben hast!"

Sie konnte nicht fassen, dass Brent wegen ein paar Tausend Dollar dermaßen in Rage geriet, denn der neue Luxus-Range-Rover, den er ihr gekauft hatte, war mit Sicherheit teurer gewesen.

„Worum geht es eigentlich *wirklich*, Brent?", fragte sie deshalb.

Brent bedachte sie mit einem taxierenden Blick, trank den Rest Bourbon aus der Flasche, packte die leere Flasche am Hals und holte über seinen Kopf nach hinten aus, um Gabriella damit zu schlagen.

„Worum es *wirklich* geht?", fragte er und äffte dabei ihren Tonfall nach. „Erstens mal geht es um Tausende von Dollar, die in den letzten paar Monaten verschwunden sind und nicht auf den Einzahlungsbelegen auftauchen. Du bist ziemlich gierig geworden." Er tippte mit der Flasche gegen Gabriellas Arm, fast wie um sie zu provozieren.

„Ich gebe es dir zurück", bot sie ihm an, aber er war schon so außer sich, dass er ihr Angebot gar nicht wahrnahm.

„Und zweitens geht es darum, dass du Geheimnisse vor mir hast. Die neugierige alte Mrs Harper von gegenüber hat mich heute Morgen angesprochen und sich erkundigt, ob mit dir alles in Ordnung sei. Ihr wäre nämlich aufgefallen, dass in letzter Zeit die Lebensmittel vom Supermarkt geliefert würden!" Wieder holte er mit der Flasche aus und schwang sie in Richtung von Gabriellas Kopf.

Als sie daraufhin den Arm hob, um den Schlag abzufangen, traf die Flasche sie knapp über dem Handgelenk, und ein so unbeschreiblicher Schmerz schoss ihr den Arm hinauf und dann einmal durch den ganzen Körper, dass sie sich beinah erbrechen musste. Während sie den Arm immer noch schützend gehoben hatte, schlug Brent noch einmal zu, dieses Mal in ihre Seite. Beim Aufschlag der Flasche spürte Gabriella ein mehrfaches heftiges Stechen im Brustkorb, und sie konnte nicht mehr richtig einatmen.

Schließlich ließ Brent die Flasche los und sie zerschellte auf dem Boden. Er torkelte aus dem begehbaren Schrank heraus, setzte sich auf die Bettkante, ließ dabei aber die weinende Gabriella keinen Moment aus den Augen.

„Warum?", fragte er.

„Ich m…musste zum Arzt, d…deshalb h…habe ich die L…Lebensmittel l…liefern lassen", sagte sie zitternd.

„Bist du wirklich schwanger?“, fragte Brent und starrte auf ihren runden Bauch, während er sie mit einer Geste zu sich herüberbefahl, aber sie blieb wie erstarrt, wo sie war.

„Komm her, Gabriella“, befahl er.

„B... bitte, tu uns nicht weh“, bat sie ihn flehend und hielt schützend einen Arm vor ihren Bauch, während sie registrierte, wie er schwankte, weil er mittlerweile völlig betrunken war. Sie hoffte, dass sie nicht mehr zu tun brauchte, als sich ruhig zu verhalten und zu warten, bis er eingeschlafen war, und sie versprach dem Baby aufzubrechen und nie wieder zurückzukommen, sobald es so weit war.

„Gabriella“, sagte Brent, und es klang wie eine Warnung.

Ganz langsam kam sie aus dem Schrank heraus und merkte kaum, wie sich die Glasscherben der zerbrochenen Flasche in ihre Fußsohlen bohrten, so benommen war sie vor Schmerz.

Als sie jetzt vor ihrem Mann stand, war sie sehr wachsam. Sein Haar war zerzaust und stand in alle Richtungen, sein Gesicht war gerötet, und Schweiß stand ihm auf der Stirn. Behutsam legte er seine Hand auf ihren runden Bauch und drückte einen Kuss in die Nähe ihres Bauchnabels. In dem Moment hätte sie am liebsten vor Erleichterung geweint, aber die Schmerzen in ihrer Seite ließen es nicht zu, weil sie nicht richtig atmen konnte.

„Was habe ich dir zu diesem Thema gesagt?“, fragte Brent, während er weiter den Babybauch anstarrte.

„Ich weiß, aber es ist passiert, als du mich im Frühjahr die ganze Woche in den Schrank gesperrt hattest und ich die Pille nicht nehmen konnte ...“ Sie hörte auf zu sprechen, als sie merkte, dass sich seine Hand auf ihrem Bauch nicht mehr bewegte, und da wusste sie, dass sie es vermasselt hatte.

So viel also dazu, mich ruhig zu verhalten, schimpfte sie mit sich selbst.

„Schieb die Schuld dafür …“, lallte er und bohrte ihr dabei fest den Finger in den Bauch, sodass Gabriella einen Schritt zurückwich, um sich zu schützen, „… nicht mir in die Schuhe.“

Dann sprang er auf und ohrfeigte sie so heftig mit dem Handrücken, dass sie erst kurz wie betäubt war, doch dann begann ihr geschwollenes Gesicht zu pochen.

Sie machte sich Sorgen, dass sie vielleicht noch vor Brent das Bewusstsein verlieren könnte, deshalb flehte sie ihn an: „Bitte, Brent … ich tue alles. Aber bitte hör auf.“ Dabei zitterte sie am ganzen Körper.

„Da hast du aber 'ne ganze Menge wiedergutzumachen“, murmelte er und riss ihr die dünne Baumwollbluse vom Körper, sodass ihr Bauch vollständig entblößt war. Dann zog und zerrte er an ihren restlichen Kleidern, bis sie nackt vor ihm stand, und stieß sie aufs Bett.

Gabriella sah jetzt alles nur noch verschwommen, und sie blinzelte, um wieder klar zu sehen. Sie musste unbedingt versuchen, ihren Bauch vor ihm zu schützen, aber das machte ihn nur noch wütender. Sie flehte ihn an und mühte sich die ganze Zeit, wieder deutlicher sehen zu können, aber ihre Sicht blieb verschwommen. Die brutale Gewalt gegen sie ging weiter und schien gar nicht mehr enden zu wollen. Irgendwann stand Brent dann auf und boxte ihr mit voller Wucht direkt in den Bauch.

Ein durchdringender Schmerz durchfuhr sie und sie schrie laut: „Nein!“, obwohl ihre Seite dadurch noch mehr schmerzte.

Da drückte Brent ihr seine Hand auf den Mund und vergewaltigte sie brutal. Es fühlte sich an, als würde die Zeit gleichzeitig stillstehen und atemberaubend schnell vergehen.

Mit dem linken Auge konnte Gabriella mittlerweile gar nichts mehr sehen, weil es fast vollständig zugeschwollen war, und mit ihrem rechten Augen konnte sie nicht richtig fokussieren, sodass sie einfach kapitulierte und darauf wartete, dass sie das Bewusstsein verlor. Schließlich geschah es auch, aber dann kam sie wieder zu sich, weil sie keine Luft bekam. Sie zwang sich, so gut es ging, das rechte Auge wieder zu öffnen, und sah, dass Brent sie mit beiden Händen würgte.

Da ergab sie sich ihrem Schicksal und dachte: *Das hast du jetzt davon, dass du so lange gewartet hast.*

Sie sah nur Flecke vor ihren Augen, während sie sich in Brents Gesicht festkrallte, allerdings ohne dass es irgendeine Wirkung zeigte, denn er war dermaßen in Rage, dass er gar nichts mehr wahrnahm.

Wie wild warf sie den Kopf hin und her, um seinem Griff zu entkommen, und registrierte dabei die Kristallvase auf dem Nachttisch, in der immer noch die Rosen standen, die sie als Wiedergutmachung für das mittlerweile schon völlig vergessene blaue Auge bekommen hatte. Sie griff danach und zerbrach sie – mit allerletzter Kraft – auf Brents Kopf. Er stöhnte einmal kurz auf und brach dann auf ihr zusammen. Ihre letzten Kräfte brauchte sie, um ihn von sich herunterzurollen. Dann lag sie völlig verausgabt neben ihm und verlor das Bewusstsein.

Als sie wieder zu sich kam, wusste sie nicht, wie viel Zeit vergangen war, aber die Realität setzte sofort ein und ließ sie hellwach werden. Sie schaute neben sich und stellte erleichtert fest, dass Brent immer noch nicht wieder bei Bewusstsein war. Dann machte sie eine Bestandsaufnahme ihrer eigenen Blessuren und war zu Tode erschrocken, als sie sah, dass sie voller Blut war.

Mühsam kroch sie aus dem Bett, taumelte ins Bad und fiel dabei zweimal hin. Irgendetwas schien mit ihrem Gleichgewichtssinn nicht in Ordnung zu sein. Sie schloss die Tür des Bads hinter sich ab, stellte sich unter die Dusche und drehte das Wasser bis zum Anschlag auf. Eine Welle von Übelkeit erfasste sie, als sie sah, dass blutiges Wasser zum Abfluss rann und dort in einem Strudel ablief, und bevor sie die Dusche verlassen und die Toilette erreichen konnte, erbrach sie sich heftig.

Nachdem sie sich einigermaßen gesäubert hatte, verschwendete sie keine Zeit damit, sich gründlich abzutrocknen, denn sie wusste, dass das Zeitfenster, in dem sie noch entkommen konnte, sehr klein war. Aus dem Unterschrank unter dem Waschbecken nahm sie eine Binde und legte sie sich wegen der Blutung, die zum Glück mittlerweile nicht mehr so heftig war, in den Slip. Dann versorgte sie ihr Gesicht, so gut es ging. Ihr linkes Auge war vollständig zugeschwollen, und sie war immer noch benommen und durcheinander und musste sich ständig selbst gut zureden, sich zu konzentrieren.

Nachdem sie noch ein paar Binden und andere Toilettensachen zusammengesucht hatte, horchte sie an der Tür, und als sie nichts als Stille wahrnahm, verließ sie so leise wie möglich das Bad. Aus dem Augenwinkel ihres rechten Auges konnte sie sehen, dass Brent immer noch auf dem Bett lag.

Sie ging direkt zum Frisiertisch und holte das Bargeld aus dem Versteck dahinter, huschte dann noch einmal in den begehbaren Schrank, wobei sie aufpasste, nicht in die Glasscherben zu treten, die auf dem ganzen Boden verstreut waren, zog sich an und packte dann, so schnell es ihr lädierter Körper zuließ, ihre Sachen. Dabei ging sie nicht besonders systematisch vor, sondern zog einfach eine Schublade ganz heraus und schüttete ihre gesamte Unterwäsche in eine Reisetasche.

Ohne die Schublade wieder in die Kommode zu schieben, steckte sie mehrere Paar Schuhe in die Tasche und zerrte mit beiden Händen Oberteile und Hosen von den Kleiderbügeln in einen Koffer. Dann nahm sie eine Baseballmütze vom Haken und setzte sie sich auf.

Sie zog die beiden Gepäckstücke so leise wie möglich aus dem begehbaren Schrank ins Schlafzimmer und blieb noch einmal kurz in der Tür stehen, um zu Atem zu kommen. Die Schmerzen waren fast unerträglich, und sie sah alles wie durch einen milchigen Schleier. Bevor sie hinaus auf den Gang trat, warf Gabriella noch einen letzten Blick auf Brent.

Er lag seltsam gekrümmt auf der Seite und starrte mit leerem Blick an ihr vorbei. Sie stopfte sich einen Ärmel ihres langen Mantels in den Mund, um den Schrei zu dämpfen, den sie jetzt ausstieß, dabei riss ihre Lippe erneut ein. Und als ihr klar wurde, was los war, begann sie am ganzen Körper zu zittern.

Brent war tot, und sie hatte ihn umgebracht.

Ohne einen weiteren Blick auf ihn zu verschwenden, taumelte Gabriella zur Wohnungstür, riss sie auf, stieß das Gepäck die Eingangstreppe hinunter und taumelte hinterher. Dann schob sie die Tasche und den Koffer hinüber zu ihrem Range Rover und versuchte, das Gepäck darin zu verstauen, aber als im selben Moment auf der gegenüberliegenden Straßenseite ein Taxi hielt, stellte sie ihre fruchtlosen Bemühungen ein und winkte dem Taxifahrer.

Der Mann verstaute ihr Gepäck im Kofferraum und fragte, ob er sie ins Krankenhaus fahren solle. Doch sie nannte als Zieladresse den nächsten Busbahnhof. Sie musste so schnell wie möglich weg von Brent.

Am Busbahnhof angekommen, fand sie eine Frau, die Mitleid mit ihr hatte und sich bereit erklärte, ihr am Schalter ein Ticket nach Georgia zu kaufen. Sie bedankte sich bei der Dame und bot ihr 50 Dollar an, die die Frau aber nicht annehmen wollte.

Sie hatte sich gerade auf dem unbequemen Sitz im Bus niedergelassen, als er auch schon losfuhr. Die letzten beiden Dinge, an die sie sich erinnerte, waren bedeutungsvoll – es war zum einen

Erleichterung, als das Baby zu strampeln anfing, und es war Lenny Kravitz' hypnotisierende Stimme, die aus dem Handy eines anderen Fahrgastes kam. Als sie zuhörte, wie Lenny davon sang, davonzufliegen, wurde das Licht im Bus gedimmt, und dann wurde es dunkel.

6

Gabriella hatte jegliches Zeitgefühl verloren und fühlte sich trotz allem seltsam ruhig. Irgendwie war sie in einem Krankenhaus in Lincoln im Bundestaat Nebraska gelandet, ohne sich auch nur im Geringsten erinnern zu können, wie sie dort hingekommen war.

Es vergingen unzählige Tage, in denen sie an Infusionen und Überwachungsmonitore angeschlossen volllommen hilflos im Krankenhausbett lag. Die einzige Konstante während dieser Zeit, an die sie sich erinnern konnte, war eine dunkelhaarige Hebamme mit einem freundlichen Lächeln, die auf absolut wundersame Weise immer gerade dann im Zimmer war, wenn Gabriella wieder zu Bewusstsein kam.

Als sie wieder einmal aus der Dunkelheit auftauchte, spürte sie die inzwischen vertraute kleine Hand, die die ihre hielt. Nach ein paar vergeblichen Versuchen, scharf zu sehen, gelang es ihr schließlich doch, mit der beruhigenden Hebamme Blickkontakt aufzunehmen. Gabriella befeuchtete mit der Zunge ihre rissigen Lippen und zuckte dabei vor Schmerz zusammen. Das Schlucken tat ihr so weh, dass es sie regelrecht in Panik versetzte.

„Hier, meine Liebe", sagte die Hebamme leise und hielt Gabriella einen Becher mit einem Trinkhalm an den Mund, durch den sie erst ganz vorsichtig, dann aber gierig das köstliche Eiswasser trank, bis der Becher leer war. Die kühle Flüssigkeit beruhigte ihre völlig ausgedörrte Kehle, und sie konnte gar nicht schnell genug schlucken.

„Langsam", ermahnte die Hebamme sie. „Sonst wird die genähte Lippe zu sehr gereizt."

Nachdem sie einen weiteren Becher Wasser leer getrunken hatte, legte sich Gabriella wieder zurück. Ihre Hände bewegten sich wie von selbst, bevor ihr benebelter Kopf begriff. Irritiert strich sie sich mit den Händen über den flachen Bauch. Ein Teil von ihr – der wichtigste Teil – war nicht mehr da, und das war der Moment, in dem sie abstürzte.

Die Hebamme merkte anscheinend, was gerade in Gabriella vorging. „Sie erinnern sich nicht, meine Liebe, oder?"

Am Rande ihres Gehirns sammelten sich Erinnerungsfetzen, die sie aber nicht zusammenbekam. Da war Brent, wie er sie schlug, jemand, der sie hielt, Schmerzen und noch mehr Schmerzen, jemand, der ihr das Baby aus den Armen riss, Erschrecken und Panik darüber, dass jemand ihr das Kostbarste wegnahm, Flehen, dass sich doch bitte jemand um ihr Baby kümmern solle, noch mehr Schmerzen … immer Schmerzen.

Und dann wurde es wieder dunkel um sie. Das Nächste, was sie wahrnahm, war ein Arzt mittleren Alters, der neben der Hebamme an ihrem Bett stand. Ihre Mienen drückten Sorge und Mitgefühl aus, was nicht gerade dazu beitrug, ihr gequältes Inneres zu beruhigen.

Gabriella räusperte sich. Kaum in der Lage, ihre schlimmste Befürchtung auszusprechen, murmelte sie: „Mein Baby."

Aber sie brauchte die entsprechende Frage gar nicht mehr zu stellen, weil sie die Antwort schon wusste. Und sie hatte das Gefühl, dass sie es auch nicht anders verdient hatte, denn sie hatte ihr Versprechen nicht gehalten.

„Ich bin Dr. Daniels, Mrs Sadler. Die Hebamme hat mir gesagt, dass Sie sich langsam wieder erinnern können, was passiert ist." Er hielt inne, als wisse er nicht so genau, wie er fortfahren sollte. „Es tut mir leid, dass ich Ihnen das sagen muss, aber Ihre Plazenta hat sich abgelöst und das hat starke Blutungen ausgelöst … wir haben Sie nur mit knapper Not retten können … aber das Baby hat es nicht geschafft … das tut mir sehr leid."

Ein zähes Schweigen lag erdrückend im Raum, bis Gabriella ein heftiges, qualvolles Keuchen ausstieß und der Schmerz erbarmungslos zuschlug. Zwischen ihren Schluchzern versuchte der Arzt, beruhigend auf sie einzuwirken, scheiterte dabei aber kläglich. „Die gute Nachricht ist, dass Sie keine bleibenden Schäden davongetragen haben. Sie werden noch Kinder bekommen können, und zwar sogar ohne erhöhtes Risiko." Er nickte und hoffte offenbar, dass sie das beruhigte.

All die Misshandlungen der vergangenen zehn Jahre, die schreckliche Erfahrung des Verlassenwerdens in ihrer Kindheit, Versagen um Versagen und vor allem die grausamen Folgen, ihr Kind zu verlieren – all das traf Gabriella jetzt mit voller Wucht wie ein brutaler Schlag. Und all die Jahre verdrängten Schmerzes, für den es kein Ventil gegeben hatte, entluden sich in diesem Moment in einem markerschütternden Schrei. Dabei platzte ihre Lippe wieder auf und blutete heftig, was den Arzt veranlasste, einen Schritt näher an ihr Bett heranzutreten, aber Gabriella sorgte mit einem Blick dafür, dass er reglos stehen blieb.

Sich die heftig schmerzende Seite haltend, stieß sie zwischen zusammengebissenen Zähnen hervor: „Sie behandeln den Verlust meines Babys – meines eigenen Fleisches und Blutes –, als hätte ich einen Ohrring verloren, den ich ganz einfach ersetzen kann. Mein. Baby. Ist. Unersetzlich." Ihre Stimme war tief und leise, drohend und voller Gift und Galle.

„Mrs Sadler …“

„Nennen Sie mich nicht so!“

Gabriella registrierte, dass immer mehr Krankenhausmitarbeiter kamen, um zu sehen, was los war, aber die Hebamme schickte sie alle sofort wieder weg. Mit einem kaum wahrnehmbaren Nicken bedankte sie sich bei der Hebamme dafür.

„Gabriella“, sagte der Arzt jetzt und hob kapitulierend die Hände, aber sie drehte sich auf die Seite und kehrte ihm den Rücken zu. Sie würde kein Wort mehr an ihn verschwenden. Nach seiner unsensiblen Äußerung blendete sie ihn völlig aus, und in diesem Moment hatte sie einen richtigen Hass auf ihn. Dass er ihr das Leben gerettet hatte, interessierte sie nicht im Geringsten – im Gegenteil –, auch dafür hasste sie ihn.

„Gabriella“, flüsterte Dr. Daniels. „Die Hebamme wird Ihnen etwas zu Ihren Verletzungen sagen und sich um Ihre Lippe kümmern.“ Seine Stimme klang niedergeschlagen, als er das Zimmer verließ.

Sie beachtete ihn auch jetzt nicht, denn sie lag immer noch auf der Seite und starrte an die mintgrüne Wand, bis die Hebamme in ihr Blickfeld trat, sich hinkniete und mit einem mitfühlenden Lächeln einen feuchten Lappen auf Gabriellas blutende Lippe drückte.

Dann beugte sie sich vor und flüsterte: „Sie hatten ein wunderschönes kleines Mädchen.“ Das letzte Wort war kaum noch zu hören, weil auch die Hebamme jetzt von ihren Gefühlen überwältigt wurde. „Sie hat ausgesehen wie ein kleiner Engel. Ich habe Ihnen versprochen, mich um das Baby zu kümmern, und das habe ich auch getan.“

Die Information, dass ihr Baby ein Mädchen gewesen war, löste eine neue Welle so heftiger Trauer aus, dass Gabriella am ganzen Körper zitterte. Sie stieß einen abgrundtiefen Schluchzer aus, denn ihr körperlicher und seelischer Schmerz war so heftig, dass sie darin unterzugehen drohte. Doch das war ihr nur recht. Sie hatte versagt, hatte nicht gut genug auf ihr Baby aufgepasst und deshalb jede Sekunde dieses Schmerzes verdient.

Qualvolle Stunden voller Trauer und Schmerz vergingen, bis sich Gabriella so weit wieder gefangen hatte, dass die Hebamme ihr die Art und das Ausmaß ihrer Verletzungen erklären konnte. Gabriella erfuhr, dass sie zwei gebrochene Rippen und eine Schlüsselbeinfraktur hatte. Die Brüche waren alle bandagiert worden, ihre Unterlippe war mit zwölf und die Platzwunde über ihrem linken Auge mit neun Stichen genäht worden, das gebrochene Handgelenk steckte in einem unbequemen Gips, aber sie hatte keinerlei Erinnerung an die gesamte Behandlung ihrer Verletzungen.

Nachdem sie Gabriella, so gut es ging, getröstet hatte, verabreichte die Hebamme ihr über die Tropfinfusion ein Beruhigungsmittel, und während Gabriella langsam wegdämmerte, hörte sie, wie die Hebamme flüsternd für ihre Heilung betete.

Sie hätte die mitfühlende Frau gern gebeten, doch lieber dafür zu beten, dass sie sterben dürfe, aber ihre taube Lippe verhinderte, dass sie etwas sagen konnte. Gabriella war nämlich überzeugt, dass der Tod die einzige Möglichkeit war, dass das Leben wieder erträglich werden konnte.

*

Mithilfe einer Schmerzpumpe, mit der sie intravenös Morphium bekam und gelegentlich zusätzlich ein Beruhigungsmittel, verging für Gabriella eine weitere qualvolle Woche, in der sie innerlich wie erstarrt war. Sie weigerte sich, mit irgendjemandem über das zu sprechen, was passiert war. Sie weigerte sich zu essen, und sie weigerte sich, dem Klinikpersonal irgendwelche persönlichen Daten oder Informationen preiszugeben.

Sie hatte die Vermutung, dass jemand ihre Sachen durchsucht und ihren Ausweis gefunden hatte, denn man kannte in der Klinik ihren Namen. Wenn sie einmal nicht schlief, starrte Gabriella vor sich hin. Sie hatte Mauern um sich herum errichtet und die Welt ausgesperrt, war gefangen in ihren Schmerzen und wehrte sich auch nicht dagegen.

Gegen Ende der Woche tauchte Gabriella ganz langsam aus ihrem Dämmerzustand auf. An die Stelle ihrer Erstarrung trat jetzt Panik, denn ihr war klar, wie gefährlich es für sie war, zu lange an einem Ort zu bleiben. Dem Krankenhaus war ihr Name bekannt, man wusste, woher sie kam, und es würde bestimmt bald bekannt werden, dass sie einen toten Ehemann zurückgelassen hatte.

Am späten Sonntagabend hatte Gabriella endlich genügend Mut gesammelt, das Krankenhaus zu verlassen. Die ersten Bemühungen, sich ohne Hilfe aufzusetzen, waren ein einziger Albtraum, und sie benötigte vier Anläufe, bis sich das Zimmer um sie her nicht mehr drehte. Sie saß auf der Bettkante und war gerade dabei, sich die Kanüle der Tropfinfusion zu ziehen, als die Tür aufging.

„Ich habe geahnt, dass das kommen würde", sagte die Hebamme, wies sie aber nicht zurecht, sondern zog die Infusionsnadel selbst heraus, versorgte die Einstichstelle und ging dann mit Gabriella ins Bad, damit sie sich waschen und anziehen konnte. Als das erledigt war, ließ sie Gabriella auf dem Stuhl für Besucher Platz nehmen und forderte sie auf, ein paar Gläser Saft zu trinken und wenigstens ein paar Cracker zu essen.

„Ich weiß, dass Ihnen nicht nach Essen zumute ist, aber ich kann Sie unmöglich mit leerem Magen gehen lassen!", sagte sie.

Nachdem Gabriella ein paar Cracker verzehrt und noch mehr Saft getrunken hatte, half ihr die Hebamme im Zimmer auf und ab zu gehen, damit ihre weichen Knie sich ein bisschen an die Belastung gewöhnten und ihr Kreislauf sich stabilisierte. Gabriella wollte so schnell wie möglich aufbrechen, aber davon wollte die Hebamme nichts wissen.

„Lassen Sie mich meine Arbeit machen und überlassen Sie es mir, Sie hier herauszubekommen, ja?“, sagte sie und bürstete Gabriella das verfilzte Haar, bevor sie es zusammenband und unter eine Mütze steckte.

In den darauffolgenden zwei Stunden kam und ging die Hebamme immer wieder und half Gabriella bei den Vorbereitungen für ihre Flucht. Um ein Uhr nachts begleitete sie ihre Patientin schließlich zum Hintereingang der Klinik und ließ sie hinaus. Während Gabriella auf das Taxi wartete, holte die Hebamme zwei Päckchen mit verschreibungspflichtigen Medikamenten aus der Tasche und gab sie ihr mit den Worten: „Ich konnte Dr. Daniels dazu überreden, Ihnen die hier zu verschreiben, und habe sie gleich aus der Krankenhausapotheke geholt. Das eine ist ein Schmerzmittel, das Sie so dosieren, wie es auf dem Beipackzettel steht. Das andere ist ein Antibiotikum, das Sie nur zu nehmen brauchen, wenn Sie merken, dass Sie Fieber bekommen. Weil Sie so viele Wunden haben und unterwegs sind, ist das Infektionsrisiko besonders hoch. Es ist sehr wichtig, dass Sie daran denken, okay?“

Als Gabriella nickte, liefen ihr Tränen übers Gesicht. Sie bedankte sich bei der Hebamme und war überrascht, als diese sie ganz behutsam umarmte, und war überwältigt von dem Mitgefühl, das ihr die Frau vom ersten Moment an entgegengebracht hatte. In diesem Moment kam das Taxi. Die Hebamme verstaute Gabriellas Gepäck im Kofferraum und half ihr dann beim Einsteigen.

„Vergessen Sie bitte nicht, was ich Ihnen zu den Medikamenten gesagt habe. Und auch für alles andere ist gesorgt, so wie ich es Ihnen versprochen habe. Ihrem Mädchen geht es gut, da, wo sie jetzt ist.“ Dann lächelte sie Gabriella noch einmal traurig an und gab ihr zum Abschied die Hand, bevor sie die Tür des Taxis zuschlug.

Auf der Fahrt zum Busbahnhof weinte Gabriella die ganze Zeit lautlos vor sich hin. Sie hatte keine andere Wahl, als aus dieser Stadt zu verschwinden, also beschloss sie, fürs Erste in Richtung Osten zu fahren. Der mitfühlende Taxifahrer half Gabriella mit dem Gepäck, bis sie in den Bus nach Tennessee eingestiegen war.

Während der gesamten Busfahrt war Gabriella erneut wie betäubt. Sie nahm nur wenig Schmerzmittel, damit sie sich nicht so benebelt fühlte, aber die Schmerzen waren so heftig, dass es ganz ohne sie nicht ging. Sie versuchte zu schlafen, döste aber nur unruhig vor sich hin, weil der Bus zu sehr schaukelte und der Motor sehr laut war.

Im Laufe des Tages dachte Gabriella immer wieder an die fürsorgliche Hebamme und versuchte, sich an ihren Namen zu erinnern, allerdings ohne Erfolg. Die Frau hatte in den vergangenen albtraumhaften Wochen so viel mehr getan, als es ihre Pflicht gewesen war, und Gabriella war ziemlich fassungslos darüber, dass sie sich schon jetzt nicht mehr an ihren Namen erinnern konnte.

Vor ihrem inneren Auge sah sie förmlich die Schrift auf dem Namensschildchen der Hebamme. *War es Kelly? Nein, ihr Name war Carrie. Nein, Terrie. Nein …* Gabriella spielte das „Wie-hieß-noch-gleich-die-Hebamme-Spiel“ auf dem gesamten Weg nach Tennessee, bis sie davon schlimme Kopfschmerzen bekam. Es machte sie wahnsinnig, dass sie einfach nicht mehr auf den Namen kam.

Konzentriere dich, Leah, sagte sie in Gedanken zu sich selbst. Und in diesem Moment beschloss sie, Gabriella Sadler in Nebraska zurückzulassen und als Leah Allen ein neues Leben zu beginnen. Da saß sie jetzt also auf dem unbequemen Sitz im Bus und überlegte, wie es weitergehen sollte. Beim Nachdenken kratzte sie sich abwesend im Gesicht und zuckte zusammen, als sie dabei die Naht über dem Auge berührte.

Sie wusste, dass das Jucken ein gutes Zeichen war, denn es bedeutete, dass die Wunde heilte, aber es machte sie auch wahnsinnig. Ihre Oberlippe berührte schmerzhaft die Unterlippe, als sie versuchte, noch finsterer dreinzublicken, und als sie darüber seufzen wollte, dass sie noch nicht einmal richtig über ihr Elend schmollen konnte, tat ihr durch das Seufzen die gesamte linke Seite weh. Ihre Hände zitterten vor Angst, und die Vorstellung, in dem voll besetzten Bus vielleicht ohnmächtig zu werden, machte ihr Sorgen.

Doch bevor die Panik sie überwältigte, nahm Leah ihre Handtasche und suchte die kleine Bustoilette auf.

Konzentriere dich, Leah. Reiß dich zusammen. Sie nahm ein Feuchttuch aus dem Täschchen in ihrer Handtasche, das die Hebamme mit Binden, Lippenbalsam und anderen Dingen gefüllt hatte, die Leah brauchen würde.

„Wie heißen Sie?", flüsterte sie der abwesenden Hebamme zu, während sie das Feuchttuch auspackte und sich damit vorsichtig das Gesicht abwischte. Dann strich sie sich ein wenig von dem Lippenbalsam auf die verletzte Oberlippe, und ihr wurde bewusst, dass sie wahrscheinlich nie wieder so aussehen würde wie zuvor. Aber es würde ja auch nichts je wieder so werden wie zuvor.

Als sie das Täschchen erneut in ihrer Handtasche verstaute, fiel ihr Blick auf ihr Handy. Sie nahm es aus der Tasche, warf es in die Toilette und spülte. Dann zog sie ihren Ehering ab und warf ihn hinterher. Als Nächstes holte sie all ihre Papiere heraus und eine frische Binde, packte die Binde aus, wickelte ihren Führerschein, die Kreditkarten und ihre Bibliothekskarte hinein, steckte sie wieder in die Verpackung und warf sie in den Mülleimer. Nachdem das erledigt war, ging sie zurück an ihren Platz.

Sie war jetzt ganz ruhig und hatte das Gefühl, etwas geschafft zu haben. Als Nächstes zog Leah ihren alten abgelaufenen Führerschein aus Nevada aus einem Fach in ihrem Portemonnaie und steckte ihn in das Führerscheinfach. Sie schaute das Foto von dem naiven jungen Mädchen an und wand sich innerlich, als sie zum Vergleich ihr verzerrtes Bild in der Fensterscheibe des Busses sah.

Dann schaute Leah wieder ihr altes Selbst auf dem Foto an und flüsterte: „Ich habe dich verloren."

So gut es ging schüttelte sie ihre Verzweiflung ab und konzentrierte sich darauf, ihr rotes Haar wieder unter die Baseballmütze zu stecken, was mit dem Gipsarm gar nicht so einfach war. Sie beschloss, so schnell wie möglich einen Friseursalon zu finden, um ihre roten Haare loszuwerden. Dabei war ihr klar, dass es das Beste gewesen wäre, sich die Haare selbst zu färben, aber das war mit all ihren Verletzungen unmöglich.

Als Leah irgendwo in den Bergen von Chattanooga, Tennessee, aus dem Bus ausstieg, entdeckte sie in einer Ladenzeile direkt am Busbahnhof einen Friseursalon. Sie holte ihr Gepäck ab und machte sich auf den Weg dorthin, um dann enttäuscht festzustellen, dass sich in dem Salon nur schwarze Frauen aufhielten. Als sie sich schon umdrehte und wieder gehen wollte, rief eine der Frauen ihr zu: „Was brauchen Sie denn, Schätzchen?"

Ganz langsam drehte sich Leah wieder um und registrierte, dass alle Anwesenden in dem Salon sie anstarrten. Sie wusste, dass sie furchtbar aussah und sehr *weiß*.

„Äh … ich brauche einen Haarschnitt und neue Farbe, aber …"

„Na, dann setzen Sie sich mal mit Ihrem weißen Hintern auf einen Stuhl, damit wir anfangen können."

Noch einmal drehte sich Leah um und stellte fest, dass eine Frau mit kunstvoll geflochtenen Haaren, die fast einen Kopf kleiner war als sie, mit ihr gesprochen hatte.

„Äh … kennen Sie sich denn mit meiner Art von Haar aus?"

„Na klar, wieso denn nicht?", sagte die nette Lady lachend und band sich eine Schürze um.

Leah stellte ihre Sachen ab, setzte sich auf den Frisierstuhl und zuckte etwas zusammen, als sie mit ihrer empfindlichen Seite gegen die Armlehne stieß.

Vorsichtig nahm die Friseurin Leah die Mütze vom Kopf.

„Autsch!", bemerkte sie erschrocken, als ob die vollständige Ansicht von Leahs Gesicht ihr körperlich wehtat.

„Haben Sie auch irgendwelche Verletzungen auf der Kopfhaut, Schätzchen?", fragte sie und untersuchte dabei vorsichtig Leahs Kopf.

Leah merkte, wie sie rot wurde, und antwortete: „Nein."

„Keine Sorge, Schätzchen. Die gute alte Gina macht Sie jetzt richtig schick."

„Okay."

Und Gina hielt tatsächlich, was sie versprochen hatte. Fachkundig schnitt sie etwa 20 Zentimeter von ihren roten Haaren ab, sodass sie nur noch schulterlang waren, und den Rest färbte sie in genau der gleichen Farbe wie das kleine Stückchen blonden Ansatz, das zu sehen war. Sie war sehr vorsichtig beim Ausspülen der Farbe, beim Einmassieren einer Lockenspülung und dem Trocknen von Leahs Haar mit einem Diffuser.

Die naturblonden Locken fühlten sich so himmlisch an, dass Leah beim Bezahlen gleich noch eine Flasche Lockenspülung dazu erstand und dann staunte, dass alles zusammen nur 48 Dollar kostete. Für die gleiche Behandlung hätte sie in ihrem schicken Salon in Washington mindestens 200 Dollar bezahlt, und sie war so dankbar, dass sie der Friseurin 100 Dollar Trinkgeld gab.

Gina rief ein Taxi für Leah und setzte sich in der Wartezeit bei schwindendem Tageslicht zu ihr auf eine Bank vor dem Salon. Zögernd setzte Leah die Baseballmütze wieder auf, um wenigstens einen Teil des Gemetzels in ihrem Gesicht zu verdecken. Schweigend saß sie da und wartete ab, weil sie das Gefühl hatte, dass die Friseurin noch etwas loswerden wollte.

Und tatsächlich, als ein taxiweißer Minivan angefahren kam, legte Gina ihr locker die Hand auf den Arm und sagte: „Lassen Sie nie wieder einen Nichtsnutz von einem Mann so über Sie herfallen, Schätzchen."

Daraufhin hob Leah ein wenig den Kopf, sodass sie Gina in die Augen sah, und sagte: „Ich versprech's. Danke, dass Sie sich heute Nachmittag so gut um mich gekümmert haben."

Sie versuchte, die nette Frau anzulächeln, aber ihre aufgeplatzte Lippe und das geschwollene Auge verhinderten es. *Hmmm. Ich kann weder grimmig dreinschauen noch lächeln. Wie seltsam.*

Leah stieg in das Taxi und bat den Fahrer, sie zum nächstgelegenen Hotel zu fahren, denn sie brauchte jetzt unbedingt eine Dusche und ein Bett.

Nachdem sie einem mitfühlenden Hotelangestellten das Zimmer in bar bezahlt und sich unter dem Namen *Gina Honey* angemeldet hatte, schaffte Leah es noch gerade in das schön eingerichtete Zimmer, bevor sie völlig zusammenbrach. Schluchzend nahm sie ein paar frische Sachen aus ihrem Koffer, ging ins Bad, ließ das Wasser laufen, bis es richtig heiß war, zog sich aus und war richtig bestürzt, als sie ihren eigenen üblen Körpergeruch wahrnahm. Denn mittlerweile war es schon fast eine Woche her, dass sie sich richtig gewaschen hatte.

Vierzig Minuten blieb sie unter der Dusche und versuchte, das angetrocknete Blut zu entfernen, das sich anscheinend überall befand. Sie fühlte sich abstoßend und hatte das Gefühl, all das Unansehnliche gar nicht wieder loszuwerden. Sie wusch sich mit Duschgel, spülte den Schaum ab und wiederholte den Vorgang so lange, bis das Wasser schließlich nicht mehr rosa, sondern klar war.

Nachdem sie sich wieder angezogen und die Zähne geputzt hatte, nahm sie zwei Schmerztabletten, spülte sie mit ein paar Gläsern Wasser herunter, legte sich ins Bett und wartete, dass sie zu wirken begannen. Ihr ganzer Körper, besonders ihr Herz, war ein einziger pulsierender Schmerz.

Nachdem sie sich in den vergangenen Tagen sehr zusammengerissen hatte, brachen jetzt alle Dämme, und Leah ließ der Trauer und all dem Schmerz freien Lauf. Für das Baby – ihr eigenes Fleisch und Blut – hatte sich all das, was sie in den letzten zehn Jahren ertragen hatte, auf jeden Fall gelohnt, und jetzt lag sie da, ein hoffnungsloses Häufchen Elend, das gar nichts mehr begriff und für das es keinen Ausweg aus dem erdrückenden Schmerz ihres gebrochenen Herzens gab. Ihr Baby war tot, und sie gab sich allein die Schuld daran.

„Bitte, Gott", schrie sie. „Bitte hilf mir doch." Schluchzend lag sie dort im Dunkeln. „Ich weiß einfach nicht mehr weiter. Bitte hilf mir doch."

Verzweifelt versuchte sie, sich an die Bibelverse zu erinnern, die sie in letzter Zeit auswendig gelernt hatte, aber nur ein Teil von Jeremia 17,14 kam ihr wieder in den Sinn, also begann sie einfach, diesen Teil zu beten: „Heile mich, Herr, so bin ich geheilt; hilf mir, so ist mir geholfen", und das wiederholte sie so lange, bis das Schmerzmittel endlich zu wirken begann.

7

Buttriges Sonnenlicht fiel auf Leahs Wange und wärmte sie. Sie schloss die Augen und legte sich zurück auf ihre Decke, um die Wärme aufzusaugen. Und als sie dort so auf der Wiese lag, drang süßes Kindergekicher an ihr Ohr und holte sie aus ihrem friedvollen Dösen heraus. Lächelnd öffnete sie die Augen und sah, wie ein wunderhübsches kleines Mädchen auf sie zugehopst kam. Neben der Decke blieb die Kleine stehen und sah sie mit einem schelmischen Grinsen an. Leah beobachtete, wie die warme Nachmittagsbrise durch die goldbraunen Locken der Kleinen strich. Ihre hellblauen Augen blitzten, als sie Leah einfach auf den Schoß sprang und ihr die weichen Arme um den Hals schlang.

Spielerisch gab sie Leah Küsse auf die Augenlider und die Wangen und flüsterte dann: „Ich hab dich lieb, Mami."

Leah lachte leise und gab ihrer Tochter die Küsschen zurück. „Ich dich auch, mein kleiner Schatz."

„Kannst du meine Haare schön flechten, Mami?", fragte sie und rutschte auf Leahs Schoß herum.

„Ich versuch's", antwortete Leah lachend und gab sich alle Mühe, die Locken zu einem Zopf zu bändigen, aber immer wieder entkamen ihr dabei einzelne lockige Strähnen. Die Locken ihrer Tochter waren viel kleiner als ihre eigenen und außerdem unglaublich widerspenstig. Zweimal musste Leah mit dem Flechten von vorne anfangen.

„Du musst schneller machen, Mami."

„Aber wir haben doch gar keine Eile", entgegnete Leah und spielte weiter gemächlich mit den Haaren ihrer Tochter.

„Doch, du musst dich wohl beeilen!", drängte die Kleine ihre Mutter noch einmal.

„Warum denn, mein Schatz?", fragte Leah daraufhin, drückte einen Kuss auf den Kopf ihrer Tochter und roch dabei einen duftenden Mix aus Geißblatt und frisch gemähtem Gras. Am liebsten hätte sie den ganzen Tag kuschelnd mit ihrer Tochter verbracht und deren Duft eingeatmet.

„Ich muss gleich los."

„Aber wohin denn, mein Schatz?"

„Zurück zu Papa", kam die Antwort, und dann begann das kleine Mädchen ganz langsam zu verblassen.

„Nein, bleib doch bei mir, dann beschütze ich dich vor ihm", bat Leah und versuchte, das Kind näher an sich heranzuziehen, merkte aber, dass sie es nicht halten konnte. „Bitte bleib. Ich verspreche dir auch, dass ich dieses Mal besser auf dich achtgebe. Bitte, mein kleines Mädchen."

Dabei liefen Leah Tränen übers Gesicht.

„Doofe Mama, jetzt ist es zu spät." Und mit diesen Worten gab sie Leah einen letzten Kuss auf die Wange, hüpfte zum Rand des Feldes und legte ihre winzige Hand in die große Hand von Brent, die er ihr bereits hinhielt.

Leah hatte nicht gemerkt, dass er die ganze Zeit dort gestanden und ihnen zugeschaut hatte, und jetzt musste sie hilflos mit ansehen, wie ihre Tochter und ihr Mann lachend davongingen.

Schluchzend wachte Leah aus ihrem herzzerreißenden Traum auf. Irgendwie war sie im Schlaf am Fußende ihres Hotelbetts gelandet, ohne Bettdecke. Sie versuchte, sich wieder richtig hinzulegen, und bemerkte plötzlich einen neuen Schmerz, der tief aus ihrem Becken kam. Die merkwürdige Hitze, die ihr Körper abstrahlte, war Fieber, genau wie die Krankenschwester es vorhergesehen hatte.

Es war ihre zweite Nacht in dem Hotel, und sie war beinahe die ganze Zeit im Bett geblieben, damit ihr Körper zur Ruhe kam und heil werden konnte, aber es schien so, als ginge es ihr immer schlechter. Sie schleppte sich aus dem Bett und holte die Packung mit dem Antibiotikum aus ihrer Handtasche. Auch die Schmerztabletten und die Cracker, die die Schwester ihr noch mitgegeben hatte, nahm sie heraus.

Diese Cracker waren das Einzige, was sie zu sich genommen hatte, seitdem sie das Krankenhaus verlassen hatte. Leah starrte die Packung an und hatte absolut keinen Appetit, aber dann überlegte sie, dass es vielleicht besser war, wegen der Nebenwirkungen, die das Antibiotikum auf nüchternen Magen haben konnte, etwas zu essen. Weil sie nicht auch noch Magenprobleme bekommen wollte, spülte sie die Cracker und die Tabletten mit mehreren Bechern Wasser hinunter und legte sich dann erneut ins Bett.

Diese Abfolge von Tabletten, Wasser und Crackern wiederholte sie in regelmäßigen Abständen, ansonsten schlief sie in den beiden darauffolgenden Tagen, bevor das Fieber nachließ und schließlich ganz weg war. Leah wusste, dass sie langsam weiterziehen musste, aber sie konnte sich einfach nicht aufraffen. Genauso war ihr auch klar, dass sie etwas Nahrhaftes zu sich nehmen musste, um wieder zu Kräften zu kommen, und sie musste unbedingt ein Auto kaufen. Sie musste … ach, es gab einfach zu vieles, worüber sie sich eigentlich hätte Gedanken machen müssen, und das überforderte sie völlig.

Nach einem weiteren Tag im Bett zwang sich Leah schließlich aufzustehen und das, was anstand, in Angriff zu nehmen. Nachdem die schwierige Aufgabe, aufzustehen, sich zu waschen und anzuziehen, erledigt war, rief sie in der Rezeption an und ließ sich ein Taxi rufen.

Dann zog sie den Schirm ihrer Baseballmütze tief ins Gesicht, nahm ihre Handtasche und ging in die Hotelhalle, wo sie sich am Frühstücksbüfett die dringend benötigte Tasse Kaffee, einen Muffin und eine Banane holte. Sie aß langsam und wartete dann draußen, wo sich ihre Augen erst wieder an das Sonnenlicht gewöhnen mussten.

Leah war erleichtert, dass der Taxifahrer wusste, wo es einen vertrauenswürdigen Autohandel gab. Sie bedankte sich bei ihm, stieg aus und machte sich auf die Suche nach einem passenden Wagen. Der Parkplatz des Gebrauchtwagenhandels stand voll mit silberfarbenen, schwarzen und weißen Wagen, aber als sie ihren Blick weiter über den Platz wandern ließ, blieb er schließlich bei einem wunderschönen Auto ganz hinten auf dem Platz hängen, in das sie sich dann auf der Stelle verliebte. Es war ein dunkeltürkisfarbenes Modell mit einem senkrechten weißen Streifen an der Seite. Sie hatte noch nie ein farbiges Auto gehabt, und die Vorstellung, das jetzt zu ändern, munterte sie auf.

Als sie ganz hinten auf dem Platz ankam, um sich den Wagen etwas genauer anzuschauen, kam ein Autoverkäufer und begrüßte sie. Obwohl er ihre Verletzungen sofort bemerkte, tat er so, als wäre nichts.

„Guten Morgen Ma'am. Mein Name ist Jim. Sie suchen einen Wagen?“, fragte er enthusiastisch und wollte sie mit Handschlag begrüßen.

„Ja, ich möchte den da“, sagte Leah, ignorierte seine ausgestreckte Hand und zeigte auf den 1978er Jeep Wagoneer.

„Das klobige Ding wollen Sie ganz bestimmt nicht haben", widersprach er und fuhr fort: „Das ist eher ein Sammlerstück. Lassen Sie uns doch lieber ein paar von den süßen kleinen Modellen mit viel Schnickschnack anschauen", schlug er vor.

„Ich bin weder süß noch klein, Sir, sondern eher klobig, und ich brauche etwas mit viel Platz."

Leah ging um den Jeep herum und schaute ihn sich genau an. Er war vollständig restauriert und hatte getönte Scheiben sowie neue Reifen mit Chromfelgen. Zögernd schloss Jim den Wagen auf, damit sie sich ihn auch von innen anschauen konnte. Er hatte handgefertigte Ledersitze, ein neues Radio mit CD-Player und schien insgesamt ziemlich „retro" zu sein, allerdings mit ein paar modernen Spielereien. Ihr war auf der Stelle klar, dass sie diesen Wagen unbedingt haben musste.

„Könnten Sie bitte einmal die Motorhaube öffnen?"

Jim tat, was sie sagte, und erklärte dabei: „Es ist alles erneuert worden. Er hat einen nagelneuen V8-Motor und ein neues Getriebe", und dann schwärmte er noch eine ganze Weile von all den anderen Upgrades.

Leah nickte, als hätte sie Ahnung und verstünde genau, was er erklärte, und wenn er gesagt hätte, dass der Wagen einen neuen Raketenantrieb habe, hätte sie es auch nicht besser gewusst. Sie spielte das Spiel noch ein paar Minuten weiter, bevor sie sich nach dem Preis erkundigte.

„Diese Schönheit fährt Sie für 45.000 Dollar, wohin Sie wollen", sagte der Verkäufer, ohne mit der Wimper zu zucken.

„Das ist doch absurd", entgegnete sie.

„Da bin ich ganz bei Ihnen. Der Wagen ist für alte Knacker, die mehr Geld als Verstand haben und die nur etwas Neues für ihre Autosammlung brauchen", erklärte der Autoverkäufer und bewegte sich wieder zum vorderen Teils des Platzes. „Ich kann

Ihnen einen nagelneuen Wagen für die Hälfte verkaufen, der zudem noch sehr viel sparsamer im Verbrauch wäre."

Doch Leah ging wieder zurück zu dem Jeep. „Sie können mir für den hier einen besseren Preis machen, und das wissen Sie auch."

„Mein Chef bringt mich um, wenn ich unter 40 gehe", sagte er achselzuckend.

„Ich gebe Ihnen 30.000 in bar", bot sie an. Im Grunde interessierte der Preis Leah nicht im Geringsten, aber es fühlte sich einfach gut an, sich einem Mann gegenüber zu behaupten und sich keine Gedanken darüber machen zu müssen, dafür vielleicht einen Faustschlag ins Gesicht zu kassieren.

Kopfschüttelnd stand der Mann da und schaute das Auto an. Da nahm Leah ihre Baseballmütze ab, sodass er ihr Gesicht sehen konnte, und sagte: „Entschuldigen Sie bitte, Sir, aber ich bin durch eine Hölle gegangen, die Sie sich nicht annähernd vorstellen können, und deshalb habe ich nicht die Kraft, den ganzen Tag hier auf dem Platz zu stehen. Also nehmen Sie jetzt entweder mein Angebot an oder ich gehe wieder." Und damit machte sie kehrt und wandte sich zum Gehen.

„Okay. 30.000 in bar und wir sind im Geschäft."

Innerhalb einer halben Stunde hatte Leah bezahlt, und der Verkäufer hatte ihr im Gegenzug Wagenschlüssel und Papiere ausgehändigt.

„Ich hätte auch 45.000 bezahlt", sagte sie lächelnd, als sie in ihren eigenen Wagen einstieg.

„Ja, ja, ist klar", entgegnete Jim lachend.

Ihren erfolgreichen Handel feierte Leah dann mit einem Zwischenstopp in einem Donutladen. Bevor sie ins Hotel zurückfuhr, um zu packen, fuhr sie noch tanken und kaufte im Tankstellenshop eine Straßenkarte von der Ostküste. Es wurde Zeit, sich einen

Ort für den Neuanfang auszusuchen, und die Küste im Südosten klang nach einem guten Ausgangspunkt dafür. Ein paar Stunden nach Sonnenuntergang machte sich Leah auf den Roadtrip ins Unbekannte.

Sie hätte nie gedacht, dass das Fahren auf der Autobahn sie körperlich dermaßen anstrengen würde. Immer wieder musste sie anhalten, wenn sie Krämpfe in den Beinen bekam oder um den schmerzenden Nacken und die Schultern zu lockern. Weil die starken Schmerzmittel ihre Fahrtüchtigkeit einschränkten, musste sie sich für die Fahrt mit Paracetamol begnügen, aber kurz vor Beginn der Morgendämmerung waren die Schmerzen dann fast nicht mehr auszuhalten, und die nächste Stunde fuhr sie unter Tränen.

Sie flehte ihren vor Schmerz pochenden Körper an, bitte noch durchzuhalten, bis sie es an den Atlantik geschafft hatte, aber je intensiver sie flehte, desto schlimmer wurden die Schmerzen und die Müdigkeit. Irgendwann kapitulierte sie schließlich und nahm die nächste Ausfahrt. Sie wusste, dass es keine vier Stunden mehr bis zur Küste waren, aber sie merkte, dass sie es einfach nicht schaffte.

8

„Herzlich willkommen in Rivertown, South Carolina“, wurde sie vom Schild am Ortseingang begrüßt. Die gepflegten Wohnhäuser und Läden des malerischen Städtchens lagen am Ufer eines breiten Flusses. Leah stellte fest, dass hier die Natur noch nicht ihre Herbstgeschenke ausgeteilt hatte. Die Rasen vor den Häusern waren noch üppig und grün, und die Blätter der meisten Bäume hatten sich noch nicht bunt verfärbt, aber das schien den Bewohnern der Stadt nicht das Geringste auszumachen, denn sie hatten überall ihre eigene Herbstdeko verteilt.

Verschiedenste Vogelscheuchen lehnten neben den Gehwegen an Laternenpfählen und wachten mit schelmischem Grinsen und Knopfaugen über die Stadt. Außerdem hing an fast jeder Haustür ein Herbstkranz – an der Tür einer kleinen Boutique befand sich ein besonders üppiges Exemplar mit einem Geflecht aus Bändern und Schleifen in Orange, Braun und Gold.

Die Veranden der Häuser waren mit Kürbissen in unterschiedlichsten Größen und Formen und Girlanden aus bunten Herbstblättern geschmückt, und auf der Veranda eines Backsteinhauses saß sogar eine Vogelscheuche auf einem Schaukelstuhl. Leah musste zweimal hinschauen, denn auf den ersten Blick hatte es ausgesehen, als säße dort ein Farmer im Overall mit einem Strohhut und döste vor sich hin.

Als Leah den Jeep auf Schritttempo abbremste, entdeckte sie an einer Ecke ein Café, das direkt an dem bezaubernden Gewässer und an einem lauschigen Park lag. Sie stellte ihr Auto am Straßenrand ab und sammelte sich noch einmal kurz, bevor sie ausstieg. Sie nahm einen Schal aus ihrer Reisetasche und schlang ihn sich um den Hals, um die schlimmsten mittlerweile bereits etwas blasser werdenden Blutergüsse zu verdecken, und klappte dann die Sonnenblende herunter, um ihr Gesicht noch einmal in dem Spiegel zu kontrollieren.

Was sie dort sah, gefiel ihr so wenig, dass sie widerwillig die schwarze Basecap wieder aufsetzte. Beim Anblick der ungesunden gelb-grünen Flecken in ihrem Gesicht wünschte sie sich, sie hätte bei ihrer überstürzten Flucht aus dem Loft auch ihre Schminksachen eingepackt. Etwas Concealer wäre jetzt wirklich praktisch gewesen, aber gegen ihre völlig lädierte Unterlippe wäre auch der machtlos. Leah wünschte sich, sie hätte etwas dabeigehabt, um die ekelig aussehenden schwarzen Fäden ziehen zu können, aber nachdem sie den Kauf einer Pinzette mit auf die To-do-Liste in ihrem Kopf gesetzt hatte, stieg sie, immer noch ziemlich steif, mühsam aus dem Jeep aus und ging zum Eingang des Cafés, das sich in einem zweigeschossigen roten Backsteingebäude befand.

Zur Straße hin und zur Seite hatte es große Fenster mit königsblauen, mit Sonnenblumen bemalten Markisen, auf denen in Weiß der Schriftzug *Sophies Café* stand. Von außen sah es sehr einladend aus, und als sie durch eines der Fenster ins Innere schaute, sah sie, dass es voll war und dort munteres Treiben herrschte. Vor dem Café auf dem Bürgersteig standen gusseiserne Gartentische, an denen plaudernd Gäste saßen und dabei aus dampfenden Bechern Kaffee tranken.

Dem Schild mit den Öffnungszeiten war zu entnehmen, dass das Café von montags bis samstags von morgens um sechs bis nachmittags 14:00 Uhr geöffnet war. Sonntags war Ruhetag. Diese Öffnungszeiten fand Leah ziemlich seltsam, denn in den meisten Lokalen wurde besonders am Abend Essen angeboten, und gerade an den Sonntagen war geöffnet, weil dann am meisten Betrieb war. Jedenfalls glaubte sie das. Doch dann fiel ihr wieder ein, dass sie ja in einer Gegend war, die sie gar nicht kannte, und dass die Gepflogenheiten hier wahrscheinlich anders waren als an der Westküste.

Auch das Café war herbstlich dekoriert. Große Kübel waren üppig mit riesigen gelben und orangefarbenen Chrysanthemen bepflanzt, und in einem der Kübel steckte ein Holzschild mit der Aufschrift: *Allen einen schönen Herbst.*

Leah bekam langsam das Gefühl, dass das Lokal für sie doch zu heiter und fröhlich und vor allem zu voll war. Doch dann entdeckte sie einen freien Tisch für vier Personen im Innenraum des Cafés, gleich bei der Tür. Sie ging also hinein, setzte sich auf den Platz direkt am Fenster, bewusst mit dem Rücken zum Eingang, und hoffte, dass sie so niemandem auffallen würde. Nachdem sie sich gesetzt hatte, bemerkte sie im hinteren Teil des Cafés einen langen Holztresen mit Vitrine, in der alle möglichen Backwaren präsentiert waren, und an dem Tresen ein halbes Dutzend Barhocker, alle besetzt. Es gefiel Leah, dass die Tische und Stühle alle mahagonifarben waren, aber die unterschiedlichsten Formen hatten. Die entspannte und schlichte Atmosphäre in dem Raum gefiel ihr.

Leah beobachtete die kleine Frau hinter dem Tresen, die die Gäste mit Kaffee und auch immer wieder mit einem Lachen versorgte. Es duftete so köstlich, dass Leahs Magen zu knurren begann und sie einen Blick in die Speisekarte auf dem Tisch warf. Putenwürstchen, geräucherte Putenbrust, Omelett, Vollkornbrot und Müsli, frisches Obst …

Verwundert schaute sich Leah erst die seltsame Speisekarte an, dann sah sie sich in dem Lokal um und stellte fest, dass sich die Gäste die gesunden Gerichte offenbar alle schmecken ließen. Sie hatte sich innerlich eigentlich schon auf einen Stapel Pfannkuchen eingestellt und dazu fettigen Bacon, aber beides gab es nicht, und auch Donuts konnte sie nicht entdecken, als sie einen Blick in die Vitrine warf.

„Hmmm." Sie schaute erneut in die Speisekarte.

„Ich habe Sie doch nicht zu lange warten lassen, oder?", unterbrach sie eine Stimme mit Südstaatenakzent in ihren Gedanken.

Sie blickte auf und sah, dass die zierliche Frau mit einem perfekt geschnittenen silbernen Bob sie anlächelte. Sie war so klein, dass sie fast auf Augenhöhe mit der sitzenden Leah war, und ihre klaren grauen Augen strahlten Gastfreundschaft aus. Leah mochte die Frau sofort und lächelte sie an, allerdings eher verhalten, weil sie aufpassen musste, ihre Unterlippe nicht anzuspannen.

„Wollen Sie mich einfach weiter so nett anlächeln, oder kann ich Ihnen auch irgendetwas bringen?", fragte die Frau in neckendem Ton.

Leah zeigte auf das knallorangefarbene geschwungene S auf der Schürzentasche der Frau. „Bitte sagen Sie mir, dass Sie Sophie sind."

„Natürlich bin ich Sophie. Wieso fragen Sie?", entgegnete Sophie und strich ihre Rüschenschürze glatt.

„Weil Sie perfekt zu der glücklichen Stimmung hier passen", antwortete Leah.

„Also, das ist wirklich das Netteste, was ich heute zu hören bekommen habe. Was darf ich Ihnen denn bringen?"

„Kaffee und was immer Sie mir empfehlen können."

Da zwinkerte Sophie ihr zu und marschierte wieder zurück in die Küche. Unmittelbar darauf kam eine junge Frau mit einem

Becher und einem Kännchen Kaffee zurück. Während Leah auf ihr Frühstück wartete, nahm sie eine halbe Schmerztablette aus ihrer Tasche und spülte sie mit einem Schluck Kaffee herunter.

Ihre Hände zitterten wegen des Dauerschmerzes an vielen Bereichen ihres Körpers. Sie wäre beinahe in Tränen ausgebrochen, als sie jetzt all die unterschiedlichen Schmerzen bewusst wahrnahm, und wäre am liebsten möglichst rasch auf die Toilette geflüchtet, aber sie zuckte schon vor Schmerzen zusammen, als sie aufstand. Sie atmete einmal zittrig gegen den Schmerz an, durch den sie jetzt wie benebelt war.

Auf der Toilette angekommen, nahm sie die Baseballmütze ab und spritzte sich kaltes Wasser in ihr geschwollenes Gesicht. Dann atmete sie noch ein paarmal tief durch, bevor sie sich im Spiegel anschaute. Ach, wie sehr sie Spiegel hasste. Sie holte die Lockenspülung und einen Kamm aus der Tasche, um das Rattennest auf ihrem Kopf in Ordnung zu bringen, knetete das Lockenserum ins Haar ein und versuchte dann, die Locken etwas zu ordnen. Das half ihr, wieder etwas ruhiger zu werden.

Nachdem sie ihre Fassung einigermaßen zurückgewonnen hatte, ging Leah zurück zu ihrem Tisch und sah, dass dort schon ein reichhaltiges Frühstück auf sie wartete. Auf einem königsblauen Teller lag ein mit Tomaten, Zwiebeln und Spinat gefülltes Omelett, über das Feta und frische Kräuter gestreut waren. Neben dem Teller stand eine dampfende Schale mit Haferbrei, Trockenobst und Nüssen und neben der Schale jeweils ein kleines Töpfchen mit Honig und eines mit frischer Sahne.

Sie probierte das Omelett und war überrascht, wie aromatisch es schmeckte. Als sie das Omelett verzehrt hatte, machte sie mit dem Haferbrei weiter. *Wenigstens sieht er nicht so aus wie der, den ich immer im Heim bekommen habe,* dachte sie, zog die Schale näher zu sich heran und gab vorsichtig etwas Honig und

Sahne dazu. Dann verrührte sie alles gut und kostete. Wieder war sie überrascht, wie aromatisch die Speise war. Die Kombination aus dem cremigen Haferbrei, den süßen Trockenobststückchen und den knusprigen Nüssen war einfach perfekt. Als die Schale leer war, fühlte sich Leah gestärkt und völlig gesättigt. Sie war erstaunt, dass ein so einfaches Essen eine solche Wirkung haben konnte, nippte an ihrem Kaffee und wunderte sich kein bisschen, dass das Lokal so voll war.

Endlich begannen auch die Tabletten zu wirken und die Schmerzen ließen nach, sodass Leah beschloss, noch ein wenig zu bleiben und einen weiteren Kaffee zu trinken. Sie musste sich ein Hotelzimmer suchen, konnte sich aber einfach nicht aufraffen zu gehen.

„Sind Sie satt geworden, Schätzchen?", fragte Sophie, die jetzt herübergeschlendert kam, ein weiteres Kännchen Kaffee abstellte und das schmutzige Geschirr abräumte.

Leah lächelte über den Kosenamen am Ende der Frage. „Mehr als satt, und es war köstlich", antwortete sie und kramte in ihrer Handtasche nach dem Portemonnaie.

„Aber Sie brauchen doch nicht gleich wieder davonzueilen. Trinken Sie lieber noch gemütlich einen Kaffee", erklärte Sophie, nahm eine Zeitung vom Nebentisch und gab sie Leah. „Und vergnügen Sie sich mit dieser langweiligen Zeitung."

Sie wartete gar nicht erst auf Leahs Reaktion, sondern flitzte mit der Vitalität eines Teenagers wieder davon. Die Frau hatte noch kaum Falten im Gesicht, sodass ihr Alter schwer zu schätzen war, aber Leah nahm an, dass sie etwa 60 war.

Leah befolgte Sophies Vorschlag, und eine Stunde später war der Kaffee leer und die Zeitung durchgelesen – sogar zweimal – und sie hatte beim Lesen keinerlei Langeweile verspürt. Das Blatt war sogar ungewöhnlich positiv und enthielt nur sehr wenige der negativen Geschichten, von denen ihre Zeitung in Washington normalerweise voll war.

In die Berichterstattung dieser Zeitung waren immer wieder Nachrichten über festliche Anlässe wie Hochzeiten, Geburten und Geschäftseröffnungen eingestreut, und der Unterhaltungsteil, der den größten Teil der Zeitung ausmachte, enthielt ausführliche Informationen über anstehende Feste und andere Veranstaltungen. Außerdem wurde die Terminänderung eines Kursangebotes über das Einwecken von Obst und Gemüse veröffentlicht, und es wurde bekannt gegeben, dass das Buch, um das es beim nächsten Treffen des Buchklubs in der Bibliothek von Rivertown gehen würde, *Chasing Fireflies* von Charles Martin war.

Leah notierte sich den Buchtitel auf einem Zettel, um es irgendwann zu lesen. Des Weiteren stand eine Anmeldeadresse für einen Angelwettbewerb auf der *Big-Oaks-Plantage* in der Zeitung, und auf der Rückseite befand sich eine große Ankündigung des Herbstmarktes der Stadt, der in der kommenden Woche stattfinden sollte. All die positiven und aufbauenden Artikel brachten Leah zu dem Schluss, dass ihre Vorstellung vom Charme der Südstaaten kein Mythos war, sondern wunderschöne Realität.

Nach der Zeitungslektüre fand sie, dass es jetzt langsam Zeit wurde, ihre Rechnung zu bezahlen und sich für ein, zwei Nächte ein Hotelzimmer zu suchen. Also faltete sie die Zeitung wieder ordentlich zusammen, legte sie auf den Tisch, und nachdem sie bei der jungen Frau am Tresen bezahlt hatte, ging sie noch einmal kurz zur Toilette. Als sie zurückkam, saß Sophie mit einem großen Korb voller Kartoffeln und Karotten an dem Tisch, an dem sie gesessen hatte. Sie ging hin, um ihre Jacke zu holen und sich zu verabschieden.

„Würde es Ihnen etwas ausmachen, mir ein bisschen Gesellschaft zu leisten, während ich die Sachen hier für die Tagessuppe heute vorbereite?", fragte Sophie und war schon dabei, die erste Kartoffel zu schälen.

Leah schaute zur Tür, bevor sie sich wieder auf ihren alten Platz setzte und antwortete: „Nur, wenn ich helfen kann."

*

Sophie hatte die arme junge Frau den ganzen Vormittag über beobachtet, und schon allein die Vorstellung, was sie erlebt haben musste, um solche Verletzungen davonzutragen, machte ihr schwer zu schaffen. Sie wirkte so zerbrechlich und voller Trauer, dass Sophie niemals damit gerechnet hätte, die junge Frau könnte bereit sein, ihr zu helfen.

„Wie heißen Sie denn, Schätzchen?"

„Leah."

„Das ist ein wunderschöner Name", stellte Sophie fest, stand auf, um noch ein Messer aus der Küche zu holen, und brachte von dort auch gleich noch die Zwiebeln und den Knoblauch mit, die ebenfalls geschält werden mussten. Als sie sich wieder hinsetzte, bemerkte sie den Gips an Leahs Arm, der unter dem langärmeligen Shirt kaum zu sehen war.

„Schaffen Sie das mit dem gebrochenen Arm?", fragte sie und hielt das Messer hoch.

„Ich bin Rechtshänderin, und die Finger der linken Hand kann ich ja auch benutzen", antwortete Leah, hob die linke Hand und winkte mit den Fingern, die aus dem Gips hervorschauten.

Sophie reichte einer leicht zittrigen Leah das Messer, und beide Frauen machten sich an die Arbeit. Sophie sah sofort, dass Leah für einen Menschen, der alles andere als fit war, schnell und effizient arbeitete. Sie machte eine Bemerkung darüber, wie geschickt Leah mit dem Messer umging, und fragte, ob sie darin

Übung habe, doch statt einer Antwort bekam sie nur ein Schulterzucken, und schon allein diese kleine Bewegung schien der jungen Frau Schmerzen zu bereiten.

Sophie plauderte über eine besondere Gesangsveranstaltung in der kommenden Woche und stellte sich die Frage, wie sie es schaffen sollte, gleichzeitig Punktrichterin bei einem Backwettbewerb zu sein und sich den Gesang anzuhören. Danach sprach sie darüber, was an diesem Tag auf der Speisekarte stand, während Leah höflich zuhörte und schweigend weiterarbeitete.

Sophie versuchte, mit Leah ins Gespräch zu kommen, und erzählte von sich: „Ich lebe schon mein ganzes Leben lang hier. Es ist eine großartige Stadt. Und Sie, woher kommen Sie?"

„Aus dem Norden", antwortete Leah einsilbig.

„Und was führt Sie hier in den Süden?"

„Ich ziehe um", antwortete Leah, die gerade mit der letzten Kartoffel fertig war und nun nach der ersten Karotte griff.

„Wohin ziehen Sie denn?", fragte Sophie weiter.

„Runter in den Süden", sagte Leah mit einem kaum wahrnehmbaren Lächeln.

Da brach Sophie in Lachen aus und bemerkte: „Na, Sie sind ja eine richtige Plaudertasche!", und gab ihre Versuche auf.

Als sie mit dem Gemüseputzen und -schnibbeln fertig waren, sammelte Sophie wieder alles in den Korb. „So, das muss jetzt in den Topf. Ich bin gleich wieder da."

*

Leah sah der kleinen Frau nach, als sie in der Küche verschwand, stand dann auf und ging ein wenig umher, um sich die Beine zu vertreten und sich die Bilder an den Wänden etwas genauer anzuschauen. Auf einem der Bilder befand sich ein Hahn mit einem dunkelorangefarbenen Gefieder am Kopf, dessen Färbung nach und nach bis zu den Schwanzfedern alle Farben des Regenbogens hatte. Auf einem anderen Bild war eine große Sonnenblume mit dunkelgelben Blütenblättern abgebildet, die im Wind zu tanzen schienen. Auf einem weiteren waren Blau- und Grüntöne zu sehen, die zu einem strahlenden Muster verwirbelt waren, das Leah an abstrakte Meereswellen erinnerte. Aber ihr absolutes Lieblingsbild war ein Sonnenaufgang am Strand. Die leuchtenden Orange- und Gelbtöne schienen aus dem türkisfarbenen Wasser zu steigen und in den Himmel hineinzuexplodieren.

„Das muss ich mit eigenen Augen sehen", murmelte sie beim Betrachten des atemberaubenden Kunstwerks.

Nachdem sie das Bild eine ganze Weile bestaunt hatte, ging Leah noch einmal zur Toilette, spritzte sich kaltes Wasser ins Gesicht und wusch sich die Hände. Als sie zurückkam, um einen neuerlichen Versuch zu unternehmen, sich zu verabschieden, stand ein großer Korb mit knackigen roten Äpfeln auf dem Tisch, daneben wieder zwei Messer, zwei runde Schneidebretter, ein Apfelentkerner und eine große Schüssel. Sie beschloss, sich einfach wieder zu setzen und auf weitere Anweisungen zu warten. Als sie auf die Uhr schaute, war sie überrascht, dass es erst halb elf war. In dem Moment kam auch schon Sophie mit zwei großen Gläsern Wasser wieder zurück an den Tisch.

„Würde es Ihnen etwas ausmachen, mir auch noch beim Vorbereiten der Äpfel für kleine Tartes zu helfen?" Sophie reichte Leah eines der Wassergläser und trank einen großen Schluck aus ihrem eigenen.

„Das mache ich gern", sagte Leah, trank ebenfalls einen Schluck Wasser und dachte, wie vital und energiegeladen Sophie wirkte verglichen mit ihren eigenen schleppenden Bewegungen.

„Wenn man viel Wasser trinkt, gehen die Schwellungen schneller zurück", sagte Sophie sachlich und begann, ohne eine Reaktion abzuwarten, die Äpfel in Spalten zu schneiden. „Die Schale lasse ich immer dran. Sie brauchen die Äpfel also einfach nur zu entkernen und in Spalten zu schneiden", sagte sie und zeigte, wie sie es machte.

Nachdem alle Äpfel geschnitten waren, gab Sophie ein wenig frisch gepressten Zitronensaft darüber und vermischte alles gut.

„Ich probiere heute ein neues Rezept für eine Gemüsesuppe aus. Würden Sie vielleicht noch ein bisschen bleiben und mir sagen, wie sie Ihnen schmeckt?", fragte Sophie. „Manchmal weiß ich nicht so genau, ob meine einheimischen Gäste ein Gericht wirklich mögen oder ob sie mich nur schonen wollen."

Leah schaute auf die Uhr. Sie war mittlerweile schon seit über drei Stunden in dem Café, und obwohl sie absolut nicht den Wunsch verspürte, diesen seltsam anheimelnden Ort zu verlassen, war ihr klar, dass sie sich jetzt möglichst bald ein Hotelzimmer suchen musste.

Sophie schien ihr Zögern zu bemerken und ging daraufhin zum Tresen, von wo sie zwei Zeitschriften und einen frisch gebackenen Kürbis-Muffin mitbrachte, den die Küchenhilfe gerade aus dem Ofen geholt hatte.

„Hier", sagte Sophie und gab Leah den Leckerbissen und die Zeitschriften. „Damit kommen Sie bestimmt über die Runden, bis die Suppe fertig ist."

Leah nahm das Angebot dankend an und setzte sich wieder hin. Als auch der letzte Krümel des Muffins verputzt war und sie ihr Wasser ausgetrunken hatte, schlug Leah eine der Zeitschriften auf und blätterte sie durch. Aus dem Augenwinkel bemerkte sie noch eine weitere junge Frau mit Schürze, die ins Café kam und den anderen beiden Frauen half.

Die Kellnerin war im hinteren Teil des Gastraumes beschäftigt, wischte Tische ab, füllte Servietten auf und tauschte die Frühstücks- gegen die Mittagskarten aus. Als sie eine der Mittagstischkarten auf Leahs Tisch legte, stellte sie sich als Alice vor und fragte, ob sie ihr noch irgendetwas bringen könne.

„Haben Sie eine Pepsi light?"

„Nein, Ma'am", antwortete Alice.

„Dann vielleicht eine Cola light?"

„Nein, auch nicht, Ma'am. Bei uns gibt es keine Limonaden, weil Sophie sagt, dass sie ungesund sind. Es gibt nur Eistee, Säfte, Kaffee, aromatisiertes Mineralwasser und Leitungswasser."

„Wow. Ich glaube, das ist das erste Restaurant, das ich erlebe, in dem es keine Limonade gibt."

„Ja, meins auch", sagte Alice lachend. „Ich sorge immer dafür, dass ich meine Limo-Ration bekomme, bevor meine Schicht beginnt."

„Ich glaube, dann nehme ich ein einfaches Wasser, bitte."

Kurz darauf kam Alice mit einem kleinen Krug Eiswasser zurück, schenkte Leah etwas davon ein, stellte den Krug auf den Tisch und sagte: „Sophie hat gesagt, ich soll den Krug hier bei Ihnen stehen lassen."

Sie lächelte freundlich und ging dann wieder zurück zum Tresen. Dort holte sie eine kleine Tafel hervor und schrieb das Tagesgericht darauf: Herbstgemüsesuppe und als Dessert Apfeltarte.

Inzwischen war es schon nach elf, und das Café füllte sich rasch wieder. Leah genoss den leckeren süßlichen Duft, der aus der Küche kam, und ihr lief das Wasser im Mund zusammen. Sie nahm also die Speisekarte zur Hand und schaute, was es gab. Das Angebot umfasste interessante Salate mit hausgemachten Dressings, Burger mit Putenfleisch sowie verschiedene gesunde Sandwiches und Gemüsebeilagen. Die Speisekarte war mit der Information versehen, dass sich die Karte je nach Jahreszeit – oder auch einfach wenn Sophie danach war – änderte.

Ein paar Minuten später brachte Alice ihr eine großzügige Portion Gemüsesuppe und eine kleine Apfeltarte.

„Aber ich habe doch noch gar nichts bestellt“, sagte Leah, als die Kellnerin wieder gehen wollte.

Da drehte sich Alice noch einmal um und sagte: „Sophie hat mir aufgetragen, Ihnen das zu bringen. Es geht aufs Haus. Und hier im Café wird getan, was Sophie sagt, und das, ohne Fragen zu stellen.“ Mit diesen Worten flitzte sie zu einem anderen Tisch, um dort die Bestellungen aufzunehmen.

Leah schaute sich um und sah, dass das Café mittlerweile wieder brechend voll war. Sie winkte Alice noch einmal zu sich und fragte, welcher Wochentag es sei.

„Es ist Samstag“, antwortete Alice und tätschelte vorsichtig Leahs Hand, bevor sie wieder in die Küche ging.

Das erklärt, warum in dem Café so viel los ist. Moment mal … Samstag. Wie lange ist der Streit mit Brent jetzt eigentlich her? Schon fast zwei Wochen? Aber es gelang ihr nicht auszurechnen, wie viel Zeit vergangen war. Der Frust und der vergebliche Versuch, sich zu konzentrieren, bereiteten ihr Kopfschmerzen. Also ließ sie die Frage auf sich beruhen, denn letztlich war die Antwort ja im Grunde auch unwichtig. Stattdessen schaute sie sich das reichhaltige Essen an, das da vor ihr stand.

Schon allein der Anblick der dampfenden Schale mit allen möglichen Gemüsesorten war wohltuend. Nachdem sie die Portion bis zum letzten Bissen verzehrt hatte, machte Leah mit der leckeren kleinen Apfeltarte weiter. Die dünn geschnittenen frischen Äpfel in Verbindung mit dem ebenso dünnen knusprigen Mürbeteigboden waren köstlich. Ein Hauch von Zimt und Ingwer überdeckte das zarte Aroma der Äpfel nicht, sondern unterstrich es sehr schön. Enttäuscht war sie nur in dem Moment, als alles verzehrt und der Wasserkrug geleert war.

Nun lehnte sich Leah zurück und staunte, wie gut sie gegessen hatte. Auf jeden Fall hatte sie damit bereits die empfohlene Tagesmenge an Obst und Gemüse verzehrt. Leah ignorierte die Bemerkung der Kellnerin, dass alles aufs Haus gehe, bezahlte und ließ noch ein großzügiges Trinkgeld da. Sie war gerade dabei, ihre Sachen zusammenzusuchen, als Sophie mit zwei Bechern frisch aufgebrühtem Kaffee aus der Küche kam.

„Leisten Sie mir noch ein bisschen Gesellschaft?", fragte sie, als sie sich zu Leah an den Tisch setzte.

„Eigentlich muss ich jetzt wirklich gehen, aber nach dem Essen noch eine Tasse Kaffee klingt wirklich gut."

Leah nahm also den Kaffee an, weil sie glaubte, dass er sie ein bisschen aufmuntern würde, bevor sie sich auf die Suche nach einem Hotelzimmer machte.

Und so saßen die beiden Frauen da und unterhielten sich über die wunderschönen Bilder an den Wänden, die ungewöhnliche Speisekarte und den atemberaubenden Blick vom Café auf den Park und den Fluss. Und dann war es plötzlich schon 14:00 Uhr, als Leah das nächste Mal auf die Uhr schaute. Abwesend zupfte sie an der juckenden Naht an ihrer Lippe, während sie überlegte, wie sie sich von der netten Frau loseisen sollte.

„Das sieht ganz so aus, als müssten die Fäden dringend gezogen werden", sagte Sophie mit Blick auf Leahs Mund.

„Ja, das glaube ich auch, aber ich weiß noch nicht, wie ich es anstellen soll", erklärte Leah und schaute in ihre leere Kaffeetasse. „Könnten Sie mir vielleicht ein Hotel empfehlen? Ich bin nämlich jetzt schon seit über 24 Stunden auf den Beinen … glaube ich jedenfalls."

„Ist es Ihnen möglich, noch ein paar Minuten länger durchzuhalten?“, fragte Sophie, woraufhin Leah nickte und sich fragte, was die Frau wohl vorhatte.

„Ich glaube, ich habe die perfekte Unterkunft für Sie.“

„Okay. Wenn es in der Nähe ist, dann halte ich, glaube ich, noch einen Moment länger durch“, sagte Leah.

„Es ist fußläufig zu erreichen“, sagte Sophie nur und tätschelte ihrer neuen Freundin den Arm, bevor sie wieder hinter dem Tresen verschwand.

Leah versuchte, ihren schmerzenden Rücken etwas zu strecken, aber dabei schoss ihr ein stechender Schmerz in die linke Seite. Sie überlegte gerade, ob sie noch eine Schmerztablette nehmen sollte, als sie einen großen blonden Mann bemerkte, der zur Tür hereingeschlendert kam und direkt zum Tresen ging, gefolgt von einer kleinen brünetten Frau. Die beiden gaben ihre Bestellung auf, der große Mann bezahlte und Leah beobachtete, wie sie mit anderen Gästen am Tresen plauderten.

Leah stieß ein lautloses abfälliges Schnauben aus, als sie bemerkte, dass der Mann abgetragene Cargo-Shorts, ein T-Shirt und Flipflops trug. Wo sie herkam, wurden Shorts spätestens Anfang Oktober weggeräumt. Sie überlegte kurz und war ziemlich sicher, dass es schon November war. Dagegen sah die sehr schick mit Designerjeans und tief ausgeschnittenem Top bekleidete Begleiterin des Mannes aus wie eine exotische Barbie, fand Leah.

Sie schaute hinunter auf ihr eigenes Outfit, das aus einem langärmeligen schwarzen Shirt, einer schwarzen Stretch-Hose und einem langen unförmigen Mantel bestand. Das einzig Farbige an ihrem Outfit war der bunte Schal, den sie sich jetzt verlegen fester um den Hals schlang.

Die Frau am Tresen nahm die Tüte mit dem Essen zum Mitnehmen und wollte gerade wieder gehen, als sie Leah bemerkte.

Sofort drehte sie sich noch einmal um, sah den großen Mann an, machte sich ganz groß, gab ihm einen Kuss auf den Mund und schaute dabei die ganze Zeit Leah provozierend an, die nicht in der Lage war, sich von seinem Anblick loszureißen.

Die schöne brünette Frau ließ schließlich von dem Mann ab, tänzelte aus dem Café und ließ den Mann, der wie vom Donner gerührt schien, zurück. Der warf Leah nur einen verhaltenen Blick zu, bevor er der jungen Frau zur Tür hinaus folgte.

*

Crowley Mason sah zu der attraktiven Brünetten neben sich hinunter und fragte: „Warum hast du mich denn gerade geküsst?"

Er und Anna waren schon ihr Leben lang miteinander befreundet, aber sie wussten beide, dass nie mehr daraus werden würde als das.

„Aber du hast mich doch zurückgeküsst", sagte sie und zog eine perfekt gezupfte Augenbraue hoch.

„Ich bin eben ein Gentleman. Es wäre unhöflich gewesen, es nicht zu tun. Und jetzt hätte ich gerne eine Antwort auf meine Frage."

Da hörte Anna mit ihrem Getue auf und antwortete: „Jenna war vorhin bei mir im Laden und hat mir erzählt, dass in *Sophies Café* schon den ganzen Tag eine unbekannte Frau herumsitzt. Du bist der begehrteste Junggeselle weit und breit, und ich möchte nicht, dass irgendeine Abenteurerin dein Leben durcheinanderbringt." Dann stemmte sie ihre sorgfältig manikürte Hand in ihre Hüfte und fuhr fort: „Ich wollte Ihnen nur einen Gefallen tun, *Sir.*"

Daraufhin zuckte Crowley mit seinen Mundwinkeln, weil er sich das Lachen verkneifen musste.

„Es kommen doch andauernd Fremde durch die Stadt, die auf dem Weg zur Küste sind, Anna. Du weißt genauso gut wie ich, dass *Sophies Café* ein beliebter Zwischenstopp für Touristen ist."

„Die Frau ist nicht auf der Durchreise, Crowley. Sie sitzt jetzt schon seit heute Morgen *sehr* früh im Café. Warum um Himmels willen sollte sich jemand so lange dort aufhalten? Das ist einfach merkwürdig", erklärte Anna und machte ein langes Gesicht.

„Du konntest die Frau doch gar nicht richtig sehen, oder?"

„Nein, aber du wahrscheinlich schon", stichelte Anna, unfähig, ihre Eifersucht zu verbergen.

Crowley beschloss, diese Spitze zu ignorieren, und versuchte es mit einer Erklärung. „Sie war voller schlimmer Blutergüsse und genähter Platzwunden, und einer ihrer Arme war eingegipst. Ich nehme an, sie hat einen schweren Unfall gehabt. Würdest du da nicht auch langsam machen?"

An Annas Miene war jetzt deutlich abzulesen, dass sie sich richtig töricht vorkam, und Crowley wusste, dass er richtiggelegen hatte. Etwas zögerlich kam er dann noch auf ein weiteres Problem zu sprechen. Er umarmte Anna ganz fest, wuschelte ihr durchs Haar und sagte: „Du weißt, wie lieb ich dich habe, Anna – wie eine Schwester –, und deine Freundschaft ist für mich unbezahlbar."

„Ich glaube, das hast du meinem sturen Hirn schon mindestens hundertmal erklärt, aber anscheinend kapiert es nicht, was es mit dem Hinweis anfangen soll", antwortete sie darauf, lehnte sich mit der Stirn an seinen straffen, muskulösen Bauch und erklärte weiter: „Man kann mir doch nicht zum Vorwurf machen, dass ich es wenigstens versuche, oder?" Und mit leicht provozierendem Unterton erhöhte Anna die ohnehin schon vorhandene Spannung noch, indem sie sagte: „Außerdem könnte ich auch niemals mit einem Mann zusammen sein, der mit mir angeln gehen will.“ Sie zog die Nase kraus und schaute zu ihm hoch. „Igitt.“

Da schmunzelte Crowley erleichtert. „Das verstehe ich. Da hast du ja Glück gehabt, dass dir das klar geworden ist, bevor es zu spät ist. Du solltest den riesigen Wels sehen, den ich heute Morgen gefangen habe. Ich muss ihn wohl Sophie geben, damit sie aus dem Riesenmonster einen Eintopf macht.“

„Du musst dich auf jeden Fall mit Sonnencreme einreiben und einen Hut aufsetzen“, sagte Anna mit blitzenden Augen und lächelte ihn schelmisch an. „Sonst werden die Krähenfüße um deine Augen noch schlimmer.“ Dann drückte sie ihn von sich weg und packte ihren Salat zum Mitnehmen aus.

Crowley schaute ihr eine Weile einfach zu. Er hatte wirklich versucht, eine echte Dating-Beziehung aus ihrer Freundschaft zu machen, aber er kam einfach nicht über das Gefühl hinweg, seine Schwester zu daten, und er wusste auch, dass Anna ihn zu sehr liebte und achtete, um ihm seinen Wunsch abzuschlagen, einfach gute Freunde zu bleiben.

„Du weißt, dass ich dich auch lieb habe, oder?“, sagte sie im Weggehen.

Er hob die Hand, ohne sich umzudrehen. „Klar weiß ich das.“

Er ging jetzt hinüber zu einer Bank ganz in der Nähe der Stelle, wo das Auto der fremden Frau geparkt war, und setzte sich, um sein Mittagessen zu verzehren. Crowley wollte gerade den ersten Bissen von seinem Chicken-Wrap essen, als Jessup Barns vorbeigeschlurft kam.

„Das ist vielleicht ein Wetter, was? Wir haben November, und es fühlt sich immer noch an wie August“, bemerkte er zu Crowleys Überraschung, ohne zu lallen.

„Das stört mich kein bisschen“, sagte Crowley achselzuckend. „Der Winter kommt noch früh genug.“

Er brach seinen Wrap in der Mitte durch und bot die eine Hälfte Jessup an, nachdem der neben ihm Platz genommen hatte.

„Stimmt auch wieder", sagte Jessup, nahm den halben Wrap und biss herzhaft ab.

Crowley biss ebenfalls von seiner Hälfte ab, beobachtete Jessup aus dem Augenwinkel und war erleichtert festzustellen, dass seine Kleidung einigermaßen sauber war und er einen klaren Tag hatte. Im tiefsten Inneren war Jessup nämlich ein anständiger Kerl, doch er hatte leider angefangen zu trinken, weil er mit einem Schicksalsschlag nicht fertiggeworden war, und danach war sein gesamtes Leben den Bach hinuntergegangen.

Jetzt stieß Jessup einen anerkennenden Pfiff aus und sagte: „Also, das nenn ich mal eine schicke Karre, findest du nicht auch?", und deutete mit dem Kopf in Richtung des Jeeps.

„Doch, das finde ich auch. Die könnte ich gut für Fahrten an den Strand gebrauchen", versicherte Crowley kauend.

„Ja, jetzt, wo du es sagst, glaube ich, dass es ein perfekter Beach-Cruiser wäre."

Crowley musste schmunzeln bei der Vorstellung, wie Jessup überhaupt in irgendeinem Fahrzeug am Strand herumfuhr, vor allem, weil der Mann nicht einmal einen Führerschein hatte und auch nicht genügend Verstand, um den, den er einmal gehabt hatte, zurückzubekommen.

„Schönen Tag noch", murmelte Jessup, als er seinen Anteil von Crowleys Mittagessen verputzt hatte.

„Gleichfalls", sagte Crowley und schaute dann zu, wie Jessup die Straße in Richtung Riverside Park überquerte.

Crowley verzehrte den Rest von seinem Wrap und danach noch mit drei Bissen die Apfeltarte. Er hatte beim Angeln am frühen Morgen völlig das Zeitgefühl verloren und den ganzen Tag noch nichts gegessen.

Als er fertig war, warf er die Verpackung in den Mülleimer neben der Bank und ging dann ganz langsam um den Jeep herum, um ihn sich etwas genauer anzuschauen.

Sein Handy hatte schon den ganzen Morgen ununterbrochen vibriert oder andere Signaltöne abgegeben, und jedes Mal war es eine Nachricht oder ein Anruf gewesen, in dem es um die fremde Frau in der Stadt ging, die so sterbenselend aussah.

Als er gehört hatte, dass sie sich schon länger im Café aufhielt, waren bei ihm alle inneren Alarmglocken angesprungen. Sophie wurde allgemein als sein langjähriger Vormund betrachtet, aber eigentlich war es eher so, dass Crowley es als seine Aufgabe und Pflicht betrachtete, ein Auge auf Sophie zu haben und sich um sie zu kümmern. Deshalb hatte er seine Angeltour frühzeitig abgebrochen und war gekommen, um nachzuschauen, was los war.

Aber mit dem, was ihn dann im Café erwartete, hätte er absolut nicht gerechnet. Nicht nur der völlig lädierte Körper der jungen Frau, sondern besonders ihr gehetzter Blick hatte ihm gesagt, dass es sich hier nicht um eine ganz normale Touristin auf dem Weg zur Küste handelte, sondern um eine Frau auf der Flucht.

Ihr Auto enthielt keinerlei Hinweise auf irgendetwas. Crowley entdeckte darin einen Koffer und eine große Reisetasche sowie etliche leere Kaffeebecher auf dem Rücksitz. Der türkisfarbene Jeep hatte ein vorläufiges Kennzeichen, aus dem sich nicht ableiten ließ, wo er gekauft worden war.

Nachdem er ein weiteres Mal den Wagen umrundet hatte, setzte sich Crowley wieder auf die Bank, trank schluckweise seinen Tee und wartete darauf, dass die Frau wieder abfuhr. Er überlegte gerade, noch einmal in das Café hineinzugehen und sich noch etwas zu essen zu holen, als er Sophie mit der jungen Frau an der Eingangstür sprechen hörte.

Er setzte seine Sonnenbrille auf, um seinen alarmierten Blick zu verbergen, und nahm eine lässige Haltung ein, indem er die Arme auf die Rückenlehne der Bank legte. Aus dem Augenwinkel beobachtete er, wie die Unbekannte mit ungelenken Schritten zu ihrem Wagen ging. Allein schon das Gehen schien ihr heftige Schmerzen zu bereiten.

„Schöner Tag heute, nicht wahr?", sagte Crowley.

Als Leah seine tiefe Stimme hörte, zuckte sie kurz zusammen. Sie öffnete die Beifahrertür und legte ihre Handtasche auf den Sitz, bevor sie ihm antwortete.

„Ist nicht eigentlich schon November?" Dabei hob sie die Hand, als würde sie die Temperatur abschätzen.

An ihrem Nordstaatenakzent erkannte er sofort, dass sie sich in diesen Breiten nicht auskannte, und sagte: „Sie sind im Süden, Ma'am. Und der Süden weigert sich, die normalen Wetterregeln der Jahreszeiten einzuhalten."

Crowley warf jetzt einen etwas genaueren Blick auf ihre ganz und gar in Schwarz gehaltene Garderobe, registrierte die schwarze Baseballcap auf den blonden Locken, und am Rand ihres Schals lugten verblassende Blutergüsse hervor.

„Deshalb müssen wir uns also an die Regeln der Südstaaten halten", sagte er, schlug die Beine übereinander und ließ die Sohle eines Flipflops gegen die Fußsohle klatschen, um seine Aussage zu untermauern. Dabei musterte er sie weiter im Schutz seiner Sonnenbrille.

Sie sieht so aus, als müsste sie eigentlich irgendwo in einem Krankenhausbett liegen, dachte er.

Sie band sich den Schal etwas fester um den Hals, bevor sie jetzt auf die Fahrerseite kam.

Crowley fragte sich, ob sie wohl gemerkt hatte, dass er sie die ganze Zeit anstarrte.

„Einen schönen Wagen haben Sie“, bemerkte er noch, bevor sie dessen Tür zuschlug. Aber sie beachtete ihn gar nicht mehr, sondern ließ das Auto an und fuhr ein bisschen vor, bevor sie dann in die Durchfahrt zwischen Annas Boutique und dem Café fuhr, hinter dem Café wieder anhielt und offenbar aussteigen wollte.

Da sprang Crowley auf, trabte zu ihr hinüber und sagte: „Tut mir leid, Ma'am, aber da können Sie Ihren Wagen nicht abstellen. Das ist ein Privatparkplatz.“

Mittlerweile stand Sophie am Hintereingang ihres Cafés und rief ihm zu: „Ist schon in Ordnung, mein Junge. Ich habe ihr gesagt, dass sie hier parken soll.“

„Unglaublich“, sagte er leise vor sich hin und rannte hinüber zu Sophie, um sie zu fragen, was das zu bedeuten hatte.

„Warum?“, fragte er in übertriebenem Ton, als er bei ihr ankam.

„Wir helfen uns gegenseitig“, antwortete sie. „Ich brauche Hilfe im Café, und sie braucht einen Platz, wo sie bleiben kann.“

Crowley deutete auf die verletzte Frau, die jetzt neben ihrem Jeep stand, und erklärte: „Aber sie sieht nicht so aus, als ob sie dir eine große Hilfe sein könnte, Sophie. Ich halte das für keine besonders gute Idee.“

„Ich nehme deine Meinung zur Kenntnis“, antwortet sie kurz angebunden und fuhr fort: „Und jetzt hilf ihr bitte, ihre Sachen auszuladen, ja?“

Zögernd folgte Crowley Sophie zu der jungen Frau, die sich zu ihnen umdrehte, als sie näher kamen.

„Crowley Mason, das ist Leah Allen“, sagte Sophie. „Leah, das hier ist mein junger Freund aus Rivertown. Crowley passt auf mich auf und ich auf ihn.“

Crowley nickte Leah zu, und weil er nicht unhöflich sein wollte, nahm er seine Sonnenbrille ab und schob sie in eine der Taschen seiner Cargo-Shorts.

„Wenn Sie irgendetwas brauchen, dann lassen Sie es mich oder Crowley wissen, ja?“, fuhr Sophie fort, bevor Crowley protestieren konnte, und sagte weiter: „Und jetzt lasst uns die Sachen aus der Hitze ins Haus bringen. Ich fange schon an zu schmelzen.“

Crowley nahm den Koffer und die Reisetasche vom Rücksitz, griff dann nach Leahs riesiger Handtasche und machte sich wortlos auf den Weg in die Wohnung im Obergeschoss. Er ging die Treppe hinauf, immer zwei Stufen auf einmal nehmend, und stellte das Gepäck in einem kleinen Schlafzimmer ab. Als die beiden Frauen gerade am Hintereingang ankamen, war er bereits wieder unten.

„Gehen Sie einfach nach oben und richten Sie sich ein bisschen ein, Schätzchen. Ich schaue dann später noch mal nach Ihnen“, sagte Sophie und lächelte Leah an, bevor die völlig erschöpft wirkende Frau sich ohne ein weiteres Wort die Treppe hinaufschleppte.

Als sie die Tür hinter sich geschlossen hatte, wandte Crowley sich an Sophie und flüsterte: „Kannst du mir mal erklären, was um alles in der Welt du dir dabei denkst? Sie könnte eine Massenmörderin sein oder eine Betrügerin, und du lässt sie einfach so in dein Leben?“

Doch Sophie stand einfach nur da, die Hände in die Hüften gestemmt, und entgegnete: „Ist es wirklich das, was dir dein Instinkt sagt?“

„Nein, aber er sagt mir, dass diese Frau auf jeden Fall ein Problem hat.“

„Das kann schon sein, aber mir sagt mein Instinkt, dass diese Frau etwas Zeit braucht, um wieder zu sich zu kommen“, erklärte Sophie, ging zurück ins Café und begann, eine Einkaufsliste zu schreiben. „Ein paar Sachen habe ich schon in der Apotheke bestellt, aber hier sind noch ein paar Dinge mehr, die du für mich holen müsstest.“

Sie reichte Crowley die Liste, und er nahm sie entgegen und verschwand mit den Worten „Ich mag dich gerade nicht besonders“ durch die Tür.

Lachend rief Sophie hinter ihm her: „Das ist in Ordnung, solange du mich immer noch lieb hast.“

*

Ziemlich in Eile betrat Crowley die Rivertown-Apotheke, nahm sich einen Einkaufskorb und begann Sophies umfangreiche Liste abzuarbeiten. Er kontrollierte noch einmal, ob sich alles, was auf der Liste stand, im Korb befand – antibiotische Salbe, Aspirin, Vitaminpräparate und Verbandszeug –, und als das der Fall war, ging er zur Kasse, wo zusätzlich noch die Sachen bereitstanden, die Sophie schon bestellt hatte.

„Hey, Nancy, ist das alles hier auch noch für Sophie?“, fragte Crowley die Apothekenhelferin und warf einen Blick auf die bereitgelegten Sachen, unter anderem eine große Packung Maxi-Binden, medizinische Lippensalbe, eine kleine Schere und eine Pinzette. Er war ziemlich erleichtert, dass Sophie es nicht ihm überlassen hatte, solche intimen Frauensachen auszusuchen.

Kopfschüttelnd murmelte er vor sich hin: „Und dafür habe ich mein Boot verlassen …“

„Wofür sind denn all die Sachen?“, fragte Nancy, während sie alles in die Kasse eintippte und dann in eine Tüte packte.

„Sieht ganz so aus, als ob Sophie wieder ein Lieblingsprojekt hat“, antwortete er achselzuckend.

Er kannte Sophie nur zu gut. Wenn die eigensinnige Frau sich einmal etwas in den Kopf gesetzt hatte, dann war sie davon nicht wieder abzubringen. Alles, was Crowley jetzt noch tun konnte, war, dabei auf sie achtzugeben.

Als er sämtliche Tüten beisammenhatte, überlegte er, wie er an Informationen über die neue Frau in der Stadt kommen konnte. Er war sich ziemlich sicher, dass sie ihm nicht freiwillig ihre Lebensgeschichte erzählen würde, aber er musste auf jeden Fall in Erfahrung bringen, auf was genau sich Sophie da einließ.

In dem Moment riss ihn der Klingelton seines Handys aus seinen Gedanken. Er schaute aufs Display und sah Sophies Namen.

„Was hast du vergessen?", fragte er, statt sich manierlich mit „Hallo" zu melden.

„Nichts, aber ich war heute so mit Leah beschäftigt, da habe ich gar nicht mehr daran gedacht, dass ich versprochen hatte, heute Abend die Oliver-Zwillinge zu hüten. Kannst du die Sachen aus der Apotheke bitte einfach zu Leah bringen?"

„Mach ich", versprach Crowley.

„Hör zu, Leah hat Schmerzmittel genommen, sodass sie wahrscheinlich für den Rest des Tages schläft. Sei also bitte leise, ja?"

„Mach ich", versprach er. Dann drückte er auf „Gespräch beenden" und steckte das Handy wieder ein.

Er betrat das leere Café durch den Vordereingang und nahm sich die Zeit, erst wieder abzuschließen, bevor er in die Wohnung über dem Café hinaufging. Er war überrascht, als er Leah schlafend auf dem großen geblümten Sofa und nicht im Bett vorfand.

Er stellte die Tüten auf den Esstisch und betrachtete dann wieder die junge Frau. Ihr langärmeliges Shirt und der Schal lagen auf dem Boden, und sie hatte ein schwarzes ärmelloses Top an, das noch mehr Verletzungen offenbarte. Er bemerkte, dass ihr Haar am Ansatz nass geschwitzt war, sodass er den Thermostat kontrollierte und ihn auf 18 °C herunterdrehte, damit es in der Wohnung möglichst rasch abkühlte.

Als die Klimaanlage ansprang und leise summte, schlich Crowley zur Sitzecke hinüber und sah, dass der größte Teil von Leahs

Tascheninhalt auf dem Couchtisch ausgebreitet war. Ihr Führerschein lag offen da, also nahm er sein Handy und machte ein Foto davon. Das war wenigstens ein Anfang, um weitere Informationen über sie einzuholen. Er rechnete aus, dass sie 29 Jahre alt sein musste, und fand sie eigentlich viel zu jung für ein dermaßen kompliziertes Leben.

Seit Crowley die Wohnung betreten hatte, hatte Leah sich nicht einmal gerührt, also nahm er sich die Zeit, sich zu vergewissern, dass sie noch atmete, bevor er sich die zahlreichen Wunden ansah, von denen ihr Körper übersät war.

Der Saum ihres Tops war ein bisschen hochgerutscht, sodass eine scheinbar willkürlich um ihre Körpermitte gewickelte Bandage zu sehen war, deren Funktion er nicht erkennen konnte. Sein Blick wanderte weiter zu ihrer rechten Hand, in der das gebrochene linke Handgelenk lag, und er bemerkte Rückstände von Pflaster an der Einstichstelle für eine Tropfinfusion.

Ohne die schwarze Baseballmütze war ihr Gesicht vollständig zu sehen, und er entdeckte eine lange Naht über ihrem linken Auge. Eine weitere Naht gab es am Rand ihrer Unterlippe, und ihr verletztes Kinn war dick verkrustet. Crowley musste dem heftigen Drang widerstehen, ihren geschwollenen und blau angelaufenen linken Oberarm und die Schulter mit den Fingerspitzen genauer zu untersuchen. Er überlegte, dass, was auch immer passiert sein mochte, sich der Großteil ihrer Verletzungen auf ihrer linken Körperhälfte befand. Die übel zugerichtete Frau sah aus, als wäre sie nur knapp dem Tode entronnen.

Kopfschüttelnd durchquerte Crowley den Raum und schaute nach, was der Kühlschrank hergab. Er war leer und ausgeschaltet. Crowley stellte die richtige Temperatur ein, und zwar sowohl am Kühlschrank als auch am Gefrierschrank, bevor er sich wieder hinausschlich und hinunter ins Café ging. Dort füllte er eine Tüte mit Wasserflaschen, ein paar übrig gebliebenen Sandwiches und etwas Obstsalat. Dann ging er in die Küche, wo er ein paar Flaschen einer isotonischen Limonade ganz hinten aus dem Kühlschrank nahm, von denen er dort immer einen kleinen Vorrat hortete, und tat sie ebenfalls mit in die Tüte.

Als Crowley die mittlerweile schon abgekühlte Wohnung wieder betrat, fand er Leah immer noch tief und fest schlafend vor. Er räumte die mitgebrachten Sachen in den Kühlschrank mit Ausnahme einer Flasche Wasser, die er auf den Couchtisch stellte. Dazu legte er noch einen Zettel, auf den er schrieb: *Essen ist im Kühlschrank.*

Dann stellte er den Thermostat wieder etwas höher, holte eine dünne Decke aus dem Wäscheschrank, deckte Leah damit zu und ging wieder nach unten, um das Café für Sophie abzusperren.

9

Als Leah hochschreckte, war sie völlig orientierungslos und außerdem wie ausgedörrt. Sie richtete sich ganz langsam auf der Couch auf, entdeckte die Wasserflasche auf dem Tisch, nahm sie und trank sie in einem Zug leer.

Einen Moment lang saß sie einfach nur da und versuchte, richtig zu sich zu kommen, denn sie hatte wieder diesen Traum gehabt, in dem sie sich mit ihrer kleinen Tochter auf einer Wiese befand. Obwohl der Traum immer wieder unglaublich schmerzlich war, freute sich Leah darüber und war dankbar. Die kurzen – wenn auch nicht bewussten – Momente puren Friedens mit ihrer kleinen Tochter waren all die Tränen und die Trauer wert, die unweigerlich folgten, sobald sie aufwachte.

Als beides nachließ, schlurfte Leah ins Bad und erblickte dann bei ihrer Rückkehr ins Wohnzimmer die Einkaufstüten auf dem Esstisch und einen Zettel auf dem Couchtisch mit der Information, dass im Kühlschrank etwas zu essen sei, sowie eine Decke, die am Fußende des Sofas auf den Boden hing.

„Wie konnte ich das alles nicht mitbekommen? Und wie lange habe ich eigentlich geschlafen?", fragte Leah sich halblaut und ging in die Küche, um nachzuschauen, was im Kühlschrank war. Sie nahm sofort eine Flasche des isotonischen Getränks heraus und trank sie gierig leer. Als sie nach einer weiteren Flasche griff, stieg ihr ihr eigener Körpergeruch in die Nase. Sie überlegte, wie viele Tage es her war, dass sie geduscht hatte, aber ihr benebeltes Hirn kam auf keine Antwort.

Frustriert gab sie auf, wollte sich gerade saubere Sachen heraussuchen und zur längst überfälligen Dusche gehen, als es klopfte.

„Ich bin's, Sophie."

„Kommen Sie doch herein", sagte Leah, öffnete die Tür und trat beiseite in der Hoffnung, dass Sophie sie so nicht riechen würde.

Sophie eilte mit einem mit Alufolie abgedeckten Teller sofort in die Küche und erklärte: „Ich habe Ihnen ein bisschen Sonntagsessen mitgebracht. Chicken-Bog mit Butterbohnen, Okra und einer gebackenen Süßkartoffel."

Leah hatte keine Ahnung, was Chicken-Bog sein sollte, bedankte sich aber trotzdem.

„Davon werden Sie erst einmal eine Weile satt sein. Ich habe gedacht, dass Sie vielleicht gern die Fäden loswerden und dann duschen möchten", fuhr Sophie fort, wühlte in den Tüten auf dem Tisch herum und holte eine kleine Schere und eine Pinzette heraus. Dann deutete sie auf einen der Stühle am Esstisch und forderte Leah auf, sich hinzusetzen.

„Sie sind ein bisschen ‚overdressed' für ein einfaches Fädenziehen", sagte Leah, als sie sah, dass Sophie ein hellblaues Leinenkleid und braune Pumps trug.

„Ach, das habe ich zur Kirche angehabt. Ich hatte bis jetzt nur noch keine Gelegenheit, mich umzuziehen, aber Fäden ziehen kann ich problemlos auch in hochhackigen Schuhen."

Nur zu gern ließ sich Leah von der entschlossenen Frau die juckenden Fäden ziehen. Mit den Fäden über dem linken Auge begann Sophie, danach waren die an der Unterlippe an der Reihe. Leah war klar, dass die Unterlippe nie wieder ganz glatt werden würde.

„Danke. Das fühlt sich schon fantastisch an“, sagte sie und fuhr sich mit der Zunge über die Unterlippe.

„Gern geschehen“, sagte Sophie, zeigte dann auf die Tüten und erklärte: „In einer davon ist medizinische Lippensalbe und eine Tube mit antibiotischer Salbe für die anderen Wunden.“

„Danke“, sagte Leah, während Sophie die Salben aus den Tüten nahm, den restlichen Inhalt durchging und Leah erklärte, wie sie die Sachen anwenden sollte.

„Denken Sie daran, täglich zu den Mahlzeiten die Vitamine zu nehmen. Die werden Ihren Körper bei der Heilung unterstützen.“

„Wie viel bin ich Ihnen denn für all die Sachen schuldig?“, fragte Leah, während sie sich alles anschaute.

„Sie schulden mir, möglichst schnell wieder gesund zu werden, damit Sie mir im Café helfen können. Vergessen Sie nicht – das war unser Deal“, sagte Sophie.

„Ja, aber davon, dass Sie mir alle möglichen Sachen kaufen, war nicht die Rede. Ich habe selbst Ge…“

„Versuchen Sie gar nicht erst, mir zu widersprechen, das wäre nämlich absolut zwecklos“, entgegnete Sophie lachend. „Und wenden Sie das alles einfach genauso an, wie ich gesagt habe, damit meine Bemühungen nicht sinnlos waren.“ Sie musterte sie eingehend und fragte dann: „Wie lange ist Ihr … äh … Unfall … denn schon her?“

Leah zögerte. „Ich glaube, es müssten jetzt ungefähr zwei Wochen sein, aber ich kann mich nicht ganz genau erinnern.“ Sie glaubte langsam, dass mit ihrem wirren Hirn irgendetwas nicht in Ordnung war.

„Aber das ist doch absolut verständlich, Schätzchen. Nehmen Sie sich noch eine Woche Zeit zum Auszuruhen, damit Sie wieder zu Kräften kommen, bevor ich Sie im Café einarbeite“, sagte Sophie.

„Aber ich kann doch morgen schon anfangen."

Sophie zupfte ein ganz klein wenig am Rand der Bandage um Leahs Körpermitte, die sich zu lösen begann, und fragte: „Was ist denn darunter?"

„Zwei gebrochene Rippen", antwortete Leah und zog ihr Shirt herunter.

Dann zeigte Sophie auf den Gips. „Und was ist damit?" Als Nächstes berührte sie Leahs geschwollenes Schlüsselbein und fragte: „Und das hier?"

„Das sind beides nur Brüche."

„Nehmen Sie sich noch eine Woche zum Ausruhen, damit Sie schneller wieder gesund werden. Ich verspreche Ihnen, dass ich Sie richtig fordern werde, wenn es Ihnen wieder besser geht." Sophie sah sich um und fragte: „Wo ist denn die Schlinge für Ihre Schulter?"

Die hatte Leah schon völlig vergessen, weil sie sie kaum getragen hatte. „In meiner Reisetasche", antwortete sie.

„Bitte legen Sie sie nach dem Duschen an und behalten Sie sie auch an", sagte Sophie und lächelte Leah dabei freundlich an.

Leah glaubte langsam, dass die Frau weder wusste, wie man finster dreinblickte, noch ein Nein als Antwort akzeptierte, und fragte: „Warum tun Sie das alles für mich?"

„Warum nicht?", antwortete Sophie mit einer Gegenfrage und räumte die Sachen aus der Apotheke zusammen. „Ich sehe morgen wieder nach Ihnen. Wenn Sie etwas brauchen, meine Nummer liegt neben dem Telefon. Ich wohne nur ein paar Straßen weiter, also zögern Sie nicht."

„Danke, Sophie. Für alles."

„Kein Problem, Schätzchen", erwiderte Sophie, ging zur Tür, drehte sich aber noch einmal um, als hätte sie etwas vergessen, und sagte: „Und übrigens … herzlich willkommen in Rivertown."

Und dann lächelte sie Leah noch einmal freundlich an, bevor sie an der Treppe verschwand.

Leah ging sofort unter die Dusche und beschäftigte sich dann einen guten Teil des Nachmittags damit, ihren vernachlässigten Körper zu pflegen. Sie war dankbar dafür, dass im Bad schon alles bereitlag, was sie brauchte, unter anderem Shampoo, Seife, ein Rasierer – Sophie hatte wirklich an alles gedacht. Nachdem sie die Wunden mit antibiotischer Salbe und die Lippen mit der Heilsalbe eingecremt hatte, erneuerte sie die Elastikbandage um ihre empfindliche Körpermitte, zog eine bequeme Yogahose und ein übergroßes T-Shirt an und legte ihren linken Arm in die bereitgelegte Schlinge.

Als Leah all das gewissenhaft erledigt hatte, war sie völlig ausgehungert. Sie nahm eine weitere Flasche des isotonischen Getränks aus dem Kühlschrank und stellte sich dann an den Küchentresen, um etwas zu essen, denn sie war das ewige Sitzen und Liegen langsam leid. Sie zog die Alufolie von dem Teller, um das Chicken-Bog zu untersuchen, denn sie hatte keine Ahnung, wie dieses Gericht wohl aussehen mochte, und sie fand das Wort Bog, was übersetzt Moor oder Sumpf bedeutet, nicht besonders appetitanregend.

Deshalb war sie richtig erleichtert, als sie gekochten Reis mit Hühnchengeschnetzeltem vorfand und etwas, von dem sie vermutete, dass es geräucherte Putenwurst war. Es duftete jedenfalls köstlich, und sie ließ es sich schmecken, genau wie die Butterbohnen und die Okraschoten. Als Leah alles aufgegessen hatte, wickelte sie die Süßkartoffel aus, die in der Mitte eingeschnitten und mit Zimt bestreut worden war, und war erstaunt, dass sie wie eine Süßspeise schmeckte, obwohl sie nicht noch extra gesüßt worden war.

Nachdem sie ihren Teller gespült und dann nach Anweisung ihre Vitamintabletten genommen hatte, schaute sich Leah etwas genauer in ihrem neuen Zuhause um. Es war eine gemütliche Wohnung mit butterblumengelb gestrichenen Wänden und alten Dielenböden. Nichts passte richtig zusammen, aber irgendwie sah es trotzdem schön aus. In das riesige Sofa hatte sie sich schon richtig verliebt. Ein entzückender Schaukelstuhl und ein goldgelber Ohrensessel komplettierten das Ganze zu einer anheimelnden Sitzecke. Die cremefarbenen Spitzengardinen ließen das Sonnenlicht hindurch, sodass die gesamte Wohnung in warmes Licht getaucht war.

Zu dem Wohnzimmer gehörte außerdem noch eine Essecke mit einem runden Esstisch und vier Stühlen. Leah schaute sich einen kleinen Schrank etwas genauer an, der sie an Brents Barschrank im Loft in Washington erinnerte, und als sie ihn öffnete, war sie angenehm überrascht, dass sich darin ein kleiner Fernseher befand.

Das Wohnzimmer war durch einen kleinen Tresen von der Küche abgetrennt. Die Küchengeräte mit den cremeweißen Fronten waren zwar altmodisch, aber blitzsauber und gepflegt und in maßgeschreinerte Eichenschränke eingebaut. Leah verliebte sich auf der Stelle in die reizende Wohnung, die sie jetzt irgendwie als ihr Zuhause betrachten konnte. Noch am Tag zuvor war sie obdachlos und ohne Hoffnung gewesen, jetzt hatte sie eine eigene Wohnung und Aussicht auf einen Job, der ihr gefiel.

An der linken Wand ihres Wohnzimmers befanden sich drei Türen. Leah wusste, dass die erste davon ins Schlafzimmer führte und die zweite ins Bad. Sie ging jetzt quer durch den Raum, um hinter die dritte Tür zu schauen, und fand dort einen begehbaren Schrank, der als eine Art Hauswirtschaftsraum ausgestattet war mit einer Waschmaschine und einem Trockner, darüber in einem Regal Waschpulver und Weichspüler – alles fertig zum Gebrauch.

Darüber war Leah sehr froh und sie suchte gleich ihre schmutzige Wäsche zusammen. Als sie die Sachen in die Waschmaschine gesteckt und sie eingeschaltet hatte, nahm Leah den Rest ihrer Limonade und trank sie aus, während sie den Schaukelstuhl ausprobierte.

Der Abend verlief ruhig. Weil sie noch nicht so weit war und zögerte, ihre Sachen endgültig auszupacken, verstaute Leah die gewaschene und getrocknete Wäsche erst einmal wieder in ihrem Koffer. Dann verzehrte sie zum Abendessen genüsslich eines der Sandwiches mit Hähnchenfleisch und den Obstsalat. Ihr Appetit meldete sich jetzt mit Nachdruck zurück, und die Versuchung, sich irgendwo im Ort etwas Süßes und Fettiges zu kaufen, war groß, doch ihr war unwohl bei dem Gedanken, die Wohnung zu verlassen, und deshalb begnügte sie sich mit dem Rest Obstsalat.

Um sich von dem Gedanken an Süßes abzulenken, ließ Leah dampfend heißes Wasser in die Klauenfußbadewanne laufen, gab Badesalz hinein, das mit Eukalyptusöl versetzt war, und legte sich dann mit ihrem schmerzenden Körper in das Wasser, bis es fast ganz kalt war.

Nachdem sie sich abgetrocknet, ein lockeres langes Baumwollnachthemd angezogen und eine Schmerztablette genommen hatte, kroch Leah unter den weichen Bettüberwurf aus Chenille, der auf dem antiken Metallbett lag, und während sie in den Schlaf sank, blieb sie bei dem friedvollen Gedanken hängen, dass sie sich zum ersten Mal in ihrem Leben zu Hause fühlte.

*

Die Woche verging, und langsam verzog sich der Nebel aus Leahs Kopf. Die Vormittage verbrachte sie damit, sich um ihre Wunden und Verletzungen zu kümmern, den Rest des Tages genoss sie ihre gemütliche Wohnung oder schlief. Sie nahm mittlerweile keine verschreibungspflichtigen Schmerzmittel mehr, sondern nur noch rezeptfreie in der Hoffnung, dass sie dann möglichst bald wieder einen klaren Kopf bekommen würde.

Doch leider kam mit dem Verschwinden des Nebels in ihrem Kopf auch mit aller Klarheit die Erinnerung an ihren toten Ehemann wieder zurück. Es tat ihr nicht leid, dass er tot war, aber sie hatte Angst davor, deshalb ins Gefängnis zu müssen. Ob die Polizei ihr wohl schon auf den Fersen war? War sie vorsichtig genug gewesen und hatte wirklich keine Spuren hinterlassen? Ob sie wiedererkannt werden würde, wenn man sie irgendwann aufspürte?

All diese Fragen gingen ihr immer und immer wieder durch den Kopf, und jedes Mal musste sie sich selbst wieder beruhigen. Wegen ihres vielen Blutes am Tatort gingen die Strafverfolgungsbehörden wahrscheinlich davon aus, dass sie ebenfalls tot war. In Tennessee hatte sie sehr darauf geachtet, keine Spuren zu hinterlassen, und seitdem sie in Washington das letzte Mal in der Öffentlichkeit gewesen war, hatte sie fast zehn Kilo abgenommen. Außerdem hatte sie wieder ihre natürlich blonden Haare, und die frischen Narben waren als Tarnung sicher auch hilfreich. Bestimmt war sie in dieser verschlafenen Kleinstadt in Sicherheit.

Sophie brachte Leah jeden Tag drei Mahlzeiten, eine warme und zwei kalte, und in allen dreien waren immer Spinat, Blaubeeren und irgendetwas mit Zitrusfrüchten. Sophie erklärte ihr, dass diese Gemüse- und Obstsorten ihre Heilung förderten, und bot sie ihr deshalb immer wieder an. Außerdem schickte sie ihr einmal am Tag irgendeine frisch gebackene Leckerei und einen Obstsmoothie nach oben. Leah staunte, wie rasch sie wieder zu Kräften kam und die Schmerzen nachließen.

Mitte der Woche wurde Leah langsam rastlos und Sophie versuchte, sie dazu zu überreden, mit ihr und Crowley auf den Herbstmarkt zu gehen. Aber weil Leah nicht vergessen hatte, wie ablehnend Crowley auf ihre Ankunft reagiert hatte, schlug sie die Einladung aus. Sie war sicher, dass er von ihrer Anwesenheit nicht begeistert war, und beschloss deshalb, ihm lieber aus dem Weg zu gehen.

Sie hatte aber großen Spaß, als Sophie ihr am nächsten Tag von ihrem Besuch auf dem Herbstmarkt erzählte und von dem Backwettbewerb, auf dem sie einen Kokos-Vanillepudding-Pie als Sieger gekürt hatte. Außerdem hätte Crowley versucht, sein eigenes Gewicht in Kuchen zu verputzen, und dann zur Freude aller Anwesenden alle Kuchen, die für den Wettbewerb eingereicht worden waren, zum Sieger ernannt. Es waren 20 blaue Siegerschleifen angefordert und von Crowley höchstpersönlich bezahlt worden.

Sophie musste immer wieder lachen, als sie weitererzählte, wie dem törichten Crowley schlecht geworden war und er beinah all den Kuchen wieder von sich gegeben hatte, nachdem er mit ein paar Teenagern aus dem Ort die unterschiedlichen Fahrgeschäfte ausprobiert hatte. Während Sophie berichtete, hielt Leah sich die verletzte, schmerzende Seite und versuchte, so gut es ging, das Lachen zu unterdrücken. Sie hätte stundenlang einfach dasitzen und der zierlichen kleinen Frau zuhören können. Der weiche, aber starke Südstaatenakzent in Sophies Stimme war purer Trost.

*

Sophie versuchte, Leah genügend Freiraum zu lassen, ihr aber auch so viel Aufmerksamkeit zu schenken, dass sie sich nicht einsam fühlte. Außerdem sah sie es als hilfreich an, dass auch Anna und Crowley sich ein wenig um Leah kümmerten, um ihr die Eingewöhnung in Rivertown zu erleichtern, doch beide wollten nicht so recht.

„Mit der Zeit werdet ihr schon mit ihr warm werden. Ich verstehe gar nicht, warum ihr nicht einfach jetzt schon mal damit anfangt", sagte sie. „Leah braucht die Gesellschaft von jüngeren Leuten."

Als der Sonntag näher rückte, fasste Sophie einen Plan, wie sie die beiden mit Leah bekannt machen konnte. Sie lud Leah ein, mit in die Kirche zu gehen und dann hinterher noch zu ihr zum Sonntagsessen zu kommen. Als Sophie am Freitagnachmittag zum vierten Mal ihre Einladung für den Sonntag aussprach, gab Leah schließlich nach und sagte zu.

„Ich brauche aber entweder Schminke oder eine braune Papiertüte, die ich mir über den Kopf ziehen kann, bevor ich endgültig zusage."

„Ich habe gerade keine braunen Papiertüten mehr, aber im Drogeriemarkt gibt es eine großartige Kosmetikabteilung. Machen Sie sich fertig, dann können wir sofort los", sagte Sophie daraufhin.

Als sie auf dem Weg zur Drogerie an Annas Boutique vorbeikamen, war diese gerade dabei, ihren Laden abzusperren, und Sophie blieb stehen, um die beiden Frauen einander vorzustellen.

„Anna, das ist meine neue Freundin Leah", sagte Sophie und deutete auf die unglaublich große Leah, bevor sie auf die winzig kleine Anna zeigte und fortfuhr: „Das ist Anna. Sie ist die Inhaberin der schönen Boutique hier und ist eine absolute Modeexpertin."

Leah schaute sich das Gebäude etwas genauer an und stellte fest, dass es ganz ähnlich aussah wie das, in dem sich das Café befand – es war auch ein zweigeschossiges rotes Backsteingebäude.

Sie schaute die Boutiquebesitzerin genauer an und sagte: „Sie sind wirklich perfekt gestylt. Man sieht, dass Sie sich mit Mode auskennen. Ich tue mich da eher schwer."

Da lächelte Sophie, weil sie wusste, wie sehr Komplimente das Selbstvertrauen der kleinen Brünetten stärkten.

Und tatsächlich wurde Annas Rücken gleich ein bisschen gerader, als sie sagte: „Freut mich, dich kennenzulernen, Leah. Was habt ihr denn gerade vor, meine Damen?", und schwang sich ihre Handtasche über die Schulter.

„Wir sind auf dem Weg in den Drogeriemarkt, um einige Kosmetika für Leah zu besorgen", antwortete Sophie.

„Dabei habe ich ihr schon gesagt, dass eine braune Tüte über dem Kopf bestimmt besser funktionieren würde", bemerkte Leah und schaute dabei die ganze Zeit nach unten auf den Boden.

Sophie wusste, wie schrecklich Anna es fand, wenn sie mitbekam, dass eine Frau negativ über sich selbst sprach, und sie lächelte stolz, als Anna sich bei Leah unterhakte, und sagte mit dem Brustton der Überzeugung: „Komm, wir sorgen dafür, dass du dich gleich besser fühlst. Und so einen Spruch über dich selbst möchte ich nie wieder von dir hören. So spricht eine Lady nämlich nicht über sich. Wenn du in den Südstaaten bleiben willst, dann musst du lernen, mit hoch erhobenem Haupt zu leben und stolz auf das zu sein, was Gott dir geschenkt hat."

Sophie ging hinter den beiden jungen Damen her und flüsterte: „Danke, Gott."

Sie hatte nun das Gefühl, dass sich alles bestens fügen würde. Wenn sie jetzt nur noch Crowley mit ins Boot holen konnte … Der sture Kerl hatte sich die ganze Woche nicht bei ihr blicken lassen.

Sophie schaute zu, wie Anna Leah zwei Stunden lang beriet, damit diese genau den richtigen Farbton für Concealer und Grundierung aussuchte. Außerdem erklärte sie Leah genau, wie man beides richtig auftrug. Es schien Leah kein bisschen zu stören, dass Anna dabei das Kommando übernahm. Sophie trug außer zur Unterhaltung nichts bei und ging einfach davon aus, dass es sich für Leah wahrscheinlich gut anfühlte, wieder in Gesellschaft zu sein, nachdem sie die ganze Woche wie eine Einsiedlerin gelebt hatte.

Als Leah alles gekauft hatte, was Anna ihr empfohlen hatte, unter anderem eine Gesichtspflegeserie, schlug Sophie vor, doch noch kurz einen Abstecher in die Buchhandlung zu machen und ein Exemplar des neuen Buches für den Buchklub abzuholen. Leah freute sich, als sie feststellte, dass es in dem kleinen Geschäft auch eine Kaffeeecke gab. Sophie und Anna bestellten sich beide einen Milchkaffee ohne Zucker und Leah schloss sich ihnen – wenn auch etwas zögerlich – an, denn sie liebte gesüßten Kaffee. Dann setzten sie sich zu dritt draußen vor dem Laden an einen Tisch und genossen ihren Kaffee.

Als sie so in der langsam schwindenden Nachmittagssonne saßen, plauderte Anna über den Blazer, den sie gerade für eine große Firma in Atlanta entwarf, und wie spannend sie die Entwürfe für eine neue Handtasche fand, die sie gerade zeichnete, und Sophie freute sich darüber, dass Leah mit offensichtlichem Interesse zuhörte.

„Ich nutze die gesamte obere Etage meines Hauses als Atelier. Du musst mal kommen und dir ansehen, woran ich gerade arbeite", sagte Anna zu Leah.

Sophie nutzte die Gelegenheit, um Anna zu sagen: „Leah kommt am Sonntag mit mir zur Kirche. Hast du nicht Lust, hinterher zum Essen zu kommen?"

„Klar", antwortete Anna.

„Gehst du denn nicht in den Gottesdienst?", fragte Leah.

„Nein. Ich gehe mit meinen Eltern in die Messe", erklärte Anna.

Sophie trank einen Schluck von ihrem Kaffee und erklärte dann: „Sie sind katholisch."

„Und was sind Sie", fragte Leah und sah Sophie an.

Doch in dem Moment antwortete Anna schon für sie: „Sie ist Baptistin, ihrer Meinung nach die einzige richtige Religion."

„Aber ich habe ihr auch schon mehrfach gesagt, dass es besser ist, katholisch zu sein, als gar keinen Glauben zu haben", meinte Sophie lachend und fügte hinzu: „Aber Baptistin zu sein, ist immer noch am besten."

„Und welchen Glauben hast du, Leah?", fragte Anna.

„Ich glaube ans Überleben", antwortete sie, sah dann aber gleich so aus, als hätte sie sich diese brutal ehrliche Antwort lieber verkniffen, und fügte hinzu: „Also … besser gesagt, ich gehöre zu gar keiner Glaubensgemeinschaft."

„Ich frage mich, ob ich Crowley dazu überreden könnte, katholisch zu werden, falls er sich jemals dazu entscheiden sollte, mich doch noch zu heiraten", dachte Anna laut nach.

„Das würde wohl eher andersherum funktionieren, Schätzchen, und du müsstest Baptistin werden. Du weißt doch, wie stur der Junge ist", bemerkte Sophie, und ihr war klar, dass Anna gerade wieder ihren Besitzanspruch an Crowley geltend machte.

Du weißt doch genau, dass der Zug abgefahren ist, Anna, dachte sie bei sich. Aber Sophie machte sich gleichzeitig Sorgen, dass Crowley niemals richtig sesshaft werden würde. Der Junge war mittlerweile 35 und schien absolut nicht das Bedürfnis zu haben, sein Junggesellendasein zu beenden.

„Kommt Crowley denn auch zum Essen?", fragte Anna und trank ihren letzten Schluck Kaffee.

Sophie zögerte mit ihrer Antwort und sagte schließlich: „Ich glaube nicht, dass er es schafft. Wahrscheinlich werden wir Mädels unter uns sein. Gibt es irgendwelche Essenswünsche?"

„Aber Crowley isst doch sonntags immer bei dir, als wäre das seine eigentliche Religion“, bemerkte Anna.

„Nicht jeden Sonntag. Du weißt doch, dass er sich manchmal zum Angeln davonschleicht.“

„Ja, ich glaube auch, dass eigentlich angeln seine wahre Religion ist. Ich würde gern Grits[1] mit Garnelen essen“, erklärte Anna daraufhin.

„Das wäre das perfekte Südstaaten-Willkommensessen für Leah. Guter Vorschlag, Anna“, stellte Sophie fest und erstellte im Kopf schon die Einkaufsliste, während sie die leeren Kaffeebecher wegwarfen.

„Klingt … interessant“, sagte Leah, und die anderen beiden Frauen mussten über das Gesicht lachen, das sie dabei zog.

Sie suchten ihre Bücher zusammen und die Tüten mit den Kosmetika und machten sich dann auf den Weg zu Annas Atelier, um sich anzuschauen, woran sie gerade arbeitete. Als sie alles gesehen hatten, war die Sonne untergegangen, und der Mond hatte seinen Dienst angetreten.

Der Sonntag kam und ging, und die Freundschaft zwischen den drei Frauen entwickelte sich schnell. Wie erwartet ließ Crowley sich nicht blicken.

Der Junge kann wirklich so stur sein, dachte Sophie.

Sie hatte ihn gebeten, doch bitte so freundlich zu sein, auch zum Essen zu kommen, aber er hatte dankend abgelehnt.

„Mir ist einfach nicht wohl dabei, an dem großen Willkommen für Leah dabei zu sein“, hatte er erklärt.

Crowley war ganz und gar mit seinem Projekt beschäftigt, Informationen über die neue Nachbarin zusammenzutragen, doch das erwies sich als ziemlich frustrierend. Mithilfe von ein paar

---

1 polentaähnlicher Maisbrei, Anm. der Übersetzerin

Kontakten hatte Crowley herausgefunden, dass sie eine Waise aus Chicago war, die ihre Kindheit und Jugend in verschiedenen Heimen und Pflegefamilien verbracht hatte. Mit 18 war ihr im Bundesstaat Nevada ein Führerschein ausgestellt worden, und vier Monate lang hatte sie regelmäßig Lohnzahlungen von einem Casino in Las Vegas erhalten. Danach war er nicht mehr weitergekommen.

Nachdem sie lange Zeit wie vom Erdboden verschluckt gewesen war, sei sie dann vor ein paar Wochen verprügelt und voller Wunden und blauer Flecke wieder aufgetaucht, berichtete er Sophie. Diese merkte, dass er sie vor der geheimnisvollen jungen Frau warnen wollte, aber sie sagte ihm nur, dass jeder eine Vergangenheit habe und dass es nicht besonders nett von ihm sei, in Leahs Leben herumzuschnüffeln.

„Fruchtlos … die Suche ist fruchtlos gewesen", hatte er gesagt.

10

Die Wochen vor Thanksgiving waren in einem angenehmen Trott vergangen. Nach und nach nahm Leah ihre Arbeit im Café auf, indem sie erst Sophie bei den Vorbereitungen fürs Kochen half und Sophie sie dann immer mehr im Service einarbeitete. Die Einheimischen mochten sie schon bald sehr gern – mit Ausnahme von Crowley. Er kam jeden Tag kurz vor Ladenschluss, um nach Sophie zu schauen – jedenfalls behauptete er das –, aber Leah war nicht dumm. Sie wusste, dass er kam, um zu kontrollieren, ob sie Sophie gut behandelte und ihre Freundlichkeit nicht ausnutzte. Das konnte ihm Leah wirklich nicht verübeln, denn sie merkte, dass auch sie selbst Sophie gegenüber mittlerweile eine Art Beschützerhaltung entwickelt hatte.

Crowleys Kontrollbesuche regten Leah zunehmend auf, und als er eines Nachmittags nach Ladenschluss am Tresen saß und wie ein Schießhund aufpasste, als sie die Tageseinnahmen zählte und den Einzahlungsbeleg ausfüllte, wäre sie beinahe explodiert.

Doch auch sie ließ ihn spüren, dass sie es nicht gerade passend fand, wie er völlig verdreckt und von oben bis unten mit Schlammspritzern übersät dasaß. Seine abgewetzte Baseballmütze, die er verkehrt herum trug, verlieh ihm das Aussehen eines dreckigen kleinen Jungen, der vom Spielen kam, und Leah verdrehte die Augen, als sie mit anhören musste, wie er Sophie davon erzählte, dass er den Tag mit ein paar Kumpels damit verbracht hatte, auf Quads im Schlamm herumzufahren.

„So, ich muss jetzt noch Kuchen backen“, sagte Sophie schließlich und ging in die Küche, um die Zutaten zusammenzusuchen.

„Sieht ja ganz so aus, als wäre das ein erfolgreicher Tag für Sophie gewesen“, sagte Crowley, als Sophie weg war, und knibbelte sich dabei einen getrockneten Matschspritzer vom Ohrläppchen.

Leah konzentrierte sich weiter auf die Kassenabrechnung und sagte nur abwesend: „Jap.“

„Wie viel hat sie denn heute eingenommen?“, fragte er.

„Ich glaube nicht, dass Sie das etwas angeht“, antwortete sie nur und stapfte in die Küche, um Sophie den ausgefüllten Einzahlungsschein und das Geld zu geben.

Und so laut, dass Crowley es hören konnte, fragte sie Sophie: „Hat der eigentlich nichts Besseres zu tun?“

„Anscheinend nicht“, antwortete diese nur lachend und schaute zu Crowley hinüber, der sie von seinem Platz am Tresen aus breit angrinste. Sophie schüttelte den Kopf und legte den Beutel mit den Einnahmen, die eingezahlt werden sollten, beiseite.

Crowley stellte sofort sein Grinsen ein, als Leah sich wieder zu ihm umdrehte, sah sie direkt an und fragte gleichzeitig Sophie: „Glaubst du, dass es klug ist, eine Fremde mit deinem Geld hantieren zu lassen, Sophie?“ Dabei pulte er sich einen weiteren getrockneten Matschspritzer aus der Augenbraue.

„Ich glaube, dass es nicht besonders klug ist, so viel dummes Zeug zu reden, wie du es grade tust“, antwortete Sophie darauf nur, woraufhin Leah sich zu ihr umdrehte und Crowley erneut sein breites Grinsen im Gesicht hatte. „Und du wirst gleich das Wischen der Fußböden übernehmen, wenn du deine üblen Gedanken nicht bald für dich behältst, junger Mann.“

*

In der darauffolgenden Woche war Thanksgiving, und das Café war ständig überfüllt. Leah staunte, wie viele vorbestellte Kuchen Sophie noch zusätzlich backte, aber die viele Arbeit und das hohe Arbeitstempo halfen Leah, erstens nicht zu viel nachzudenken und zweitens nachts gut zu schlafen.

Sophie hatte darauf bestanden, dass Leah Thanksgiving bei ihr feierte, aber Leah hatte dankend abgelehnt, weil sie wusste, dass auch Crowley dort sein würde, und außerdem hatte sie absolut nicht das Bedürfnis, die beiden bei irgendwelchen Festtagstraditionen zu stören. Am Tag vor dem Feiertag wünschte Leah sowohl Sophie als auch Crowley demonstrativ ein frohes Thanksgiving, und bevor sie nach oben in ihre Wohnung ging, sagte sie noch zu Sophie, dass sie sich dann am Freitagmorgen in alter Frische wiedersehen würden. Damit wollte sie auch Crowley noch einmal deutlich machen, dass sie sich an dem Feiertag nicht aufdrängen wollte.

Am Spätnachmittag des Thanksgivingtages tauchte Sophie mit zwei großzügig bestückten Platten mit Resten des Festessens vor Leahs Wohnungstür auf, und die beiden neuen Freundinnen feierten noch einmal ihr ganz eigenes Thanksgiving.

„Es ist ja Sitte, sich vor dem Essen gegenseitig zu erzählen, wofür man besonders dankbar ist“, sagte Sophie. „Also, ich bin dankbar dafür, dass Gott dich zu mir geschickt hat, Leah.“ Dabei lächelte sie freundlich und drückte Leahs Hand.

Leah war zutiefst gerührt, und sie fragte sich, wie Sophie hinsichtlich einer Chaotin wie ihr so empfinden konnte.

„Das ist das Netteste, was jemals jemand zu mir gesagt hat, Sophie“, flüsterte Leah und wischte sich eine Träne ab. „Ich bin so dankbar, dass du mich aufgenommen hast.“

Dann genossen die beiden Frauen gemeinsam ihr Essen und Leah gestand Sophie, dass dies das schönste Thanksgiving ihres Lebens sei.

„Schön. Da du ja meine Einladung zu mir nach Hause ausgeschlagen hast, kannst du mich jetzt nach Hause begleiten und mir beim Spülen der Geschirrberge helfen, die stehen geblieben sind, weil ich dich besuchen wollte", sagte Sophie mit einem Augenzwinkern, und Leah kam dieser Aufforderung sehr gerne nach.

Leah fand Sophies Häuschen am Fluss genauso gemütlich wie Sophie selbst. Es war ein zweigeschossiges, hellgelb gestrichenes Haus mit einer einladenden umlaufenden Veranda. Als sie zur Haustür hereinkamen, bewunderte Leah das Wohnzimmer, dessen Mittelpunkt ein großer Backsteinkamin war, der dem Raum Wärme verlieh, obwohl in ihm kein Feuer brannte.

Nachdem das Geschirr gespült war, saßen die beiden Frauen noch bei einer Tasse Kaffee und einem Stück Kürbiskuchen auf der Veranda hinter Sophies Haus, von der aus man einen Blick auf den Fluss hatte.

Als Leah sich bereit machte, nach Hause zu gehen, bevor es dunkel wurde, überreichte Sophie ihr noch einen ganzen Pecanusskuchen mit der Bitte: „Könntest du den vielleicht auf dem Weg noch bei Crowley vorbeibringen? Den hat er vorhin hier vergessen."

„Aber ich weiß doch gar nicht, wo er wohnt", wandte sie ein und empfand großes Unbehagen bei Sophies Bitte.

„Nein? Ach ja klar, das kannst du auch gar nicht wissen. Du findest ihn im ersten Backsteinhaus in der Stadt, direkt gegenüber vom Café, links vom Park."

„Vielleicht solltest du ihn lieber anrufen und ihm sagen, dass er sich den Kuchen bei dir abholen soll", schlug Leah vor, denn sie wollte diesem Mann auf keinen Fall etwas vorbeibringen.

„Ich bin total erledigt, und mir ist heute wirklich nicht mehr nach Menschen“, erklärte Sophie daraufhin. „Bitte sei doch so lieb, ja?“ Und mit diesen Worten gab sie Leah den Kuchen.

Da lenkte Leah ein und ging die paar Hundert Meter zu Crowleys Haus zu Fuß. An der Klingel befand sich ein kleines Schild mit der Aufschrift *Mason, Anwaltskanzlei.*

Der Penner ist ganz sicher kein Anwalt. Das muss sein Vater sein, dachte sie.

Nachdem Leah einmal tief durchgeatmet hatte, ging sie die Backsteinstufen hinauf und klingelte. Sie wartete nur ganz kurz und beschloss dann, den Kuchen einfach auf der Fußmatte abzustellen und sich so schnell wie möglich wieder aus dem Staub zu machen, aber als sie sich gerade bückte, um den Kuchen abzustellen, ging die Tür auf, und direkt vor ihren Augen tauchte ein Paar nackter Füße auf.

Sie richtete sich ganz langsam wieder auf, wobei ihr Blick an langen gebräunten Beinen, der gewohnten abgetragenen Cargo-Shorts entlang noch weiter aufwärtswanderte, bis er bei Crowleys fragender Miene landete. Er wirkte überrascht, sie vor seiner Tür anzutreffen.

Leah merkte, wie sie rot wurde, weil er sie dabei ertappt hatte, dass sie ihn anstarrte. Unfähig wegzuschauen, überreichte sie ihm den Kuchen und sagte: „Sophie hat mich gebeten, Ihnen den vorbeizubringen.“

„Sophie! Kuchen! Lecker!“, hörte Leah Annas Stimme aus dem Inneren des Hauses, gefolgt vom Lachen anderer Gäste über ihre Begeisterung. Den Geräuschen nach zu urteilen, schauten sie gemeinsam Football.

Crowley verdrehte die Augen, die unter dem Schirm seiner ramponierten Baseballmütze kaum zu sehen waren. „Na toll, jetzt muss ich *meinen* Kuchen wahrscheinlich auch noch teilen.“

Einen Moment lang war sie gebannt vom Blick seiner Augen, die diese seltsame Farbe hatten, dann senkte sie den Kopf, und so standen sie schweigend da, bis Leah die Anspannung nicht mehr aushalten konnte.

Sie machte auf dem Absatz kehrt und ging ohne ein weiteres Wort. Crowley ließ sie gehen, denn ihm war klar, dass Sophie ihm den Kuchen über den Schädel gezogen hätte, wenn sie gewusst hätte, wie unhöflich er gewesen war. Eigentlich war er ein geborener Südstaaten-Gentleman, aber wenn Leah in der Nähe war, dann überkam ihn immer irgendetwas, was er nicht genau erklären konnte. Er traute ihr einfach nicht über den Weg.

11

Es war der erste Samstag nach Thanksgiving, und das Café war wieder völlig überfüllt. Leah schenkte Anna gerade Tee nach, als sie zufällig aus dem Fenster schaute und einen kleinen, schmuddeligen Mann bemerkte, der auf einem Gefährt unterwegs war, das wie ein riesiges Kinderdreirad aussah. Auf seinem fettigen braunen Haar saß schief eine völlig zerbeulte Trucker-Mütze. Als er das Dreirad auf den Gehweg lenkte, fuhr er dabei um ein Haar einen der beiden Blumenkübel um, die dort standen.

„Was um Himmels willen ist denn das?“, fragte Leah und zeigte auf den Mann.

„Das ist Jessup Barns, unser Stadt-Trunkenbold“, antwortete Anna.

Bei dem Wort *Trunkenbold* wurde Leah ganz zappelig, und als Anna merkte, dass sich Leahs gesamte Haltung veränderte, fügte sie beruhigend hinzu: „Mach dir keine Gedanken wegen dem alten Jessup, Süße, der ist harmlos. Na ja … für jeden außer sich selbst.“

Gemeinsam schauten sie zu, wie Jessup mühsam von seinem Vehikel abstieg. Dabei blieb er mit einem Bein am Sattel hängen, sodass er mit dem Gesicht voran in einen Pflanzkübel mit Chrysanthemen fiel.

Anna lachte kurz auf und erklärte: „Das Gefährt, auf dem er unterwegs ist und das ihm da offenbar gerade zum Verhängnis wird, ist sein Schnaps-Mobil."

„Sein was?", fragte Leah, schaute dabei aber weiter wie gebannt auf die Katastrophe auf dem Gehweg.

„Jessup hat keinen Führerschein mehr und bekommt ihn auch nicht wieder, weil er immer wieder betrunken Auto gefahren ist. Er hat versucht, sich auf einem normalen Fahrrad fortzubewegen, aber meistens konnte er darauf nicht das Gleichgewicht halten, weil er zu betrunken war. Dann hat er eines Nachts Crowleys Scheune geplündert, und am nächsten Tag kam er mit dem Ding da an. Kreativ ist er jedenfalls, das muss man ihm lassen." Sie schauten zu, wie er es irgendwann schaffte, sich auf dem Gehweg wieder aufzurappeln.

„Hinten auf dem Gepäckträger ist eine Kühlbox befestigt, in der er alles Mögliche transportiert", erklärte Anna weiter und zeigte auf Jessup, der jetzt dabei war, Bierdosen aus dem Mülleimer vor *Sophies Café* herauszuangeln.

„Im Moment ist die Box sein Mülleimer, aber nachdem er bei Sophie war, ist es sein Einkaufswagen. Jessup Barns ist eines von Sophies Lieblingsprojekten. Sie glaubt allen Ernstes, dass sie ihn retten kann."

Kurz darauf kam Jessup hereingetorkelt und mit ihm eine Wolke üblen Körper- und Biergeruchs. Bevor Leah sich überlegen konnte, was sie mit ihm anstellen sollte, kam Sophie aus der Küche gestürzt und ging schnurstracks zu ihm hin.

„Guten Tag, Jessup. Ich habe dein Essen schon fertig", sagte sie, gab ihm eine weiße Tüte und begleitete ihn wieder Richtung Ausgang.

Er murmelte ein Dankeschön und gab ihr einen zerknitterten Dollarschein.

„Der Drogeriemarkt hatte eine große Kaufe-ein-Teil-und-bekomm-einen-zweiten-gratis-dazu-Aktion“, erklärte Sophie jetzt und fuhr fort: „Und ich sitze jetzt da mit all den Sachen, die ich umsonst dazubekommen habe und nicht brauche. Könntest du mir vielleicht einen Teil davon abnehmen?“

„Ich glaube schon, Miss Sophie“, antwortete Jessup schwankend und nickte dabei eifrig.

Da nahm Sophie eine große Tüte mit Toilettenartikeln, die hinter dem Tresen bereitstand, und gab sie ihm.

Er warf rasch einen Blick in die Tüte und sagte: „Das is mächtig nett von Ihn'n, Miss Sophie.“

„So, und jetzt geh lieber wieder, damit meine Freundlichkeit nicht überstrapaziert wird, Jessup“, sagte sie dann und scheuchte ihn mit einer Geste zur Tür hinaus.

„Nein, versprochen“, erwiderter er, verfrachtete die beiden Tüten im Fahrradkorb und stieg wieder völlig planlos auf sein großes Dreirad. Durchs Fenster des Cafés, das nach vorne hinausging, schauten die Frauen dann zu, wie er langsam zu einer Bank am Fluss fuhr, um etwas zu essen und zu untersuchen, was er bei Sophie abgestaubt hatte.

Als Sophie und Leah am Abend das Café aufräumten und putzten, kam Crowley lachend hereingeschlendert.

„Worüber amüsierst du dich denn so, mein Junge?“, fragte Sophie, ohne im Wischen innezuhalten.

Crowley stand an dem großen Fenster und antwortete: „Es sieht ganz so aus, als ob Jessup gerade versucht, den Fluss in ein riesiges Schaumbad zu verwandeln.“

Das weckte die Aufmerksamkeit der beiden Frauen, die rasch ans Fenster gelaufen kamen und sahen, wie Jessup in einem dicken Schaumkranz bis zum Bauchnabel im Fluss stand. Seine Haare standen ihm vom Kopf ab und waren ebenfalls voller Schaum.

„Nein, also der Dummkopf verschwendet doch tatsächlich, was ich ihm aus lauter Nettigkeit geschenkt habe", sagte Sophie, schlug mit der flachen Hand auf den Tresen und sorgte so dafür, dass Sophie und Crowley noch mehr lachen mussten. „Er soll sich mit dem Zeug seinen hässlichen Hintern waschen", erklärte Sophie.

„Für mich sieht das wie Waschen aus, Sophie", sagte Crowley, sodass Leah noch mehr lachen musste.

„Lacht ihr beiden nur", sagte Sophie und hielt sich an den Trägern ihrer Schürze fest. „Glaubt ihr wirklich, dass fischiges Flusswasser den Gestank vertreibt, der an ihm haftet?"

Crowley zuckte mit den Schultern und entgegnete: „Na, jedenfalls ist es besser als gar kein Wasser."

„Und wenn er aus dem Wasser steigt, zieht er die mit Bier getränkten und nach Schweiß stinkenden Sachen wieder an. Ja, Crowley Mason, das ist ganz bestimmt besser als nichts", sagte Sophie.

Da stürzte Crowley zur Tür hinaus, rannte über die Straße zum Flussufer, wo der fast zwei Meter große Mann versuchte möglichst unauffällig – was an sich schon urkomisch wirkte – Jessups völlig verdreckte Kleider zusammenzusammeln. Und weil Jessup mit dem Rücken zum Ufer stand, konnte Crowley die Sachen unbemerkt mitnehmen. Er hielt sie eine Armeslänge von sich entfernt, trabte damit drei Läden weiter und warf sie in eine Mülltonne. Dann machte er kehrt und rannte wieder zurück in *Sophies Café,* wo er, immer noch mit ausgestreckten Armen, auf direktem Weg in die Küche stürmte.

Die Hände in die Hüften gestemmt, schüttelte Sophie den Kopf, als er an ihr vorbeirauschte, und fragte: „Was hast du denn jetzt vor?"

„Mir die Hände desinfizieren!", antwortete er.

Ein paar Minuten später kam er wieder zurück ins Café, roch nach Desinfektionsmittel und grinste.

„Gern geschehen“, sagte er zu Sophie.

„Ja, Crowley. Vielen Dank auch, dass du jetzt dafür gesorgt hast, dass dieser Trunkenbold schon wieder wegen Erregung öffentlichen Ärgernisses festgenommen wird.“

Dieses *wieder* ließ Leah aufhorchen, und sie fragte sich, ob das ein wiederkehrendes Problem war.

„Festgenommen zu werden, ist für Jessup wirklich nicht das Schlimmste. Er bekommt dann nämlich ein sauberes Bett und drei Mahlzeiten am Tag“, sagte Crowley, machte sich lang und tat so, als ob er Sophie gegen die Schulter boxte.

Aber die temperamentvolle Frau wehrte seine Hand ab und sagte: „Jetzt setz dich endlich hin und benimm dich.“

„Jawoll, Ma'am“, sagte Crowley und tat, was sie gesagt hatte. Dabei warf er Sophie ein übertriebenes Lächeln zu. Sie reagierte darauf mit einem strengen, missbilligenden Blick.

Leah amüsierte sich darüber, wie die winzige Sophie dem riesigen Crowley Paroli bot, und sie stellte fest, dass auch Crowley es amüsant fand. Leah war erleichtert, dass die kleine Frau wusste, wie man böse guckt, als sie Sophie dabei ertappte, wie sie Crowley einen Blick zuwarf, von dem Leah hoffte, dass nie jemand sie auf diese Weise ansehen würde.

„Er kommt schon zurecht. Er hat doch noch den weißen Doppelripp-Schlüpfer an …“, bemerkte Crowley nur, und als er dann innehielt und sie hinausschauten, sahen sie, wie Jessup pitschnass auf seinem Dreirad davonfuhr. Es schien so, als hätte er gar nicht gemerkt, dass seine Kleider verschwunden waren.

„Na ja, weiß ist vielleicht übertrieben …“, sagte Crowley lachend und sah Sophie an. „Dem Schlüpfer tut es wahrscheinlich ganz gut, wenn er mal gelüftet wird.“

Er sprang von dem Hocker auf, steckte genau in dem Moment, als Jessup am Café vorbeifuhr, den Kopf zur Tür hinaus und rief ihm zu: „Und denk dran, das Deo auch zu benutzen!"

Jessup hob eine Hand als Zeichen, dass er verstanden hatte, und fuhr weiter.

Als sie wieder in die Küche ging, murmelte Sophie vor sich hin: „Das ist, als würde man ein Schwein mit Parfüm einsprühen."

12

Leah war es leid. Sie war müde und konnte einfach nicht mehr. Sie hasste es, Sophie schon wieder um Hilfe bitten zu müssen angesichts der Tatsache, dass sie die großzügige Frau schon um so vieles gebeten hatte, aber eine Woche nach Thanksgiving, kurz bevor das Café schloss, wusste sie keinen anderen Ausweg mehr.

Sie hielt Sophie ihren Gipsarm hin und sagte: „Ich halte diesen Gips keinen Augenblick länger aus, Sophie, sonst schreie ich."

Sophie lachte. „Na, da werde ich mal schauen, was ich tun kann", sagte sie und ging, um eine große Schüssel ihrer berühmten Tomaten-Kräuter-Suppe warm zu machen und zwei Käsetoasts zuzubereiten.

„Für wen ist denn das noch? Wir schließen doch gleich", fragte Leah.

„Das ist für Crowley. Er hat einen langen, anstrengenden Tag hinter sich und ist bestimmt gleich hier."

Und bevor Leah noch nachfragen konnte, warum, kam ein großer Mann in einem teuer aussehenden dunkelblauen Anzug zur Tür hereingeschlendert und schloss hinter sich ab. Sie war absolut überrascht, als sie feststellte, dass es sich um niemand anderen als Crowley Mason handelte.

„Ist jemand gestorben?", fragte Leah Sophie.

Darauf gab Crowley selbst die Antwort: „Nein, aber ich bin sicher, der Verteidiger wünschte, es wäre so, wenn sein Klient mit ihm fertig ist."

„Daraus schließe ich, dass der Richter zu deinen Gunsten geurteilt hat", sagte Sophie.

„Ja, hat er."

„Na, dann gratuliere ich, junger Mann", erklärte Sophie und servierte ihm seine Mahlzeit.

„Danke, ich bin kurz vorm Verhungern." Crowley lockerte seine Designerkrawatte und fing an zu essen, während Leah einfach nur dastand und völlig verblüfft feststellte, dass er tatsächlich geschlossene Schuhe trug. Und seine widerspenstigen Locken hatte er mit Gel gebändigt.

Ihr waren schon zuvor seine ungewöhnlichen grau grünen Augen aufgefallen, aber ohne seine ewige Baseballmütze, deren Schirm die Augen verdeckte, sahen sie noch besonderer aus. Sie musste zugeben, dass er auf eine rustikale Art richtig gut aussah. Sein aschblondes Haar war an den Spitzen etwas heller, wahrscheinlich – so vermutete sie zumindest – von seinen vielen Aufenthalten am Strand. Sein kantiges Kinn, das normalerweise noch durch einen Dreitagebart betont wurde, war jetzt glatt rasiert.

Einen Moment lang starrte sie ihn an, setzte dann aber den Weg nach oben in ihre Wohnung fort und dachte, dass ihr Gips auch noch warten konnte. Crowley hatte sie von Anfang an ein bisschen eingeschüchtert, aber jetzt war sie völlig überwältigt von ihm.

Leah begab sich – wie immer nach der Arbeit – sofort unter die Dusche, und 40 Minuten später war sie fertig und frisch angezogen. Sie trug ihre Lieblingsyogahose und eine schwarze Tunika mit weiten Ärmeln und wollte es sich gerade auf dem Sofa gemütlich machen, da klopfte es. Als sie die Tür öffnete, stand

Crowley an den Türrahmen gelehnt davor, in der einen Hand hatte er einen Mini-Dremel mit irgendeinem Schneideaufsatz, in der anderen eine Schere.

„Hat hier jemand eine Gips-Entfernung bestellt?", fragte er und wedelte ihr mit dem Werkzeug vor der Nase herum.

Leah streckte eine Hand aus, um es ihm abzunehmen, und bedankte sich, doch das ignorierte er und betrat stattdessen ihre Wohnung. Er deutete auf einen der Stühle im Esszimmerbereich und forderte sie auf, sich zu setzen. Dann legte er die Werkzeuge auf den Tisch, zog sein Jackett aus, hängte es ordentlich über die Lehne des Schaukelstuhls, band die Krawatte ab und steckte sie in eine der Taschen des Jacketts.

Leah bemerkte das Hugo-Boss-Etikett und gab sich alle Mühe, nicht beeindruckt zu sein. „Für die Entfernung eines Gipsverbandes bist du aber eindeutig overdressed, oder?"

„Ich kriege es auch im Anzug sehr gut hin, einen Gips zu entfernen", entgegnete Crowley und krempelte die Ärmel hoch.

„Sophie und du, ihr seid euch ziemlich ähnlich", bemerkte sie.

„Das liegt daran, dass wir viel Zeit miteinander verbringen", erklärte er, zog seinen Stuhl näher an ihren linken Arm heran und setzte sich. Er versuchte, ihren Arm auf den Tisch zu legen, damit er sich den Gips genauer ansehen konnte, aber sie zögerte kurz.

„Das ist schon in Ordnung. Ich bin Experte. Ich habe mir auf diese Weise sogar schon einmal selbst einen Gips entfernt", beruhigte Crowley sie mit einem angedeuteten Lächeln, bei dem seine Augen aber nicht mitlächelten.

„Wobei hast du dir denn den Arm gebrochen?", fragte sie ihn, während sie ihren Arm zögerlich auf die Tischplatte legte.

„Bei einem Skateboardunfall. Ich habe versucht, wie Tony Hawk zu fahren, und einen Super-Stunt probiert", antwortete er. „Die Lektion hat jedenfalls gesessen."

Er nickte vielsagend, als er jetzt das batteriebetriebene Gerät einschaltete, das wie ein Zahnarztbohrer klang.

„Und welche Lektion war das?“ Wachsam schaute Leah zu, wie sich die kleine Säge ihrem Arm näherte.

„Dass ich nicht Tony Hawk bin.“

„Dann hast du dir also schon als Teenager den Arm gebrochen?“, fragte sie ein bisschen besorgt, weil es in diesem Fall ja ziemlich lange her war, dass er einen Gips entfernt hatte, und weil das Sägeblatt gefährlich scharf aussah. Sie war keine Memme, hatte aber auch absolut kein Bedürfnis nach noch mehr Schmerzen, denn davon hatte sie ihrer Meinung nach schon so viele gehabt, dass es für ein ganzes Leben reichte.

„Nein, das war erst letztes Jahr“, erklärte er. „Und nein, ich bin nicht zu alt, um Skateboard zu fahren“, fügte er grinsend hinzu und entblößte dabei seine strahlend weißen und perfekt geraden Zähne.

„Und wie hast du dir den Arm gebrochen?“, fragte er mit einem Blick, der verriet, dass er nicht wirklich mit einer wahrheitsgemäßen Antwort rechnete.

Leah antwortete ihm so ehrlich, wie sie es sich leisten konnte.

„Es war ein blöder Unfall.“

„Wie wäre es denn, die blöde Erinnerung daran jetzt endlich loszuwerden?“, fragte Crowley daraufhin und drückte das kleine Sägeblatt in den Gips. Als er es einmal der Länge nach durch den Gips geführt hatte, kam die Schere zum Einsatz, mit der er den dünnen Mullverband zwischen dem harten Gips und der Haut zerschnitt.

Als der Gips weg war, seufzte Leah und konnte sich endlich den fürchterlich juckenden Arm kratzen. „Danke, danke, danke!“

Bevor Leah ihren Arm wieder vom Tisch nehmen konnte, sah Crowley ganz kurz die Brandnarbe auf ihrer Innenhand an, die unter dem Gips versteckt gewesen war und einen guten Teil der Handfläche bedeckte.

Er nahm ihre Hand und drehte die Innenseite nach außen, um die Narbe zu untersuchen. Als er mit dem Zeigefinger darüberfuhr, fragte er: „Woher um Himmels willen stammt die denn?“

Doch Leah zog rasch ihre Hand weg und antwortete: „Das war ein anderer Unfall vor ungefähr vier Jahren, aber inzwischen ist alles verheilt, nur die Narbe wird wohl bleiben.“

Weil sie ihm nicht in die Augen sehen konnte, versuchte sie zu lachen, was ihr allerdings kläglich misslang.

Eine Weile schwiegen sie beide, dann schüttelte Crowley den Kopf und stand auf.

„Nochmals danke, Crowley. Ich weiß, dass du den ganzen Tag gearbeitet hast und bestimmt müde bist, deshalb finde ich es besonders nett von dir, dass du das hier für mich tust.“

„Ach, das ist doch nicht der Rede wert“, entgegnete er nur, nahm den Gips und warf ihn in der Küche in den Mülleimer.

„Wie lange bist du denn schon Anwalt?“, erkundigte sie sich.

Er blieb kurz am Tisch stehen, um sein Werkzeug wieder einzusammeln, und antwortete: „Ich bin als Anwalt *geboren* worden, aber meine Lizenz habe ich seit zehn Jahren. Ich habe sechs Jahre lang in der Strafverfolgung gearbeitet und hatte dann ein Burn-out. Tagein, tagaus nur von Mistkerlen umgeben zu sein, ist nichts. Jetzt beschäftige ich mich nur noch mit Allerweltssachen wie Scheidungen, Testamenten und Immobilienverträgen, und ab und zu überreden mich meine Anwaltskumpels im Norden, sie bei großen Fällen zu unterstützen.“

Er nahm sein Jackett von der Stuhllehne und legte es sich ordentlich über den Arm.

„Ist es das, was du heute gemacht hast?“, fragte Leah. Der Kerl überraschte sie total. Ein Skateboard fahrender Anwalt …

Er setzte zu einer Antwort an, hielt dann aber wieder inne und fragte: „Was wird das hier? *Wer bin ich?* Wenn das so ist, dann bin ich aber erst mal wieder mit einer Frage an der Reihe."

Da hielt sie lieber den Mund und sagte nur: „Vielen Dank noch mal."

Das nahm Crowley als Zeichen, dass er gehen konnte. „Keine Ursache", sagte er nur. Dann winkte er noch einmal, ohne sich umzudrehen, und weg war er.

*

In der darauffolgenden Woche schlug dann auf bemerkenswerte Weise die Vorweihnachtszeit zu und erreichte auch den hintersten Winkel von Rivertown. Die ganze Stadt atmete praktisch Traditionen und Festlichkeit, und die Lokalzeitung widmete Berichten über anstehende Veranstaltungen und adventliche Ereignisse sogar eine Extraseite. In der Bücherei sollte es eine Plätzchen-Tauschaktion mit kostenlosem Kaffee für die Teilnehmer geben, in der Baptistengemeinde wurde jeden Donnerstag- und Freitagabend eine lebendige Krippe dargestellt, und einer der Höhepunkte der scheinbar unzähligen Weihnachtsaktivitäten sollte der alljährlich stattfindende schwimmende Weihnachtskorso sein. Die Liste der Weihnachtsaktivitäten war schier endlos.

Die ganze Stadt war in heller Aufregung wegen des traditionellen Weihnachtsdeko-Wettbewerbs, und dass Sophie diesen Wettbewerb ausgesprochen ernst nahm, merkte Leah daran, dass sie für die Weihnachtszeit sogar ein paar zusätzliche Hilfskräfte engagiert hatte. Leah und diese Helfer bekamen von Sophie den Auftrag, praktisch jeden freien Zentimeter des Cafés, und zwar drinnen wie draußen, mit Lichterketten zu schmücken.

Die Tische wurden mit wunderhübschen Patchwork-Tischdecken in Rot-, Grün-, Creme- und Goldtönen versehen, das Café-Personal trug dazu passende Schürzen mit farblich abgestimmten Rüschen am unteren Saum und einem aufgestickten *Merry Christmas* auf dem Schürzenlatz. Auf den Tischen standen Salz- und Pfefferstreuer in Form von Tannenbäumen, und außerdem ließ Sophie Crowley die Tische so umstellen, dass ganz vorne Platz für einen riesigen Weihnachtsbaum war. Es dauerte mehrere Tage, die Fichte mit Lichterketten, Kugeln und Schleifen zu schmücken, und vom Tag nach Thanksgiving bis Neujahr dudelten aus den Lautsprechern des Lokals so gut wie ununterbrochen Weihnachtslieder.

Leah war erstaunt, wie sehr sich die Stadt veränderte. Sophie blieb bei ihrer Weihnachtsdeko sehr traditionell, während Anna genau die entgegengesetzte Richtung einschlug. Ihr Farbschema war Knallpink und Limonengrün mit Akzenten von Zebramuster und Silber, und ihren künstlichen weißen Baum und die Kränze hatte sie mit Perlen und bunt gefärbten Federn in demselben Farbschema geschmückt. Leah liebte Annas Deko und hatte insgeheim bereits für sie gestimmt. Die Wahlkabine für den Wettbewerb stand im Vorraum der Bank, damit die Abstimmung videoüberwacht war und alles mit rechten Dingen zuging. Das allein zeigte, dass der Deko-Wettbewerb in der Stadt wirklich *sehr* ernst genommen wurde.

Leahs zweiter Favorit in Sachen Deko war die Buchhandlung. Nick, der Eigentümer, hatte etliche etwa ein Meter hohe Bäume mit unterschiedlichen Buchthemen dekoriert. Leahs Lieblingsbaum war der Apfelbaum, an dessen Ästen unterschiedliche Kräuter hingen. Es war der Themenbaum zu dem Roman *Mein zauberhafter Garten* von Sarah Addison Allen. Leah hatte sich richtig in ihre märchenhaften Geschichten verliebt. Es gab noch etliche andere Bäume mit Bücherthemen, und die Kunden der Buchhandlung genossen es, sich eine Tasse Kaffee zu holen und dann herumzugehen und diese Bäume wie Kunstwerke zu bestaunen.

Der Drogeriemarkt, die Bank, die Kirche und die Bibliothek waren bei ihrer traditionell schlichten Dekoration in Form von grünen Girlanden mit Lichterketten geblieben. Nicht eine einzige Ladenfassade – und auch kein einziges Privathaus – war ungeschmückt.

Auch Crowley machte da keine Ausnahme. Vom Dach und der Veranda seines roten Backsteinhauses hingen bunte Leucht-Eiszapfen, außerdem waren um die Geländer der Verandatreppe und um die Eingangstür Tannengirlanden mit bunten Lichterketten geschlungen. In den kleinen Vorgarten etwas seitlich vom Haus hatte er drei Tannenbäume in einem leicht versetzten Dreieck aufgestellt – einen etwa 3,50 Meter hohen, einen 2,50 Meter hohen und einen 1,50 Meter hohen – und sie von den Teenagern der Stadt zu verschiedenen Themen schmücken lassen. Den mittleren Baum hatten die Mädchen von oben bis unten mit Glitzer und Gold behängt, und als Crowley empfahl, ihn beim Weihnachtsball als Discokugel zu verwenden, kicherten sie.

Die Jungen hatten den kleinsten Baum in Angriff genommen und ihn zum Thema Sport mit Tannenbaumschmuck dekoriert, den Crowley auf ihre Bitte hin extra für sie bestellt hatte. Außerdem hatten sie sich blaue Lichterketten für ihren Baum gewünscht. Der größte der drei Bäume war ein Gemeinschaftsprojekt. Er wurde mit unzähligen bunten Lichterketten bedeckt und mit allen möglichen Spielzeugen behängt. Amüsiert schauten Leah und Sophie zu, wie die Kinder, die aussahen wie eine Horde Elfen, auf Trittleitern in unterschiedlichen Höhen um den Baum herumwuselten.

An jedem der Bäume stand zur Freude der Kinder ein Schild mit dem jeweiligen Titel des Baumes: Der Baum der Mädchen war „die Discokugel", der Baum der Jungen „der Sportfan-Baum" und der Gruppenbaum hieß „Weihnachtswerkstatt-Baum". Das Projekt hatte einen ganzen Samstag in Anspruch genommen, und nachdem die Jugendlichen bei Sonnenuntergang ihre Kreationen präsentiert hatten, bekamen sie von Leah und Sophie selbst gemachtes Popcorn und heißen Gewürzapfelsaft.

Leah gab sich alle Mühe, all dem Festtagstrubel möglichst aus dem Weg zu gehen, allerdings ohne Erfolg, denn davon wollte Sophie nichts wissen. Also blieb Leah nach Ladenschluss bereitwillig da, um beim Vorbereiten der Leckereien für die Jugendlichen zu helfen, aber das Verteilen wollte sie lieber anderen überlassen. Natürlich tat sie am Ende dann doch, was Sophie wollte, und stand mehrere Stunden lang in Crowleys Garten, wo sie ein paar großartige Kinder und Jugendliche kennenlernte. Erst als schließlich einer von ihnen anfing, Musik zu spielen, und alle um die drei Bäume herumzutanzen begannen, schlich sich Leah heimlich zurück in ihre Wohnung.

Während der Feiertage war ihr dann oft sehr schwer ums Herz. Obwohl in der Stadt alles fröhlich glitzerte und blinkte, glitzerten in Leahs Wohnung nur ihre Tränen, wenn sie abends und nachts weinte. Außerdem wurde sie von endlos quälenden Gedanken verfolgt, wie anders dieses Weihnachtsfest hätte sein können.

Eigentlich hätte sie um diese Zeit einen sehr runden Babybauch gehabt, in dem ihr gesundes Baby heranwuchs, doch ihr Bauch war traurig flach und leer. Sie hätte ihrer Tochter, die jetzt bald auf die Welt gekommen wäre, Geschenke unter den Baum gelegt, und inzwischen wäre bestimmt auch das Kinderzimmer fertig gewesen – ausgestattet mit Windeln, Feuchttüchern und

Mädchenkleidern ... wenn sie in einer anderen Welt gelebt hätte als in der, in der sie unerträglich festgesessen hatte.

Sie hätte eigentlich im Schaukelstuhl sitzen, den Weihnachtsbaum anschauen, sich den Bauch streicheln und spüren sollen, wie sich ihr Baby bewegte. Stattdessen lag Leah zutiefst verzweifelt allein im Dunkeln auf ihrem tränennassen Kopfkissen im Bett.

*

Am Abend vor Weihnachten nahmen die Kinder und Jugendlichen an der traditionellen Heuwagenfahrt teil, während der Weihnachtslieder gesungen wurden. Eng beieinander saßen sie auf einem mit Heuballen ausgepolsterten Anhänger und wurden von einem festlich geschmückten Oldtimer-Traktor gezogen, der von keinem Geringeren gelenkt wurde als Crowley Mason.

Sophie hatte eine sehr widerwillige Leah dazu überreden können, sich an dem Event zu beteiligen, denn Sophie kümmerte sich jedes Jahr um die Verpflegung für die Sänger und Sängerinnen. Dazu gehörten unter anderem jede nur denkbare Sorte Weihnachtsplätzchen und heiße Schokolade.

Die beiden Frauen hatten den größten Teil des Tages damit verbracht, Plätzchen zu backen, und große silberne Thermoskannen mit heißer Spezialschokolade nach Sophies Geheimrezept gefüllt. Bei den Plätzchen gab sich Sophie alle Mühe, sie mit möglichst gesunden Zutaten zu backen, musste Leah aber gestehen, dass sie dabei manchmal auch fünfe gerade sein lassen müsse.

„An den Feiertagen schadet es ja auch nicht, mal ein bisschen über die Stränge zu schlagen", sagte Sophie und arrangierte die Leckereien auf wunderschönen Tabletts.

Dann stellten sie noch zwei Thermoskannen auf den Servierwagen und schoben ihn hinüber in den Park, wo die Heuwagenfahrt enden sollte. Es waren zwei Touren nötig, um all die Plätzchen und Kannen mit Schokolade hinüberzuschaffen und schön auf bereitgestellten Tischen zu arrangieren.

Die beiden Frauen banden ihre hübschen Schürzen um und bezogen dann ihre Posten an den Verpflegungsstationen. Leah hatte sich bereitwillig für den Ausschank der heißen Schokolade gemeldet, weil sie keine Plätzchen mehr sehen konnte. Sie hatte nämlich beim Backen zu viel vom Teig genascht, wenn Sophie gerade mal nicht hingeschaut hatte, und jetzt fühlte sich ihr Bauch nicht besonders gut an. Sophie gab ihr einen kleinen Korb mit ein paar Weihnachtsbechern, die sie für die heiße Schokolade auf den Tisch stellen sollte.

„Meinst du nicht, dass wir mehr Becher brauchen als diese paar?“, fragte Leah und schaute hinunter auf das halbe Dutzend Becher.

„Nein, Liebes ... alle wissen, dass sie Becher mitbringen sollen. Diese hier sind nur für den Fall da, dass jemand keinen eigenen Becher dabeihat.“

Leah hörte den Traktor und die Sänger in der Ferne, schon mindestens fünf Minuten bevor sie sie sehen konnte. Als der Traktor schließlich um die Ecke bog, konnte Leah sich noch gerade rechtzeitig beherrschen, bei Crowleys Anblick nicht loszuprusten. Mit einer altmodischen Schlabber-Strickmütze auf dem Kopf und einem passenden dicken Wollschal in Weihnachtsfarben um den Hals hockte er auf dem Fahrersitz des Traktors.

Auweia, da war aber jemand in Weihnachtsstimmung. Als sie bemerkte, dass er seine Flipflops gegen ein paar abgetragene Arbeitsstiefel eingetauscht hatte, fand sie, dass er als Model für Weihnachtsmode im Landhausstil hätte auftreten können.

Ungeduldig stiegen die jungen Leute jetzt vom Anhänger und gingen schnurstracks zu dem Tisch mit den Plätzchen hinüber.

Sie stellten sich vor den beiden Frauen auf und sangen ihnen „We Wish You a Merry Christmas“ vor. Und während sie sangen, bemerkte Leah, wie von überallher Menschen mit Weihnachtsbechern in der Hand herbeiströmten.

So viel also zu ihrer Annahme, dass es eine kurze, schöne Veranstaltung werden würde. Sie setzte ihr freundlichstes Lächeln auf und füllte in der darauffolgenden Stunde heiße Schokolade in unzählige Becher.

Crowley kam zu dem Tisch mit der heißen Schokolade hinüber, als sie gerade die dritte Thermoskanne hinstellte.

„Frohe Weihnachten, Leah“, sagte er und reichte ihr einen riesigen Thermosbecher.

„Danke gleichfalls. Du magst nicht zufällig gern heiße Schokolade, oder?“ Sie grinste und hob seinen Becher hoch, um großzügig nachzuschenken.

„Das ist eine der wenigen Gelegenheiten im Jahr, bei denen Sophie den Einheimischen Süßes erlaubt, deshalb nutze ich das voll aus“, sagte Crowley.

Er trank ein paar Schlucke aus dem Becher und ließ ihn danach noch einmal von Leah auffüllen. Dann beugte er sich vor und flüsterte: „Ich schleiche mich sogar jedes Mal am Abend vor Weihnachten noch einmal ins Café, nachdem ich den Traktor wieder abgeliefert habe, und hole mir dort die übrig gebliebenen Plätzchen. Wenn du also heute Abend spät unten noch etwas hörst, dann ist das nicht der Weihnachtsmann.“

Als Leah ihm zum zweiten Mal den Becher reichte, betrachtete sie die schlabbrige Mütze und den Schal etwas genauer und bemerkte: „Netter Style, den du da heute trägst.“

Da ging ein breites Grinsen über Crowleys ganzes Gesicht, bevor er selbstironisch die Mütze zurechtrückte.

„Ja? Ich hatte gehofft, dass er dir gefällt.“

In diesem Moment rief eine Gruppe von Jungen im Teenageralter Crowley zu dem Tisch mit den Plätzchen. Er hob noch einmal grüßend seinen Becher in Leahs Richtung und sagte Danke, bevor er davonschlenderte.

Leah konnte sich gar nicht wieder von seinem Anblick losreißen, als er davonging und seine breiten, völlig entspannt wirkenden Schultern aus der Menschenmenge herausragten.

„Hmmm … was für ein Sahneschnittchen im Park", flüsterte da Anna direkt neben Leah und genoss offenbar ebenfalls den Anblick.

Leah wurde rot, weil sie sich ertappt fühlte, und wandte sich ab, um Anna eine heiße Schokolade anzubieten.

„Ach ja, Anna, apropos Sahneschnittchen", sagte Leah und trat einen Schritt zurück, um sich Annas Weihnachtskostüm genauer anzuschauen.

Unter ihrem eng geschnittenen roten Blazer mit Kragen und Ärmelbesatz aus weißem Fell blitzte ein paillettenbesetztes weißes Mieder hervor, das ihre besonderen Vorzüge hochpushte. Dunkle Designerjeans und schwarze kniehohe Stiefel rundeten Annas Outfit ab, das durch ein glitzerndes Paillettenstirnband in ihrem brünetten, welligen Haar vervollständigt wurde.

Leah schaute an ihrer eigenen schwarzen Tunika hinunter, die unter der Festtagsschürze hervorlugte, und zupfte beschämt daran herum. Dann schaute sie wieder Anna an und bemerkte, dass sogar deren Make-up perfekt war.

„Gefällt es dir?", fragte Anna und vollführte dabei eine kleine Pirouette.

„Du bist *so* ein Mädchenmädchen", sagte Leah kichernd.

„Ich bin so aufgebrezelt, weil ich noch auf eine Weihnachtsparty im Strandhaus meiner Eltern gehe", sagte sie.

„Jetzt machst du mich noch neidischer."

„Tut mir leid, Schätzchen, aber ich werde dich gleich sogar noch ein bisschen neidischer machen müssen", erklärte Anna daraufhin, lachte und holte ein paar kleine Mistelzweige hervor. „Wirklich, ich will eigentlich nicht ... vielleicht guckst du am besten einfach weg."

Dann lachte sie, Leah lachte mit und schaute zu, wie Anna zu der Gruppe Jungs hinübertänzelte, die von Crowley um Haupteslänge überragt wurde, und spielerisch von allen ein Küsschen forderte. Dann nahm sie freudestrahlend die Wangenküsschen entgegen und gab einigen der Jungen auch eines zurück. Es entging Leahs Aufmerksamkeit nicht, dass Anna sich Crowley ganz bewusst bis zum Schluss aufhob, und sie war tatsächlich ein bisschen neidisch darauf, wie selbstbewusst und sicher Anna wirkte.

Leah schaute zu, wie Crowley sich hinunterbeugte, um Anna ebenfalls einen Kuss auf die Wange zu geben, aber sie drehte genau im richtigen Moment den Kopf, sodass Crowleys Kuss mitten auf ihrem Mund landete. Die Menge reagierte mit lautstarkem Jubel und Pfiffen, während Anna Crowley einen langsamen und dramatischen Kuss gab. Anschließend schauten die Jungen Anna hinterher, während sie zu ihrem Auto tänzelte. Leah hörte, wie die Gruppe Crowley wegen Anna neckte und bekam seinen gutmütigen Versuch mit, einfach nur darüber zu lachen.

Leah empfand die Feierlichkeiten als sehr anstrengend, und für ihren Geschmack waren die Menschen in Rivertown viel zu glücklich. Die zehn Jahre Misshandlung durch Brent hatten sie bitter und einsam werden lassen, und all die Freude und Fröhlichkeit um sie her gaben ihr das Gefühl, eine Außenseiterin zu sein, sodass sie sich an diesem Abend im Park noch einsamer fühlte. Während der gesamten Festveranstaltung nagte der Gedanke an ihr, dass es vielleicht langsam Zeit wurde weiterzuziehen.

Leah war erleichtert, als die Kinder und Jugendlichen endlich wieder auf den Anhänger stiegen. Sie bestand darauf, dass Sophie auf dem Rückweg zu den Sängern auf den Heuwagen stieg, während sie abbaute und aufräumte. Sophie zögerte, aber Leah merkte genau, wie gern ihre Chefin mit den Kids mitfahren würde.

„Geh ruhig, Sophie. Ich übernehme das hier schon – das ist mein Weihnachtsgeschenk für dich", sagte Leah.

„Aber nur, wenn du wirklich ganz sicher bist …"

Doch dann strahlte Sophie wie ein Weihnachtsbaum, als ein junger Teenager ihr auf den Anhänger half. Alle anderen Jugendlichen jubelten, und noch ehe der Traktor wieder ansprang, war der Gesang schon wieder in vollem Gang.

Crowley stand auf dem Traktor und stieß einen durchdringenden Pfiff aus, um sich für die Meute bemerkbar zu machen, dann sagte er: „Angesichts der Tatsache, dass wir einen besonderen Gast haben, von dem die meisten von uns ja wissen, dass sie noch nie die Gelegenheit hatte, uns auf unserer Heuwagenfahrt zu begleiten …" Er hielt inne und ließ seinen Blick hinüber zu Leah wandern, die zwar aufräumte, aber alles genau hörte. „… bedanken wir uns ganz herzlich bei Miss Leah Allen …" Er hielt wieder inne, während die Menge applaudierte. „Ich finde, dass wir Miss Sophie mit einem ganz besonderen Lied begrüßen sollten." Crowley räusperte sich übertrieben und fing dann an laut loszuschmettern: „Grandma Got Run Over by a Reindeer."[2]

Nachdem das grölende Gelächter sich wieder etwas gelegt hatte, stimmten die jungen Leute in das alberne Lied mit ein, und Leah musste so sehr lachen, dass sie Seitenstiche bekam.

Offenbar sehr zufrieden mit sich selbst setzte sich Crowley jetzt auf den Fahrersitz des Traktors, hob grüßend seine Mütze

[2] Oma wurde von einem Rentier überrannt.

in Leahs Richtung und fuhr mit den Sängerinnen und Sängern in die Dunkelheit davon.

Leah brauchte etwas über eine Stunde, um alles wieder ins Café und in die Küche zu bringen, die leeren Kannen zu spülen und alles wegzuräumen. Die wenigen übrig gebliebenen Plätzchen füllte sie in eine Plastikdose, die sie auf den Tresen stellte. Dann legte sie einen Zettel für Crowley dazu, auf dem stand: *Frohe Weihnachten.*

Nachdem sie das Café zugesperrt hatte, ging sie nach oben in ihre Wohnung und überlegte, ob sie wirklich schon so weit war, ihre Siebensachen zu packen und zu verschwinden. Doch als sie endlich in ihrer Wohnung angekommen war, blieb sie wie angewurzelt stehen, denn in einer Ecke des Wohnzimmers stand ein fertig geschmückter Weihnachtsbaum, der den Raum mit Tannenduft erfüllte und bis in den hintersten Winkel leuchtete. Als sie beim näheren Betrachten des wunderschönen Baumes sah, dass Geschenke darunterlagen, kamen ihr vor Rührung die Tränen.

„Mein erster eigener Weihnachtsbaum", flüsterte sie ergriffen und bestaunte die geschmückte Tanne. Hunderte winziger bunter Lichter funkelten zwischen Tannenbaumschmuck und Silberlametta – einfach perfekt. Leah hatte noch nie einen eigenen Weihnachtsbaum gehabt. In den Heimen und Wohngruppen, in denen sie aufgewachsen war, hatte es zwar oft Weihnachtsbäume gegeben, aber die waren meist künstlich gewesen, und weil sie normalerweise von irgendeiner Firma oder Organisation gespendet wurden, waren sie in der Regel mit Werbung des jeweiligen Spenders dekoriert gewesen.

In manchen der Pflegefamilien, in denen sie nur vorübergehend untergebracht gewesen war, hatten sich die Pflegeeltern nicht einmal die Mühe gemacht, einen Weihnachtsbaum aufzustellen, mit der Begründung, dass das nicht zu ihrer Kultur gehöre. Und Brent hatte es natürlich ebenfalls abgelehnt, einen solchen „Kitsch", wie er es bezeichnete, im Haus zu haben und sich davon seinen persönlichen Freiraum „vollmüllen" zu lassen.

Leah fragte sich, wer wohl auf die Idee gekommen war, unbemerkt einen Weihnachtsbaum und Geschenke in ihre Wohnung zu schaffen. Ganz langsam kniete sie sich vor den Baum und schaute sich die geheimnisvollen Päckchen darunter an. Auf jedem Etikett und Geschenkanhänger stand als Schenkender „Der Weihnachtsmann".

Schließlich siegte ihre Neugier, und sie nahm das kleinste Päckchen in die Hand. Es war in limonengrünem Papier verpackt und hatte eine pinkfarbene Schleife. Sie wickelte es aus, und zu ihrer großen Freude waren zwei wunderschöne Stirnbänder aus Stoff darin. Das eine war schwarz mit weißen Schnörkeln darauf, das andere türkisfarben.

„Danke, Anna", flüsterte Leah, während sie sich das schwarz-weiße Band anlegte.

Als Nächstes nahm sie ein rechteckiges, rot-weiß gestreift verpacktes Geschenk in die Hand. Es war der erste Band der neuen dreibändigen Romanreihe von Stephanie Plum. Leah lächelte und flüsterte ein Dankeschön in Richtung von Nick aus der Buchhandlung, einem vergnügten älteren Herrn, der sogar ein bisschen so aussah wie der Weihnachtsmann.

Anschließend nahm sie eine grüne Geschenktüte mit Vichy-Karo auf den Schoß, schaute hinein und freute sich sehr, als sie darin eine von Sophies Schürzen entdeckte. Sie nahm ihre Weihnachtsschürze ab und tauschte sie gegen das mit einem schwarz-weißen Blumenmuster bedruckte Exemplar, auf deren Tasche in Knallpink ein geschwungenes S aufgestickt worden war. Der Saum war mit schwarzen, weißen und pinkfarbenen Rüschen verziert und erinnerte an ein Tutu. Leah fand die Schürze wunderschön und vollführte eine kleine Pirouette, damit sie sie von allen Seiten begutachten konnte.

Das Geschenkpapier des letzten Päckchens war mit schwimmenden Fischen bedruckt, die Weihnachtsmannmützen trugen. Das lustige Papier und das Geschenk darin ließen keinen Zweifel daran, von wem es war. Es waren eine gestrickte Schlabbermütze und ein Schal darin, die genauso aussahen, wie die, die Crowley vorhin getragen hatte. Leah musste laut lachen, setzte sich die Mütze auf und schlang sich den Schal locker um den Hals. Sie war glücklich.

Dann stand sie auf, schob den Schaukelstuhl hinüber zum Weihnachtsbaum und setzte sich darauf, um zu schaukeln und sich im Schein der Weihnachtsbaumbeleuchtung über ihre Geschenke zu freuen. Noch nie hatte sie so besondere Geschenke bekommen, denn sie kamen alle von Herzen.

Nachdem Leah eine Weile so geschaukelt hatte, wurde sie schläfrig, doch dann weckten sie ein Geräusch unten aus dem Café und ein „Ho ho ho" wieder so weit auf, dass sie noch einmal schmunzeln konnte.

Ganz kurz war sie versucht, nach unten zu gehen und sich bei Crowley zu bedanken, aber dann kam ihr der Gedanke, dass er wahrscheinlich so spät nicht mehr von ihr gestört werden wollte. Also nahm sie stattdessen mehrere Decken und Kissen und richtete sich ein provisorisches Bett neben dem Weihnachtsbaum her. Nachdem sie alle ihre Geschenke wieder unter den Baum gelegt hatte, wo sie sie weiter bestaunen konnte, kuschelte sich Leah unter die Decken und ließ sich von den Lichtern in einen friedvollen Schlaf blinken.

*

Leah war zum Weihnachtsbrunch bei Sophie zu Hause eingeladen, und weil sie schon früh wach wurde, bereitete sie einen süßen Brotauflauf mit Zimt als Beitrag zum Büfett zu. Während der Auflauf im Ofen war, verpackte Leah Sophies Geschenk, ein Kochbuch mit gesunden Rezepten. Sie war gespannt, was Sophie wohl dazu sagen würde. Sie ließ Leah oft gesunde Rezepte im Internet heraussuchen, weshalb Leah es gar nicht erwarten konnte, mit ihr gemeinsam in dem Kochbuch zu stöbern. Es war ein dickes Buch, und sie war sich sicher, dass sie damit eine ganze Weile beschäftigt sein würden. Als sie jetzt genauer darüber nachdachte, stellte Leah fest, dass sie, ohne es zu merken, in Rivertown bereits Wurzeln geschlagen hatte.

Sie kramte in ihrer Reisetasche, nahm ein bordeauxfarbenes Oberteil und eine schicke schwarze Hose heraus und fand, dass die neue Mütze und der Schal ziemlich gut zu ihrem Outfit passten. Die Hose war zwar ein bisschen zu weit, aber das störte sie nicht weiter.

Nachdem sie sich angezogen hatte, ging Leah durch das Café hinaus auf die Straße und dann nach links. Sie holte ein paarmal tief Luft und war dankbar, dass ihr dabei endlich die Seite nicht mehr wehtat.

„Netter Aufzug, den Sie da anhaben, junge Frau“, sagte Crowley wie ein formvollendeter Südstaatengentleman plötzlich hinter ihr.

„Ja, ich habe mir gedacht, dass es dir gefällt“, sagte Leah mit ihrem besten Südstaatenakzent. Sie sah, dass er ebenfalls seine lustige Mütze und den Schal trug.

„Frohe Weihnachten, Leah.“

„Dir auch frohe Weihnachten, Crowley. Und vielen Dank für das Geschenk.“

„Was für ein Geschenk denn?“, fragte er augenzwinkernd und nahm ihr die abgedeckte Auflaufform ab.

„Vielen Dank, mein Herr. Das ist mächtig gentlemanlike von Ihnen", sagte Leah und lächelte.

Die beiden Nachbarn gingen zu Sophies Haus hinüber, wo sie einen waschechten Südstaaten-Weihnachtsbrunch erlebten, bestehend aus Süßkartoffelbrötchen mit Schinken, süßem Brotauflauf, Spinatquiche und Zimtschnecken mit ganz viel frisch aufgebrühtem Kaffee, um all die Köstlichkeiten hinunterzuspülen.

Die drei genossen einen faulen gemeinsamen Vormittag, und wenn Leah Sophie und Crowley so zusammen sah, kam es ihr so vor, als hätte sie eine weise und liebevolle Mutter mit ihrem Sohn vor sich, der sie bewunderte. Es genügte Leah, einfach dazusitzen, zu lächeln und die beiden zu beobachten, ohne sich selbst am Gespräch zu beteiligen. Es war, als würde sie hier miterleben, wie Familie eigentlich gedacht war.

13

Der Silvesterabend brachte eine ganz neue Atmosphäre guter Vorsätze und einen brutal eisigen Wind mit sich. Sophie und Leah saßen nach Ladenschluss dick vermummt mit einem Tee in der Hand an einem der Tische im Außenbereich des Cafés und versuchten, ein wenig zu entspannen, während sie das Café und Leahs Wohnung lüfteten.

„Kohl zu kochen, ist ja wirklich eine müffelige Angelegenheit", sagte Leah und sprach damit aus, was sie schon beim Kochen des großen Topfes voller Gemüse gedacht hatte.

Sophie hatte ihr die Südstaatentradition erklären müssen, nach der man am Neujahrstag ein Gericht aus Kohl, Gemüse und Kuhbohnen essen musste, wenn man im neuen Jahr Wohlstand und Glück erleben wollte. Leah versuchte zu argumentieren, dass sie dann ja einen Tag zu früh dran wären, woraufhin ihr Sophie erklärte, in *dieser* Stadt sei es Tradition, das Gericht am Tag davor zu kochen, weil das Café ja am Neujahrstag geschlossen sei. Die meisten Cafékunden nahmen sich ihre Portion für Glück und Erfolg mit nach Hause, um das Gericht dann am nächsten Tag zu verzehren.

Als die letzte Portion abgeholt worden war, hatte wirklich alles nach Kohl gerochen, einschließlich der beiden Köchinnen. Einen guten Teil des restlichen Nachmittags hatten Sophie und Leah dann mit Putzen zugebracht und irgendwann beschlossen, eine Pause zu machen und sich ein wenig nach draußen an die frische Luft zu setzen. Leah fand, dass das eine großartige Idee war, denn sie fühlte sich nicht besonders gut. Sie hatte ihre Füße auf den Stuhl ihr gegenüber gelegt, schnupperte immer wieder an ihrem Kragen und kommentierte grummelnd den ekeligen Gestank.

Während die Frauen dasaßen und ihren heißen Tee tranken, kam Crowley mit Anna am Arm vorbeigeschlendert. Die beiden hatten vier Sektgläser und eine Flasche dabei.

„Wow, wenn das nicht Ken und Barbie sind“, sagte Leah, was von Sophie mit einem leisen Lachen quittiert wurde.

Anna trug ein schillerndes trägerloses Minikleid aus Goldlamé mit passenden goldenen Stilettos, und ihr Haar war hochgesteckt, sodass ihre nackten Schultern besonders schön zur Geltung kamen. Crowley war lässig elegant gekleidet mit einem langärmeligen weißen Hemd, das er über Designerjeans trug, dazu ein maßgeschneidertes schwarzes Sportjackett. Leah stellte fest, dass er sogar die obligatorischen Flipflops gegen schwarze Lederslipper getauscht hatte und seine widerspenstigen Locken einigermaßen gebändigt waren.

„Wir wollten nur einmal mit meinen beiden Lieblingsladys anstoßen, bevor Crowley mich zur Silvesterparty in den Beach Club begleitet“, sagte Anna und hielt Crowley die Gläser zum Einschenken hin.

„Ich trinke keinen Alkohol“, sagte Leah.

„Na, dann hast du ja Glück gehabt. Es ist nur Apfelschorle“, sagte Anna lächelnd und hob ihr Glas. „Okay, es ist Zeit für die guten Vorsätze fürs neue Jahr. Ich fange an. Also … ich möchte einen Online-Shop für meine neue Modekollektion starten.“

Alle waren sich darin einig, dass sie das auf jeden Fall schaffen würde.

Als Nächste war Sophie an der Reihe. „Ich möchte im neuen Jahr noch mehr Zeit für Wohltätigkeitsarbeit investieren."

Bei diesem guten Vorsatz zog Leah eine Augenbraue hoch und bemerkte: „Also mir scheint, dass du schon einen ziemlich großen Teil deiner Zeit für mich und den alten Jessup investierst."

Daraufhin warfen ihr alle einen überraschten Blick zu, bis Crowley sich räusperte und erklärte: „Ich nehme mir vor, dieses Jahr mehr Zeit mit Angeln und Faulenzen zu verbringen."

Wieder lachten alle.

„So, jetzt bist du an der Reihe, Leah", forderte Anna sie auf.

„Ich nehme mir fest vor, weitere blöde Unfälle zu vermeiden", murmelte Leah, woraufhin Crowley Sophie einen Hab-ich-dir's-doch-gesagt-Blick zuwarf.

„Das ist ein richtig guter Vorsatz", sagte Sophie dazu nur und tätschelte Leahs Bein, bevor sie dann alle einen Schluck Apfelschorle tranken.

„Ich bin ganz Sophies Meinung", sagte Crowley, legte dann den Kopf schief und musterte Leah von oben bis unten. „Was ist denn heute bloß los mit dir?"

„Mir tun alle Knochen weh", antwortete Leah und rieb sich den Nacken.

„Wieso sitzt ihr beide eigentlich hier draußen in der Kälte?", fragte Anna.

„Weil wir *stinken*", antwortete Leah. „Kohl *stinkt* nämlich."

„Aber er schmeckt gut", wandte Crowley ein, sah Leah dabei an und fuhr fort: „Und an Neujahr muss man Kohl essen, damit man im neuen Jahr Glück und Wohlstand hat."

„Hat euer Prediger letzten Sonntag nicht gesagt, dass Geld die Wurzel allen Übels ist?", erkundigte sich daraufhin Leah.

„Nein, er hat gesagt, dass die *Liebe* zum Geld die Wurzel allen Übels ist", korrigierte Sophie sie.

„Wie auch immer, ich würde mich doch lieber von allem fernhalten, was mich zum Übel verführen könnte. Das habe ich gehabt, und damit bin ich ein für alle Mal fertig“, erklärte Leah, zog ihre Knie ganz nah an den Körper und legte ihren Kopf darauf.

„Stimmt was nicht, Leah? Du bist ja gar nicht du selbst“, bemerkte Anna und strich Leah über die Schulter. Doch die hob nur kurz den Kopf und zuckte mit den Schultern.

„Ich nehme an, diese Gliederschmerzen liegen an dem plötzlichen Wetterumschwung, und außerdem friere ich mir hier den Hintern ab.“ Anna stellte ihr Glas auf dem Tisch ab, berührte Crowley am Arm und erklärte: „Ich hole mir jetzt noch eine Jacke und eine Handtasche zu meinem Outfit und bin gleich wieder da. Es dauert nur ein paar Minuten.“

Als Anna in ihre Boutique ging, nörgelte Crowley: „Na ja, wohl eher eine halbe Stunde.“ Er fuhr sich mit der Hand durchs Haar und setzte sich auf einen der Stühle.

„Na, Probleme im siebten Himmel?“, fragte Leah und blinzelte ein paarmal, ohne dass es gegen das Brennen in ihren Augen half.

„Was ist denn los mit ihr?“, fragte Crowley Sophie über Leah hinweg.

„Sie hatte vorhin so schlimme Gliederschmerzen, dass ich ihr gesagt habe, sie soll eine von den starken Schmerztabletten nehmen, die sie noch übrig hat, aber das wollte sie nicht, weil sie davon benommen und müde wird und dann vielleicht nachher das Feuerwerk verpasst“, erklärte Sophie und strich Leah ganz behutsam über den Rücken.

„Aber der Ärmsten ging es im Laufe des Tages dann immer schlechter, sodass ich sie schließlich überredet habe, doch eine halbe Tablette zu nehmen. Ich wusste nicht, dass sie noch gar nichts gegessen hatte, aber da war es schon zu spät.“

Da hellte sich Crowleys Miene auf und er schmunzelte. „Ach so … sie ist also ein bisschen beduselt."

„*Sie* sitzt direkt neben dir und kann alles hören, was du sagst", bemerkte Leah und hob dabei ihren Kopf gerade so weit und so lange, dass sie ihn böse anfunkeln konnte.

Crowley wandte seine Aufmerksamkeit jetzt wieder Sophie zu und fragte: „Wieso hast du mich heute eigentlich als Annas Begleitung angeboten?"

„Du hast doch selbst ein besseres Gefühl, wenn Anna nicht allein auf die Party geht, sondern jemanden dabeihat, oder?", antwortete Sophie darauf.

„Ja, aber es fühlt sich an, als ob ich ihr dadurch Hoffnungen mache", erklärte er.

Da gab ihm Sophie einen leichten Klapps auf die Hand und erklärte: „Ach was, so etwas denkt Anna doch nicht."

Crowley schaute über die Schulter nach hinten, um sich zu vergewissern, dass Anna immer noch in ihrem Laden war, und sagte dann: „Aber dass sie mich jedes Mal küsst, wenn ich nicht aufpasse, bringt mich eher zu dem Schluss, dass sie es doch denkt."

„Armer, *armer* Crowley. Der Ärmste muss es aushalten, dass er andauernd von einer hinreißenden Frau geküsst wird", sagte Leah triefend vor Ironie und schob dabei noch die Unterlippe vor, um die Wirkung zu verstärken.

„Das geht dich gar nichts an, also halte dich gefälligst heraus", sagte er daraufhin und sah sie dabei so finster an, dass seine blaugrünen Augen ganz schmal wurden.

Da hob Leah kapitulierend die Arme, wobei ihr wieder ein Hauch des Kohlgeruchs, der in ihrem Ärmel saß, in die Nase stieg.

„Igitt … ich stinke", sagte sie, woraufhin Crowley ein kurzes Schnauben ausstieß und bemerkte: „Ich weiß ja nicht, ob ich mich über dich aufregen oder amüsieren soll, Leah. Warum gehst du nicht einfach und wäschst dich?"

„Weil es nichts bringt, sich zu waschen, bevor das Café und ihre Wohnung nicht richtig durchgelüftet sind", antwortete Sophie an ihrer Stelle und trank ihre Apfelschorle aus. „Leah, Liebes, warum kommst du nicht einfach mit zu mir nach Hause? Morgen soll es Eisregen geben, ein richtiges Unwetter, und mir wäre wohler, wenn du dann nicht allein, sondern bei mir wärest."

„Also, die Südstaaten zeigen wirklich gern, wie rebellisch sie sind, was? Gestern ist Crowley noch in Shorts und Flipflops herumgelaufen, und jetzt sprechen wir über Eisregen", bemerkte Leah kopfschüttelnd.

„Ich bin gleich wieder zurück", sagte Crowley in diesem Augenblick, stand auf und sammelte die Sektgläser ein, bevor er über die Straße zu seinem Haus trabte.

Kurz darauf kam er in einem taubenblauen nagelneu aussehenden Truck, der mit allen möglichen Chromteilen aufgemotzt war, aus der Garage gefahren. Er parkte den Wagen vor dem Café und gesellte sich wieder zu den beiden Frauen. Dort angekommen, zog er sein Handy aus der Tasche, wählte einen Kontakt an, sagte: „Beeil dich", und legte dann wieder auf, ohne eine Antwort abzuwarten.

„Ach nein, Crowley, bitte nicht den", sagte Sophie mit einer abfälligen Geste in Richtung seines Wagens.

Leah kicherte. „Anna ist bestimmt angepisst, wenn du mit ihr in diesem Pick-up-Truck zur Party kommst."

„Achte bitte auf deine Sprache, Leah, ja?", bemerkte da Sophie mit einem missbilligenden Zungenschnalzen.

„Wie bitte?", fragte Leah mit hochgezogenen Augenbrauen. „Ist *angep*… ein Schimpfwort?"

„Nein, aber besonders schön ist es auch nicht", antwortete Sophie. „Warum sagst du nicht lieber *verärgert?*"

„Ja, kann ich machen", willigte Leah achselzuckend ein.

Crowley lachte. „Ich würde mich ja gern mal mit dir zusammensetzen, wenn du eine von diesen Pillen genommen hast, und mich mit dir unterhalten, Lee. Mit einem so lockeren Mundwerk habe ich dich ja noch nie erlebt."

„Lee?", fragten beide Frauen gleichzeitig.

„Jap. Ich glaube, das wird dein Spitzname", sagte Crowley und schien richtig stolz darauf, dass er die beiden damit offenbar aus der Ruhe gebracht hatte.

Doch dann zuckte Leah mit den Achseln und entgegnete: „Okay, *Crow.* Was du kannst, kann ich auch."

„Crow?", fragte Crowley lachend. „So hat mich noch nie jemand genannt. Das gefällt mir, *Lee.*"

„Und mir gefällt dein Truck, Crow", sagte Leah, während sie sich den völlig perfekt restaurierten Truck genau anschaute.

„Danke. Das ist ein Oldtimer – ein Ford F-100. Mein Vater hat ihn mir zum 16. Geburtstag geschenkt, weil das Modell aus meinem Geburtsjahr stammt. Er hat gesagt, das wäre zu Ehren des schönsten Tages in seinem Leben."

„Wow, das klingt ja, als könntest du dich wirklich glücklich schätzen. Ich würde deinen Vater bei Gelegenheit gern mal kennenlernen", sagte Leah und merkte, wie Crowley und Sophie miteinander Blicke wechselten.

Nach einer kurzen Pause sagte Crowley zu Sophie: „Ich brauche wirklich ein bisschen mehr Abstand zu Anna."

„Geh einfach heute Abend mit ihr aus, und danach wäre etwas mehr Abstand vielleicht wirklich klug."

Wie aufs Kommando kam Anna in diesem Augenblick wieder auf sie zugetänzelt. Sie trug eine taillenkurze schwarze Lederjacke, hatte eine passende schwarze Clutch in der Hand und schaute sich Beifall heischend um, bis ihr Blick an dem Truck hängen blieb.

„*Neeeeiiiin,* Crowley. Nein!", rief sie und stampfte mit dem Fuß auf.

„*Doch,* Anna. Doch!", entgegnete Crowley, stand auf und stampfte ebenfalls scherzhaft auf. „Entweder wir fahren mit dem Truck oder ich bleibe zu Hause."

Da gab sich Anna geschlagen und ließ sich von Crowley in den Wagen helfen. Bevor er selbst auf der Fahrerseite einstieg, drehte er sich noch einmal um, winkte und sagte: „Frohes neues Jahr, Ladys."

„Danke gleichfalls", rief Sophie zurück, während Leah nur ganz kurz zurückwinkte.

Zu guter Letzt konnte Sophie Leah doch noch überreden, mit zu ihr nach Hause zu kommen. Während Sophie im Café alle Fenster schloss, ging Leah nach oben, kippte alles, was noch in ihrer Reisetasche war, aus und packte Kleider und Kosmetika für einige Tage ein. Als die beiden sich schließlich auf den Weg zum Haus am Fluss machten, fühlte sich Leah doch noch richtig krank, und am Ende wurde es eine sehr lange Nacht.

*

Am nächsten Tag kam Crowley gegen Mittag bei Sophie vorbei und traf sie dabei an, wie sie gerade Feuer im Ofen anmachte.

„Komm, ich übernehme das", sagte er und nahm ihr das Anzündholz aus der Hand. „Warum hilft Leah dir denn nicht dabei?"

„Es war gestern gar nicht das Wetter, das ihr so zu schaffen gemacht hat, sondern sie hat eine richtige Grippe."

„Also, die Frau hat ja wirklich ein Pech", bemerkte er und verzog mitfühlend das Gesicht.

Sophie nickte. „Als wir gestern Abend nach Hause gekommen sind, hatte sie schon hohes Fieber. Als Dr. Lindy sie dann später noch untersucht hat, stellte er bei ihr eine Grippe fest. Leah war von dem Fieber so fertig, dass sie nur dagelegen und ihn angestarrt hat. Sogar das Feuerwerk hat sie verpasst."

„Das tut mir sehr leid", stellte Crowley fest, während er sich weiter um das Feuer kümmerte und dabei nur gerade so lange innehielt, um Jacke und Schal auszuziehen. „Wusstest du, dass es draußen gerade anfängt zu graupeln?"

„Ja, schon eine Weile. Bist du eben erst aufgestanden?"

„Nein. Ich war sogar schon ziemlich produktiv, denn ich war schon draußen bei Jessup, um ihm eine Ladung Feuerholz und eine Kiste mit Konserven zu bringen. Mit denen müsste er eigentlich erst einmal ein paar Tage auskommen. Für dich habe ich auch noch eine Ladung Feuerholz auf dem Truck."

Er legte ein paar ziemlich große Holzscheite aufs Feuer, stand auf, wischte sich die Hände an seiner Jeans ab und klopft ein paar Holzspäne von seinem grünen Thermoshirt.

„Wie geht es Jessup denn?", fragte Sophie.

Daraufhin schüttelte Crowley nur den Kopf und antwortete: „Das willst du lieber nicht wissen."

Sophie sah ihn unverwandt an und wartete auf eine Antwort. „Ich habe ihn splitternackt und sturzbetrunken auf einem Liegestuhl vorgefunden", berichtete er und zog die Augenbrauen hoch.

„Grundgütiger, die Information hätte ich wirklich nicht gebraucht", erklärte Sophie und verzog schaudernd das Gesicht.

„Du kannst ganz beruhigt sein. Ich habe ihn mitsamt dem Liegestuhl in sein Wohnzimmer gezogen, und der Kerl hat einfach weitergeschnarcht. Ich habe Pastor Davis Bescheid gesagt. Der schaut später noch mal nach ihm."

„Na, dann hoffe ich mal, dass du ihn vorgewarnt hast."

„Nee, dann hätte er doch nur halb so viel Spaß gehabt", antwortete Crowley lachend.

Sophie versuchte, Missbilligung zu signalisieren, gab den Versuch aber rasch auf und lachte mit.

„Wie wäre es denn jetzt mit Mittagessen, du Scherzkeks?", fragte sie.

„Aber immer doch", antwortete er. „Doch vorher lade ich noch dein Feuerholz vom Truck ab."

Bevor er wieder nach draußen ging, packte er sich dick in seine Jacke und den Schal ein.

*

Sophie wärmte zwei Teller mit Wirsing, Bohnen, Schweinekoteletts und Maisbrot auf, öffnete die Hintertür einen Spaltbreit und schaltete den Ventilator ein, damit der Essensgeruch nicht nach oben zu Leah zog. Die hatte nichts essen wollen, und der Arzt hatte zu Sophie gesagt, das sei kein Problem, sie solle nur dafür sorgen, dass Leah Flüssigkeit bekäme. Sophie hatte deshalb das arme Mädel immer wieder angehalten, Wasser, heißen Tee und Saft zu trinken.

Als sie jetzt daran dachte, fiel ihr die Bitte des Arztes wieder ein, also zog sie ihren Mantel und Schuhe an und ging Crowley suchen, der gerade dabei war, das mitgebrachte Feuerholz auf ihrer Terrasse aufzuschichten.

Sophie war erstaunt, dass sich auf dem Holzboden der Terrasse schon eine dünne Eisschicht gebildet hatte. Der feine Eisregen kam unablässig herunter und machte ein seltsames Geräusch, wenn er auf den Boden auftraf.

„Wow. Das geht aber schnell. Also ich sag's ja wirklich ungern, aber ich möchte dich um einen Gefallen bitten."

Crowley blickte auf, legte das Holz ab, das er gerade in den Armen hatte, und fragte nach kurzem Zögern: „Was denn?"

„Könntest du ein paar Flaschen von der isotonischen Limonade holen, die du immer im Haus hast?", bat Sophie ihn und zog sich dabei ihren Mantel bis über den Kopf, um sich vor dem Eisregen zu schützen.

„Leah hat gesagt, sie glaubt, dass sie davon ein bisschen herunterbekommen könnte. Sie meinte, ich hätte ihr davon doch auch ein paar Flaschen in den Kühlschrank gestellt, als sie sich von ihrem Unfall erholt hat, aber da ich es nicht war, gehe ich davon aus, dass die Flaschen von dir kamen."

„Sonst noch etwas? Das wird nämlich wahrscheinlich für die nächsten paar Tage die letzte Chance sein, etwas zu besorgen."

„Nein, das ist alles."

„Mach ich", antwortete Crowley und sprang die Stufen von der Terrasse hinunter.

Sophie war froh, dass er Arbeitsstiefel anhatte. Der Junge verabscheute nämlich Schuhe jeder Art außer Flipflops. Zum Glück war er so vernünftig, wenigstens dann zweckmäßiges Schuhzeug zu tragen, wenn es wirklich nötig war.

Während sie auf Crowley wartete, ging sie zurück ins Haus, um den aktuellen Wetterbericht anzuschauen. Der neue Bericht klang nicht gerade ermutigend, und es wurden schon die ersten Stromausfälle gemeldet. Sophie war froh, dass sie mit Gas heizte. Eisregen war in ihrer Gegend genauso normal wie Wirbelstürme, und sie war erleichtert, dass sie gut vorbereitet war.

Ungefähr 20 Minuten später kam Crowley mit einer Kiste Limonade und einem weiteren Kasten zurück, den er erst einmal im Wandschrank in der Diele deponierte. Sie verzehrten zu zweit ihr Mittagessen, wünschten sich ein gutes neues Jahr und erledigten dann die nötigen Vorkehrungen für das Unwetter.

Sophie zwang Leah, wenigstens ein paar Schlucke Limonade zu trinken, während Crowley erst direkt neben dem Herd einen großen Stoß Brennholz aufstapelte, damit es nicht nass wurde, und dann seine Tasche mit einigen Kleidungsstücken und seinen Aktenkoffer aus dem Auto holte.

Später am Abend fiel dann wie erwartet der Strom aus, und Sophie nahm eine batteriebetriebene Laterne mit, als sie nach oben zu Leah ging, um ihr noch eine Flasche Limo und Medikamente gegen die Grippesymptome zu bringen. Als sie vor der Tür des Gästezimmers stand, hörte sie gedämpftes Schluchzen. Leise betrat sie den Raum und sah, dass Leah mit angezogenen Knien auf der Seite lag.

Sophie stellte die Laterne auf den Nachttisch und fragte: „Was ist denn, Herzchen? Tut dir etwas weh?"

„Ich kann einfach nicht gewinnen", flüsterte Leah unter Tränen.

Sophie half ihr, sich aufzusetzen, reichte Leah dann die Medizin, schraubte die Limoflasche auf und gab sie Leah, nachdem die ihre Medizin geschluckt hatte. Als Leah sich wieder hingelegt hatte, setzte sich Sophie auf die Bettkante des alten Himmelbettes und strich ihr über den Rücken, um sie ein wenig zu trösten.

„Weine ruhig alles heraus. Das tut dir bestimmt gut", ermutigte Sophie sie.

„Nein, tut es nicht. Je mehr ich weine, desto schlimmer tut es weh, und ich merke absolut keine Erleichterung."

„Ja, manche Zeiten sind einfach ätzend", stellte Sophie fest.

„Wird der Eisregen schlimmer?", fragte Leah zwischen den Schluchzern.

„Nein, ich meinte eigentlich eher das Leben im Allgemeinen, Liebes", erklärte Sophie, während sie Leah weiter über den Rücken streichelte. „Aber das Leben und das Wetter haben vieles gemeinsam, weißt du? Es gibt stetige Wechsel. Genau wie der Frühling, der alles neu macht, werden wir auch immer wieder irgendwie erneuert. Der Sommer kann spannend sein, voller

Spaß und Abenteuer. Der Herbst ist vielleicht eine etwas langsamere Phase, in der wir nicht so sehr nach außen, sondern eher nach innen gewandt leben, und der Winter kann dafür sorgen, dass wir uns auf ganz bestimmte Dinge besonders konzentrieren."

Danach schwiegen sie eine Weile und Leah weinte weiter.

„Nimm zum Beispiel mal den Eisregen", sagte Sophie und zeigte zum Fenster, vor dem sich Eiszapfen bildeten. „Das ist ja wirklich nichts, was wir uns wünschen. Solche Unwetter kommen, bringen alles durcheinander, und wenn man mittendrin steckt, kann man sich nicht vorstellen, dass sie irgendwann auch wieder vorbei sind."

Sie lauschten einige Zeit auf das Prasseln des Eisregens, bevor Sophie weitersprach. „Ich weiß, dass es sich im Moment nicht so anfühlt, aber diese Phase deines Lebens wird genau zur richtigen Zeit vorübergehen, genau wie alle anderen Phasen in deinem Leben."

„Es ist eine 29 Jahre lange – sehr lange – Phase", sagte Leah schließlich und weinte schon nicht mehr ganz so heftig.

„Hier", sagte Sophie, reichte ihr die Flasche mit dem Orangengetränk und fuhr fort: „Setzt dich noch mal auf, trinke ein bisschen, bevor du wieder schläfst, und höre mir einen Moment lang zu."

Leah richtete den Oberkörper auf und trank in kleinen Schlucken, während Sophie weitersprach.

„Wir können den ganzen Tag über alles klagen, was falsch und unrecht ist, dabei sollten wir Gott lieber für all das danken, was richtig und gut ist."

„Aber in meinem Leben ist gar nichts gut und richtig", widersprach Leah. Die Worte kamen ein wenig vernuschelt heraus, weil langsam die Wirkung des Grippemittels einsetzte.

„Das ist doch Unsinn", widersprach Sophie und nahm der angeschlagenen Leah die Flasche aus der Hand, aus Sorge, sie könnte etwas verschütten. „Das triff ja vielleicht für die Zeit zu, bevor ich dich kennengelernt habe, aber seitdem du hier bist, sehe ich doch mit eigenen Augen, dass in deinem Leben viel Gutes passiert." Sie tätschelte Leahs linken Arm und fuhr fort: „Ich habe miterlebt, wie dein lädierter Körper wieder heil geworden ist. Ich erlebe gerade, wie viele Freundschaften du schon geschlossen hast, und das größte Geschenk ist, dass du mich kennengelernt hast." Sophie lächelte und versuchte, Leah etwas aufzumuntern, aber sie merkte, dass es ihr nicht gelang.

Leah ließ sich im Bett wieder zurückfallen und legte sich dann auf die Seite, sodass sie Sophie ansehen konnte. Diese steckte die Decke an den Seiten fest, damit der fiebernde Körper nicht kalt wurde, und strich Leah ein paar Locken aus der Stirn.

„Weißt du, ich habe schon für dich gebetet, bevor ich dich kennengelernt habe. Ich habe Gott gebeten, dich zu mir zu schicken, und das hat er getan. Ich weiß, dass es so kommen sollte. Schau doch nur mal, wie gut du nach Rivertown passt", stellte Sophie lächelnd fest. „Tust du mir einen Gefallen, Leah?"

„Ich versuch's", antwortete Leah schniefend.

„Ich weiß, dass man über all das Schlimme nicht einfach weggehen kann, und ich habe keinen Zweifel daran, dass du etwas sehr Schlimmes überlebt hast. Aber bitte übersieh auch das Gute nicht. Denk daran, dass das Gute wie ein Schatz ist, nach dem man manchmal suchen muss. Und vergiss nicht, wie sehr es sich lohnt, ihn zu finden."

„Ich hab dich lieb, Sophie", sagte Leah, aber es klang eher gehaucht, bevor sie die Augen schloss und wieder eingeschlafen war.

„Ich hab dich auch lieb, mein Schatz", sagte Sophie, die vor Rührung einen dicken Kloß im Hals hatte, als sie wieder aus dem Zimmer ging. Auf dem Gang davor stand Crowley mit einer Decke und einem Kissen in den Händen, die er sich anscheinend aus dem Wäscheschrank geholt hatte.

„Mein Schatz bist du", murmelte Leah und fing dann ganz leise an zu schnarchen.

Sophie lächelte den lauschenden Mann an, der sie kopfschüttelnd ansah.

„Was denn?", fragte sie, als sie nach unten gingen.

„Sie ist hier, um zu bleiben, nicht wahr?", fragte Crowley.

„Ja, und es wird Zeit, dass du das akzeptierst."

„Jawohl, Ma'am", sagte er, warf ihr ein kaum wahrnehmbares Lächeln zu und fing an, sich auf der Couch ein Bett zu bauen.

Die Couch hatte er Sophie vor ein paar Jahren zu Weihnachten geschenkt mit der Erklärung, dass er für die üblichen Mädchensofas zu groß sei. Dieses war salbeigrün mit einem superweichen Wildlederbezug, auf dem er so bequem schlafen konnte, dass es ihm nichts ausmachte, nicht in einem Bett zu schlafen. Er hatte schon immer lieber auf dem Sofa geschlafen als im Gästezimmer und das damit begründet, er habe das Gefühl, das Zimmer sei für jemand anderen vorgesehen.

Ja, und diese Person hatte endlich nach Hause gefunden, dachte Sophie jetzt.

14

Als Leah aufwachte, wusste sie nicht, wie lange sie geschlafen hatte. Sie warf einen Blick aus dem Fenster und sah, dass es dunkel war. Gegen ihre Benommenheit ankämpfend, raffte sie genügend Energie zusammen, um die längst überfällige Dusche zu nehmen, aber als sie damit fertig war, wurde ihr schwindelig, und zwar so heftig, dass sie sich auf den Badewannenrand setzen musste. Während sie ein paarmal tief durchatmete, um Kraft zu schöpfen, betrachtete sie ihren schlaffen Körper und schätzte, dass sie in den letzten Monaten über 20 Kilo abgenommen haben musste.

Nachdem sie wieder ein wenig zu Kräften gekommen war, stand sie vom Badewannenrand auf und putzte sich zweimal ihre belegten Zähne. Dann wickelte sie sich fest in ein Handtuch und ging über den Flur in ihr Zimmer. Völlig erschöpft, weil schon allein das Duschen sie so angestrengt hatte, setzte sie sich auf die Bettkante und wartete, bis sie weitermachen konnte.

Als Leah wieder aufwachte, war ihr kalt. Sie hatte keine Ahnung, wie lange sie geschlafen hatte – dabei hatte sie sich wirklich nur ganz kurz ausruhen wollen. Sie schleppte sich wieder aus dem Bett, zog eine Jogginghose und ein Kapuzenshirt an, knetete etwas Lockenserum in ihr immer noch feuchtes Haar und machte sich auf den Weg nach unten.

Als sie dort ankam, traf sie Crowley, der auf der Couch saß und mit gesenktem Kopf in einer Akte las.

Sie machte sofort wieder kehrt und wollte nach oben gehen, aber da hörte sie ihn schon fragen: „Wohin willst du denn?"

Leah ging die ersten beiden Stufen hinauf und antwortete: „Ich gehe wieder in mein Zimmer. Ich will dich nicht stören."

„Also, ich könnte gut ein bisschen Gesellschaft gebrauchen. Sophie geht immer viel zu früh ins Bett, und du bekommst da oben doch bestimmt langsam klaustrophobische Gefühle, oder?", sagte Crowley, blickte von der Akte auf und sah ihr in die Augen, und zwar so lange, bis sie wegschaute.

Leah wünschte sich, Crowley würde sie nicht so ansehen – so als wäre er fest entschlossen, ihre tiefsten Geheimnisse zu ergründen, Geheimnisse, die sie aber so gar nicht preisgeben wollte. Doch ein bisschen Gesellschaft klang eigentlich ganz verlockend, also ging sie hinüber zum Kamin und stellte sich mit dem Rücken davor, um sich zu wärmen.

Sie schaute zu, wie sich Crowley ein paar Notizen machte, und es vergingen ein paar Minuten, ohne dass jemand etwas sagte, bis die Stille abrupt unterbrochen wurde, weil ihr Magen sehr laut knurrte. Sie hatte seit drei Tagen nichts gegessen, hatte aber nicht die Kraft, sich selbst etwas zu essen zu machen.

Crowley blickte von seinem Ordner auf und musterte sie so intensiv, dass sie ganz zappelig wurde.

„Du siehst ein bisschen kümmerlich aus, Lee", bemerkte er. „Und du bist viel zu blass."

„Ich fühle mich auch ziemlich kümmerlich, Crow", bestätigte sie, ging hinüber zur Couch und setzte sich ans andere Ende – so weit wie möglich von ihm entfernt. Dort lagen zwei Kopfkissen, auf die sie ihren Kopf legte, während sich Crowley wieder seinen Notizen zuwandte.

„Arbeitest du gerade an etwas Interessantem?“, fragte sie schließlich.

„Ich setze gerade die Verhandlungsgrundlage für eine Promi-Scheidung auf. Das sind irgendwelche Bonzen, die vor der Küste von North Carolina eine Insel besitzen. Das Traurige an der Geschichte ist, dass sie seit 68 Jahren verheiratet sind und sich jetzt scheiden lassen, nachdem sie so viel Zeit und Energie in diese Beziehung investiert haben“, sagte Crowley kopfschüttelnd.

„Das ist wirklich eine verdammt blöde Art, das neue Jahr zu beginnen“, bemerkte Leah, zog ihre Füße hoch aufs Sofa und drehte sich so zur Seite, dass sie Crowley ansehen konnte.

Er berichtete weiter: „Ja. Wahrscheinlich wollten sie ihrer Familie die Feiertage nicht verderben und haben sich darauf geeinigt, alle Unterlagen und Papiere bis zum Ende des Jahres fertig zu haben.“

Er fasste jetzt einen von Leahs nackten Füßen an, die inzwischen ziemlich kalt waren.

„Wo sind denn deine Socken?“, fragte er, sah sie tadelnd an und massierte dabei ihre Füße.

Leah zog sie nicht weg, weil sie die Wärme und die Berührung seiner Hand beruhigend und tröstlich fand, und sie war selbst erstaunt darüber. Es dauerte einen Moment, bis sie etwas sagen konnte. „Die sind in meiner Wohnung. Ich habe vergessen, welche einzupacken.“

Daraufhin ließ Crowley ihre Füße wieder los und stand auf, um ihr die Decke zu geben, auf der er saß. Er deckte Leah damit zu und steckte sie um ihre Füße herum gut fest. Die Decke war noch warm von seiner Körperwärme, und Leah war froh, dass sie sich einkuscheln konnte.

„Wie geht es dir denn?“, fragte er, legte eine Hand auf ihre Stirn und sah sie besorgt an.

„Das Fieber ist endlich weg", antwortete Leah und war erstaunt, wie sehr seine Aufmerksamkeit sie beruhigte. „Ich bin nur noch ziemlich schwach. Und ehrlich gesagt habe ich Hunger."

Crowley nahm seine Hand wieder von ihrer Stirn und fragte: „Worauf hast du denn Appetit?"

Sie lächelte ihn schuldbewusst an und antwortete: „Auf etwas mit Schokolade, aber so etwas ist in diesem Haus wahrscheinlich nicht aufzutreiben, oder?"

Crowley machte eine richtige Show daraus, als er über die Schulter nach hinten schaute, als würde er sich vergewissern, dass niemand es sah, bevor er einen riesigen Snickers-Riegel aus seinem Aktenkoffer holte.

„Den teile ich mit dir, wenn du mir versprichst, es Sophie nicht zu verraten", flüsterte er, während er mit spitzbübischem Blick die Verpackung aufriss und Leah die Hälfte des Riegels gab.

„Versprochen", flüsterte sie – bereits mit vollem Mund – zurück.

„Hmm. Ist das lange her. Viel zu lange. Du hast nicht zufällig auch noch eine Cola light da drin versteckt, oder?", fragte sie und zeigte auf den Aktenkoffer.

„Nee, aber ich kann dir eine Tasse heißen Kaffee holen", sagte Crowley, schob sich den letzten Bissen des Schokoriegels in den Mund und ging dann in die Küche. Ein paar Minuten später kam er mit zwei dampfenden Bechern zurück, von denen er einen Leah gab. „Bis der Strom wieder da ist, müssen wir uns mit Instantkaffee begnügen."

„Das macht mir nichts aus. Ich mag den Geschmack sogar. Als ich angefangen habe, alleine zu leben, konnte ich mir gar keinen anderen Kaffee leisten." Leah trank einen Schluck und fuhr fort: „Auch wenn ich mittlerweile ziemlich viel Gourmetkaffee getrunken habe, mag ich ab und zu immer noch ganz gerne mal einen Becher Instantkaffee."

„Ich mag ihn eigentlich auch ganz gern“, erklärte Crowley, trank ebenfalls einen Schluck und schaute dabei ins Feuer.

„Hey. Danke, dass du deine Schokolade mit mir geteilt hast“, sagte Leah lächelnd.

„Es fällt mir wirklich nicht leicht, jemandem etwas von meiner Schokolade abzugeben. Die meisten Leute wissen es zwar nicht, aber ich bin ein fanatisches Süßmaul“, sagte er, woraufhin Leah erheitert schnaubte.

„Da kannst du keinem etwas vormachen, Crow. Ich weiß alles über das Kuchen-Wettessen, und ich habe dich ja mit eigenen Augen in Aktion gesehen – bei den Weihnachtsplätzchen.“

Als Crowley sie daraufhin angrinste, schaute sie ihn lange an und kicherte leise vor sich hin. Sein zerzaustes Haar stand in alle Richtungen ab, und sein langärmeliges T-Shirt und die karierte Schlafanzughose waren völlig zerknittert.

„Wieso kampierst du eigentlich auf Sophies Sofa, statt zu Hause in deinem eigenen Bett zu schlafen? Hast du etwa Angst vor so einem kleinen Unwetter?“

Er warf ihr von der Seite einen Blick zu und zuckte mit den Schultern. „Ich bleibe, schon solange ich denken kann, immer hier bei ihr, wenn es ein Unwetter gibt.“

„Aber warum?“

„Zum einen, weil es tatsächlich im Testament meiner Eltern so verfügt ist, dass ich mich immer um sie kümmern soll.“ Aber bevor sie etwas sagen konnte, fügte er noch hinzu: „Meine Eltern sind beide schon verstorben. Können wir es bitte einfach dabei belassen?“

Mit leichtem Unbehagen sah er sie jetzt an.

„Das tut mir leid.“

„Es tut einfach zu weh, darüber zu sprechen.“ Schweigend saßen sie eine Weile da und schauten ins Feuer.

Dann fuhr Crowley fort: „Ich habe Sophie wirklich sehr lieb, und ich bin unendlich dankbar, dass es offenbar Gottes Wille war, mir zwei Mütter zu schenken. Meine Mutter und Sophie waren beste Freundinnen, und weil Sophie keine Kinder hatte, hat meine Mutter mich immer mit ihr geteilt. Für mich ist es Ehrensache, den Wunsch meiner Eltern zu erfüllen, aber ich hätte es auch ohne das Testament getan."

Crowley lächelte traurig und sah Leah kopfschüttelnd direkt an. „Was denkst du gerade?"

„Ich habe mich gefragt, wie es sein kann, dass manche mit ihrer Geburt ein solches *Glück* haben und andere so ein *Pech?*"

„Da täusch dich mal nicht, Lee. Ich habe auch so einige schwere Dinge erlebt", sagte er darauf nur, stand auf und streckte sich, bevor er ein paar Holzscheite aufs Feuer warf.

„Aber doch keine bösen", sagte Leah ganz ruhig.

Crowley sah sie einen Moment lang über die Schulter an und kümmerte sich dann weiter um das Feuer.

„Wahrscheinlich hängt es letztlich von den Entscheidungen ab, die man trifft", sagte er achselzuckend. „Ich habe schon in Strafverfahren mitgearbeitet, bei denen ich das Gefühl hatte, gegen den Teufel persönlich anzutreten. Ich weiß nur, dass Drogen, Alkohol, Misshandlungen und Missbrauch in der Kindheit eine große Rolle dabei spielen, wenn jemand kriminell wird. Eine einzige falsche Entscheidung kann so viele negative Folgen haben." Er setzte sich wieder zu ihr auf die Couch, legte seine Füße auf den Couchtisch und lehnte sich nach hinten an die Lehne.

„Erzähl doch mal von deinem Silvester-Date", sagte Leah, um das Thema zu wechseln, und sie konnte einfach nicht widerstehen, ihn mit diesem Thema ein bisschen auf den Arm zu nehmen.

Mit geschlossenen Augen schüttelte er den Kopf und sagte nur: „Neues Thema bitte."

„Ach, komm schon. So schlimm kann es doch nicht gewesen sein", neckte Leah ihn und stupste ihn mit dem Fuß von der Seite an. „Also mein Silvester war garantiert schlimmer als deins."

Da drehte Crowley sich zu ihr um, öffnete die Augen wieder, um sie direkt anzusehen, und erklärte: „Ich hätte lieber hohes Fieber gehabt."

„Ach Quatsch."

„Also, ich liebe Anna wie eine Schwester, aber sie versucht manchmal, in meine brüderliche Liebe mehr hineinzuinterpretieren."

Er fuhr sich mit den Fingern durchs Haar und stieß einen langen Seufzer aus. „Außerdem war die Party ein totaler Flop. Ich habe den gesamten Abend damit verbracht, irgendwelche Idioten in Schach zu halten, während sich Anna vor allen in Pose geschmissen hat. Dadurch habe ich dann wie ein supereifersüchtiger Freund gewirkt und nicht wie ein Bruder, der sie nur beschützen wollte."

„Und warum liebst du sie dann nicht einfach ein bisschen mehr?", fragte Leah.

„Eine Weile habe ich das versucht, aber es hat sich einfach nicht richtig angefühlt. Man kann nicht beeinflussen, in wen man sich verliebt oder eben nicht."

„Da hast du recht", stellte Leah fest, und in ihrem Kopf blitzten Bilder von Brent auf – auch das letzte, wie er reglos auf ihrem blutbesudelten Bett lag – und ihr lief ein Schauer über den ganzen Körper.

„Themenwechsel?", fragte Crowley mit einer hochgezogenen Augenbraue und lächelte, als Leah zustimmend nickte.

In den nächsten paar Stunden sprachen sie über die unterschiedlichsten Themen, machten dabei aber einen Bogen um die ernsteren. Unter anderem diskutierten sie darüber, welche Suppe

Sophie am nächsten Tag für sie kochen sollte. Crowley wollte Chili, Leah lieber Gemüsesuppe. Und dann neckten sie sich gegenseitig, wen von ihnen beiden Sophie lieber hatte.

Kurz nach Mitternacht fielen Crowley mitten im Satz die Augen zu, und er war eingedöst, nachdem er ihr gerade von seinen Ideen für den nächsten Angelwettbewerb für Jugendliche erzählt hatte. Eine Weile schaute sie ihm einfach nur beim Schlafen zu und fragte sich, ob er wohl gleich wieder aufwachen und seinen angefangenen Satz zu Ende bringen würde. Aber seine Unterlippe schob sich nach vorn und er sah selbst noch wie Jugendlicher aus, sodass sie zu dem Schluss kam, dass er tief und fest eingeschlafen war. Und irgendwann schlief auch sie selbst ein.

*

Bei Sonnenaufgang kam Sophie die Treppe herunter und fand ihre beiden Gäste in Decken eingekuschelt an jeweils einem Ende ihrer Couch schlafend vor. Sie wusste nicht so recht, ob sie das gut finden sollte oder nicht, entschied dann aber, dass es ihr gefiel. Sie war erleichtert, dass Crowley sich endlich ein wenig für Leah erwärmte.

Ein schönes Frühstück mit Eiern, Speck und Geflügelwürstchen konnte die beiden Schlafmützen schließlich am späten Vormittag vom Sofa locken. Nachdem sie gegessen und Sophie dann beim Abräumen und Spülen geholfen hatten, verbrachten die drei den größten Teil des Tages mit Brettspielen und damit, es sich in Decken gekuschelt vor dem Kamin gemütlich zu machen. Sophie amüsierte sich darüber, wie sich die beiden „jungen Leute“, wie sie sie bezeichnete, wie Geschwister gegenseitig neckten.

Die beiden wünschten sich unterschiedliche Gerichte zum Abendessen und sagten, die solle doch einfach das kochen, was die Person sich wünschte, die sie lieber hatte. Genau das tat sie dann auch. Sophie begann, die Zutaten für Chili zusammenzutragen, und Crowley jubelte schon, weil er glaubte, gegen Leah gewonnen zu haben, allerdings nur, bis Sophie einen zweiten Topf auf den Herd stellte und darin eine Gemüsesuppe ansetzte. Darüber lachte sich Leah schief und stellte fest, dass Crowley nun nicht mehr Sophies einziger Liebling war.

Sophie gefiel es, dass ihr Haus von jugendlichem Geplänkel und Lachen erfüllt war, so wie sie es sich eigentlich schon immer gewünscht hatte, und sie war froh, dass dieser Wunsch jetzt endlich in Erfüllung ging.

Später am Abend packte sich Crowley dick ein, um, wie er sagte, draußen nach dem Rechten zu sehen. Beim Schrank im Flur blieb er stehen und nahm die Kiste mit, die er bei seiner Ankunft dort abgestellt hatte. Die beiden Frauen setzten gerade in der Küche Kaffeewasser auf, als die Abendstille durch das Knallen der ersten Feuerwerksraketen durchbrochen wurde, und schauten daraufhin genau in dem Moment zur Hintertür heraus, als der Himmel in allen Farben des Regenbogens erleuchtet wurde. Und dann bemerkten sie Crowley, der zusammengekauert an der Terrasse hockte und Feuerwerkskörper in den Himmel abfeuerte.

Sophie öffnete die Tür und rief in seine Richtung: „Bist du verrückt geworden?"

Aber er stand einfach nur mit einem schelmischen Grinsen da und rief zurück: „Nein, Ma'am. Lee hat Silvester das Feuerwerk verpasst, und ich bin nur einfach der Gentleman, zu dem du mich erzogen hast, und versuche deshalb, es für sie nachzuholen."

Dann hockte er sich wieder hin und rief ihnen zu: „Jetzt macht die Tür zu, bevor sie wieder krank wird", und machte weiter.

Sophie schnaubte leicht empört, dass es jemand wagte, ihr zu sagen, was sie tun sollte, tat aber trotzdem, was er sagte.

Die beiden Frauen holten sich jede einen Stuhl vom Esstisch und setzten sich im Wohnzimmer direkt vor die Doppeltür zur Terrasse, um das Schauspiel zu genießen. Fast eine ganze Stunde lang entzündete Crowley einen Feuerwerkskörper nach dem anderen, sodass der Himmel die ganze Zeit bunt erleuchtet war. Dann kam er wieder herein und gab Sophie einen ganz leichten, aber trotzdem eisigen Kuss auf die Wange. Das Gleiche tat er dann bei Leah und ihr ging bei der Berührung seines eiskalten, aber weichen Mundes ein Schauer über den ganzen Körper.

„Frohes neues Jahr, Lee", flüsterte er, bevor er sich dann direkt vor dem Kamin niederließ, um wieder aufzutauen.

„Danke", sagte sie und lächelte, als sie ihre Fassung wiederhatte.

Sophie versuchte, ihr Grinsen zu verbergen, aber ihr entging nicht, wie der Kuss Leah aus der Fassung brachte.

Am darauffolgenden Tag schmolz das Eis, der Strom war wieder da, und Leah und Crowley zogen wieder in ihre eigenen Wohnungen.

Obwohl die beiden Sophies Haus wieder verlassen hatten, blieb es dort warm und behaglich durch die Erinnerungen, die es schon barg, und die, die noch dazukommen würden. Was das betraf, war sie sehr hoffnungsvoll und flüsterte ein Dankgebet in den Himmel.

15

Gnadenlos verstrichen die Tage weiter in Richtung Mitte Januar. Leah tat zwar alles, um den Gedanken daran zu verdrängen, nicht daran zu denken, den Termin einfach zu vergessen, aber nichts konnte das Wissen aus ihrem Kopf verbannen. An einem frustrierten Samstag war er dann schließlich gekommen, der errechnete Geburtstermin ihres Babys – und sie stand mit leeren Händen da.

Nachdem sie am Freitag das Café geschlossen hatten, fragte Leah Sophie, ob sie die Samstagsschicht bitte in der Küche und nicht vorne am Tresen im Verkauf arbeiten könne.

„Aber warum denn?", fragte Sophie in Gedanken, weil sie gerade damit beschäftigt war, Obst zu schneiden. Als Leah darauf nicht sofort antwortete, legte Sophie das Messer hin und richtete ihre Aufmerksamkeit ganz auf Leah. „Brauchst du morgen vielleicht einen freien Tag?"

Da räusperte sich Leah und antwortete: „Nein, die Arbeit ist eine gute Ablenkung, aber ich glaube nicht, dass ich morgen dem Umgang mit den Gästen gewachsen bin."

Sophie nickte. „Dann ist morgen wohl ein sehr wichtiger Tag", mutmaßte sie.

Leah wischte eine verirrte Träne weg und flüsterte: „Ja, ein Tag, der wichtig gewesen wäre."

„Na, dann arbeitest du morgen eben in der Küche", sagte Sophie und wischte sich die Hände an der Schürze ab, bevor sie durch die Küche kam und Leah die dringend benötigte Umarmung zukommen ließ. Kurz darauf schauten beide Frauen zur Tür, als sich der Schlüssel im Schloss der Eingangstür drehte.

Sophie tätschelte Leah den Rücken, ließ sie wieder los und sagte: „Crowley kommt. Willst du nicht lieber nach oben gehen?"

Da nickte Leah und murmelte auf dem Weg die Treppe hinauf: „Wieso hat er überhaupt einen Schlüssel?"

„Da hatte ich eigentlich keine Wahl", antwortete Sophie darauf schmunzelnd.

Leah nahm immer zwei Stufen auf einmal, ohne weiter auf Sophies Antwort einzugehen, denn sie hatte absolut nicht das Bedürfnis, Crowley schon wieder völlig durcheinander und verweint gegenüberzutreten. Seit dem Eisregen hatte sie ihn nicht mehr gesehen, und Sophie hatte nur erwähnt, dass die Promi-Scheidung ihn ordentlich auf Trab hielt. Er hatte sogar ein paar Tage in der Abgeschiedenheit der Insel des Promipaares verbracht, um mit dem Anwalt der Gegenpartei die Einzelheiten der Scheidung auszuhandeln.

Leah war im Grunde erleichtert, dass er nicht da gewesen war. Er war zwar wirklich ein netter Kerl, aber sie hielt es nicht aus, von ihm bemitleidet zu werden. Crowley hatte mehrfach behauptet, das sei kein Mitleid, sondern einfach das gute Benehmen eines Gentleman, aber Leah wusste, dass es Mitleid war, und sie wollte nicht als erbarmungswürdige, schwache Frau dastehen, die von einem Ritter in schimmernden Flipflops gerettet werden musste.

Während sie am Samstag tatsächlich versuchte, sich mit Arbeit abzulenken, hatte sie trotzdem die ganze Zeit einen dicken Kloß im Hals. Und obwohl Sophie extra dafür sorgte, dass sie pausenlos beschäftigt war, schaffte Leah es nur so gerade eben, ihre Fassung zu wahren.

Unter anderem bat Sophie Leah, online zwei unterschiedliche Rezepte für Brownies heraussuchen. Leah bereitete beide Varianten zu, damit sie sie am nächsten Nachmittag beim Community-Picknick probieren konnten. Sie entwarf Bewertungskärtchen, druckte sie aus und legte sie mit in die 50 Tüten mit mundgerechten Probierhäppchen beider Varianten. Am Ende waren dann noch jede Menge Brownies übrig, die sie in eine weitere Tüte füllte.

Das pausenlose Tun half ganz gut, und bevor sich Leah versah, schloss das Café auch schon für diesen Tag seine Türen. Sie blieb nach Ladenschluss noch ein paar Stunden dort, um die Küche und den Vorratsraum aufzuräumen, und als sie damit fertig war, begann sie, die Kühlschränke zu reinigen. Irgendwann war dann aber im Café nichts mehr zu tun, also ging sie nach oben, um dort einen vorgezogenen Frühjahrsputz abzuhalten. Sie wischte die Fußleisten, wusch die Vorhänge, putzte die Fenster … und es folgten andere Aufgaben – und das alles in einem Wahnsinnstempo.

Dabei wiederholten sich ihre Gedanken in einer Art Dauerschleife. *Wenn ich nur diesen Tag hinter mich bringen kann … Wenn ich es schaffe, nicht daran zu denken, was hätte sein können … wenn ich es schaffe, nicht daran zu denken, wie gut mein Baby duften würde … wenn ich es schaffen könnte, nicht daran zu denken, wie weich sich die Haut meines Babys anfühlen würde …*

Nachdem sie sich solche Mühe gegeben hatte, war sie jetzt trotzdem ein Häufchen Elend mitten auf dem Wohnzimmerfußboden, presste sich das Staubtuch an die Wange und stellte sich vor, was gewesen wäre, wenn … Eine Welle von Trauer brach so heftig über sie herein, dass sie kaum noch Luft bekam. Mit Einbruch der Dunkelheit wurde es dann noch schlimmer.

Sie versuchte, wenigstens einen Teil ihrer Angst und Trauer mit einer heißen Dusche wegzuspülen, aber ohne Erfolg. Sie ging ins Bett, konnte aber nicht einschlafen, also setzte sie sich mit ihrem neuesten Buch ins Wohnzimmer, aber am Ende las sie nur dieselbe Seite immer und immer wieder, ohne dass sie auch nur das Geringste von dem Gelesenen aufnahm.

Sie fühlte sich völlig ausgebrannt und wie ausgehöhlt, weil ein Teil von ihr fehlte und weil ihr bewusst war, dass sie es niemals zurückbekommen würde.

Sie hielt es in diesem Zustand in der Wohnung nicht mehr aus, also steckte sie etwas Geld ein und verließ die Wohnung, um sich das zu besorgen, womit sie diese furchtbare Leere füllen und den Schmerz betäuben konnte. Dabei kam sie aber nur bis zur Gebäckauslage im Café, wo ihr altbewährtes Hilfsmittel bereitlag. Sie legte den entsprechenden Geldbetrag in die Kasse und nahm die Tüte mit den übriggebliebenen Brownies, aber als sie sich umdrehte, um wieder nach oben zu gehen, hätte sie beinah Sophie umgerannt.

Einen Moment lang starrten sich die beiden nur wortlos an, bis Leah schließlich mit rauer Stimme fragte: „Was machst du denn hier?"

Sie musterte Sophie in ihrem seltsamen Aufzug – einer blauen Schlafanzughose mit weißen Punkten und einem passenden Shirt. Dazu trug Sophie Gummistiefel. Leah schaute aus dem Fenster und konnte keine Spur von Regen feststellen.

„*Hallo?* Ich bin *Sophie,* und ich glaube, dass ich in *Sophies Café* sein kann, wann immer ich will."

„Entschuldige bitte, so war das gar nicht gemeint …"

„Das weiß ich doch. Außerdem bist du nicht die Einzige, die einem nächtlichen Snack gegenüber nicht abgeneigt ist. Ich bin also nur hier, um einen Happen zu essen."

Dann schaute sie auf die große Tüte mit Brownies in Leahs Hand und fuhr fort: „Das sieht ja aus, als ob du einen richtigen Schmaus im Sinn hast."

„Ich habe sie bezahlt", sagte Leah darauf nur.

„Ja, und wenn du die alle gegessen hast, bezahlst du noch mal", stellte Sophie ganz nüchtern fest.

Sophie nahm Leah die Tüte aus der Hand, griff hinein, nahm drei von den Brownie-Happen heraus und legte sie auf einen Teller mit den Worten: „So, bitte sehr."

Doch Leah lehnte den Teller ab und sagte: „Ich will aber die ganze Tüte, bitte. Ich habe schließlich dafür bezahlt."

Daraufhin ging Sophie zur Kasse, nahm Leahs Geld wieder heraus, gab es ihr zurück und erklärte: „Das geht aufs Haus." Dann nahm sie Leah bei der Hand und wartete so lange, bis sie ihr in die Augen sah. „Essen ist dazu da, um unseren Körper mit Energie zu versorgen, Liebes. Du benutzt es für etwas anderes, und das wird am Ende dazu führen, dass dein Schmerz und dein Leid noch schlimmer werden."

Dann führte Sophie Leah zu einem der Tische im Café und sagte: „Komm, lass uns doch die Leckerbissen gemeinsam genießen. Es gibt nichts Schöneres als einen Mitternachtssnack in netter Gesellschaft."

Leah setzte sich schon, während Sophie zwei Gläser mit Milch füllte und sich mit ihrer eigenen Portion Brownies zu ihr setzte.

„Wir müssen noch überlegen, für welches der beiden Rezepte wir uns entscheiden", versuchte Sophie Leah abzulenken, aber diese starrte nur auf die Hände in ihrem Schoß.

Leah hatte absolut kein Bedürfnis nach Gesellschaft, sondern wollte einfach nur mit der Brownie-Tüte nach oben in ihre Wohnung und dort ganz allein den Inhalt verzehren, wie sie es immer tat. Ohne Zeugen.

„Also … möchtest du darüber reden?", fragte Sophie, nachdem sie einen Schluck Milch getrunken hatte.

„Ich glaube, das kann ich noch nicht", antwortete Leah.

Da schwieg Sophie eine Weile und sagte dann: „Darf ich dir ein Geheimnis anvertrauen?"

Leah zuckte mit den Schultern, starrte weiter unverwandt auf ihre Hände, sagte aber: „Klar."

„Ich war mal total verliebt in einen Filmstar", sagte Sophie.

Fasziniert blickte Leah auf. „In einen Filmstar?" Es war schwer, sich vorzustellen, dass diese winzige, altmodische Dame jemals in jemand *Berühmten* verliebt gewesen sein sollte. „Und … äh… war er auch in dich verliebt?"

„Oh ja, definitiv! Er war damals zu Filmaufnahmen an der Küste und wollte während der Drehpausen dem ganzen Rummel am Filmset entgehen, indem er sich genau in das Haus zurückzog, in dem ich jetzt lebe." Sophie biss von ihrem Brownie ab, kaute und konzentrierte sich ganz auf den Geschmack. „Nein, das Rezept hier ist es nicht." Sie machte sich im Geiste eine Notiz. „Die Konsistenz ist ein bisschen zu krümelig."

„Ja, das finde ich auch", bestätigte Leah und wartete auf die Fortsetzung der Liebesgeschichte.

„Wir haben uns hier in diesem Café kennengelernt und konnten uns beide vom Anblick des jeweils anderen gar nicht wieder losreißen. Wir haben uns den ganzen Sommer heimlich hier und da und sonst wo getroffen, um zusammen zu sein. Zum Beispiel bei einer der abgeschiedenen Böschungen am Fluss oder auf dem Heuboden in der Scheune meines Vaters, wo wir uns dann den ganzen Tag in den Armen gelegen und eine gemeinsame Zukunft geplant haben. Wenn ich dann nach Hause kam, musste ich erklären, warum mein Haar voller Heu war." Sophie hielt im Erzählen inne und lachte.

„Wir hatten wirklich eine leidenschaftliche Liebesgeschichte in diesem Sommer, eine Geschichte, die ich für immer wie einen Schatz in meinem Herzen tragen werde. Wir waren verlobt und wollten im darauffolgenden Herbst heiraten, wollten nicht länger warten, unser gemeinsames Leben zu beginnen", erzählte Sophie und seufzte dann.

Leah konnte nicht anders, als zu fragen: „Wie hieß er denn? Kenne ich ihn?" Im Kopf ging sie schon all die Stars aus dem goldenen Zeitalter von Hollywood durch, die ihr einfielen.

„Ach, das bezweifle ich. Als wir uns kennenlernten, war er noch ganz am Anfang seiner Karriere. Sein Name war Gabriel Banks, und er war ein Volltreffer", erinnerte sich Sophie.

„Was ist denn passiert?", fragte Leah. Sie stellte die Frage nur ungern, denn sie wusste, dass es kommen würde, das unglückliche Ende.

„Ein blöder Krieg ist passiert. Dieser Wahnsinn hat ihn in irgendein fremdes Land verschlagen, und er ist nie wieder zurückgekommen."

„Das tut mir wirklich leid, Sophie", flüsterte Leah und wusste nicht so recht, was sie sonst noch sagen oder tun sollte.

„Damals wäre ich auch am liebsten gestorben. Bis dahin hatte ich keine Ahnung gehabt, was richtiger Schmerz ist. Die meisten Menschen kennen Schmerz, aber manche geraten besonders tief in den Sog und die Finsternis von Schmerz und Leid, und diese Art von Schmerz wünsche ich wirklich keinem. Deshalb tut es mir so leid, dass auch du diesen tiefen, finsteren Schmerz kennst." Eine Zeit lang schauten jetzt beide Frauen nach unten auf ihre Hände.

„Kein Glas mit Schnaps … keine Tabletten … nichts, einfach gar nichts hat damals gegen diesen Schmerz geholfen, und ich habe schnell gemerkt, dass es hinterher nur noch schlimmer war."

„Und was hast du getan?“, fragte Leah und hoffte, jetzt das große Geheimnis zu erfahren, wie man damit umgehen sollte.

„Ich habe mich dafür entschieden, den Schmerz ganz und gar anzunehmen und ihn auszuhalten. Manchmal muss man sich dem Albtraum einfach ergeben und eine Weile darin leben. Der Versuch, dagegen anzukämpfen, ist meiner Meinung nach völlig sinnlos“, sagte Sophie, bevor sie den letzten Schluck Milch aus ihrem Glas trank.

„Hey, das klingt wirklich nach viel Spaß.“

„Ach, Schätzchen, an Schmerz ist wirklich gar nichts spaßig, aber wenn man heil werden will, muss man ihn annehmen und sich ihm stellen. Es würde sicher nicht schaden, wenn du Gott dabei um etwas Hilfe bittest, und es würde auch nicht schaden, wenn du so viel Vertrauen zu mir oder einem deiner anderen Freunde und Freundinnen hättest, dass du erzählen könntest, was passiert ist.“

Doch Leah schüttelte nur schweigend den Kopf.

„Glaubst du, es ist mir leichtgefallen, dir anzuvertrauen, wie ich das Beste, was mir jemals widerfahren ist, auf so barbarische Weise verloren habe? Nein, das ist es wirklich nicht. Aber ich vertraue dir, und ich wünsche mir, dass du darüber nachdenkst, wie du auch mir vertrauen kannst.“

Und mit diesen Worten stellte Sophie ihren Teller und das Glas zusammen und trug das Geschirr in die Küche. Sie ging so leise, wie sie gekommen war, ohne ein weiteres Wort.

Leah saß noch eine ganze Weile alleine da. Sie wusste ja, dass Sophie recht hatte, dass sie sich alldem stellen musste und dass sie jemanden brauchte, dem oder der sie sich anvertrauen konnte, aber sie war einfach noch nicht so weit, sich an diese Herausforderung heranzuwagen. Und weil sie sich in diesem Moment richtig rebellisch fühlte, schnappte sie sich die Tüte mit den Brownies, stapfte die Treppe hinauf und hatte in dem Versuch, diese innere

Leere zu füllen, schon mindestens ein halbes Dutzend davon verschlungen, als sie oben ankam.

Sie ging auf direktem Weg in ihr Schlafzimmer, um die Koffer zu packen. Sie musste hier weg. Als sie nach einem weiteren Brownie griff, unterlief ihr jedoch der Fehler, dabei in den Ganzkörperspiegel beim Fenster zu schauen. Sie war richtig abgestoßen von der Geschichte, die der Spiegel unerbittlich erzählte. Mit dem verweinten, aufgedunsenen Gesicht sah sie einfach furchtbar aus; wie der Geist der Person, die sie hätte sein können. Sie wünschte sich so sehr, dass der Spiegel ihr eine andere, eine neue Geschichte erzählte.

„So geht es nicht weiter", flüsterte sie ihrem Spiegelbild zu, das sie immer noch mit dem Brownie in der Hand anstarrte. Und dann wiederholte sie für sich selbst noch einmal strenger: „So geht es nicht weiter."

Nachdem sie die Tüte mit den Brownies wieder ins Café hinuntergebracht hatte, kroch Leah unter die Bettdecke, wo sie weinte, bis die Sonne aufging und den Beginn des neuen Tages verkündete. Und auch da ging es ihr noch nicht besser, sondern ihr tat nur alles weh. Ihre Nase war verstopft und ihre Augen waren geschwollen und gerötet, es war schlicht unerträglich, mit diesem Schmerz zu leben.

Leah brauchte frische Luft, also zog sie sich Sneakers an und ging los in Richtung der noch schlafenden Stadt. Sie legte an diesem Morgen eine lange Strecke zurück, und als der Schmerz der Erinnerungen hochkam, fing sie an zu laufen. Sie weigerte sich strikt, ihr Tempo zu verlangsamen, bis sie nichts anderes mehr spürte als das Brennen ihrer Lunge und der Wadenmuskeln. Eine Stunde lang hielt sie das durch, bevor sie wieder zu ihrer Wohnung zurückhumpelte und den Rest des Tages aus purer Erschöpfung auf dem Sofa zubrachte.

Dieses Sportprogramm wurde schon bald zu einem regelmäßigen Teil ihres Tagesablaufs. In dieser einen Stunde, in der sie sich bewegte, war sie ganz und gar befreit von den Fesseln ihrer Albträume. Das Gefühl, sich jünger zu fühlen und Frieden zu haben, war ihre Belohnung.

Sie war es leid, sich schwach und unfähig zu fühlen. „Stark", wiederholte sie dann. „Ich werde stark."

Mitte März fühlte sich Leah dann körperlich wirklich stark. Aus dem Wechsel von Gehen und Laufen wurde nach und nach eine einstündige Joggingrunde, und die wunderschöne Südstaatenlandschaft war voller Schätze, die entdeckt werden wollten.

Unter anderem führte ihre Runde an der grandiosen Einfahrt zur *Big Oaks Plantage* vorbei. Leah verlangsamte dort jedes Mal ihr Tempo ein wenig, damit sie den steinernen Torbogen und die riesigen Eichen dahinter genauer betrachten konnte, und sie gab die Hoffnung nicht auf, dass eines Tages das Tor einmal offen stehen würde, sodass sie einen etwas längeren Blick auf das geheimnisvolle Plantagenhaus werfen konnte.

*

Als Leah gerade wieder etwas Selbstvertrauen aufgebaut hatte, schlug eines Nachts im Frühling die Angst wieder zu. Sie war schon ins Bett gegangen, als sie mit einem Ruck wach wurde, weil die Sirenen durch die stillen Straßen der Stadt heulten. Leah stürzte ans Wohnzimmerfenster und sah drei Polizeiautos mit Blaulicht und Sirenen vorbeirasen. Sie rannte hinüber ans Küchenfenster in der Hoffnung, dass sie nicht vor dem Café hielten, was – Gott sei Dank – auch der Fall war.

„Nein, nein, nein", flüsterte sie in die Dunkelheit hinein und Panik machte sich in ihr breit. Sie holte sich ein Glas Wasser und wartete, dass die Schutzmauern, hinter denen sie sich in den vergangenen fünf Monaten versteckt hatte, einstürzten. 20 Minuten später raste ein Wagen der Bundespolizei hinter den anderen Polizeiwagen her. Leah wusste, dass das nichts Gutes zu bedeuten hatte.

Jetzt, da so viel Polizei in der Stadt unterwegs war, konnte sie unmöglich aufbrechen, also blieb ihr nichts anderes übrig, als abzuwarten. Außer sich vor Angst, tat Leah das Einzige, was ihr einfiel: Sie versteckte sich in dem begehbaren Wandschrank ihrer Wohnung.

Sie war sich sicher, dass jeden Moment jemand unten an die Tür klopfen würde, also setzte sie sich in den vollgestopften Schrank und versuchte, ihr rasendes Herz zu beruhigen. Stunden später kroch sie wieder heraus und schaute fassungslos auf die offene Tür. Monate waren vergangen, und sie war so naiv gewesen zu glauben, dass die Folgen der jahrelangen Misshandlungen mit der Zeit einfach verschwunden wären. Aber jetzt zeigte ihr eine einzige Nacht, wie sehr sie sich getäuscht hatte. Kopfschüttelnd schloss sie die Schranktür hinter sich und ging unter die Dusche in der Hoffnung, dass sich dort all die sinnlosen Knoten in ihrem Kopf lösen würden.

Gegen halb fünf morgens war Leah bereits unten im Café, ließ den ersten Kaffee durchlaufen und heizte die Backöfen für Muffins vor. Kurz darauf kam auch Sophie, und die beiden spulten ihre morgendliche Routine ab, als arbeiteten sie schon seit Jahren zusammen. Sie waren ein ausgesprochen gut funktionierendes und eingespieltes Team, worauf Sophie ziemlich stolz war.

Gegen neun betrat dann ein ziemlich mitgenommen wirkender Crowley das Café. Er hatte seinen Anwalts-Designeranzug an und um seinen Hals hing eine ungebundene Krawatte. Sein Haar war noch nass vom Duschen, aber sein Blick war unendlich erschöpft. Er setzte sich auf einen Hocker und legte seinen Kopf auf den Tresen.

„Wow … wilde Nacht gehabt?", fragte Leah ihn, während sie ihm einen Becher Kaffee einschenkte.

„Du hast ja keine Ahnung", murmelte er nur und trank einen Schluck.

Sophie brachte gerade ein paar Teller mit Frühstück zu einem Tisch und ging danach hinüber zu Crowley, um ihn sich aus der Nähe anzusehen. „Was ist denn los mit dir, Junge?"

„Jessup Barns", antwortete er nur, bevor er einen weiteren Schluck Kaffee trank, den Leah sofort wieder auffüllte. Sie machte sich Sorgen, dass er derart müde bei Gericht erscheinen musste, und war der Meinung, dass eine ziemlich hohe Dosis Koffein nötig war, um das überhaupt möglich zu machen.

Die beiden Frauen warteten auf eine nähere Erläuterung seiner Antwort, aber er war anscheinend mit offenen Augen weggenickt.

Da klopfte Sophie ein paarmal kräftig mit den Fingerknöcheln auf den Tresen und sagte: „So, jetzt werd aber mal wach und sag uns, was los ist."

Crowley rieb sich die Augen und berichtete. „Dieser elende Trunkenbold hat Old Man Stevens Zaun durchbrochen und dabei ungefähr ein halbes Erdbeerfeld umgepflügt."

„Mit seinem *Dreirad?*", fragten beide Frauen gleichzeitig.

Crowley stützte sich mit beiden Ellenbogen auf den Tresen, legte sein Gesicht in eine Hand und antwortete: „Nein, mit einem *Auto.* Und zwar mit Old Man Stevens Auto – mit dem er sich dann am Ende überschlagen hat."

„Ach du liebe Güte!", rief Sophie erschrocken. „Ist er verletzt?"

Crowley zuckte nur mit den Achseln und antwortete: „Weiß der Geier."

„Was soll denn das jetzt wieder heißen?"

„Ich habe zusammen mit einem halben Dutzend Polizisten die halbe Nacht damit verbracht, den Mistkerl zu suchen. Wir haben jede Scheune und jedes Feld der Stevens-Farm abgesucht und danach noch das Waldstück neben dem Feld durchforstet, wo der Wagen gelandet ist. Ich wette, der Halunke hat ganz oben auf einem Baum gesessen und uns die ganze Zeit zugeschaut."

„Wann habt ihr die Suche denn abgebrochen?", fragte Sophie.

Crowley schaute auf die Uhr. „Vor ungefähr drei Stunden."

Für Crowley war das Ganze natürlich schrecklich, dachte Leah, aber sie war auch unendlich erleichtert, dass die Polizeiwagen mit Blaulicht doch nicht ihr gegolten hatten.

Sie entspannte sich also langsam wieder und stellte Crowley sein Frühstück zusammen. Er bestellte selten etwas Bestimmtes, deshalb bekam Leah von Sophie in Stichworten mitgeteilt, was sie ihm bringen sollte, und normalerweise schob sie ihm noch zusätzlich etwas hin, wenn Sophie es nicht sah.

Als Crowley bemerkte, dass sie ihm etwas zu essen anrichtete, sagte er: „Kann ich das bitte zum Mitnehmen bekommen, Leah? Ich muss gleich los ins Gericht." Seine Stimme klang vor Erschöpfung ganz belegt.

„Ja klar", antwortete sie und bereitete aus ein paar Eiern Rührei zu.

Crowley legte den Kopf wieder auf den Tresen und fing auf der Stelle an zu schnarchen. Zehn Minuten später hatte Leah seine Sandwiches fertig und wollte sie gerade in eine Tüte stecken, als sie ihn sah – Jessup.

Er kam mit seinem Schnaps-Mobil ganz nah an die Eingangstür gefahren, stieg langsam ab, kam ins Café und dann direkt zum Tresen gehumpelt, wo er auch noch die Dreistigkeit besaß, sich direkt neben Crowley zu setzen.

Dieser hob den Kopf, starrte Jessup mit völlig ausdrucksloser Miene an und sagte mit tonloser Stimme: „Nicht dein Ernst, oder …?“

In diesem Moment kam Sophie wieder hinter dem Tresen hervor und musterte den völlig verdreckten kleinen Mann von oben bis unten. Dann sagte sie: „Was um Himmels willen ist denn mit dir passiert, Jessup?“

Leah atmete möglichst flach, um den üblen Geruch nicht einatmen zu müssen, der von Jessup ausging. Er war völlig verdreckt und hatte überall, wo seine Haut zu sehen war, unterschiedlich lange und tiefe Schnittwunden. Eines seiner Handgelenke sah sehr lädiert aus, und er saß so auf dem Hocker, dass man ihm ansah, wie er die Folgen des Unfalls langsam spürte.

„Ich bin von meinem Dreirad gefallen“, antwortete Jessup.

„Na, wohl eher aus einem *Auto*“, murmelte Crowley nur kopfschüttelnd und wechselte einen wissenden Blick mit Leah.

„Was machst du denn schon so früh draußen?“, fragte Sophie weiter.

„Ich bin einfach früh aufgestanden und hab mir gedacht, dass jetzt eine Tasse von deinem Kaffee bestimmt guttun würde“, antwortete er, und sein Lächeln geriet ins Wanken, als er seine zitternden Hände zu Fäusten ballte.

Leah hatte eher den Verdacht, dass er sich schon so früh in der Öffentlichkeit zeigte, weil er glaubte, dadurch den Eindruck zu erwecken, dass er mit dem ganzen Fiasko nichts zu tun hatte.

„Gib mein Frühstück mal lieber Jessup, Leah“, sagte Crowley müde. „Es könnte eine Weile dauern, bis er wieder etwas Anständiges zu essen bekommt.“

„W-was … w-willst … d-du denn damit s-sagen, Crowley?“, fragte Jessup und rutschte dabei unruhig auf seinem Stuhl hin und her.

Doch Crowley antwortete nicht, sondern stand einfach nur wortlos auf und band seine Krawatte. Leah nahm das als Zeichen, dass er gleich gehen würde, also schenkte sie ihm noch einen großen Becher Kaffee zum Mitnehmen ein und steckte ihm eine Tüte mit einem frischen Blaubeermuffin in die Tasche. Dann tat sie einen nicht mehr ganz so frischen Muffin, mit dem sie eigentlich später die Enten im Park hatte füttern wollen, in eine Tüte und gab sie Jessup. Auf gar keinen Fall würde sie dem alten Trunkenbold Crowleys Frühstück geben.

„Danke, Miss Leah", sagte Jessup und ließ sich langsam von dem Hocker rutschen.

Als er Crowley jetzt ansah, war ihm deutlich anzumerken, dass er sich entschuldigen wollte, aber als der ihn nur wütend betrachtete, überlegte er es sich anders und humpelte still und ohne ein weiteres Wort zur Eingangstür hinaus, stieg auf sein Dreirad und radelte davon.

Crowley ging hinüber ans Fenster, um zu sehen, wie Jessup vorbeifuhr. Dann holte er sein Handy aus der Tasche und rief den Sheriff an: „Hey, Danny. Du glaubst nicht, wer gleich betrunken auf seinem Dreirad am Polizeirevier vorbeigeradelt kommt." Dann hielt er inne und hörte eine Weile zu. „Ja, ich weiß. Nach alldem stellt sich dieser Idiot selbst. Hör mal, tu mir einen Gefallen und lass ihn vom Arzt untersuchen, bevor du ihn festnimmst, ja?" Crowley nickte, während er Danny zuhörte.

„Danke, Mann", sagte er, beendete dann das Gespräch, steckte sein Handy wieder ein, kam zurück an den Tresen, um sein Essen mitzunehmen, verließ das Café und ging zu seinem Truck, der davorstand.

Kurz bevor sich die Eingangstür hinter ihm schloss, rief ihm Leah noch hinterher: „Hey, Crow!" Er drehte sich um und sah dann etwas irritiert auf seine Füße, auf die Leah zeigte.

„Vielleicht möchtest du die ja noch wechseln, bevor du das Gericht betrittst."

Crowley sah hinunter auf seine Füße und stellte fest, dass er Flipflops angezogen hatte statt seiner Halbschuhe. „Gute Ansage, Lee. Danke."

Er hastete los und brachte sein Frühstück in den Truck, bevor er noch einmal nach Hause rannte. Ein paar Minuten später war er wieder zurück, sah Leah durch das große Fenster des Cafés und winkte kopfschüttelnd mit seinem Aktenkoffer, den er allem Anschein nach auch vergessen hatte. Sie lachte und winkte ihm aufmunternd zu.

Sophie kam, um Leah am Tresen zu unterstützen. „Ich habe gesehen, was du Jessup zum Frühstück gegeben hast."

Leah zuckte mit den Achseln, weil es ihr wirklich egal war. „Ich habe wenigstens nicht auch noch draufgespuckt", bemerkte Leah mit einem verächtlichen Schnauben und ging in die Küche.

Sophie schmunzelte. „Wir sind uns ziemlich ähnlich, weißt du das?"

„Ist das gut oder schlecht?", fragte Leah wie aus der Pistole geschossen mit einem kleinen Grinsen.

„Auf jeden Fall gut", antwortete Sophie, zwinkerte ihr zu und fing an, vor sich hin zu summen, während sie eine frische Kanne Kaffee aufsetzte.

Lächelnd schaute Leah der kleinen Frau ein Weilchen zu, bevor sie sich wieder an die Arbeit machte.

16

Ein paar Tage später kam Anna ins Café, um sich haarklein alles über das Fiasko mit Jessup erzählen zu lassen, und Leah setzte sie ausführlich ins Bild über den chaotischen Vorfall. Nachdem der Arzt ihn einigermaßen wieder zusammengeflickt hatte, war Jessup von der Polizei festgenommen worden, und weil er Wiederholungstäter war, entschied das Gericht, dass es zu seinem Bestem war, wenn er einige Zeit im Gefängnis verbrachte.

„Also, meine Damen, weshalb ich eigentlich gekommen bin: Große Ereignisse hier in der Stadt werfen schon ihre Schatten voraus", sagte Anna, als ihre Neugier befriedigt war. Sie musterte Leah von oben bis unten und stellte dann fest: „Und dazu müssen wir unbedingt ein paar neue Outfits shoppen."

Leah merkte, wie sie rot wurde, und zupfte an ihrem ausgeleierten Oberteil herum.

„Was denn für Ereignisse, Anna", fragte sie deshalb. „Ich weiß nicht, was du meinst."

„Na, Spring Break natürlich – oder in anderen Teilen der Welt Frühlingsferien!", antwortete Anna und rutschte wie ein aufgeregtes kleines Kind auf dem Stuhl hin und her.

„Ach so, und ich dachte schon, du wolltest uns etwas *Neues* erzählen", sagte Sophie lachend. „Spring Break ist doch jedes Jahr."

Und völlig unbeeindruckt von dem Thema schlenderte sie zu ein paar Cafégästen hinüber, um mit ihnen zu plaudern.

„Was ist denn daran so toll?", fragte Leah und reichte ihrer Freundin ein Glas Eistee.

Anna trank einen großen Schluck. „Danke, Schätzchen", und fuhr dann fort: „Crowley beherbergt während der Frühlingsferien für eine Woche die Jungs aus seiner Studentenverbindung bei sich, und ich spreche hier von Spitzenmännermaterial. Das sind erfolgreiche Single-Männer in deinem Alter, die reif zum Pflücken sind."

Noch einmal begutachtete sie Leahs Aufzug eingehend und stellte dann fest: „Wir müssen dir ein paar erstklassige Outfits aussuchen, Schätzchen."

Eine Stunde später war Anna immer noch dabei, Leah wegen ihrer Garderobe zu bedrängen, während Leah weiterhin alles für den Mittagsansturm im Café vorbereitete. Sie riet Anna, doch lieber zu gehen und etwas Produktives tun, aber Anna hatte ihre Boutique an diesem Tag in die fähigen Hände einer ihrer Mitarbeiterinnen übergeben und deshalb wirklich nichts Besseres zu tun, als Leah auf ihre furchtbare Garderobe hinzuweisen. Jedenfalls behauptete sie das.

„Was ist denn mit meinen Sachen nicht in Ordnung?", fragte Leah.

„Na, dass du darin total versinkst, das ist nicht in Ordnung. Es kann doch nicht wirklich dein Ernst sein, dass du deinen Hosenbund mit einer Sicherheitsnadel zusammenhältst, damit sie dir nicht runterrutscht, oder?", sagte Anna und beugte sich über den Tresen, um an Leahs Hose zu ziehen.

Doch Leah wich ihr aus und schimpfte: „Hey! Finger weg!"

Leah benutzte wirklich seit einiger Zeit Sicherheitsnadeln, um ihre Hose zusammenzuhalten, hatte aber absolut nicht die Absicht, das irgendjemandem gegenüber einzugestehen.

Anna versuchte trotzdem weiter, ihre sich sträubende Freundin irgendwie herumzukriegen, und drohte: „Sonst schleiche ich mich nach oben, klaue dir all deine Klamotten und verbrenne das Zeugs. Dann hast du keine andere Wahl, als dir neue auszusuchen, und zwar Sachen in deiner Größe."

Doch Leah stieß immer wieder Annas Hand weg. „Also wirklich, Anna. Ich sehe wirklich nicht, was so toll daran sein soll, mit dir zusammen eine Horde von Jungs zu bespaßen."

„Ach, komm schon. Das muss dich doch interessieren. Es sei denn …" Anna ließ die Frage in der Luft hängen, und als Leah nicht reagierte, versuchte Anna es noch einmal. „Es sei denn, Männer *interessieren* dich gar nicht."

Leah hob beide Hände und lachte. „Ach, Anna, ich finde dich ja wirklich süß, aber ich bevorzuge auf jeden Fall Männer."

„Na, dann sind wir ja schon zu zweit", erklärte Anna, stand auf, schenkte sich selbst Eistee nach und setzte sich dann wieder auf den Hocker. „Hör mal … ich merke genau, dass du ein Auge auf Crowley geworfen hast."

„Na, wem würde denn sein Anblick nicht gefallen …", entgegnete Leah neckend und war erleichtert, als Anna ihr Grinsen erwiderte.

Wie aufs Stichwort kam in dem Moment Crowley zur Tür hereingeschlendert, sodass die beiden Frauen noch mehr lachen mussten.

„Wieso haben wohl gerade eben meine Ohren so gejuckt?", fragte er, hockte sich auf den Hocker neben Anna und stupste sie spielerisch mit dem Ellenbogen an.

„Ach, Crowley, ich weiß diese süßen Ohren an deinem prachtvollen Kopf wirklich zu schätzen", sagte Anna und imitierte dabei Scarlett O'Hara aus *Vom Winde verweht.* „Weißt du diese Ohren nicht auch zu schätzen, Leah, Darling?"

Leah versuchte, Annas Südstaatenakzent nachzuahmen, und antwortete: „Wie könnte ich den Anblick dieser süßen Ohren denn nicht zu schätzen wissen, Honey?“ Und dann brachen beide Frauen in Gelächter aus.

Crowley schnappte sich zwei Müsliriegel, die Leah gerade auf einem Backblech hereingebracht hatte. „Den Witz habe ich nicht verstanden, oder?“, fragte er, bevor er sich die Hälfte von einem der Riegel in den Mund stopfte.

„Nee“, antwortete Leah und reichte ihm ein Glas Eistee.

„Ich habe Leah gerade erzählt, dass du demnächst eine große Auswahl Junggesellen zu Besuch hast und sie und ich unter ihnen die freie Auswahl haben“, erklärte Anna und zwinkerte ihm zu.

„Davon weiß ich nichts. Einige von ihnen sind verheiratet, und außerdem sind die Jungs mein Besuch und keine potenziellen Dates für euch Mädels“, entgegnete er und warf ihnen einen strengen Blick zu.

„Das werden wir ja noch sehen, nicht wahr, Leah?“, entgegnete Anna kess.

Doch Leah ignorierte sie, und während sie eine weitere Kanne Tee aufgoss, fragte sie Crowley: „Was habt ihr Jungs denn für Pläne für die Zeit?“

„Wir wollen nur ein paar Tage am Strand abhängen und surfen.“

„Also kein episches Skateboarden?“, fragte Leah, nahm ganz kurz Blickkontakt mit Crowley auf und grinste ihn an.

„Nee, das Skateboard ist immer noch im einstweiligen Ruhestand“, antwortete er lachend und leerte sein Glas.

„Ich wette, sie wollen sich auch mit diesem ekeligen Angeln vergnügen“, sagte Anna mit gerümpfter Nase.

„Ja, ein paar Angeltouren sind auch geplant“, bestätigte Crowley und verputzte einen weiteren Haferflockenriegel.

„Ich war noch nie angeln", bemerkte Leah, während sie die Riegel in Pergamentpapier verpackte und in einen Korb in der Auslage legte.

„Das geht ja gar nicht", sagte Crowley kopfschüttelnd. „Das müssen wir ändern, sobald die Jungs wieder weg sind."

Anna verdrehte nur die Augen, winkte ab und erklärte: „Glaub mir, Schätzchen, du hast nicht das Geringste verpasst."

Doch Leah erklärte achselzuckend: „Ich hätte nichts dagegen, es mal auszuprobieren."

„Cool, dann haben wir ein Date, und wir machen dich demnächst mit dem *Old Man River* bekannt", sagte Crowley, während Leah sein Glas auffüllte. „Danke, Ma'am."

„Gern geschehen", antwortete Leah lächelnd.

Crowley ließ seinen Blick jetzt durchs Café wandern und fragte dann: „Sagt mal, wo ist Sophie eigentlich gerade?"

„Sie hat sich für den Rest des Tages freigenommen", antwortete Leah.

„Was?", fragte Crowley mit ungläubigem Unterton.

Anna kicherte. „Also Leah hat sie vorhin praktisch zur Tür hinausgeschoben."

„Ja, weil eine Horde von ihren Freundinnen vorbeigekommen ist und sie Sophie praktisch angebettelt haben, doch mit ihnen zu irgendeinem Flohmarkt zu kommen. Ich habe dann darauf bestanden, dass sie mitgeht. Diese störrische Frau sagt ihnen immer wieder ab, und ich habe ihr gesagt, dass sie nicht so unhöflich zu ihren Freundinnen sein darf. Da hatte sie gar keine andere Wahl mehr, als mitzugehen", erklärte Leah.

Crowley stieß einen leisen Pfiff aus und bemerkte: „Sophie hat sich von jemandem sagen lassen, was sie tun soll? Wow, was hätte ich gegeben, um dabei zu sein! Aber kommst du denn ganz allein mit dem Café zurecht, *Lee?*"

„Ja, *Crow.* Damit komme ich bestens zurecht. Die Suppe ist fertig, und die Salate und Sandwiches sind auch schon vorbereitet. Wenn du mir nicht glaubst, kannst du dich gern persönlich davon überzeugen“, sagte Leah ein bisschen herausfordernd, aber Crowley schüttelte verneinend den Kopf. „Außerdem kommen Kara und Alice später noch, um die Abrechnung zu machen und alles sauber zu machen“, fuhr Leah noch fort.

„Ich frag ja nur“, sagte er mit erhobenen Händen.

„Was hat es eigentlich mit dieser *Lee-und-Crow-Sache* auf sich?“, fragte Anna.

Leah deutete mit dem Messer, das sie gerade in die Küche bringen wollte, auf Crowley und erklärte: „Er hat damit angefangen, und zwar an dem Abend eures großen Silvester-Dates.“

Sie hoffte, dass das Anna genauso peinlich war, wie Anna ihr schon den ganzen Tag über peinlich war. Und diese Hoffnung erfüllte sich sogar, denn noch bevor Leah wieder an den Tresen zurückkam, war Anna von ihrem Hocker gestiegen und auf dem Weg zum Ausgang.

„Ich habe wirklich Wichtigeres zu tun, als zwei wie euch zu unterhalten“, sagte sie, blieb an der Tür noch einmal stehen, sah Leah an und fuhr fort: „Komm heute nach der Arbeit bei mir vorbei, dann können wir anfangen, dir eine anständige Dating-Garderobe zusammenzustellen, ja? Ich habe ein paar richtig heiße Kleider da, auf denen dein Name steht.“

Und dann winkte Anna ihnen mit dem kleinen Finger zu und tänzelte nach nebenan in ihre Boutique.

„Na endlich“, murmelte Leah, als Anna weg war.

Sie drehte sich um und erwischte Crowley dabei, wie er sich selbst mit einem weiteren Müsliriegel bediente. „Wenn du so weitermachst, muss ich noch eine Ladung machen“, sagte Leah und gab ihm einen Klaps auf die Hand.

„Tut mir leid. Ich habe das Frühstück ausfallen lassen“ antwortete er mit vollem Mund und spülte den Bissen mit dem Rest Eistee aus seinem Glas herunter. „Mach dir keine Sorgen, Lee. Für den Rest des Tages bist du auch mich los.“

Er gab ihr einen Zehndollarschein, ging zum Ausgang und erklärte: „Ich muss noch einkaufen, bevor meine Gäste kommen.“

„Gegen deine Gesellschaft habe ich ja gar nichts einzuwenden, Crow“, entgegnete Leah grinsend.

Da drehte Crowley sich noch einmal um und sah ihr sehr lange in die Augen, und zwar mit einem seltsamen Ausdruck, den sie nicht recht deuten konnte. Dann ging er zu seinem Truck.

„Was war denn das?“, flüsterte Leah in das leere Café hinein.

*

Zwei Tage später kam Crowley dann mit einer ganzen Horde „seiner Jungs“ wieder. Sie waren alle ziemlich groß, sonnengebräunt und verbreiteten Naturburschenflair, aber keiner hatte eine so beeindruckende Statur wie Crowley. Nachdem sie das Café betreten hatten, fingen sie sofort an, auf der rechten Seite des Raumes Tische zu einer langen Tafel zusammenzuschieben.

„Du liebe Güte, war Crowley an einer Uni für Große, Dunkelhaarige und Gutaussehende?“, fragte Leah Sophie leise, während sie beide hinter dem Tresen standen und den Anblick auf sich wirken ließen.

Die gut gebauten Gestalten gaben dröhnendes Gelächter von sich und redeten ununterbrochen. Es gab offenbar unendlich viele Themen, über die sie sich auf den neuesten Stand bringen mussten. Diese Männergruppe war für Leah etwas ganz Besonderes, und sie fragte sich, wie es sich wohl anfühlen mochte, durch jahrelange Freundschaft so mit Menschen verbunden zu sein.

Als Sophie ihr einen Bestellblock hinschob, erschrak Leah und wandte ihren Blick ganz kurz von der Gruppe ab.

„Viel Glück“, sagte Sophie.

„Was? Also … ich finde, das solltest du übernehmen“, erklärte Leah und versuchte, Sophie den Block zurückzuschieben, aber die befand sich bereits am anderen Ende des Tresens, um die Bestellung eines älteren Mannes aufzunehmen.

Leah stieß ein missbilligendes Schnauben in Sophies Richtung aus, das diese aber natürlich ignorierte. Sie ging also hinüber zu dem Tisch mit den lärmenden Männern und blieb neben Crowley stehen, der am Kopf des Tisches saß. Sie stupste ihn an der Schulter an und unterbrach ihn dadurch mitten im Satz.

Er sah sie an, lächelte höflich und sagte: „Jungs, darf ich euch Sophies rechte Hand vorstellen? Das ist Leah.“ Und dann nannte Crowley Leah die einzelnen Männer mit Namen, als ob sie sich die alle würde merken können. „Leah, das sind Todd, Josh, Ben, Greg, Brad, Rob, Matt, Tom, Jake und Will.“

Leah musste sich das Lachen verkneifen, weil alle Namen einsilbig waren, und fand deshalb, dass Crow als Spitzname für Crowley perfekt passte. Sie fragte sich, warum ihn sonst niemand so nannte.

„Seid ihr schon so weit zu bestellen, oder soll ich es so machen wie bei Crowley und euch einfach bringen, was mir passend erscheint?“, fragte sie grinsend.

„Nein. Im Gegensatz zu unserem Kumpel Crowley sind wir schon große Jungs und entscheiden ganz alleine“, antwortete der große, dunkle Typ mit den strahlend blauen Augen, von dem sie glaubte, dass es Matt war.

„Hey, ich versuche nur, es den beiden Ladys hier im Café so einfach wie möglich zu machen. Ihr macht immer alles so kompliziert“, erklärte Crowley lachend.

Als Nächstes rasselten die Männer dann jeder eine ellenlange Bestellung herunter, und zwar so schnell, dass Leah beim Notieren nicht mitkam.

„Ich möchte zwei Spinatomeletts und eine Portion Arme Ritter", sagte der große Dunkle mit den schokoladenbraunen Augen.

„Ich nehme zwei Würstchen-Ei-Sandwiches auf einem Scone und Haferbrei", bestellte der große hellhäutige, rötlich blonde Kerl.

„Und ich hätte gern …" ging es weiter, bis Leah drei Seiten Bestellungen notiert hatte.

Als sie danach wieder in die Küche gehen wollte, hielt Crowley sie auf mit den Worten: „Und was ist mit mir?"

„Du isst, was ich dir bringe, großer Junge", antwortete sie, was bei seinen Freunden für brüllendes Gelächter sorgte.

Leah machte sich sofort daran, die Riesenbestellung abzuarbeiten, und während die Fleischgerichte brieten und der Haferbrei kochte, servierte Leah schon einmal die bestellten Getränke und dazu einen Korb voll frisch gebackenem Bananenbrot, damit die Männer über die Runden kamen, bis ihr Frühstück fertig war.

Als sie jede Bestellung der richtigen Person serviert hatte, bekam sie von der Gruppe einen riesigen Applaus. Crowley erhielt von ihr ein riesiges gefülltes Westernomelett, dazu Toast und Obst mit Joghurt.

„Nicht schlecht, Lee", bemerkte Crowley.

„Lee?", fragten einige der Männer.

„Wenn ihr möchtet, dass ich reagiere, wenn ihr mich ruft, dann nennt mich lieber Leah", sagte sie und pikte Crowley mit dem Finger in die Seite. „Dem armen Crow fällt es so schwer, *Le-ah* auszusprechen", fuhr sie fort, was wieder lautes Gejohle bei der Gruppe auslöste.

„*Crow?*", fragte Jake lachend. „Das gefällt mir, Leah."

Leah erinnerte sich an seinen Namen. Er sah faszinierend aus mit seiner karamellfarbenen Haut und den strahlend grünen Augen.

Leah lächelte ihn an und ging zurück in die Küche, wo Sophie gerade dabei war, noch mehr Muffins aus der Form zu lösen.

„Meine Güte, Sophie", sagte sie, schnalzte entnervt mit der Zunge und trank durstig einen Schluck aus ihrem Wasserglas. „Ich hoffe, du hast für diese Woche zusätzliche Vorräte eingekauft."

„Ja sicher habe ich das, keine Sorge", antwortete Sophie und machte weiter mit den Muffins. „Heute Abend fahren sie für zwei Tage in ihr Strandhaus. Wir bekommen also eine kleine Verschnaufpause."

Auf dem Weg zur Kuchenvitrine stupste Sophie Leah scherzhaft an. „Außerdem werden die Jungs dir mehr Trinkgeld geben, als du in zwei Wochen regulär verdienst. Dafür lohnt sich doch die zusätzliche Arbeit allemal, oder?"

Was das Trinkgeld anging, sollte Sophie recht behalten. Nachdem die Jungs gegangen waren, lag ein Hundertdollarschein als Trinkgeld für sie auf dem Tisch. Dasselbe passierte, als sie einen gewaltigen Lunch, bestehend aus zwei Burgern für jeden, extragroße Portionen Kartoffelspalten sowie einen Beilagensalat, inhaliert hatten.

Leah war erleichtert, als sie ihre Abreise ans Meer verkündeten, und half Sophie, ihnen eine Auswahl an Leckereien für den Ausflug zusammenzustellen.

An den beiden darauffolgenden Tagen war es erheblich ruhiger im Café, aber auch ein bisschen einsam. Als dann die Jungs zurückkamen und die Ecke, die sie für sich beanspruchten, wieder mit Beschlag belegt hatten, waren sie noch sonnengebräunter und hatten sich noch mehr Geschichten zu erzählen. Das fand bei einem späten Mittagessen statt – bestehend aus Suppe und

Sandwiches –, und Leah freute sich tatsächlich, die Horde wiederzusehen.

Während die Männer noch aßen, kam Crowley an den Tresen, um mit Leah zu reden, bevor sie sich auf den Weg zum Nachtangeln machten.

„Du hast uns vermisst, Lee, oder?“, fragte er provozierend.

Sie tat so, als hätte sie ihn nicht gehört, während sie einige Gläser nachfüllte und diese den Gästen vom Tresen aus zurückgab.

„Waren Anna und du schon shoppen?“, fragte er dann.

„Ich glaube eher, dass *du* mich vermisst hast, Crow“, antwortete sie da nur grinsend. „Ja, ich war shoppen, als ihr nicht da wart, und ich habe etwas gefunden, das super sexy ist und das deine Freunde bestimmt interessant finden.“ Sie zog die Augenbrauen hoch, beugte sich vor und flüsterte ihm zu: „Aber ich will es erst dir zeigen. Komm.“

Leah führte ihn zur Hintertür und zeigte auf ein türkisfarbenes Beach-Fahrrad, das beinahe zur Farbe ihres Jeeps passte. Das Retro-Fahrrad war mit Chrom verziert, hatte weiße Reifen und einen passenden schwarzen Weidenkorb am Lenker.

„Tolles Fahrrad, Lee“, sagte Crowley und stieß ein schnaubendes Lachen aus.

„Das Prachtstück habe ich gestern auf einem Garagenflohmarkt gefunden und nur 30 Dollar dafür bezahlt“, erzählte Leah stolz, während Crowley auf das Rad stieg und es ausprobierte.

In dem Moment flog die Hintertür auf und Anna starrte die beiden an. „Wieso versteckt ihr euch denn zusammen hier hinten?“

„Ich zeige Crowley gerade mein tolles Schnäppchen von gestern“, antwortete Leah.

„Ach, das ist aber ein süßes Fahrrad, Leah“, bemerkte Anna nur beifällig. „Ich habe mir auch ein Fahrrad besorgt. Damit fahren wir morgen an den Strand und verbringen dort den Tag, ja?“

„Ja, aber erst nach der Kirche. Ich habe Sophie schon versprochen, dass ich mit ihr hingehe“, erklärte Leah.

Anna verdrehte daraufhin die Augen, nickte aber zustimmend.

„Dann habt mal eine gute Zeit, meine Damen“, sagte Crowley, stieg wieder von dem Rad und ging zurück ins Café.

„Das kam mir aber nicht besonders aufrichtig vor“, sagte Anna, nachdem die Tür wieder ins Schloss gefallen war. Doch dann winkte sie ab, wie um diesen Gedanken abzutun. „Ich habe eine Riesenüberraschung für dich, meine Liebe.“

„Was denn?“, fragte Leah und sah sie an.

„Das wirst du schon sehen … bald“, antwortete Anna lächelnd.

17

Am Ende blieben die Jungs aus der Studentenverbindung mehr als zwei Wochen bei Crowley. Die Verheirateten unter ihnen reisten am ursprünglich geplanten Termin wieder ab, sodass am Ende nur noch sechs junge Singlemänner in Rivertown blieben. Es machte Leah Spaß, die Jungs besser kennenzulernen, aber sie sehnte sich auch nach ein bisschen Zeit für sich allein. Ein paarmal begleiteten Anna und sie die Männertruppe mit bepackten Fahrrädern auf der Ladefläche von Crowleys Truck mit zum Strand.

Am darauffolgenden Freitag verzog sich Leah nach der Arbeit in der Buchhandlung hinter die Regale. Ihre langen Beine über die Lehnen ihres dicken Lieblingsohrensessels gehängt, las sie in einem neuen spannenden Krimi, den sie gerade gekauft hatte, und dazu gönnte sie sich einen Eiskaffee.

Mitten im Lesen schweiften Leahs Gedanken ab. Die Woche war bis zum Anschlag gefüllt gewesen mit Aufregung und Durcheinander. Anna hatte sich Hals über Kopf in Crowleys Freund Jake verliebt und Leah mit ihren Sorgen und Fragen dazu auf Trab gehalten. Beispielsweise hatte sie von ihr wissen wollen, was sie anziehen sollte, ob sie lieber warten sollte, dass er anrief oder selbst die Initiative ergreifen sollte, und ob es überhaupt schlau sei, einen Freund von Crowley zu daten …

Aber nach der Nummer, die Anna danach bei mir abgezogen hat, kann die Südstaatenschönheit froh sein, dass ich überhaupt noch mit ihr spreche, dachte Leah, und bei der Erinnerung an Annas Coup schnaubte sie leise.

„Ist das Buch so schlecht?", flüsterte Crowley, hob ihre Füße an und setzte sich neben sie.

„Nein. Ich habe nur gerade überlegt, ob ich Anna ihre süße kleine Nase abkneifen soll", sagte Leah, legte das Buch ab und schaute die unerwartete Gesellschaft an.

„Was hat sie denn jetzt schon wieder angestellt?"

„Sie hat genau das getan, was sie angedroht hatte, und sich gestern in meine Wohnung geschlichen und jedes Kleidungsstück mitgehen lassen, das sie finden konnte."

Crowley schmunzelte und tätschelte Leahs Füße, die jetzt locker auf seinem Schoß lagen. „Hat sie die Sachen denn wenigstens gegen neue ausgetauscht?"

„Ja, hat sie."

„Dann solltest du ihr die Nase nicht abkneifen."

„Nein? Also ich habe heute Morgen um halb fünf jedenfalls meine neue Garderobe durchwühlt, um irgendwas zu finden, was ich zur Arbeit anziehen kann. Am Ende habe ich dieses T-Shirt übergeworfen zu dieser Jeans und bin zur Arbeit gegangen." Dabei zeigte sie auf ein schokoladenbraun und türkis gemustertes T-Shirt.

Crowley begutachtete ihr Outfit und zuckte mit seinen breiten Schultern. „Was ist denn daran auszusetzen?"

„Deine Kumpels sind heute Morgen ja ohne dich zum Frühstück gekommen und hatten großen Spaß daran, darauf hinzuweisen, was auf dem Rücken des T-Shirts steht: *Once You Go Southern, You Ain't Gonna Want No Othern*[3]."

---

[3] Hast du einen aus dem Süden, willst du niemals einen woandersher.

Da lachte er so tief aus dem Bauch heraus, dass es im ganzen Buchladen zu hören war. „Ich wette, dass die Jungs ihren Spaß hatten. Schade, dass ich nicht dabei war. Die Aussage stimmt nämlich“, sagte er.

„Ich kann gar nicht glauben, dass du heute Morgen deinen Freunden gegenüber nicht wie sonst der gute Gastgeber warst“, sagte Leah mit gespielter Missbilligung im Ton, als sie sich wieder zu ihm umdrehte und ihn ansah.

„Ich hatte zu tun, Miss Leah“, erklärte er, nahm ihren Eiskaffee und trank einen Schluck davon. „Igitt, Lee. Du weißt doch, dass Nick am Tresen Zucker hat. Du brauchst nur danach zu fragen“, sagte er angeekelt und gab ihr mit gerümpfter Nase den ungesüßten Kaffee zurück.

Doch sie zuckte nur mit den Achseln, trank selbst einen Schluck und entgegnete: „Ich habe mich endlich daran gewöhnt, ihn ohne Zucker zu trinken.“

„Morgen ist für meine Jungs der letzte Abend vor ihrer Abreise, und sie haben gesagt, dass sie dich beim Abendessen bei mir zu Hause gerne dabeihätten.“

„Du meinst bei diesem Riesentopf Chili, den Sophie und ich heute angesetzt haben?“, fragte Leah, während sie ihre Sachen zusammensuchte.

„Ja genau. Hey, ich will dich hier wirklich nicht stören. Ich gehe sofort wieder, damit du in Ruhe deine Lektüre genießen kannst.“

Und damit stand Crowley auf und bedeutete ihr mit einer Geste, sich wieder hinzusetzen.

Doch Leah schlüpfte in ihre neuen Flipflops und entgegnete: „Nein, ich muss jetzt noch für einen Moment Anna ertragen. Das fleißige Bienchen hat nämlich bei ihrer Auswahl ein paar unbedingt notwendige Bekleidungsbedürfnisse komplett vergessen.“

„Aber du hast endlich ein Paar Flipflops, Lee. Ich bin beeindruckt.“

„Ja, für den Strand sind sie tatsächlich besser als meine Sneaker. Und ehrlich gesagt habe ich mich richtig in sie verliebt.“ Sie lächelte, und Crowley erwiderte das Lächeln mit einem braungebrannten Gesicht. Dabei fiel Leah auf, dass sein Haar von all den Aktivitäten im Freien der letzten Zeit noch ein bisschen stärker ausgebleicht war.

„Was hat Anna denn vergessen, dir zu besorgen?“, fragte Crowley.

„Äh … wie bezeichnen die Südstaatenfrauen es noch gleich …? *Unaussprechlichkeiten.*“

Crowley schnaubte leise und sagte: „Du hörst dich gerade an wie meine Oma“, woraufhin er ihr mit dem Finger in den Bauch pikste.

Sie winkte Nick noch kurz zu, als Crowley ihr die Tür aufhielt.

„Bis bald, ihr beiden“, rief Nick ihnen nach.

Crowley winkte ebenfalls, und als sie auf dem Gehweg vor dem Laden standen, sagte er zu Leah: „Du hast noch nichts zu meiner Einladung zum Essen morgen Abend gesagt.“

„Ach ja … zu dem Privileg, in Crowleys großartige Residenz eingeladen zu sein. Wie könnte ich denn eine solche Einladung ausschlagen?“, sagte Leah mit ihrem nachgemachten Südstaatenakzent.

Crowley lachte. „Toll. Na dann überlasse ich dich mal deiner Aufgabe, dir Unaussprechlichkeiten zu besorgen.“

*

Am nächsten Nachmittag fuhr Crowley etwa eine Stunde nach Ladenschluss beim Café vor, schloss die Eingangstür auf und sah Sophie und Leah in der Küche stehen, wo sie das Essen für ihn und seine Gäste fertig zubereiteten. Sie arbeiteten beide schweigend vor sich hin, als er in die Küche geschlendert kam. Als Erstes schob er sich einen der Maismuffins in den Mund, die Leah gerade in Transportdosen verpackte.

„Wow, Sophie, das sind die besten Muffins, die du je gebacken hast", bemerkte er angetan.

„Die hat sie gemacht", erklärte Sophie und deutete mit dem Kopf auf Leah.

Crowley schaute in Leahs Richtung und war überrascht, sie in einem knallpinkfarbenen T-Shirt zu sehen und in Jeans, die ihr nicht wie sonst um den Körper schlabberten, sondern richtig gut saßen. Ihre Haare trug sie offen, die hellblonden Locken wurden von einem Stirnband mit schwarz-weißem Muster aus dem Gesicht gehalten.

„Wow, gut siehst du aus, Lee."

„Danke", flüsterte sie. „Anna meint, ich könnte mir ja heute Abend einen von deinen Kumpels angeln, aber ich glaube, daraus wird nichts." Mit leicht zusammengekniffenen Augen blickte sie zu ihm hoch.

„Was ist denn los?", fragte er.

„Sie hat schon den ganzen Nachmittag Migräne", antwortete Sophie an Leahs Stelle und rührte in dem großen Topf mit Chili.

„Und warum hast du sie dann nicht nach Hause geschickt?", fragte Crowley in herrischem Ton. Dann trat er hinter Leah, massierte ihr behutsam den Nacken und arbeitete sich ganz langsam zu ihren Schläfen vor. Leah schloss den Deckel von der Dose mit den Muffins und legte ihren Kopf in seine Hand.

Da stemmte Sophie die Hände in die Hüften, sah ihn direkt an und antwortete: „Weil sie nicht gehen wollte, bevor wir das Essen für dich und deine Jungs fertig haben." Und an Leah gewandt fuhr sie fort: „So, aber jetzt ist alles fertig. Und jetzt kann Crowley sich *selbst* darum kümmern, dass er die Sachen irgendwie zu sich nach Hause bekommt."

„Okay", flüsterte Leah, lächelte Crowley und Sophie noch einmal matt an und ging hinauf in ihre Wohnung.

Als sie die Tür hinter sich geschlossen hatte, flüsterte Sophie: „Es waren heute zwei Ermittler hier, die ein Fahndungsfoto von einer Frau gezeigt haben. Leah ist den beiden aus dem Weg gegangen, als hätten sie die Pest, aber irgendwann konnte sie ihnen nicht mehr ausweichen und musste sich das Fahndungsfoto ansehen. Dabei hat sie ausgesehen, als würde sie jeden Moment in Ohnmacht fallen."

„Hast du denn die Frau auf dem Foto gesehen?", fragte Crowley mit verschränkten Armen.

„Ja, es war irgendeine Frau, die ich noch nie zuvor gesehen habe."

„Und hattest du den Eindruck, dass Leah sie erkannt hat?"

„Nein, aber ich hatte den Eindruck, dass sie darüber sehr erleichtert war", berichtete Sophie und holte die Erdbeertörtchen für Crowley aus dem Kühlschrank. „Kurz nachdem die Ermittler wieder gegangen waren, hat sie angefangen, sich den Nacken zu massieren, und man konnte förmlich zuschauen, wie sie Kopfschmerzen bekommen hat."

Crowley stieß sich jetzt vom Tresen ab, nahm den großen Topf mit Chili und ging damit zum Ausgang. „Glaubst du, dass sie uns jemals erzählen wird, was ihr passiert ist?"

„Ja, das glaube ich, aber erst, wenn sie so weit ist. Ich glaube nicht, dass sie diese Last unendlich lange weiter mit sich herumschleppen kann", antwortete Sophie und trug Crowley die Törtchen hinterher.

Nachdem er alles verstaut hatte, ging er noch einmal nach oben, um nach Leah zu sehen. Er klopfte leise an ihre Wohnungstür, bekam aber keine Antwort. Er versuchte es nicht noch einmal und wartete auch nicht lange, denn er ging davon aus, dass sie sich hingelegt hatte. Also ging er unverrichteter Dinge wieder.

Der Abend bei ihm zu Hause verlief dann laut und ausgelassen, und alle hatten jede Menge Spaß. Crowley spielte seine Rolle als lustiger Gastgeber, der gerne Spaß hatte, aber zwischendurch schlich er sich immer wieder hinaus auf seine Veranda, um nachzuschauen, ob in Leahs Wohnung Licht brannte. Das war zu keinem Zeitpunkt der Fall, und gegen neun Uhr gab er schließlich auf und fand sich damit ab, dass sie nicht mehr kommen würde.

*

Am nächsten Nachmittag machte sich Leah auf den Weg zu einer ausgedehnten Joggingtour. Nach dem Vorfall am Vortag fiel es ihr an diesem Tag besonders schwer, ihre nagende Angst abzuschütteln. Sie glaubte langsam, dass Gott ihr Hinweise gab, endlich reinen Tisch zu machen, was die Sache mit Brent anging.

Nach ihrer Runde setzte sie sich am Fluss auf eine Parkbank, um wieder zu Atem zu kommen. Sie fuhr mit der Zunge über die Narbe auf ihrer Lippe und fragte sich, wie schwierig es wohl werden würde zu beweisen, dass der Schlag mit der Vase Notwehr gewesen war. Jetzt wünschte sie sich verzweifelt, sie hätte auf die Ärztin in Nebraska gehört und ihre Verletzungen dokumentieren lassen. Das hätte sie bestimmt entlastet. Doch sie war ziemlich sicher, dass es dafür inzwischen zu spät war. Immerhin kannte sie einen wirklich guten Anwalt, der ihr bestimmt ihre Fragen beantworten und ihr weiterhelfen würde, wenn sie den Mut aufbrachte, ihn darum zu bitten.

„Ich hab schon gedacht, dass du auf die große Joggingrunde gegangen bist und gar nicht mehr zurückkommst", hörte sie Crowley sagen, als er auf sie zukam.

Sie schüttelte den Kopf und dachte, dass der Mann so eine Art hatte, ständig unerwartet irgendwo aufzutauchen.

„Ich habe gerade eben an dich gedacht, Crow", sagte sie und wischte sich mit dem Kragen ihres Shirts den Schweiß aus dem Gesicht. Die Locken, die sich aus ihrem Zopf gelöst hatten, klebten an ihrem feuchten Hals, den sie ebenfalls trocken zu reiben versuchte.

Crowley setzte sich neben sie und bot ihr etwas zu trinken an. „Ich hoffe, es waren gute Gedanken."

Nachdem sie einen großen Schluck von dem kalten Sportgetränk getrunken hatte, hielt sie die Flasche ein wenig hoch und sagte: „Danke. Sind deine Gäste gut weggekommen?"

„Ja, aber alle waren enttäuscht, dass du gestern Abend nicht dabei sein konntest", erklärte er und schraubte den Deckel von seiner Flasche ab.

„Ich auch. Ich finde es wirklich schade, dass ich es verpasst habe. Wie war es denn?"

„*Schrecklich*", murmelte er. „Anna und ihre Boutique-Mädels konnten dich nicht ersetzen."

Leah schnaubte. „*Also bitte.* Die Frauen sind doch wandelnde Models. Ich wette, ihr seid bestens zurechtgekommen."

Da stupste Crowley sie mit dem Ellenbogen an und sagte: „Ich glaube, Greg war besonders enttäuscht, dass du nicht mehr gekommen bist, und war deshalb den ganzen Abend nicht besonders gut drauf."

„Ich bin sicher, die Boutique-Schönheiten waren eine gute Ablenkung", entgegnete Leah darauf nur lachend.

„Der Typ steht wirklich auf dich, Lee. Er hat den ganzen Abend immer wieder nach draußen geschaut und gehofft, dass oben bei dir das Licht angeht und es dir gut genug geht, um doch noch zu kommen und den Abend mit ihm zu verbringen."

„*Bitte,* Crow", sagte Leah, schüttelte den Kopf und schaute hinaus auf das dunkle Wasser des Flusses, das träge dahinfloss. Die Sonne begann schon langsam wieder zu sinken.

„Wenn du möchtest, kann ich dir gerne seine Nummer geben", bot Crowley an.

„Nein danke", antwortete Leah darauf nur, beugte sich nach vorne und schnürte sich die Laufschuhe auf."

„Warum denn nicht?"

Leah fragte sich, warum er so neugierig war, entschied sich aber, nicht weiter darauf einzugehen. Stattdessen zog sie ihre Schuhe aus und stopfte die feuchten Socken hinein, bevor sie dann ihre Laufhose bis über die Knie hochkrempelte. Leah musste zugeben, dass Anna ihr genau die richtigen Sportsachen ausgesucht hatte. Es gefiel ihr, wie das eng anliegende Material jede Bewegung mitmachte und nirgends einschnitt.

„Für den Fall, dass du es noch nicht bemerkt haben solltest, Crow, mit Dating habe ich nichts am Hut", erklärte sie, stand von der Bank auf und ging hinunter ans Wasser.

Crowley streifte seine Flipflops ab, folgte ihr ans Ufer und sagte: „Aber das stimmt doch gar nicht."

„Wie kommst du denn darauf?", fragte Leah, die bis zu den Knöcheln im erfrischenden Wasser stand.

„Na, wir beide haben doch für nächste Woche ein Date vereinbart", erklärte er und spritzte sie übermütig mit dem Fuß nass.

Sie blinzelte ihn an. „Ich weiß wirklich nicht, wovon du redest."

„Doch, das weißt du genau. Ich rede von unserer Angeltour." Er legte den Kopf schief und sah aus unerfindlichem Grund irgendwie selbstgefällig aus.

„Eine Angeltour ist kein Date, Crow", entgegnete Leah, machte im Wasser ein paar Schritte und blieb dann stehen. „Wann wollten wir denn eigentlich los?"

„Nächsten Sonntag", antwortete er gedehnt und musterte sie dabei aufmerksam.

Leah stellte sich jetzt so hin, dass sie möglichst weit von ihm entfernt war, und schaute aufs Wasser hinaus, ohne zu antworten. Sie wusste, was am nächsten Sonntag war, aber er konnte es unmöglich wissen. Zumindest glaubte sie das …

„Was ist los, Lee? Passt dir der Tag nicht oder hast du schon ein anderes Date geplant?", fragte er sie provozierend, schob die Hände in die Taschen und beobachtete sie ganz genau.

„Es würde Sophie bestimmt nicht gefallen, wenn wir die Kirche schwänzen und stattdessen angeln gehen", murmelte sie als Entschuldigung, ohne seinen prüfenden Blick zu erwidern.

„Das mit Sophie überlass mal ruhig mir. Es ist schließlich ihre Schuld, dass du außer dem Sonntag keinen freien Tag hast", sagte er und ging jetzt langsam schlendernd vor ihr her am Ufer entlang.

„Dass ich nur einen freien Tag in der Woche habe, ist mein eigener Wunsch. Sophie hat mir mehr freie Tage angeboten, also bedränge sie bitte nicht."

Da hob Crowley beschwichtigend die Hände. „Ist ja schon gut."

Leah drehte sich rasch um und bespritzte ihn mit Wasser, merkte aber erst zu spät, dass sie auch Matsch mit aufgewirbelt hatte. „Ups", sagte sie mit weit aufgerissenen Augen und hob die Hände. „Das wollte ich nicht."

Aber dann gab sie den Versuch, ernst zu bleiben, auf und lachte, als sie die Schlammspritzer in seinem Gesicht sah.

Crowley stand völlig reglos da, die Hände in seine schmalen Hüften gestemmt, als ob er überlegte, wie er jetzt reagieren sollte. Zu spät begriff Leah, dass er schon die ganze Zeit dabei war, mit seinen Zehen Schlamm aufzuwühlen.

„Das habe ich wirklich nicht mit Absicht getan!", gelobte Leah und rannte los, aber die Entschuldigung kam zu spät, denn schon traf der Schlamm sie klatschend von den Waden bis hoch an den Hinterkopf. Sie blieb stehen, wühlte noch einmal mit den Zehen im Morast und bespritzte Crowley von der Seite, weil er es nicht mehr rechtzeitig schaffte, sich in Sicherheit zu bringen.

„So, jetzt kannst du aber was erleben, Lee", sagte Crowley – für Leahs Geschmack allerdings viel zu ruhig.

Doch sie wartete nicht auf seine Vergeltung, sondern gab an diesem Punkt die Zehenmethode auf, griff mit beiden Händen in den Schlamm und warf eine Ladung auf seine Körpermitte. Darauf reagierte Crowley mit einer schleimigen Handvoll gegen ihren Oberkörper. Er traf perfekt, und der Matsch rutschte an ihrem ärmellosen Top herunter, während sie kreischte und kicherte. Am Ende waren sie beide von Kopf bis Fuß voller Schlamm.

Crowley hatte gerade nach einer weiteren Handvoll gegriffen und wollte werfen, als er mitten im Wurf erstarrte.

„Nicht bewegen, Lee."

Aber sie ignorierte ihn und holte aus, um eine weitere Matschbombe zu werfen.

Da ließ Crowley seinen Matsch fallen, hob die Hände, wie um sich zu ergeben, und sagte sehr ernst und mit Nachdruck: „Ich. Sage. Hör. Auf."

Sein strenger Blick und der scharfe Ton bewirkten, dass Leah irritiert tat, was er sagte, und bevor sie wusste, wie ihr geschah, hatte Crowley sie sich über die Schulter geworfen und brachte sie ans Ufer.

Er stellte Leah wieder auf ihre Füße, schnappte sich rasch einen dicken abgebrochenen Ast, rannte zurück zum Flussufer und fing an, so fest er konnte, damit aufs Wasser zu schlagen. Leah war verblüfft, wie viel Kraft der Mann hatte. Crowley schlug so fest zu, dass der Ast zerbrach und er sich einen neuen holen musste, um seine Sache zu Ende zu bringen.

Sie war völlig geschockt, als er mit immer noch ernster Miene schließlich eine 1,5 Meter lange Wassermokassinotter aus dem Wasser zog und das Ungeheuer schlaff in seiner starken Faust hing. Die Schlange fest im Griff, kam Crowley wieder die Uferböschung hinauf, und das war das Letzte, woran sich Leah erinnerte.

„Leah?“

Sie riss die Augen auf und sah Crowley neben sich hocken. Als er keine Antwort bekam, rüttelte er sie etwas an den Schultern.

„Hey, alles in Ordnung? Sie hat dich doch nicht gebissen, oder?“, fragte Crowley besorgt und strich ihr dabei mit den Händen über die Beine, um sie auf Bisswunden zu untersuchen.

„Es geht mir gut … sie war neben mir … im Wasser … oder?“, fragte Leah, obwohl sie trotz ihres benebelten Zustands die Antwort eigentlich schon kannte.

Crowley half ihr, sich aufzusetzen. „Ja. Und vielleicht hörst du nächstes Mal ein bisschen schneller auf mich.“

„War die giftig?“, fragte Leah, beugte sich vor und stützte sich mit den Unterarmen auf den schlammigen Knien ab.

„Ja, ziemlich giftig sogar, aber nicht tödlich“, antwortete er und tätschelte ihr den Rücken. „Meinst du, du kannst aufstehen?“

„Klar.“ Ganz langsam stand sie mit seiner Hilfe auf.

„Komm, lass uns gehen und unsere Beine sauber machen“, schlug er vor und legte ihr den Arm um die Schultern, um sie zu stützen.

„Ich hoffe wirklich, dass das gerade niemand gesehen hat“, sagte sie und erlaubte Crowley, sie mit auf die Rückseite seines Hauses zu nehmen. Auf dem Weg dorthin versuchte sie, sich ein bisschen zu sortieren, denn sie war völlig durcheinander.

„Du bist tatsächlich *in Ohnmacht gefallen*", sagte er und kitzelte sie ein bisschen in der Seite. „Du Weichei."

Leah schlug ihm im Gegenzug mit dem Handrücken gegen den Bauch. Auf dem Weg zum Gartenschlauch ließ er sie los, drehte dann das Wasser voll auf und bespritzte sie.

„Ladys first", verkündete er, während sie spitze Schreie ausstieß und unter der kalten Wasserdusche hin und her sprang.

„Du machst nichts als Ärger, Crow", zeterte Leah, riss ihm den Schlauch aus der Hand, spritzte ihm damit ins Gesicht und richtete den Wasserstrahl dann wieder auf sich selbst. Sie zog das Top etwas von ihrem Körper weg und hielt den Wasserstrahl darunter, um den klebrigen Schlamm herauszuwaschen.

„Ich kann dir gerne dabei helfen", bot ihr ein verschlammter Crowley grinsend an und streckte seine Hand nach dem Schlauch aus, aber Leah schüttelte den Kopf und antwortete: „Wage es nicht, sonst hast du ein Problem", und weigerte sich, ihm den Schlauch zu geben, sondern richtete ihn stattdessen auf ihren Hosenbund. Nach einer Weile gab sie ihm dann den Schlauch zurück.

„So, ich glaube, besser geht's erst mal nicht."

Crowley richtete den Schlauch jetzt auf sich selbst und versuchte ziemlich erfolglos, sich den Schlamm abzuwaschen. Schließlich gab er es auf und räumte den Schlauch wieder weg.

Weil sie wusste, dass die einzige Lösung eine heiße Dusche war, ließ Leah ihn bei seinem Haus zurück und ging noch einmal zu der Bank am Fluss, um ihre Schuhe zu holen.

„Was? Kein ‚Danke für den Spaß' oder ‚Danke, dass du mir das Leben gerettet hast'?"

„Danke für den Spaß. Danke, dass du mir das Leben gerettet hast, bla, bla, bla", sagte sie daraufhin nur. Und als er auf sie zugeschlendert kam, drehte sie sich um, nahm seine Flipflops und warf damit nach ihm.

Doch Crowley fing sie mühelos auf und lief hinter ihr her, aber Leah ging einfach weiter.

„Lässt du mich etwa einfach hier sitzen?“, rief er hinter ihr her.

Da lachte Leah und rief zurück: „Hör mal, Kumpel, ich habe Schlamm an Stellen, an die kein Schlamm gehört“, überquerte die Straße, winkte ihm noch einmal zu und rief: „Bis später dann.“

Leah betrat das Haus durch die Hintertür und rannte die Treppe hinauf zu ihrer Wohnung, wo sie auf direktem Weg ins Bad ging und die Dusche aufdrehte. Dann zog sie sich aus und sprang unter die Dusche, bevor das Wasser richtig warm war. Während sie den Schlamm abwusch, bewirkte der Gedanke, dass sie gerade eben tatsächlich mit einem erwachsenen Mann im Schlamm herumgetobt hatte, dass sie unkontrolliert zu kichern begann.

Als sie wieder sauber war, ging Leah in ihr Schlafzimmer, um sich dort Unterwäsche zu holen, und als sie sich gerade ein Shirt über den Kopf zog, klopfte es an ihrer Wohnungstür. Hastig zog sie sich eine Hose an und rannte grinsend zur Tür, aber als sie sie öffnete, musste sie ihre Blickrichtung nach unten korrigieren.

„Wer bist denn du? Die Aerobic-Barbie?“, fragte sie Anna, die in einem pinkfarbenen, mit Glitzersteinen besetzten Tanktop und einer passenden Yogahose vor der Tür stand.

Die warf neckisch ihren Pferdeschwanz über die Schulter nach hinten und antwortete: „Also wirklich! Meine Beine werden nie so lang sein, dass ich eine Barbie sein könnte. Du dagegen hättest da auf jeden Fall Potenzial.“ Dabei schaute sie auf Leahs lange Beine.

„Was soll's“, sagte Leah und schaute erst auf ihre kleine Freundin und dann weiter die Treppe hinunter.

„Was ist denn? Wartest du auf noch jemanden?“, fragte Anna und zog ihre perfekt gezupften Augenbrauen hoch.

„Nein, es gibt nur ein paar wenige Personen, die hier zu meiner Wohnung heraufkommen, und ich wusste nicht, dass du auch dazugehörst."

„Lass mich herein", sagte Anna und hob ihre beladenen Arme. „Ich habe Pizza und Limo dabei."

„Ach so. Entschuldige bitte", entgegnete Leah, trat beiseite und bedeutete Anna mit einer Geste hereinzukommen.

Diese ging direkt zu dem kleinen Esstisch und fing an, das Essen darauf abzuladen. „Sophie hat mir für Notfälle einen Schlüssel gegeben."

„Ist das hier denn ein Notfall?", fragte Leah und zeigte auf die Pizza und die Limo.

„Ja, ist es. Jake ist nach Hause abgereist, und jetzt fühle ich mich einsam", antwortete Anna schmollend.

Leah ging ein paar Schritte in Richtung Küche, um Teller und Servietten zu holen, und bemerkte: „Also, dass du es tatsächlich wagst, solch verbotene Schmuggelware in Sophies Haus zu holen."

„Die Pizza ist von Sophie genehmigt, denn sie hat einen superdünnen Boden und ist ausschließlich mit Gemüse und mit ganz wenig Käse belegt. Und die Soße ist sogar bio", rechtfertigte sich Anna, als sie ein Stück Pizza auf jeden Teller legte.

„Egal, du nimmst auf jeden Fall den ganzen Müll wieder mit nach Hause", sagte Leah – schon mit einem Mund voller Pizza.

„Meinetwegen", sagte Anna darauf nur achselzuckend und machte sich ebenfalls über das Essen her.

„Danke übrigens für das Mittagessen", sagte Leah und lächelte.

„Gern geschehen, mein Schatz", antwortete Anna und lächelte zurück.

Für eine Weile genossen sie dann schweigend einfach ihre Pizza, bis Anna fragte: „Was ist denn das da für ein Haufen völlig verdreckter Klamotten?“ Dabei zeigte sie auf die schlammigen Sachen neben der Tür zum Bad.

Leah legte ihnen jeweils ein weiteres Stück Pizza auf den Teller und antwortete: „Crowley hat mich vorhin unten am Fluss gesehen und sich gedacht, dass es vielleicht Spaß machen könnte, eine Schlammschlacht mit mir zu veranstalten“, sagte sie und versuchte, verärgert zu klingen.

„Dieser Mistkerl“, zischte Anna zwischen zwei Bissen.

Leah nickte kauend, wechselte das Thema und fragte: „Wann kommt Jake denn wieder?“

„Nächsten Donnerstag. Er und Crowley überlegen, dass er vielleicht mit seinem Büro ganz hierher umzieht. Er kümmert sich sowieso hauptsächlich um Crowleys Finanzen, sodass das für uns alle viel praktischer wäre.“

Sie aß den letzten Bissen von ihrer Pizza und fragte dann: „Und, was hältst du von Jake?“

„Du liebe Güte, Anna, er ist einfach ein Traum.“

„Und was hältst du von uns als Paar?“

„Du bist traumhaft, er ist traumhaft – ich glaube, ihr passt perfekt zusammen.“

„Das finde ich auch“, sagte Anna, schob Leah eine Limobüchse hin, öffnete für sich selbst auch eine, spülte mit der eiskalten Limo ihre Pizza hinunter und stieß dann einen richtigen Männer-Rülpser aus.

„Bäh, wie ekelig“, lachte Leah und rülpste dann selbst, was bei ihnen beiden einen richtigen Lachflash auslöste. Nachdem sie sich wieder beruhigt hatten, gingen sie ins Wohnzimmer und streckten sich auf dem bequemen Sofa aus.

„Wir haben dich vermisst gestern Abend“, sagte Anna und lehnte sich auf dem Sofa zurück.

„Ach ja?“

„Ja. Nachdem du mich angerufen hattest, um mir zu sagen, dass du nicht kommst, habe ich zwei Freundinnen mitgenommen, damit ich nicht die einzige Frau in all dem Testosteron war."

„Ach, komm schon, *das* hätte dir doch sicher nichts ausgemacht. Und hat eine von deinen Freundinnen in Sachen Liebe etwas Passendes gefunden?", fragte Leah, während sie auf der Suche nach einem Spielfilm die Fernsehprogramme durchsuchte.

„Marla hat eigentlich mit allen geflirtet", antwortete Anna und schüttelte missbilligend den Kopf. „Aber meine Freundin Jenny hat sich richtig gut mit Greg verstanden."

Leah hörte auf, am Fernseher herumzuschalten, sah Anna an und fragte: „Wirklich?"

„Ja. Warum fragst du?"

„Weil Crowley mich heute damit aufgezogen hat, dass Greg angeblich auf mich steht, aber ich glaube, er wollte mich nur ein bisschen hochnehmen", erklärte Leah achselzuckend.

„*Also wirklich* … Crowley war doch gestern gar nicht lange genug mit uns anderen zusammen, um irgendetwas von dem mitzubekommen, was gelaufen ist. Er war doch ständig draußen auf der Veranda vor dem Haus", erklärte Anna kopfschüttelnd und beobachtete Leah dabei aufmerksam.

Doch Leah zuckte nur mit den Achseln und fing wieder an, durch die verschiedenen Programme zu zappen.

„Vielleicht hatte er ja Blähungen von dem scharfen Chili", spekulierte sie, und bei der Vorstellung mussten sie beide wieder lachen. Irgendwo fand Leah dann einen Mädelsfilm, und die beiden ließen sich nieder, um ihn sich anzuschauen.

Zwei Stunden später sammelten sie dann den Pizzamüll zusammen, damit Anna ihn wieder mitnehmen konnte. An der Tür drehte sie sich dann noch einmal um und sagte: „Lass uns doch morgen eine Radtour machen, ja?"

„Okay. Ich lasse mich von dir als Ablenkung einspannen, damit du nicht die ganze Zeit an *Jake* denken musst."

Leah willigte aber nur ein in dem Wissen, dass sie auch selbst ein bisschen Ablenkung von Gedanken an bestimmte Dinge und eine bestimmte Person gut gebrauchen konnte.

18

Bist du sicher, dass wir das Gelände überhaupt betreten dürfen?“, fragte Leah, als Crowley ihr Fahrrad hinten auf den Truck lud. Sie konnte gar nicht glauben, wie lässig er mit dem unerlaubten Betreten eines fremden Anwesens umging, besonders, da er ja Anwalt war.

„Ganz sicher. Ich gehe da immer angeln“, erklärte er.

Nachdem er ihr Fahrrad verladen hatte, schaute Crowley ihr schwarzes T-Shirt und die schwarze Caprihose an und sagte: „Schwarz ist nicht unbedingt eine geeignete Farbe für eine Angeltour.“

Leah musterte daraufhin ihr Outfit. So früh im ersten Morgengrauen war sie noch nicht wach genug, um sich viele Gedanken über ihre Garderobe zu machen. „Welche Farbe passt denn dann?“

„Hellere Farben, die die Sonne und die Hitze besser reflektieren“, antwortete er. Also ging sie noch einmal zurück in ihre Wohnung, um sich umzuziehen.

Bereits fünf Minuten später öffnete sie die Beifahrertür, sodass Crowley richtig erschrak. „Wow, das ging aber schnell.“ Er nickte zustimmend hinsichtlich ihrer Wahl, ein hellblaues T-Shirt mit einer braunen Cargo-Shorts.

Sie hatte die weiten, schon ziemlich abgetragenen Shorts vergangene Woche in einem Secondhandladen gekauft, eigentlich als Scherz für Crowley und um Anna zu ärgern. Doch als sie ihn jetzt ansah, hatte sie das Gefühl, dass ihr der Scherz gerade auf die Füße fiel, weil er fast das gleiche Outfit trug wie sie.

Warum ist mir das denn nicht früher aufgefallen?

„Sehr lustig, Lee", sagte Crowley kopfschüttelnd und fuhr los. „Angelzwillinge."

Aber sie winkte nur ab und wechselte das Thema. „Bist du wirklich sicher, dass wir keinen Ärger bekommen, wenn wir einfach ein fremdes Anwesen betreten?", fragte sie.

„Ja, ganz sicher."

„Na gut", bemerkte sie und lächelte. „Schon seitdem ich mit dem Joggen angefangen habe, wünsche ich mir, einmal einen Blick hinter diesen hohen Zaun werfen zu können."

Als sie ein paar Minuten später bei dem riesigen schmiedeeisernen Tor ankamen, drückte Crowley auf eine Fernbedienung, die hinter der Sonnenblende seines Trucks steckte. Ein gewaltiger Torbogen aus Feldsteinen, in den das schmiedeeiserne Tor eingelassen war, gab darüber Auskunft, dass sie dabei waren, die *Big Oaks Plantage* zu betreten.

Als das Tor sich öffnete, sah Crowley Leah an und sagte: „Nicht das Atmen vergessen, Lee. Ich möchte nicht, dass du schon wieder in Ohnmacht fällst."

Dann bog er mit seinem Truck auf die Zufahrt zum Haus.

Leah blieb vor Ehrfurcht die Luft weg, als der Truck unter den gewaltigen Eichen entlangfuhr, die an beiden Seiten der Zufahrt standen. Solche Bäume hatte sie noch nie gesehen. Von den Ästen, die eine Spannweite hatten, als wollten sie die Bäume auf der gegenüberliegenden Seite der Zufahrt berühren, hing silbriges Louisianamoos, und es war, als wären sie das Begrüßungskomitee, das die Gäste in Richtung des riesigen weißen Haupthauses der Plantage winkte.

Das dreigeschossige Herrenhaus hatte eine breite umlaufende Veranda, die mit ihren einladenden schweren Schaukelstühlen, zwei Verandaschaukeln und gepolsterten Korbstühlen, die um kleine Tische herum gruppiert waren, die Gäste zum Verweilen einlud. Große schwarze Fensterläden sowie ein schimmerndes Blechdach hoben den Südstaatencharme des Hauses noch hervor.

Als Crowley seinen Truck jetzt hinter das Haus lenkte, stupste er Leah an. „Ich habe gesagt, dass du atmen sollst, Lee."

Sie tat, was er sagte, und holte ein paarmal tief Luft.

„Das ist ja absolut atemberaubend. Bist du schon mal in dem Haus gewesen?", fragte Leah fasziniert. Diese Plantage war wie ein Bild direkt aus der Fernsehserie *Fackeln im Sturm.*

Crowleys Stimme klang ein bisschen seltsam, als er antwortete: „Ja, ich durfte schon ein paarmal hinein."

Das Plantagenhaus schien unbewohnt, aber sehr gepflegt. „Wohnen die Eigentümer hier?"

„Nein, *der* Eigentümer lebt nicht hier", antwortete Crowley und fuhr an der Rückseite des Hauses entlang.

„Aber warum denn um Himmels willen nicht?" Leah fand, dass es eine Schande war, ein so schönes Haus leer stehen zu lassen.

Sie ließ ihren Blick über die Rückseite des Hauses schweifen und sah, dass es auch hinten eine extravagante Veranda hatte, die einen großen Swimmingpool und einen Whirlpool überragte.

Crowley parkte den Wagen neben einer Doppelgarage und schaute dann hinüber zu dem Haus.

„Zu groß", sagte er nur und stieg aus. „Ich muss mir nur noch schnell den Angelkasten holen."

„Okay", sagte Leah und genoss den Blick auf den majestätischen Fluss, der hinten am Grundstück entlangfloss. Zwischen dem Haus und dem Fluss lag eine etwa 800 Meter lange Wiese, und direkt am Ufer stand eine große Hütte. Das eingeschossige Gebäude war zum Teil von dünnen Birken beschattet, und ein breiter Steg ragte wie eine Art Terrasse auf den Fluss hinaus, der hier viel breiter war als vor *Sophies Café.* An dem Steg lag ein Boot, und Leah wusste sofort, dass es Crowley gehörte, denn es war genauso lackiert wie sein Truck.

Crowley stieg jetzt wieder ins Auto ein und fuhr weiter ans Wasser.

„Aber wieso hat jemand ein so riesiges Anwesen, wenn er es eigentlich gar nicht haben will", überlegte sie laut. „Wie nett vom Eigentümer, dass er dir erlaubt, dein Boot hier liegen zu lassen", sagte sie und zeigte auf das auffällige Boot.

„Woher weißt du denn, dass das meins ist?", fragte er und stellte den Wagen bei der Hütte ab.

„Die Farbe", sagte sie mit hochgezogenen Augenbrauen und brachte ihn dadurch zum Schmunzeln.

Crowley nahm einen kakifarbenen Anglerhut aus dem Handschuhfach und setzte ihn Leah auf den Kopf. Und bevor sie ausstiegen, reichte er ihr dann noch eine Tube mit Sunblocker. Sich selbst setzte er eine alte, abgewetzte Baseballmütze auf, die er in der Gesäßtasche hatte, und zog sie sich so tief in die Stirn, dass seine meerblauen Augen fast nicht mehr zu sehen waren. Dann ging er los zum Steg.

Leah verrieb etwas Sunblocker auf ihren Armen und dem Hals, und während sie sich eincremte, schaute sie zu, wie er das Boot vom Steg losband. Das geschah so schnell und geschickt, dass er darin Übung haben musste. Es bestand kein Zweifel, dass Crowley Mason Ahnung hatte von allem, was mit Angeln zu tun hatte.

Nachdem Leah ihre Tasche und die Angelbox zusammengesucht hatte, ging sie den kleinen abschüssigen Weg hinunter, betrat den Steg und fragte ihn: „Was soll ich denn mit meinem Zeug machen?"

„Stell es erst mal auf dem Steg ab, bis wir alles heruntergeschleppt haben, was wir brauchen", wies Crowley sie an und ging dann noch einmal vor Leah her zum Truck, von dem sie jetzt noch die Angeln und eine Kühltasche abluden.

„Was ist denn in der Kühltasche?", fragte Leah, als sie die Sachen ebenfalls zum Steg brachten.

„Das ist eine Überraschung zum Mittagessen", antwortete er geheimnisvoll, stellte die Kühltasche ab und reichte Leah eine der Angeln. „So, und jetzt noch eine kurze Einweisung."

Crowley führte Leah bis ans Ende des Stegs, wo er ihr die einfache Mechanik einer Angel erklärte. Er zeigte ihr, wie sie die Angel auswerfen, den Bügel der Rolle zurückhalten und wann sie ihn wieder umklappen musste. Er erklärte ihr, wie sie das Handgelenk abknicken konnte, um den Haken mit dem Schwimmer auszuwerfen, und Leah fand, dass es einfacher aussah, als es war. Und zu guter Letzt zeigte er ihr, wie sie es vermied, versehentlich sich selbst oder ihn an den Haken zu bekommen.

Ein paarmal demonstrierte er ihr, wie man die Angel auswarf, und schaute dann zu, wie sie es übte, damit sie ein Gefühl für die Angel bekam. Er ließ sich Zeit bei der Einführung und beantwortete alle ihre Fragen. Irgendwann erklärte Leah dann, dass sie nun bereit sei, also gingen sie beide zum Boot, wo Crowley die Angeln an Bord verstaute und ihr dann die Hand hinhielt, damit sie einsteigen konnte.

„Ich bin beeindruckt, Crow", sagte Leah, als sie sich neben ihn setzte, sich umschaute und den dunkelgrauen Innenraum und die Polster in einem etwas helleren Grau betrachtete. Das Boot war ziemlich geräumig. Hinter ihrer Sitzreihe gab es noch eine weitere Reihe und einige Plätze vorne im Boot.

„Ich bin noch nie auf einem Boot gewesen“, sagte sie.

„Noch nie?“, fragte er ungläubig nach.

„Nein, nie.“

Crowley sah sie nachdenklich an und fragte dann: „Kannst du denn schwimmen?“

„Ja.“

„Na, dann ist ja alles gut“, versicherte ihr Crowley. Als er den Anlasser betätigte, sprang der Motor gurgelnd an, und dann lenkte er das Boot immer weiter weg von der Stadt.

Leah lehnte sich zurück und genoss die neue Erfahrung, während Crowley ein ganzes Stück flussabwärts fuhr. Der Fluss war an diesem Tag sehr belebt, weil zahlreiche Sonntagsausflügler unterwegs waren. Unterschiedlichste Vögel saßen auf überhängenden Ästen und warteten wachsam auf ihr Frühstück. Schnappschildkröten saßen ordentlich aufgereiht auf Treibgut, um schon mal einen Vorsprung beim Sonnenbaden zu haben.

Schlangen konnte Leah nirgends entdecken, aber sie wusste jetzt, dass es auch die im Fluss gab. Die Erinnerung an den Schlangenzwischenfall letzte Woche blitzte noch einmal vor ihrem inneren Auge auf und jagte ihr einen Schauer über den Rücken.

Direkt unter der Wasseroberfläche war jetzt ganz kurz ein ziemlich großer Barsch zu sehen. Leah berührte Crowley am Arm, um ihn darauf aufmerksam zu machen, und er beugte sich vor, damit er sie verstehen konnte. Sie zeigte hinter das Boot in die Richtung, in der sie den Fisch gesehen hatte.

„Da war ein richtig großer!“, schrie sie und versuchte, sich trotz des Motorengeräusches des Bootes verständlich zu machen.

„Ein großer was?“

Sie verdrehte die Augen und antwortete: „Fisch.“

„Wo der hergekommen ist, gibt es noch jede Menge mehr“, sagte er dazu nur und setzte den Weg flussabwärts fort.

Minuten später beugte sich Leah zu ihm hin und fragte gespielt weinerlich: „Wann sind wir denn endlich da?“

Crowley reagierte darauf mit seinem typischen Grinsen. „Gleich. Und jetzt setz dich hin und genieße die Aussicht.“

Leah tat, was er gesagt hatte, und versuchte, nicht zu ihm hinzuschauen. Schließlich zog die Vielfalt an Pflanzen und Tieren um sie her ihre gesamte Aufmerksamkeit auf sich. Sie wünschte sich, sie hätte eine Kamera dabeigehabt, um die atemberaubende Flusslandschaft festzuhalten.

Crowley bremste das Boot, bis es stehen blieb, zeigte hinüber zum Flussufer und flüsterte: „Guck mal da.“

Beim Anblick eines riesigen Alligators, der reglos am Ufer lag und sich sonnte, schnappte Leah nach Luft. Sie schaute genau hin, ob sich das Urtier regte und fragte: „Ist der echt?“

„Oh ja. Die Viecher können sehr lange still halten. Ich bin schon mal mit dem Boot an mehreren Exemplaren vorbeigefahren, und als ich dann einige Stunden später wieder zurückkam, lagen sie immer noch genauso am selben Fleck“, erklärte Crowley.

„Der Fluss ist wie ein Zoo ohne Zäune und Gräben.“

„Ja, das kann man wohl sagen“, stimmte Crowley zu.

Er fuhr noch einmal etwa zehn Minuten weiter flussabwärts, stellte dann erneut den Motor ab und warf den Anker aus. Anschließend sah er Leah an und sagte mit einer ausladenden Geste: „Willkommen an meiner Lieblingsangelstelle.“

Anschließend rutschte er auf die hinterste Sitzreihe und begann dort, die Angelhaken mit Ködern zu bestücken.

Als letztlich alle Angeln bereit waren, gab Crowley eine an Leah weiter. Seine eigenen Angeln warf er hinten rechts vom Boot aus und wies Leah an, ihre nach links zu werfen und dabei auf ihrem Platz zu bleiben. Auf diese Weise würden sich ihre Angelschnüre nicht miteinander verheddern.

Zehn lange Minuten saßen sie mucksmäuschenstill da. „Ich glaube, hier sind keine Fische", sagte Leah, nahm ihren Anglerhut ab, um sich den Schweiß vom Gesicht zu wischen, und setzte den Hut dann wieder auf.

Crowley schaute weiterhin konzentriert aufs Wasser. „Geduld, Lee. Zum Angeln braucht man Geduld", flüsterte er und konzentrierte sich die ganze Zeit auf seine Angel. Plötzlich machte er einen ganz leichten Schlenzer mit dem Handgelenk, fing an, seine Angelschnur wieder aufzuspulen, und am Ende hing ein ziemlich ordentlicher Barsch am Haken. Er stieß keinen Jubelruf aus, wie Leah es eigentlich erwartet hatte, sondern grinste nur.

„Der ist ja riesig", sagte sie und legte ihre Angel ab, um sich den Fang genauer anzuschauen, während Crowley dem Fisch den Haken aus dem Maul zog.

„Es ist ein Barsch", sagte er, schien das Gewicht zu schätzen und hielt ihn ihr dann hin. „Ungefähr zwei Kilo, schätze ich. Hier, guck ihn dir an."

Vorsichtig nahm Leah den Fisch und betrachtete ihn. Die Rückenseite war gelblich grün, die Bauchseite weiß. „Toll. Der ist wirklich schwer."

Sie gab ihm den Fisch zurück und ging wieder zu ihrer Angel hinüber. „So, jetzt bin ich an der Reihe", erklärte sie, warf die Angel aus und hoffte, dass sie eine bessere Stelle getroffen hatte.

Crowley lachte leise, während er seinen Fisch ins Lebendbassin setzte. Dann versah er den Angelhaken mit einem frischen Köder, warf die Angel wieder aus und wartete wieder.

Leah stieß einen übertriebenen Seufzer aus und klagte: „Ich glaube, ich habe kein Talent zum Angeln. Jetzt sind wir schon eine halbe Stunde hier, und es hat noch nicht einmal einer am Köder geknabbert."

Crowley legte seine Angel ab und kam zu Leah herüber.

„Lass uns deine Angel mal ein bisschen tiefer auswerfen, ja?", schlug er vor, woraufhin Leah die Schnur einholte und ihm die Rute gab. Er zog den orangefarbenen Schwimmer an der Schnur ein ganzes Stück weiter nach oben und gab ihr dann die Angel wieder zurück. „So, jetzt versuch's mal so."

Dann griff er in die Kühltasche und holte zwei Flaschen Wasser heraus, von denen er eine Leah reichte.

„Danke", sagte sie, trank einen erfrischenden Zug von dem kalten Getränk und fuhr fort: „Mich wundert, dass Sophie gar keine Einwände gegen unseren Sonntagsausflug hatte."

„Wieso sollte sie?", fragte Crowley, nachdem er ebenfalls einen großen Schluck Wasser getrunken hatte.

„Na, am Sonntag die Kirche zu schwänzen ist doch in dieser Stadt anscheinend ein absolutes No-Go."

„Wir sollen Gott durch alles, was wir tun, die Ehre geben. Menschen, die das nur auf eine bestimmte Zeit am Sonntagvormittag begrenzen, verpassen etwas. Ich sehe Gott in allem", sagte Crowley und zeigte über das Wasser. „Schau doch mal diese Pracht und das Wunder dieses Flusses – wie hier alles im Gleichgewicht ist und einfach so funktioniert. Der Mensch hat absolut gar nichts dazu beigetragen, sodass er sich das selbst auf die Fahnen schreiben könnte. Gottes Wunder sind überall um uns her. Es ist eine Schande, sich nicht die Zeit zu nehmen, das alles zu bestaunen."

Tief in Gedanken schaute er über das Wasser.

„Wow, ich glaube, ich habe gerade eben meine Sonntagspredigt gehört", sagte Leah und hatte großen Respekt vor dem, was er da gesagt hatte, zumal es von einem Mann kam, der kaum jemals einen Gottesdienst versäumte. Sie schaute zu, wie er sich tiefer in seinen Sitz sinken ließ, seine Schirmmütze über die Augen zog und dann die Hände hinter dem Kopf verschränkte.

„Weißt du, der Sonntag soll ja eigentlich ein Tag der Ruhe sein", sinnierte Crowley. „Und diesem Wunsch Gottes werde ich jetzt mal kurz nachkommen."

Es vergingen ein paar Minuten, in denen Crowley ein Nickerchen hielt und Leah intensiv auf ihre Angel schaute. Irgendwann bemerkte sie einen ganz leichten Ruck daran und holte gespannt die Schnur ein, nur um festzustellen, dass ihr Köder abgeknabbert worden war. Sie schaute nach hinten und sah, dass Crowley immer noch mit geschlossenen Augen halb saß, halb lag, und schaute in den Behälter mit Würmern neben seinem Sitz.

Sie räusperte sich und rief ihn leise beim Namen, aber er wurde nicht wach. Zögernd zog sie die Wurmdose zu sich heran und nahm einen Köder heraus. Dann holte sie einmal tief Luft und steckte ihn rasch auf den Haken. Es gab wirklich Dinge, die sie lieber tat, aber es gelang ihr ganz gut – fand sie jedenfalls.

Leah betrachtete den lang ausgestreckten, im Heck des Bootes dösenden Crowley, und es gefiel ihr, dass sie endlich einmal Gelegenheit hatte, ihn sich etwas genauer anzuschauen, ohne sich fürchten zu müssen, dabei ertappt zu werden. Wegen der Luftfeuchtigkeit kringelte sich sein Haar am Rand seiner zerschlissenen Baseballmütze. Seine Unterlippe war ein wenig vorgeschoben, sodass er etwas Jungenhaftes hatte. Es gefiel ihr auch, dass sie endlich einen kleinen Schönheitsfehler an dem attraktiven Mann fand – auch wenn es nur ein winzig kleiner war. Crowleys Nase hatte einen ganz leichten Höcker, wahrscheinlich die Folge eines Nasenbeinbruchs irgendwann im Laufe seines waghalsigen Lebens.

Nach einer Weile riss sie sich von seinem Anblick los und wandte sich wieder dem Angeln zu. Sie hatte gerade ihre Angel wieder ausgeworfen, als es auch schon heftig an der Schnur ruckelte. Sie brauchte richtig viel Kraft, um die Schnur aufzuspulen, denn was auch immer da am Haken hing, es spielte heftig Tauziehen mit ihr.

„Crow!“, rief sie.

Der sprang sofort auf, holte einen Kescher aus einer Luke, sprang zu ihr hin und fragte: „Hast du ihn?“

Sie kurbelte die Schnur, so schnell sie konnte, weiter auf, sodass sich durch den Zug die Spitze ihrer Angel nach unten bog. Sie musste also ein ziemliches Ungeheuer am Haken haben.

„Hilf mir, Crow!“

„Kurbel weiter. Du hast ihn beinah“, versicherte er ihr ganz ruhig, während er sich zu ihr herüberbeugte und den Kescher so positionierte, dass er den Fisch rasch herausholen konnte.

Leah war so geschockt, als das Wesen plötzlich über der Wasseroberfläche auftauchte, dass sie beinah die Angel hätte fallen lassen.

Das Ding war glitschig, hatte eine Haut wie ein Hai und lange Schnurrhaare, die an beiden Seiten des Gesichtes abstanden. Crowley griff mit dem Kescher über den Bootsrand und hob den Fisch mit erheblicher Kraftanstrengung herauf.

„Was um Himmels willen ist denn das für eine hässliche Kreatur?“, fragte Leah mit gerümpfter Nase, während sie versuchte, ihren zitternden Arm wieder zu entspannen.

„Du hast gerade einen ungefähr zehn Kilo schweren Katzenwels bezwungen“, antwortete er und klopfte ihr anerkennend auf die Schulter. Nachdem er den Fisch vom Haken befreit und in das Lebendbecken gesetzt hatte, griff er nach ihrer Angel.

Leah legte ihre Hand auf seine und sagte völlig außer Atem: „Ich brauche jetzt erst mal eine Pause.“

Da lachte Crowley, schaute auf die Uhr und sagte: „Dann schlage ich vor, dass ich dir jetzt erst mal ein frühes Mittagessen serviere.“

Er nahm eine Packung Feuchttücher aus einem Fach, gab eines dann Leah und nahm sich auch selbst eins.

„Ich kann immer noch nicht fassen, dass du als Mädchen ganz allein das alte Flussungeheuer gefangen hast", sagte er staunend.

„Ich bin ja nicht Anna", entgegnete Leah, ohne zu überlegen, merkte aber schon im selben Moment, wie sie rot wurde, und schaute weg. Sie fand es selbst ganz furchtbar, dass sie gerade so negativ über ihre Freundin geredet hatte.

„Nein, das bist du auf gar keinen Fall", sagte Crowley und stupste sie mit seinem bloßen Fuß an. „Aber du bist trotzdem ein *Mädchen.*" Er schob die Kühltasche neben sich her zur hinteren Sitzbank, klopfte mit der Hand auf den Platz neben sich und fragte: „Na, wie wär's, wenn du mir bei einem kleinen Mittagessen Gesellschaft leistest?"

Leah wischte sich daraufhin mit dem Feuchttuch die Hände sauber, setzte sich auf den angebotenen Platz und schaute zu, wie Crowley zwei Glasflaschen mit Cola aus der Kühltasche nahm und sie öffnete. Eine davon gab er ihr und stellte dann seine eigene in den Flaschenhalter neben seinem Sitz. Dann holte er zwei Zimtschnecken aus der Tasche und legte sie auf den Sitz vor sich.

„Ich backe uns jetzt einen Nachtisch", scherzte er und wackelte mit den Augenbrauen. Als Nächstes kamen zwei Dosen mit Wiener Würstchen zum Vorschein, zwei Packungen Käse und Erdnussbutter-Cracker.

Leah schaute sich genau die kleine Dose an, die er ihr jetzt reichte. „Was ist denn da drin?"

„Ein echter Angler-Imbiss", antwortete er und nahm den Deckel von seiner Dose.

Leah nahm eines der kleinen Würstchen heraus und biss ab. Mit der superweichen Konsistenz hatte sie nicht gerechnet. Als

Leah gerade mal zwei Würstchen verzehrt hatte, war Crowley schon mit dem gesamten Inhalt seiner Dose fertig. Leah gelangte zu dem Schluss, dass ihr die Würstchen zwar schmeckten, aber nicht so gut, dass sie noch mehr davon brauchte, also überließ sie ihm auch noch den Rest aus ihrer Dose.

„Schmecken sie dir nicht?", fragte er und steckte sich die Würstchen in den Mund.

Leah war schon dabei, ihre Crackerpackung zu öffnen, und antwortete: „Sie schmecken mir … auf irgendwie seltsame Weise."

Sie verzog das Gesicht so, dass Crowley lachen musste. Dann trank sie einen großen Schluck von ihrer Cola, hielt danach die Flasche hoch und entdeckte, dass winzige Eissplitter darin herumschwammen.

„Wow", sagte sie staunend. „Die ist jetzt aber wirklich gut."

„Das liegt an der Glasflasche. Bei Plastikflaschen funktioniert das nicht", erklärte Crowley.

„Jedenfalls würde diese Mahlzeit ganz bestimmt nicht Sophies Zustimmung finden", sagte Leah, zeigte auf ihre Colaflasche und auf die Zimtschnecken, die in der Sonne aufgewärmt wurden.

„Ab und zu mal so zu essen, schadet doch nicht", beschwichtigte er sie und reichte ihr eine der aufgewärmten Zimtschnecken.

Die supersüße Leckerei zerschmolz in ihrem Mund, und als sie mit dem Rest Cola nachspülte, war der Geschmack einfach unbeschreiblich. „Du bist ein ziemlich guter Koch, Crow."

„Das war noch gar nichts, Lee. Wart ab, was es zum Abendessen gibt."

„Abendessen?"

„Ja klar. Nach dem Angeln isst man seinen Fang."

Er grinste, räumte die Abfälle weg und steckte dann neue Köder auf die Angelhaken. „Okay, dann machen wir uns jetzt erst mal wieder an die Arbeit."

Als schon bald darauf die Sonne erbarmungslos auf sie herunterbrannte, kamen sie zu dem Schluss, dass sie genug geangelt hatten. Das Lebendbecken war mittlerweile randvoll mit dem Tagesfang, und Leah war sonnensatt und mit sich selbst ziemlich zufrieden, weil sie den größten Fisch des Tages gefangen hatte.

Nachdem sie das Boot zurückgebracht hatten und der Truck wieder beladen war, fuhr Crowley die kurze Strecke zur Garage und schaltete dann den Motor aus.

Er stieg aus, deutete Leah mit einer Geste, ihm zu folgen, und sagte: „Komm mit, Lee."

„Was hast du denn vor?"

Er sagte nichts, als er mit ihr zum Rand des Swimmingpools ging. Um den Pool herum war ein aufwendig mit Natursteinen gestalteter Innenhof angelegt, mit integriertem Kamin und einer Outdoor-Küche.

„Glaubst du denn, dass wir uns hier aufhalten dürfen?", fragte sie. Sie war immer noch klebrig und verschwitzt von ihrer Angeltour, und der Pool glitzerte verlockend. Deshalb zog sie ihre Flipflops aus und tauchte vorsichtig ihren Fuß ins Wasser. Es fühlte sich natürlich und herrlich erfrischend an.

„Ja, ich habe immer ein bisschen ein Auge auf das Anwesen hier", erklärte Crowley. „Also mach dir keine Gedanken. Wir gehen nicht ins Haus."

Er ging in das Poolhaus und kam mit einem weiteren mit Eis gefüllten Kühlbehälter zurück.

Leah hatte sich mittlerweile an den Beckenrand gesetzt und fuhr mit der Hand durchs Wasser. Als er neben ihr stehen blieb, blickte sie auf.

„Schöner Pool", sagte sie. Es war über zwölf Jahre her, seit sie das letzte Mal schwimmen gewesen war.

„Dann schwimm doch eine Runde", schlug er vor.

„Aber ich hab keinen Badeanzug dabei", sagte sie achselzuckend und ließ weiter ihren Blick über das einladende Nass schweifen.

„Dann schwimm doch einfach in deinen Unaussprechlichkeiten. Mir macht das nichts aus", sagte Crowley und zwinkerte ihr dabei zu.

„Nein danke."

„Okay", sagte er daraufhin nur, ging an ihr vorbei und schupste sie dabei gerade so stark an, dass sie kopfüber ins Wasser fiel.

Als sie im nächsten Moment wieder auftauchte, rief sie: „Du Mistkerl!"

„Aber du hast doch gesagt, dass du gerne schwimmen würdest. Jetzt tust du es. Du brauchst mich also gar nicht zu beschimpfen, Ma'am."

Crowley grinste, ging zurück zum Truck und nahm die Kühltasche mit.

„Warte. Soll ich dir nicht helfen?", rief sie, während sie zum Ausstieg auf der anderen Seite des Pools schwamm.

„Ach, du willst mir helfen, die Fische zu schuppen und auszunehmen?"

Da ließ sie lieber wieder das Geländer los und schwamm die Bahn zurück. „Ach nee, das schaffst du schon alleine", sagte sie nur und ließ sich tiefer ins Wasser sinken. Als sie kurz darauf wieder auftauchte, stand Crowley immer noch an derselben Stelle und schaute ihr zu.

„Der Pool riecht gar nicht nach Chlor", bemerkte sie, während sie zum Beckenrand schwamm.

„Das ist ein Salzwasserpool", sagte Crowley im Weggehen.

Sobald er ihr den Rücken zudrehte, spritzte Leah ihn von oben bis unten nass.

„Wow, das fühlt sich gut an, Lee“, sagte er lachend und ließ sie weiterschwimmen.

*

Eine Stunde später kam Crowley wieder zurück an den Pool. Er hatte sich Gesicht und Hände gewaschen, sein Haar einigermaßen gebändigt, seine Mütze wieder aufgesetzt und sein schmutziges Hemd hatte er gegen ein sauberes getauscht.

Leahs Haut war mittlerweile so verschrumpelt wie eine Backpflaume, aber sie mochte noch nicht aus dem Wasser kommen. „Leistest du mir keine Gesellschaft beim Schwimmen, Crow?“, fragte sie und zog weiter ihre Runden im Pool.

Lächelnd schaute er ihr zu, wie sie da wie ein Kind herumschwamm, und hatte sich schon lange nicht mehr so sehr an dem Pool gefreut.

„Vielleicht ein anderes Mal“, antwortete er. „Ich fange jetzt an, das Abendessen zu kochen.“

Leah schwamm zu ihm hinüber, aber er sagte nur: „Du kannst ruhig weiterschwimmen, wenn du möchtest.“

„Ich glaube, ich habe jetzt genug“, sagte sie und zog an ihren durchnässten Sachen. „Ich muss mich erst mal ein bisschen trocknen.“

„Im Poolhaus ist eine kleine Waschküche. Da kannst du deine Sachen in den Trockner stecken.“

„Und dann ohne Kleidung dastehen?“, fragte Leah mit verschränkten Armen.

„In dem Wäscheschrank dort sind Bademäntel. Komm, ich zeig’s dir.“ Er nahm Leah bei der Hand und zog sie behutsam mit ins Poolhaus. „Das Bad ist hinter der Tür dort. Geh ruhig schon vor. Ich hole dir einen Bademantel.“

Als er zurückkam, stand die Tür einen ganz kleinen Spaltbreit offen, und ohne es zu wollen, sah er die große gezackte Narbe auf ihrer Hüfte. Noch eine Verletzung, die sie hatte ertragen müssen. Mit schwerem Herzen fragte er sich, ob dieser Weg für sie wohl nie enden würde.

Crowley räusperte sich jetzt und rief: „Du kannst deine Sachen einfach hinaus auf den Gang werfen, ich stecke sie dann in den Trockner. Der Bademantel hängt an der Türklinke."

Als er ihre nassen Sachen aufgesammelt hatte, schob er seine Sorgen von sich weg. Leah schien immer bereit, sich auf die Gegebenheiten einzustellen, und das gefiel ihm an ihr.

Nachdem er den Trockner eingeschaltet hatte, ging Crowley in die Outdoor-Küche, wo er als Erstes eine Fritteuse einschaltete. Als Leah dann herausgetapst kam, legte er sich gerade Zwiebeln und Kartoffeln bereit, um sie zu zerschneiden.

In den weißen Bademantel gehüllt setzte sich Leah hin und schaute zu. „Kann ich dir irgendwie helfen?"

„Du bekochst und bedienst mich fast jeden Tag der Woche, und zwar richtig gut, wie ich hinzufügen möchte." Er sah sie an. „Zur Abwechslung möchte ich jetzt mal dich bedienen."

Einen Moment lang sahen sie sich in die Augen, bevor er sich wieder den Kartoffeln und Zwiebeln zuwandte.

Leah setzte sich auf einen der Hocker an dem Steintresen und schaute ihm zu. „Okay, aber ich kann dir sagen, dass sich das ziemlich seltsam anfühlt."

Crowley griff in einen kleinen Kühlschrank unter der Theke und fragte: „Möchtest du einen Schluck Südstaatenwein?"

Leah rutschte nervös auf dem Hocker hin und her und antwortete schließlich: „Ich trinke keinen Alkohol."

Daraufhin hielt er einen Krug hoch und erklärte: „Ich auch nicht, aber ich liebe Eistee." Dann schenkte er zwei Gläser voll und gab eines davon Leah. Anschließend hob er sein eigenes Glas, und bevor er sich bremsen konnte, sagte er: „Happy Birthday."

„Woher weißt du das denn?", fragte Leah mit großen Augen.

Einen Moment lang stand Crowley da wie versteinert und stellte ganz langsam sein Glas ab.

„Jetzt schau mich doch nicht so misstrauisch an", spielte er die Situation cool herunter. „Als ich an dem ersten Abend Lebensmittel und Medikamente in deiner Wohnung vorbeigebracht habe, war dein Führerschein aus deiner Tasche gefallen, und da habe ich einen Blick darauf geworfen." Und mit einem Achselzucken fuhr er fort: „Du weißt aber schon, dass man die Dinger verlängern lassen muss, wenn sie abgelaufen sind, oder?"

„Ach, dann warst du das, der mir all die Sachen vorbeigebracht hat?", fragte sie peinlich berührt.

„Das ist doch keine große Sache, also lass uns auch keine daraus machen, ja?", antwortete Crowley und war schon wieder mit den Zwiebeln beschäftigt.

„Wieso hast du mir denn nicht gesagt, dass du weißt, dass ich heute Geburtstag habe?"

„Irgendwie hatte ich gehofft, dass du es mir selbst sagen würdest, aber als du es nicht getan hast … also ich hätte es nicht aushalten können, diesen Tag einfach sang- und klanglos vorbeigehen zu lassen, ohne dass er wenigstens ein kleines bisschen gefeiert wird. Ich weiß ja, dass du eher ein zurückhaltender Mensch bist, und deshalb habe ich mir überlegt, dass ich zurückhaltend ein bisschen mit dir feiern könnte." Er legte seine Hand auf ihre und wartete, bis sie wieder aufblickte. „Bitte sei mir nicht böse, ja?"

„Ich habe den schönsten Geburtstag seit Jahren. Danke", sagte sie daraufhin lächelnd.

Er tätschelte noch einmal ihre Hand, ließ sie dann los und erklärte: „Und er ist ja noch längst nicht zu Ende, Ma'am."

Im Stillen atmete Crowley erleichtert aus. *Ich bin Anwalt, du liebe Güte, und ich habe gerade eine Information weitergegeben … Ich bin so blöd … so blöd.*

Crowley servierte ein richtiges Festessen, wie es auf dem Land üblich ist, bestehend aus frittierten Fischnuggets, Bratkartoffeln mit Zwiebeln, sowie Weißkohlsalat und Eistee, und dann saßen sie am Pool, verzehrten zufrieden ihr Essen und schauten dabei zu, wie sich der Tag langsam dem Ende zuneigte und es Abend wurde auf der Plantage.

„Das war wirklich köstlich", sagte Leah, lehnte sich auf ihrem Stuhl zurück und legte die Füße auf den gegenüberliegenden Stuhl.

„Freut mich, dass es dir geschmeckt hat", erwiderte Crowley und streckte sich dabei ebenfalls genüsslich aus. „Dir ist aber schon klar, dass Sophie sich richtig aufregen wird, wenn sie erfährt, dass du heute Geburtstag hast, oder?"

„Ja, ich weiß. Aber es hat sich für mich einfach egoistisch angefühlt, ihr meinen Geburtstag anzukündigen, als wäre es ein Feiertag oder so. Und außerdem könnte sie das Datum ja wissen, wenn sie sich jemals die Mühe gemacht hätte, mich einen Bewerbungsbogen ausfüllen zu lassen."

Crowley ließ das Thema lieber fallen und war froh, dass die Sache so schnell geklärt war. Sie entspannten sich also in der Abendstille, die Grillen zirpten ihr Abendlied und Glühwürmchen tanzten über dem dunklen Feld. Keiner von ihnen schien sich unwohl dabei zu fühlen, einfach in schweigendem Einvernehmen dazusitzen. Als sie den Signalton des Wäschetrockners hörten, folgte Leah Crowley ins Poolhaus, um ihre Sachen herausholen.

Als Crowley die Tür des Trockners öffnete, fiel als Erstes Leahs pinkfarbener Slip auf den Fliesenboden, und Leah hob ihn rasch auf.

Er grinste. „Wie ich sehe, hast du dein Problem mit den Unaussprechlichkeiten gelöst."

Darauf reagierte Leah, indem sie nur die Augen verdrehte, die restlichen Kleidungsstücke einsammelte und ins Bad ging, um sich anzuziehen.

Als sie zurückkam, hatte Crowley bereits abgeräumt und das Geschirr gespült.

„Wow, bist du schnell, Crow", sagte sie.

Das nahm er einfach achselzuckend zur Kenntnis und setzte sich wieder zu ihr an den Tisch, wo er ihre Gläser mit Eistee noch stehen gelassen hatte.

„Ich dachte, wir könnten Sophie den Rest von deinem Wels mitbringen, damit sie uns irgendwann nächste Woche einen Fischeintopf daraus machen kann."

„Ja klar", erklärte Leah und musste darüber lächeln, dass er den Fisch als *ihren* Wels bezeichnete. „Das war ein Tag mit vielen ersten Malen", sagte sie und schaute zum Pool.

„Ja?"

„Ja. Das erste Mal schwimmen in einem Salzwasserpool und zum ersten Mal Wels-Nuggets gegessen."

„Wow, Leah, wo bist du denn bloß dein ganzes Leben gewesen? Eingesperrt in einen Schrank oder so?", fragte Crowley lachend. Doch das Lachen verging ihm auf der Stelle, als er ihren Gesichtsausdruck sah.

Leah räusperte sich, stand auf und sagte: „Danke für den schönen Tag, Crowley, aber ich muss jetzt nach Hause."

Dann nickte sie ihm noch einmal kurz zu, ging zu seinem Truck, holte ihr Fahrrad von der Ladefläche, warf ihre Tasche in den Fahrradkorb und radelte los.

Crowley stand da und kratzte sich ratlos am Kopf. „Warte, Leah", rief er ihr nach. Dann schüttelte er seine Verblüffung ab, rannte hinüber zur Garage, schnappte sich das erste Fahrrad, das er sah, und musste heftig in die Pedale treten, um hinterherzukommen.

Als er sie eingeholt hatte und neben ihr herfuhr, konnte Crowley im Licht der Straßenbeleuchtung erkennen, dass ihre Wangen tränennass waren.

„Was machst du denn hier, Crowley?", fragte sie, konzentrierte sich aber ganz und gar auf die Straße.

„Ich bringe dich nach Hause. Wenn ich das nicht täte, würde ich von Sophie schön was zu hören bekommen."

„Immer ganz Gentleman, was?", murmelte sie und wischte sich dabei die Tränen ab.

„Ja, immer", bestätigte Crowley.

Sie wurde jetzt langsamer, schaute sich sein Fahrrad etwas genauer an und fragte: „Was ist denn das für ein Girlie-Fahrrad?"

„Als du losgerast bist, musste ich mich ja beeilen, um dich noch einzuholen, und habe mir das erstbeste Rad geschnappt. Da hat es keine Rolle gespielt, dass es ein knallpinkfarbenes Damenrad mit einer Kunstblumenkette war. Ich weiß nicht, was ich Falsches gesagt habe, Leah, aber du musst mir glauben, dass es nicht absichtlich war."

„Ich weiß", sagte sie darauf nur und beließ es dabei.

Als sie beim Café ankamen und ihre Fahrräder abstellten, sah Crowley zu, wie Leah mit ihrem Schlüssel herumfummelte. Bevor sie die Tür aufstoßen und hineingehen konnte, griff er behutsam nach ihrer linken Hand und drückte einen zarten Kuss auf ihre vernarbte Handfläche.

„Happy Birthday, Leah." Dann ließ er mit einer angedeuteten Verbeugung ihre Hand wieder los, setzte sich aufs Fahrrad und ließ sie sprachlos stehen.

19

An diesem Tag wartete Crowley, bis der Mittagsansturm vorbei war, bevor er sich auf den Weg ins Café machte. Es gefiel ihm nicht, wie ein so perfekter Tag mit Leah so unschön hatte enden können. Nachdem er sie am Vorabend verlassen hatte, hatte er noch lange wach gelegen und überlegt, was er Falsches getan oder gesagt haben könnte, aber ihm fiel nichts ein. Weil er unbedingt nach ihr schauen musste, betrat er das Café leise durch den Hintereingang und folgte dann dem Geplauder der Frauenstimmen, die aus der Küche kamen. Doch statt hineinzugehen, blieb er auf dem dunklen Gang stehen und schaute zu, wie die beiden dort gemeinsam arbeiteten, als wären sie schon seit Jahrzehnten ein Team und nicht erst seit ein paar Monaten. Die Ältere der beiden war bereits sein Ein und Alles, die Jüngere war auf dem besten Weg, es ebenfalls zu werden.

„Du lächelst ja heute pausenlos wie eine alte Grinsekatze", sagte Sophie lachend. „Ich finde, dass du viel zu ernst bist, und deshalb freue ich mich über jedes Lächeln, wenn ich es sehe."

Daraufhin sah Leah, die an der Spüle stand und einen Topf abwusch, Sophie an und grinste noch breiter. „Ich habe einen *10-Kilo*-Wels bezwungen."

„Und ich glaube, du bist außerdem gerade dabei, einen 85-Kilo-Mann zu bezwingen."

Der Topf, den Leah gerade spülte, stieß laut scheppernd gegen einen anderen. „Was sagst du denn da?"

„Da ist ein echtes Südstaatenmädel im Werden", sagte Sophie darauf nur, aber Crowley hatte sie verstanden und biss sich auf die Lippen, um nicht laut loszuprusten.

Er gab sich jetzt lieber zu erkennen, indem er sich räusperte und in die Küche gehumpelt kam. Als Leah ihn bemerkte, musste sie über seinen Anblick lachen.

„Ich hatte gestern Abend richtig Schmerzen am Hintern, Lee", stöhnte er. „Wie sieht's denn bei dir aus?" Er kam zur Spüle gehumpelt und lehnte sich neben Leah an die Arbeitsplatte.

„Keine Beschwerden", sagte sie nur und wusch weiter ab, aber dabei umspielte ein Lächeln ihre Lippen.

In dem Augenblick kam Sophie mit ein paar Gläsern in der Hand zu Leah und bat sie, sie zu spülen. „Offenbar kann das Mädel heute nur grinsen", sagte sie.

„Ich habe ja auch schließlich einen 10-Kilo-Wels bezwungen."

„Jap. Wir haben es hier mit einem Naturtalent im Angeln zu tun, Sophie", erklärte Crowley. „Nächstes Mal musst du unbedingt mitkommen."

„Das ist eine gute Idee", sagte Sophie, ging zum Tresen, um ihn abzuwischen, und ließ Leah und Crowley allein.

Crowley konnte sich gar nicht wieder von Leahs Anblick losreißen. Dieses Lächeln und die leicht geröteten Wangen sah er besonders gern an ihr. Er musste Sophie recht geben, sie lachte nicht genug. Wahrscheinlich war es töricht, das zu glauben, aber er wollte gern der Grund sein, dass Leah glücklich war.

Diese blickte jetzt auf, sah zu Crowley hin und stellte fest, dass er sie anstarrte. Ihr Blick blieb an seinem Mund hängen, und sie errötete noch heftiger. Daraufhin strich er ihr mit den Fingerspitzen ganz zart an der erhitzten Seite ihres Gesichts entlang.

Dieser Moment zog sich so in die Länge, dass Sophie schließlich demonstrativ hüstelte und sagte: „So, jetzt ist es genug mit dem Anschmachten. Wir haben hier schließlich zu tun." Anschließend ging sie zu den Vorratsregalen und fing an, darin herumzuräumen.

Crowley richtete seine Aufmerksamkeit daraufhin wieder ganz auf Leah, nahm ihre nasse Hand, hauchte einen Kuss darauf und sagte: „Dann bis nachher."

Doch ihre einzige Reaktion darauf war ein leichtes Nicken, sodass er sie zögerlich an der Spüle zurückließ, mit seinem gespielt übertriebenen Humpeln das Café verließ und den fast schon intimen Moment gegen die Leichtigkeit, die er gern in ihr Leben bringen wollte, austauschte.

Als er vor dem Café stand und damit außerhalb von Leahs Sichtweite war, richtete er sich auf und ging wieder normal. Lächelnd, dass er sie dabei ertappt hatte, wie sie rot geworden war, ging er in sein Büro, um zu arbeiten.

Als Crowley eine Stunde später mit den Füßen auf seinem Schreibtisch und einer aufgeschlagenen Akte auf seinem Schreibtischstuhl saß, klopfte es leise an seiner Tür. Er legte die Akte beiseite und ging zur Tür, aber als er sie öffnete, stand nur eine weiße Tragetüte von der Apotheke davor, an der ein Helium-Luftballon mit der Aufschrift *Gute Besserung* befestigt war.

Er schaute in die Tüte und fand darin eine Packung Schmerztabletten und ein paar Kühlpacks. Lachend blickte er auf, gerade noch rechtzeitig, um zu sehen, wie Leah in Annas Boutique verschwand. Er setzte sich auf den Schaukelstuhl auf seiner Veranda und wartete, dass sie wieder herauskam.

*

Leah betrat die Boutique, um sich die neueste Lieferung Sommerkleider anzuschauen, die gerade eingetroffen war. Anna stand zwischen den Regalen und war dabei, die neuen Sachen einräumen.

Als Anna das Bimmeln des Türglöckchens hörte, blickte sie von ihrer Tätigkeit auf und winkte Leah zu sich herüber.

„Das Laufen hat dir anscheinend gutgetan", sagte Anna und deutete auf die Sportsachen, die Leah trug, und auf ihr breites Grinsen.

„Dabei wollte ich gerade erst loslaufen", sagte Leah. „Ich möchte mir nur vorher die neuen Sommerkleider anschauen, bevor die guten alle weg sind."

Leah zog ein orange-goldenes aus der Lieferung heraus und hängte es auf einen Bügel. „Diese Farben würden dir wunderbar stehen. Du wirkst irgendwie zu glücklich. Ich nehme an, das bedeutet, dass dir das Angeln gestern *Spaß gemacht* hat", sagte Anna mit gerümpfter Nase.

Leah grinste und wiederholte ihren Wels-Bezwingerin-Spruch noch einmal für Anna, die allerdings nicht im Geringsten beeindruckt war.

„Hier, probier das mal an", sagte sie und warf Leah ein fließendes One-Shoulder-Kleid in unterschiedlichen Türkis- und Blautönen zu.

Leah gab es ihr zurück und sagte: „Das mache ich später. Ich will jetzt erst laufen und dann duschen." Als sie sich zum Gehen wandte, stellte Anna sich ihr in den Weg.

„Oh nein, das tust du nicht. Nicht bevor du mir haarklein erzählt hast, wie es gestern war." Sie ging hinüber zum Verkaufstresen und legte das Kleid dort für Leah zurück. Dann wandte sie sich ihr wieder zu und wartete.

Doch die sagte nur achselzuckend: „Wir sind rausgefahren zur *Big Oaks Plantage* und waren angeln. Danach habe ich in dem riesigen Pool dort gebadet, während Crowley für mich gekocht hat. Das war's eigentlich schon."

„Das wundert mich aber, dass ihr bei ihm zu Hause wart. Eigentlich nimmt er so gut wie nie jemanden dorthin mit", sagte Anna auf dem Weg zurück zu den Sommerkleidern, wo sie dann ein schwarzes Neckholder-Kleid mit einem komplizierten Muster aus blauen und silbernen Glitzersteinen herausnahm. „Das hier reserviere ich auch noch für dich", sagte sie und legte das Kleid zu dem anderen. Erst da bemerkte sie, dass Leah völlig entgeistert dastand.

„Die *Big Oaks Plantage* gehört Crowley?"

„Ja. Ach, hat er dir das gar nicht gesagt? Ups", sagte Anna und lachte.

Leah verschränkte die Arme vor dem Körper und erklärte: „Das ist nicht komisch, Anna. Wieso macht er das?"

„Nimm's nicht persönlich, Schätzchen. Er ist ziemlich diskret, weil er möchte, dass die Menschen ihn um seiner selbst willen mögen … *Love me for my body, not my money,* weißt du?"

Leahs Magen zog sich schmerzhaft zusammen, so als hätte ihr jemand in den Bauch geboxt, und ohne ein weiteres Wort stürmte sie aus dem Laden und rannte los.

*

Crowley sah von seiner Veranda aus, wie sie loslief, und rief: „Hey, Lee!"

Als sie nicht reagierte, sprang er von der Veranda und rannte hinterher. Er spürte, dass – *schon wieder* – etwas nicht stimmte.

Leah schaute demonstrativ auf seinen lockeren Gang, als er zu ihr aufschloss. Sie wandte sich ihm zu, nahm seine Anwesenheit zur Kenntnis und sagte: „Dann war der Muskelkater also auch gelogen, was?"

Crowley fiel der kalte Blick auf, mit dem sie das sagte.

„Auch gelogen? Was soll denn das heißen?“, fragte Crowley im Weiterlaufen. Eine Weile war das einzige Geräusch, das zu hören war, das Klatschen seiner Flipflops auf dem Boden.

„Anna hat mir gerade gesagt, dass du ein verwöhntes Kind reicher Eltern bist und die *Big Oaks Plantage* dir *gehört.* Ich fühle mich so dumm dabei, dass ich darauf gestern nicht selbst gekommen bin.“ Sie bog ab in Richtung Flussufer und zischte ihm zu: „Lass mich einfach in Ruhe, ja?“

„Also, dass ich verwöhnt bin, sagt genau die Richtige. Du bist es doch, die hier in dieser bescheidenen kleinen Stadt mit riesigen Diamantohrsteckern und einer Rolex am Handgelenk herumläuft.“

Da blieb Leah wie angewurzelt stehen, nahm die Ohrstecker heraus und warf sie in hohem Bogen ins Wasser. „Ja, Crowley, du hast mich durchschaut. Im Waisenhaus und in Pflegefamilien aufzuwachsen hat mich wirklich furchtbar verwöhnt“, sagte sie giftig, nahm auch ihre Uhr ab und warf sie den Ohrsteckern hinterher.

„Dann entschuldige ich mich“, sagte Crowley, ging einen Schritt auf sie zu und wollte sie am Arm anfassen.

Doch sie riss sich los, ging zu ihrem Jeep Wagoneer und zischte: „Vergiss es!“

„Wohin willst du denn?“, fragte Crowley.

„Ich brauche einen Donut!“, rief sie.

Bei ihrem Wagen angekommen, holte Leah den Schlüssel auf dem Vorderreifen hervor, stieg ein, schaute ins Handschuhfach und fand das Notfall-Bargeld, das sie dort unter den Papieren versteckt hatte. Davon schob sie ein paar Zwanziger in ihre Gesäßtasche. Als sie den Motor anließ, machte Crowley die Beifahrertür auf und stieg ein.

„Was soll denn das?“, fragte sie empört.

„Ich möchte auch einen Donut“, antwortete er nur achselzuckend.

Leah saß einfach nur da, während der Motor im Leerlauf lief, und starrte ihn an. Sie schäumte innerlich, aber er machte den Eindruck, dass ihm das völlig egal war.

„Seitdem du letzten Herbst hier angekommen bist, bist du nirgends mehr mit dem Auto hingefahren, Leah. Glaubst du wirklich, du weißt, wo es Donuts gibt, und findest du dann auch noch den Weg wieder zurück?“, fragte Crowley und stellte dabei die Klimaanlage ein.

„Ich habe beim ersten Mal den Weg nach Rivertown ganz allein gefunden, und wenn ich will, schaffe ich das bestimmt auch ein zweites Mal“, entgegnete sie patzig.

„Das mag sein, aber ich habe einen Geheimtipp, wo es die besten Donuts der ganzen Gegend gibt“, sagte er und zog zur Betonung eine Augenbraue hoch.

Er versuchte, die Situation mit seinem Charme ein wenig auszubügeln, aber es schien so, als würde Leah ihn nicht so einfach davonkommen lassen.

„Warum meinst du eigentlich, dass du Dinge vor mir verheimlichen musst? Ich dachte, wir wären Freunde?“

„Und warum glaubst du, dass du Dinge vor mir verheimlichen musst? Mal im Ernst, Leah, wo ist denn da der Unterschied?“, fragte er. „Wir sind Freunde. Da sollten wir vielleicht auch langsam anfangen, einander ein bisschen zu vertrauen. Findest du nicht auch?“

„Also gut, dann vertraue ich dir, dass du mir zeigen kannst, wo es Donuts gibt“, lenkte sie ein und fuhr aus der Parklücke.

„Jetzt nach rechts. Das ist wirklich eine tolle Karre. Das ist ein 1978er Jeep Wagoneer, oder?“, fragte Crowley.

„Jap."

Crowley ignorierte ihren kurz angebundenen Ton.

„Bei der Ampel da vorne musst du links abbiegen", sagte er. „Das wäre ein echt cooles Surfer-Auto."

„Ein was?", fragte Leah beim Abbiegen.

„Es hat sogar Halterungen für Surfbretter auf dem Dach. Du brauchst also nur noch ein paar Bretter." Schon allein bei der Vorstellung leuchteten seine Augen wie die eines Kindes.

„Erstens habe ich keine Surfbretter und zweitens kann ich gar nicht surfen", sagte Leah und schaute zu Crowley hin.

„Erstens", sagte Crowley daraufhin, „habe ich jede Menge Surfbretter. Und zweitens könnte ich es dir beibringen."

Leah konzentrierte sich ganz aufs Fahren. „Ach, was soll's", sagte sie nur.

Crowley seufzte und fummelte am Radio herum, bis er endlich einen Sender mit Countrymusik gefunden hatte. Er lehnte sich auf dem Beifahrersitz zurück und summte den Song mit.

„Nein", sagte Leah.

„Nein?", fragte Crowley und nickte im Takt mit dem Kopf.

„Nein."

„Du kannst unmöglich in den Südstaaten leben und keine Countrymusik mögen."

„Aber ich lebe in den Südstaaten, und ich sage dir … *Nein*", widersprach Leah, übernahm die Kontrolle über das Radio und war froh, als sie die *Steve Miller Band* mit ihrem Song über Space Cowboys hörte.

Bei der bekannten Melodie wurde Crowley munterer und fing an mitzusingen, woraufhin Leah die Musik lauter drehte und ebenfalls laut grölend den Text mitsang. Aber dann drehte Crowley plötzlich den Ton aus, sodass nur noch ihre eigene Stimme zu hören war, und sie warf ihm einen strafenden Blick zu.

In dem Moment schaute er zurück und sagte: „Jetzt sind wir gerade an dem Donutladen vorbeigefahren."

„Da hast du mich ja gut dirigiert, Space Cowboy", sagte Leah, wendete und hielt dort an, wo Crowley sie anwies.

„Also, ich würde ohne gültigen Führerschein lieber keine illegalen Verkehrsmanöver veranstalten, Lee", sagte er.

„Wenn du mir jetzt nicht das Leben schwer machst, lasse ich mich nächste Woche von dir zur Führerscheinstelle fahren."

„Okay, dann haben wir ein Date", sagte Crowley daraufhin lächelnd.

„Kein Wunder, dass du noch Single bist, Crow", bemerkte Leah kopfschüttelnd. „So bekommst du jedenfalls nicht das, was man üblicherweise als *echtes* Date betrachtet." Dabei begutachtete sie den Laden etwas genauer. Er sah aus wie eine kleine rote Scheune mit einem Schild aus Holz, auf dem *Nate's Cakes* stand. „Ich dachte, wir gehen in einen Donutladen."

„Nate kann auch ganz normalen Kuchen backen, aber bei ihm gibt es die fantastischsten Donuts", sagte Crowley, stieg aus und wartete dann auf sie.

Vielleicht ist es gar nicht so schlecht, Crowley dabeizuhaben, dachte Leah, als sie den ruhigen Laden betraten, der geschmackvoll mit Scheunenflair eingerichtet und dekoriert war. Leah schloss die Augen und atmete tief ein. Der süße Duft, der in der Luft lag, war einfach himmlisch.

„Es wird dir hier gefallen", flüsterte Crowley ihr ins Ohr und führte sie zum Tresen mit der Vitrine.

Eine Frau mit Kopftuch stand dahinter, lächelte Crowley strahlend an und sagte: „Hallo, Crowley."

„Hey, Emma. Ist Nate auch da?", fragte er und legte Leah dabei lässig und wie beiläufig den Arm um die Schultern.

„Klar. Ich hole ihn."

Während sie warteten, befreite sich Leah von seinem Arm, und ihr lief das Wasser im Mund zusammen, als sie sich die Leckereien in der Vitrine anschaute und dabei gedankenverloren über die handgeschnitzte Holzumrandung strich.

„Die nehmen wir nicht“, sagte Crowley.

„Wieso denn nicht?“

„Nur Geduld“, sagte er, als ein blonder Typ irgendwo aus dem Hintergrund in den Laden kam. „Nate, alter Junge, wie geht’s?“

Nate ging um den Tresen herum auf sie zu, gab Crowley die Hand und klopfte ihm auf den Rücken.

„Ist ’ne Weile her, Mann, was? Konntest dich wohl in letzter Zeit nicht von Sophie loseisen?“, fragte er lachend.

„Ja, so ähnlich. Ich möchte dir eine Freundin vorstellen, Nate. Das ist Leah.“

Nate gab ihr die Hand und stellte sich vor: „Ich bin Nate, junge Dame.“ Er lächelte freundlich, und sie reagierte darauf ebenso freundlich. Dann sah er wieder Crowley an und sagte: „Hey, sie ist größer als ich. Da hast du ja endlich eine in der richtigen Größe für dich gefunden.“

„Ja. Leah ist die perfekte Angelpartnerin“, sagte Crowley und zwinkerte Leah zu, als ob das ein Insider-Witz wäre oder so.

„Was kann ich denn für euch tun?“, fragte Nate.

„Was hast du denn anzubieten?“, fragte Crowley in übertrieben vielsagendem Ton, und sein Blick wanderte hinüber zur Backstubentür.

„Ich habe gerade zwei frische Ladungen fertig, und zwar einmal mit einer Erdbeer-Feigen-Füllung und Puderzucker und einmal mit Schokoladen-Haselnuss-Bananen-Füllung. Außerdem ist gleich noch ein Blech mit Kaffee-Mocha-Glasur fertig.“

„Dann gib mir zwei von jeder Sorte“, sagte Crowley. „Und was möchtest du, Leah?“

Bei der genannten Auswahl lief Leah noch mehr das Wasser im Mund zusammen. „Schokoladen-Haselnuss-Donut klingt gut."

„Und zwei Flaschen Wasser bitte", sagte Crowley.

„Wird gemacht, Kumpel. Gib mir fünf Minuten, ja?"

Nate ging also wieder zurück in die Backstube, und sie setzten sich ans Fenster.

„Wie hast du denn den Laden hier entdeckt?", fragte Leah, während sie warteten.

„Das Gericht ist ein Stück weiter die Straße hinauf. Ich komme also auf dem Weg zur Arbeit hier vorbei. Nate hat vor ein paar Jahren einmal eine Bestellung zu einem Schlichtungstermin geliefert, und dann haben wir uns schnell angefreundet. Er macht die besten Apfelkrapfen überhaupt."

Leah fiel sofort ein Laden ein, der ihm ernsthaft hätte Konkurrenz machen können, und beinahe wäre es ihr herausgerutscht.

Crowley merkte sofort, dass sie etwas sagen wollte, und fragte: „Was?"

Aber sie schüttelte nur den Kopf und sagte: „Ach nichts."

Als Nate mit den Leckereien kam und ihre Bestellung vor ihr auf den Tisch stellte, hätte Leah beinah geschnurrt wie ein Kätzchen. Der riesige Donut füllte fast den gesamten Teller aus. Er war halbiert, mit frischen Bananenscheiben bedeckt, und die Schokoladen-Haselnuss-Füllung lief köstlich heraus. Dann warf sie einen Blick auf die Platte mit Crowleys Riesenbestellung. Zwei zart mit Puderzucker bestäubte Donuts, von denen sie sicher war, dass sie mit Marmelade gefüllt waren, und zwei Donuts mit Kaffee-Mocha-Glasur, die wie kleine Torten aussahen, lagen neben den Schokoladen-Haselnuss-Bananen-Donuts.

„Das kannst du doch unmöglich alles essen", sagte sie und betrachtete die riesige Platte.

„Ich habe schon selbst miterlebt, dass er das schafft", bemerkte Nate lachend und stellte die beiden Wasserflaschen auf den Tisch. „Guten Appetit wünsche ich euch. Lasst es euch schmecken." Dann sah er Leah an und fügte noch hinzu: „Es hat mich gefreut, dich kennenzulernen. Pass auf, dass er sauber bleibt", und zeigte dabei auf Crowley.

Leah lachte. „Ich weiß gar nicht, ob das überhaupt möglich ist. Mich hat es auch gefreut, dich kennenzulernen."

Nate ging wieder zurück in die Backstube und überließ die beiden ihrem Genuss.

„Warum waren denn diese Donuts nicht in der Vitrine?", fragte Leah ihn.

„Wahrscheinlich sind sie eine Sonderbestellung", sagte Crowley und biss in seinen ersten Donut.

„Dann essen wir also gerade etwas von der Bestellung für jemand anderen?"

„Ach, er backt sowieso immer ein paar mehr. Du machst dir zu viele Gedanken, Lee. Genieße einfach deinen Donut", antwortete er darauf mit dem Mund voll Kuchen. „Hmmm – der ist fantastisch", sagte er und bot Leah ein Stückchen an.

Sie steckte es in den Mund, während er sich schon über das nächste Exemplar hermachte. Der Bissen schmolz ihr förmlich im Mund.

„Bitte nimm mich nie wieder mit hierher", sagte sie, bevor sie ihren eigenen Donut in Angriff nahm.

„Gefällt es dir hier nicht?", fragte er.

„Im Gegenteil. Es gefällt mir leider viel zu gut", antwortete sie und biss wieder von ihrem Donut ab. „Ich bin ein Donutoholic."

„Dann haben wir ein gemeinsames Problem", sagte Crowley und machte mit der Sorte mit Marmeladenfüllung und Puderzucker weiter.

„Ja, aber du kannst ein halbes Dutzend Donuts essen und siehst immer noch so aus.“ Dabei zeigte sie auf seine Figur.

„Ich bin groß und habe deshalb viel Platz in meinem Körper.“

„Also, wenn ich diese Menge esse, gehe ich auf wie ein Hefekloß“, erklärte Leah seufzend und schob ihm die verbliebene Hälfte von ihrem Donut zu. Er nahm sie dankbar an und verputzte sie auch noch.

„Isst du immer so viele Donuts?“, fragte sie und sah fasziniert zu, wie er seinen letzten verputzte.

„Nein. Normalerweise esse ich nur einen oder zwei und trinke eine Tasse Kaffee dazu“, antwortete er mit einem Achselzucken. „Aber bitte sag's nicht Sophie. Sie würde bestimmt stinksauer.“

Leah trank einen Schluck Wasser und antwortete: „Dein Geheimnis ist bei mir absolut sicher.“ Sie stand auf, um die Rechnung zu bezahlen, und als Crowley ihr folgte, sah sie, dass er sein Portemonnaie zückte.

„Denk nicht mal dran“, sagte sie nur streng.

Daraufhin steckte Crowley sein Portemonnaie achselzuckend wieder ein und sagte: „Okay, kannst du mir bitte noch einen mit Marmelade zum Mitnehmen einpacken, Emma?“

„Ja klar, ich hole rasch einen aus der Backstube.“

„Im Ernst, Crowley? Das wäre dann dein siebter“, sagte Leah ziemlich fassungslos.

Wieder kam als Reaktion nur ein Achselzucken.

Nachdem sie Nates Laden verlassen hatten, fuhr Leah in Richtung des Gerichtsgebäudes weiter.

„Das ist die falsche Richtung“, sagte Crowley, während er langsam seinen Donut verzehrte.

„Ich möchte aber gern das Gerichtsgebäude sehen. Ich sehe dich zwar manchmal im Anzug, aber vielleicht führst du mich damit ja auch nur an der Nase herum.“

Tatsache war jedoch, dass sie es kein bisschen eilig hatte, wieder nach Hause zu fahren. Auch wenn sie sich vorhin über ihn geärgert und sich aufgeregt hatte, fühlte sie sich wirklich wohl in seiner Gesellschaft.

„Ich führe dich nicht an der Nase herum, Lee."

Schweigend fuhren sie weiter bis zu dem riesigen historischen Gerichtsgebäude, wo Leah wendete und dann zurück nach Hause fuhr.

„Zufrieden?", fragte Crowley.

„Toll", antwortete Leah, drehte das Radio etwas lauter und sang den Creedence-Clearwater-Revival-Song *Have You Ever Seen the Rain* mit.

„Woher kennst du denn all die alten Songs?", fragte Crowley.

„Ich habe als Kind ungefähr ein Jahr lang bei einem Hippiepaar gelebt. Die beiden haben mir alles über diese Musik beigebracht und alles, was ich über *Peace* wissen muss, ey." Leah machte das *Peace*-Zeichen in Richtung des lächelnden Crowley, und dann konzentrierte sie sich wieder auf die Straße. „Die beiden waren wirklich cool und hatten einen tollen Musikgeschmack, waren allerdings auch ziemlich unzuverlässig, was die Erziehung anging. Dabei hatten sie fünf Pflegekinder gleichzeitig. Wir mussten uns nie regelmäßig waschen, und manchmal vergaßen sie auch, uns etwas zu essen zu geben."

„Das ist ja schrecklich", sagte Crowley und lächelte jetzt nicht mehr.

„Ach, eigentlich nicht. Es war eine der besten Pflegefamilien, in denen ich je war, weil ich dadurch auf vielen Musikfestivals war. Als dann die Schule meldete, dass wir in dem Schuljahr mehr Fehl- als Anwesenheitstage gehabt hatten, wurden wir aus ihrer Obhut genommen." Sie zuckte mit den Achseln und erklärte: „Ich war damals zwölf, deshalb fand ich, dass es ein ziemlich cooles Jahr war."

„Und was ist mit deinen Eltern?“

„Ich weiß es nicht. Sie haben mich wie ein Stück Müll weggeworfen, als ich ein Baby war, also wen interessiert’s?“

Im Radio lief jetzt *Magic Carpet Ride* von Steppenwolf, und Crowley begann, den Song mitzugrölen.

Leah gab sich alle Mühe, nicht zu lächeln, und fragte: „Und woher kennst *du* all diese alten Stücke?“

„Ich bin eben cool, Schätzchen“, antwortete er, sang einfach weiter und spielte Luftgitarre dazu.

Leah boxte ihm gegen den Arm, um ihn auf sich aufmerksam zu machen, und drehte dann das Radio etwas leiser. Sie gab sich wirklich alle Mühe, sauer zu bleiben, aber das wurde langsam schwierig.

„Wieso bist du eigentlich immer so verdammt glücklich?“

„Warum nicht?“, antwortete Crowley mit einer Gegenfrage.

„Ich weiß nicht, ob du nur so tust oder ob es echt ist.“

„Du hast mich doch auch schon weniger glücklich erlebt, zum Beispiel an dem Tag, als du in *Sophie’s Café* gehumpelt kamst, oder an dem Tag, als ich die ganze Nacht nach Jessup gesucht hatte“, antwortete er.

„Aber trotzdem lächelst du fast immer“, sagte Leah, als sie auf den Parkplatz hinter dem Café einbog und den Wagen dort parkte.

„Das fühlt sich besser an als ein finsteres Gesicht“, erklärte er. Danach saßen sie schweigend eine Weile da, bevor er sagte: „Hör zu, Leah, ich habe keine Ahnung, was du in deinem Leben bisher durchgemacht hast. Ich weiß im Grunde so gut wie gar nichts über dich …“

„Das musst du gerade sagen. Du bist es doch, der herumläuft wie ein armer Anwalt vom Lande und seine Dienste im Tausch gegen ein Hühnchen anbietet.“

Crowley hob abwehrend die Hände und entgegnete: „Hey, immer langsam. Das habe ich nur ein einziges Mal getan."

Aber Leah verdrehte nur die Augen und sagte: „Kannst du nicht einmal ernst bleiben?"

„Aber das bin ich doch. Mrs Jacobs hat mir letztes Jahr ein gebratenes Hähnchen gegeben, weil ich ihr ein paar Papiere beurkundet habe", erklärte er grinsend.

„Eigentlich brauchst du einen Waffenschein für dieses Lächeln", sagte sie und deutete dabei auf seinen Mund.

„Das ist ja schon das zweite Kompliment, das du mir heute machst, Lee. Ich glaube, du fängst an, mich ein ganz kleines bisschen zu mögen, oder?"

„Bilde dir bloß nichts ein, Crow", entgegnete sie und machte dabei den Fehler, ihm in sein umwerfendes Gesicht zu schauen. Sie stieß ein kurzes Grummeln aus und öffnete dann die Autotür, um auszusteigen.

Aber da legte Crowley eine Hand leicht auf ihren Unterarm und sagte: „Das Leben ist zu kurz."

Doch Leah zog ihren Arm weg und entgegnete: „Für mich fühlt es sich eher zu lang an."

Dann schlug sie die Autotür zu, ging mit der halb leeren Wasserflasche in der Hand zum Hintereingang des Cafés und war fest entschlossen, sich nicht noch einmal umzudrehen.

„Vielen Dank für die Donuts, Ma'am."

Da konnte sie nicht widerstehen, sich doch umzudrehen und ihn anzusehen, obwohl sie sich selbst gut zugeredet hatte, es lieber nicht zu tun. Ihr finsterer Blick wich, und sie musste stattdessen grinsen.

„Hebst du dir noch was für später auf?", fragte sie und deutete auf seinen Mundwinkel, an dem noch ein Klecks Erdbeer-Feigen-Füllung klebte.

Da kam Crowley ganz nah an sie heran und fragte: „Warum wischst du es nicht einfach ab?“ Seine verführerischen grünlich blauen Augen schauten verlockend in ihre.

Da nahm Leah den Saum seines T-Shirts, hielt ihn etwas von seinem Körper weg, schüttete einen kleinen Schluck Wasser aus ihrer Flasche darauf, zog es hinauf zu seinem Mund und wischte den Klecks ab, sodass jetzt das weiße T-Shirt verschmiert war. „Bitte schön“, sagte sie selbstzufrieden.

Daraufhin registrierte sie aus dem Augenwinkel eine so schnelle Bewegung bei ihm, dass sie zurückzuckte, weil sie dachte, er würde sie schlagen, aber er zog nur sein T-Shirt aus und warf es nach ihr.

„Na, ich hoffe, du bist jetzt zufrieden, dass ich halb nackt den ganzen Weg nach Hause gehen muss. Mit Marmeladenflecken kann ich mich doch nirgends blicken lassen“, sagte er und grinste sie an.

Leah fiel von einem Schock in den nächsten, als sie jetzt seinen perfekt straffen, muskulösen Oberkörper sah.

„Das kann doch nicht wahr sein!“, sagte sie mit empörtem Unterton und zeigte auf seinen Körper. „Du hast gerade einen Haufen Donuts gegessen, und dann siehst du unter deinem Shirt so aus? Unglaublich.“

Er hob die Hände, als wollte er sagen: „Tja, was will man machen …“, und stolzierte davon. Ihr blieb nichts übrig, als mit angehaltenem Atem seinen nackten breiten Schultern hinterherzuschauen, die mit den schmalen Hüften ein perfektes V bildeten.

Als er außer Sichtweite war, fing sie wieder an zu atmen, stapfte die Treppe hinauf und ging direkt in die Waschküche, wo sie die Flasche mit Fleckentferner aus dem Schrank nahm. Sie musste jetzt über ihre eigene Kühnheit grinsen. Es fühlte sich gut an, einem Mann gegenüber Überlegenheit zu demonstrieren. Und ihm hatte es offenbar auch gefallen, es zuzulassen.

Bei diesem Gedanken wurde ihre Haltung weicher, und sie konnte nicht widerstehen, das T-Shirt kurz an ihre Nase zu halten und den Geruch einzuatmen. Es war ein männlicher, herber Duft – sauber und ein ganz bisschen würzig. Sie hatte schon ein paarmal tief eingeatmet, bevor sie sich selbst in ihrem Spiegel sah und sich richtig töricht vorkam. Sie rieb deshalb rasch den Fleck mit Fleckentferner ein und steckte dann das Shirt in die Waschmaschine.

*

Als Crowley am nächsten Morgen seine Haustür aufmachte, hing an der Türklinke eine Plastiktüte mit seinem frisch gewaschenen T-Shirt und einem Zettel.

Tut mir leid wegen gestern. Du hast ein Recht auf deine Privatsphäre. – Leah.

Er war froh, dass es so klang, als wäre sie über die Sache hinweg. Er musste noch einmal daran denken, wie sie bei seiner abrupten Bewegung zusammengezuckt war, so als hätte sie Angst gehabt, dass er ihr wehtun würde.

Er schaute auf den Zettel und flüsterte vor sich hin: „Wer hat dir wehgetan, Leah?“, während er in Gedanken versunken wieder hineinging.

Am liebsten wäre er hinüber in *Sophies Café* gegangen, um Leah zu sehen, aber er hatte das Gefühl, sie brauchte erst mal eine kleine Auszeit von ihm. An diesem Abend machte er sich sein Essen selbst und beschäftigte sich mit Büroarbeiten, die noch erledigt werden mussten, denn Crowley hatte keine Sekretärin. Sein Vater hatte ihm immer wieder eingeimpft, dass man nie jemand anderen etwas für sich tun lässt, das man auch selbst erledigen konnte.

20

Am nächsten Tag betrat Crowley eine ganze Weile nach Ladenschluss mit seinem eigenen Schlüssel das Café. Leah war gerade dabei, den Boden zu wischen.

„Bist du immer noch satt von all den Donuts?", fragte sie ihn und sah ihn eine Weile an, während sie den Wischmopp auswrang. Jetzt musste sie nur noch hinter dem Tresen putzen, dann war sie fertig. Als sie den Wischeimer dorthin schob, folgte Crowley ihr.

„Wo ist denn Sophie?", fragte er, stibitzte sich ein Sandwich aus der kleinen Kühlvitrine und verputzte es in seinem gewohnt rasanten Tempo.

„Ich habe sie gezwungen, wieder mal an einem Spieleabend ihres Damenkränzchens teilzunehmen", antwortete Leah auf seine Frage und scheuerte auf einem hartnäckigen Fleck herum.

„Du tust ihr wirklich gut", sagte er mit einem dankbaren Lächeln zwischen zwei Bissen. „Und damit gelingt dir etwas, das ich seit 15 Jahren vergeblich versuche."

„Sie ist ja auch gut zu mir", erklärte Leah daraufhin, immer noch mit dem Boden hinter dem Tresen beschäftigt.

Crowley aß den letzten Bissen von seinem Sandwich, warf dann die Verpackung weg und legte ihr behutsam die Hand auf die Schulter, um sich bemerkbar zu machen. Sie hörte auf zu wischen und sah ihn an.

„Würdest du mit mir auf eine kleine Autotour kommen, Leah?“

„Ja, ich denke schon … lass mich hier nur noch schnell zu Ende putzen, ja?“ Und schon wischte sie weiter.

Da nahm Crowley ihr den Wischmopp aus der Hand und sagte: „Komm, ich mache das. Dann kannst du dich schon umziehen.“

„Aber das ist mein Job. Außerdem bin ich doch fast fertig und ein Kunde sollte hier nicht putzen.“ Sie streckte ihre Hand nach dem Wischmopp aus, aber er wischte einfach weiter.

„Ich bin kein Kunde“, erklärte er daraufhin. „*Sophies Café* gehört mir, also kann es ja wohl nicht schaden, wenn ich meine eigenen Böden wische“, gestand er verlegen, ohne aufzublicken.

Leah blinzelte ein paarmal und versuchte zu begreifen, was er da gerade gesagt hatte.

„Was? Ich dachte das Café gehört Sophie.“

„Nein, der Eigentümer bin ich, nicht zu verwechseln damit, wer hier der Boss ist – nämlich Sophie.“ Er schmunzelte, während Leah ihn immer noch fassungslos anstarrte.

„Ich habe Sophie das Café abgekauft, damit sie ein bisschen langsamer machen und den Duft der Rosen genießen kann. Doch seitdem sie sich keine Gedanken mehr über die Buchhaltung zu machen braucht, kümmert sie sich mit umso mehr Elan um das Tagesgeschäft. Und damit ist im Grunde die ganze Sache nach hinten losgegangen, denn ich wollte eigentlich, dass sie sich zur Ruhe setzt.“

„Aber warum bezahlst du immer dein Essen, wenn dir der Laden gehört?“

„Es geht niemanden etwas an, dass rein juristisch ich der Eigentümer bin.“

„Und warum gibst du es dann mir gegenüber zu?“, fragte Leah und band sich die Schürze ab.

„Weil du und ich für eine sehr lange Zeit Freunde sein werden, und ich glaube, wir müssen anfangen, einander zu vertrauen, findest du nicht?"

Leah nickte nur und wandte sich dann Richtung Treppenaufgang. „Ich dusche nur noch schnell."

„Dabei könnte ich auch helfen", neckte er sie, wischte aber weiter.

„Hör auf damit, Crow", sagte sie nur, bevor sie die Tür hinter sich schloss.

Eine Viertelstunde später traf Leah, mit einem pinkfarbenen Off-Shoulder-Shirt und einer schwarzen Leggings bekleidet, Crowley an der Treppe wieder. Ihr Haar war noch feucht vom Duschen.

„Sie sehen frisch wie eine Frühlingsblume aus, Ma'am", sagte Crowley mit seinem Südstaatencharme, zog sie an sich und schnüffelte an ihrem Hals entlang, um ihren Duft aufzunehmen. Das wiederum löste bei ihr eine Ganzkörpergänsehaut aus.

„Und du riechst auch wie eine frische Frühlingsblume."

„Jetzt hör schon auf mit deiner ‚*Frische*'-Nummer und sag mir, wohin wir fahren."

Crowley atmete noch ein letztes Mal ihren Duft ein, bevor er den Kopf wieder hob und ihr in die Augen sah. „Ich möchte dir mein Farmhaus zeigen."

„Eine Farm hast du also auch noch?"

Crowleys Lächeln wurde breiter, als er sie hinter sich her zum Hintereingang zog, wo schon sein Truck bereitstand.

„*Ooooh* … darf ich fahren?", fragte Leah. Sie strahlte übers ganze Gesicht und setzte sich auf den Fahrersitz.

„Kannst du denn Fahrzeuge mit Gangschaltung fahren?", fragte Crowley und stieg mit skeptischer Miene auf der Beifahrerseite ein.

„Nein, aber der *weise alte* Crow wird es mir bestimmt zeigen", entgegnete sie mit einem Lächeln.

Er erklärte ihr rasch die Funktionsweise und fragte dann: „Hast du es verstanden?"

„Klar. Und in welche Richtung soll ich jetzt fahren?" Sie ließ die Kupplung kommen und der Motor heulte auf.

„Zur Plantage. Den Weg kennst du ja." Crowley schnallte sich an und griff um Leah herum, um sie ebenfalls anzuschnallen.

„Aber das ist *kein* Farmhaus, Sir."

„*Plantage* ist nur ein schickeres Wort für Farmhaus. Und außerdem hat meine Familie es immer so genannt."

Leah fuhr langsam an, würgte dabei aber den Motor ab, doch beim zweiten Versuch gelang ihr das Anfahren. Sie befolgte Crowleys Anweisungen und hatte keine Probleme mit dem Schalten.

„Nicht schlecht, Lee", lobte er sie.

„Wenn man sich allein durchschlagen will, muss man Dinge schnell kapieren." Als sich daraufhin ihre Blicke begegneten, sah er so aus, als wäre er über ihre Bemerkung nicht besonders glücklich. Sie wünschte sich, sie hätte sie zurücknehmen können. *Wenn er wüsste …*

Als sie an der Plantage ankamen, stand das Tor zum Anwesen bereits offen. Fragend sah Leah ihn an.

„Ich war heute früh schon mal da. Fahr einfach weiter geradeaus und parke vorm Haus", wies er sie an. Nachdem sie das Fahrzeug abgestellt hatte, führte Crowley sie die Auffahrt entlang und erklärte: „Wenn es dir recht ist, möchte ich dir gerne meine Lieblingsplätze zeigen, bevor wir ins Haus gehen."

„Klar. Wir haben's doch nicht eilig, oder?", fragte sie.

„Nein gar nicht", antwortete er lächelnd. Als sie etwa die halbe Auffahrt zum Haus zurückgelegt hatten, setzte sich Crowley unter eine der gewaltigen Eichen.

Leah folgte ihm, und als sie sich mit dem Rücken an den Stamm lehnte, hatte sie den perfekten Blick auf das Haus. Es sah wie ein atemberaubendes Gemälde aus, auf dem das silbrige Louisianamoos in den Bäumen das Herrenhaus einrahmte.

Crowley streckte sich direkt vor Leah aus, damit er sie ansehen konnte, denn ihr Anblick gefiel ihm von Mal zu Mal besser.

„Wie kommt denn ein so junger Mann wie du an so ein Anwesen?", fragte Leah und bestaunte dabei weiterhin die Kulisse.

„Es gehört seit Generationen meiner Familie. Als ich klein war, haben die Eltern meines Vaters hier gelebt. Mein Großvater Mason war ein Immobilienmogul und hat meinen Eltern zur Hochzeit das Haus in der Stadt geschenkt, in dem ich jetzt wohne, und zwar mit dem Auftrag, es mit Kindern zu füllen. Jahrelang haben meine Eltern es versucht, aber ohne Erfolg. Irgendwann haben sie dann aufgegeben und begonnen, alle Kinder aus der Stadt total zu verwöhnen."

Crowley hielt inne, setzte sich auf und legte seine Füße auf eine dicke oberirdische Wurzel der Eiche. „Ich war dann für meine Eltern die unerwartete Überraschung zum 45. Geburtstag meiner Mutter. Sie dachte, sie hätte Wechseljahresbeschwerden, aber dann stellte sich heraus, dass sie schwanger war." Er lächelte, als er sich jetzt daran erinnerte, wie sie ihm diese Geschichte als Kind immer wieder erzählt hatte.

„Als ich 16 war, haben sich meine Großeltern in Europa zur Ruhe gesetzt und auf Wunsch meiner Eltern ihren gesamten Besitz *mir* überschrieben. Außerdem bekam ich noch einen fetten Treuhandfonds. An dem Tag wurde mir zum ersten Mal bewusst, wie reich meine Familie war. Wir lebten nämlich nicht so wie andere reiche Leute. Meine Eltern haben mir beigebracht, auf eigenen Beinen zu stehen und mich nicht auf Geld und Besitz auszuruhen."

„Ich bin sprachlos", flüsterte Leah.

„Kurz nachdem alle Formalitäten erledigt waren, haben meine Mutter und ich angefangen, das Farmhaus von Grund auf zu sanieren. Aber kurz nachdem wir damit begonnen hatten, brach in dem alten Gebäude ein Feuer aus, sodass wir noch einmal ganz von vorne anfangen mussten. Wir mussten den ursprünglichen Bauplan recherchieren und unglaublich viele Einrichtungsgegenstände wiederherstellen oder wiederbeschaffen."

Während Crowley mit ein paar kleinen Stöcken spielte, beschloss er, die Geschichte seiner Familie jetzt auch zu Ende zu erzählen, und ohne Leah dabei anzusehen, fuhr er fort: „Im Sommer nach meinem Highschool-Abschluss war das Haus dann komplett wiederhergestellt, und es fehlten nur noch die Holzverschalung und der Anstrich. Das sollte in dem Jahr das Sommerprojekt meiner Mutter und mir werden, denn wir wollten mit allem fertig sein, bevor ich aufs College ging."

Er schüttelte traurig den Kopf und fuhr fort: „Sie hat sich so auf das gemeinsame Projekt gefreut. Alles war geplant. Dann ist sie zum Arzt gegangen, weil sie eine hartnäckige Bronchitis hatte, und zwei Wochen später wurde Lungenkrebs bei ihr diagnostiziert."

„Das ist ja furchtbar", flüsterte Leah und griff nach Crowleys Hand, während er um Fassung rang.

„Das Schlimme daran ist, dass sie in ihrem ganzen Leben nie auch nur eine einzige Zigarette geraucht hat. Wenn ich heute sehe, wie Menschen durch Rauchen ihre Gesundheit ruinieren, möchte ich sie am liebsten anschreien: ‚Warum sie und nicht ihr?'"

Leah merkte, dass es bei dieser brutalen Ehrlichkeit mit seiner üblichen Lockerheit plötzlich vorbei war.

„Die Ärzte haben getan, was sie konnten – Operation, Chemotherapie, Bestrahlungen –, aber die Behandlung hat bei ihr nicht angeschlagen." Crowley war eine Weile ganz still und fuhr dann fort: „Meine Mutter war so voller Liebe. Sie konnte durch ihr Lachen einen ganzen Raum zum Leben erwecken, und sie hat gern gelacht und Scherze gemacht. Sie hat immer gesagt, dass man gar nicht richtig lebt, wenn man nicht lacht."

„Dann hast du das also von ihr. Dein Lachen ist wirklich ansteckend", sagte Leah.

Crowley zuckte nur mit den Achseln und fuhr fort: „Es war qualvoll mitanzusehen, wie die Krankheit ihr den letzten Funken Leben herausgesaugt hat. Meine Eltern haben dann in der Nähe von der *Duke University* eine Wohnung gemietet, weil meine Mutter dort an einer klinischen Studie für einen neuen Therapieansatz teilgenommen hat. Eigentlich wollte ich meine Eltern dorthin begleiten, aber sie haben darauf bestanden, dass ich wie geplant mit meinem Studium beginne. Ich habe dann aber jedes Wochenende bei ihnen verbracht." Er machte eine Pause und räusperte sich, während Leah geduldig abwartete, bis er weitersprechen konnte.

„Nicht ganz ein Jahr hat sie es dann noch geschafft, und im darauffolgenden Winter ist mein Vater ihr gefolgt. Der Arzt hat gesagt, er sei an einem Herzinfarkt gestorben, aber ich weiß, dass es ein gebrochenes Herz war. Die beiden haben sich sehr geliebt und immer gesagt, sie könnten ohne einander nicht leben. Ich nehme an, dass sie das wirklich so gemeint haben."

Crowley musste sich eine Weile sammeln, bevor er wieder aufblickte. Als er Leah schließlich ansah, erfasste ihn eine Welle von Zärtlichkeit, denn er merkte, dass ihr ununterbrochen lautlos Tränen übers Gesicht liefen. Ganz behutsam wischte er sie ihr mit den Fingerspitzen fort.

„Dann bist du also auch eine Waise", flüsterte sie, woraufhin Crowley langsam den Kopf schüttelte und erklärte: „Nein. Ich habe ein Leben voller Liebe und Erinnerungen geschenkt bekommen *und* Sophie."

Er rutschte zu ihr hin, um sie an sich heranzuziehen, und lehnte sich dann wieder an den Baumstamm und fügte hinzu: „Und du hast Sophie doch auch."

Nachdem ihre Tränen irgendwann wieder getrocknet waren, schlief Leah in Crowleys beruhigender Anwesenheit ein, und als sie ungefähr eine Stunde später wieder aufwachte, hatte sie den Duft von Gras und Geißblatt in der Nase, der auch in dem immer wiederkehrenden Traum von ihrer Tochter vorkam. Sie schlug die Augen auf und stellte fest, dass Crowley ihr Gesicht betrachtete.

„Tut mir leid, dass ich eingeschlafen bin", entschuldigte sie sich und rieb sich die Augen. „Ich habe letzte Nacht schlecht geschlafen." In den letzten paar Nächten hatte sie immer wieder diesen einen Traum gehab, und je mehr Nähe zu Crowley entstand, desto mehr quälte sie das Martyrium, das sie erlebt hatte.

„Das kann ich gut verstehen. Ich habe in den vergangenen paar Nächten auch nicht besonders gut geschlafen", erklärte er.

In diesem Augenblick hielt Leah schnuppernd die Nase in die Luft und sagte: „Es duftet nach Geißblatt."

„Ja, um das gesamte Anwesen herum wächst Geißblatt. Ich liebe den süßlichen Duft. Ich glaube fast, auch meine Nase ist süchtig nach Süßem", erklärte Crowley und sah ihr in die Augen. „Magst du Geißblatt nicht?"

„Doch, sehr sogar. Ich rieche es sogar oft in meinen Träumen", antwortete Leah.

Sie setzte sich auf und wischte sich die Augen. Als sie sich mit den Fingern durch die Locken fuhr, beugte sich Crowley vor, berührte ihr Haar, und es gefiel ihr mehr, als sie es jemals für möglich gehalten hätte, seine Hände dort zu spüren.

„Dein Haar ist wirklich lang geworden", sagte er.

„Gefällt es dir nicht?"

„Doch. Du hast die schönsten Haare, die ich je gesehen habe, Miss Allen", antwortete er und fuhr ihr mit den Fingern durch die Locken. „Ich bin verrückt nach diesen Locken", fuhr er fort und zwinkerte ihr dabei zu.

„So, genug geflirtet, Sir. Ich hätte jetzt gerne eine Führung durch Ihr *Farmhaus.*"

„Zu Befehl, Ma'am!"

Sie standen also auf und gingen zur großen Veranda vor dem Haus. Als sie vor der Eingangstür standen und Crowley sie aufschloss, ließ Leah ihren Blick über die ausladende Veranda schweifen. „Irgendwann werde ich mich auf diese Veranda schleichen und den ganzen Tag einfach nur hier sitzen."

„Wieso denn das?", fragte Crowley und schaute sich jetzt ebenfalls dort um.

„Na, sie schreit doch förmlich nach Geselligkeit", antwortete Leah.

Crowley schaute zu der Sitzgruppe um einen kleinen Tisch herum und sagte: „An dem Tisch dort habe ich mit meinem Großvater unzählige Partien Schach gespielt. Als ich zwölf war, konnte ich ihn schon ab und zu schlagen." Dann drehte er sich zu den Verandastufen um und erzählte weiter: „Anna hat auf der Treppe dort Teepartys veranstaltet, und ich musste mit ihr zusammen Gastgeber für ein paar ihrer Babypuppen sein. Ich habe sie auf die Bibel schwören lassen, nie jemandem zu erzählen, dass ich solche Mädchensachen mit ihr gespielt habe, und daran hat sie sich auch gehalten."

Als Leah deshalb kichern musste, sah er sie durchdringend an und fragte: „Muss ich dich etwa auch auf die Bibel schwören lassen?"

„Nein, Crowley, dein Geheimnis ist bei mir sicher", erklärte sie. Sie fand sein Geständnis einfach rührend und musste gegen den Drang ankämpfen, ihm einen Kuss auf die Wange zu geben. Sie folgte seinem Blick hinüber zur Verandaschaukel und fragte: „Noch eine Erinnerung?"

„Das da war der Lieblingsplatz von mir und meiner Mutter. Ich habe meinen Kopf in ihren Schoß gelegt, und dann haben wir geschaukelt. Sie liebte es, mir mit den Fingern durchs Haar zu streichen." Ein kaum wahrnehmbares Lächeln umspielte seinen Mund. „Sie hat mir so ziemlich jedes Mal, wenn wir hier gesessen haben, gesagt, dass ich ein Geschenk Gottes sei – ihr kostbarster Schatz auf dieser Welt."

Einen Moment lang ruhte sein Blick auf der Schaukel, bevor er die große schwarze Eingangstür aufstieß und Leah mit einer Geste einlud voranzugehen.

Beim Betreten des gewaltigen Foyers kam Leah kühle Luft entgegen. Ein riesiger eleganter Kronleuchter hing in der Mitte der Eingangshalle, die von einer großzügigen Treppe dominiert wurde. Die wunderschönen Dielenböden aus glänzendem Nussbaumholz sahen aus, als hätte noch nie ein Fuß sie betreten. Leah zögerte.

„Was ist denn?", fragte Crowley, schloss die Eingangstür hinter ihnen und legte Leah als Aufforderung weiterzugehen ganz leicht seine Hand ins Kreuz.

„Es ist nur …", sie versuchte, alles in sich aufzunehmen. „Wow."

Das Foyer ging in ein behagliches Wohnzimmer mit großen, dick gepolsterten antiken Ohrensesseln in einem intensiven Bordeauxrot mit blauen Streifen über. Ein antikes Sofa mit einem Holzgestell und einem dunkelblau-cremefarbenen Bezug mit Paisleymuster stand bei den Sesseln, und darunter lag ein gemusterter Perserteppich.

Auf dem Sims des mächtigen gemauerten Kamins stand ein Ölgemälde, dessen Motiv fast genau der gleiche Blick war, den Leah vorhin auf das von Eichenzweigen eingerahmte Haus gehabt hatte.

Leah drehte sich um und sah über die Schulter zu dem Jungen vom Lande mit seiner zerschlissenen Baseballmütze, dem T-Shirt, der abgetragenen Cargo-Shorts und den Flipflops. Seine meerblauen Augen beobachteten aufmerksam ihre Reaktion. Sie schaute sich in dieser erlesenen Umgebung um und schüttelte kaum merklich den Kopf.

Crowley trat hinter ihr hervor, sah sie mit hochgezogenen Augenbrauen an und fragte: „… und?"

Sie war leicht erheitert darüber, wie Crowley, der immer nur grenzenlose Selbstsicherheit ausstrahlte, jetzt, da er einem Mädchen sein Zuhause zeigte, tatsächlich ein bisschen unsicher war.

„Damit hätte ich niemals gerechnet. Ich meine … mit dem hier …", sagte sie mit einer Geste auf die Umgebung, „… im Zusammenhang mit dir."

Er kratzte sich sein stoppeliges Kinn und schaute hinüber zu der Sitzgruppe. „Diesen Teil hat meine Mutter entworfen. Alle Möbel, die vor dem Feuer gerettet werden konnten, sind restauriert worden und stehen jetzt hier." Crowley steckte die Hände in die Taschen. „Eigentlich ist das nicht mein Stil, aber ich habe es ihr zu Ehren so gelassen."

„Es gefällt mir, wie offen alles ist", bemerkte Leah mit einer ausladenden Geste.

„Ja, wir haben den Grundriss geändert und ein paar Wände herausgerissen. Und in alle Schlafzimmer haben wir begehbare Wandschränke eingebaut."

„Wie viele Schlafzimmer gibt es denn?", fragte sie.

„Sechs. Das eine im Erdgeschoss sollte eigentlich mal als Büro dienen, die anderen Schlafzimmer sind alle in der zweiten Etage, und in der dritten Etage sind nur Büros. Den Keller haben wir als großes Familienzimmer eingerichtet mit einer voll eingerichteten Küche und außerdem gibt es dort einen Fitnessraum mit allem Drum und Dran. Ich trainiere gern allein."

„Na, da bin ich aber erleichtert", witzelte Leah.

„Worüber?"

„Na, dass du trainieren musst", sagte Leah und machte dabei ein Gesicht, über das er schmunzeln musste.

Crowley zog jetzt eine Hand aus der Hosentasche und griff nach Leahs Hand. „Komm", sagte er und ging mit ihr nach oben.

Dort angekommen, zeigte er nach rechts und erklärte: „In dieser Richtung sind zwei Schlafzimmer mit jeweils einem Bad."

Er zog Leah mit sich den Gang entlang und blieb vor einer massiven Doppeltür stehen. „Das hier ist das Elternschlafzimmer", sagte er und öffnete die Tür, hinter der sich ein atemberaubendes Zimmer befand.

Ein massives Himmelbett aus Holz mit salbeigrünen Vorhängen und einem Baldachin aus demselben Stoff beherrschte den friedvollen Raum. Ein niedlicher kleiner Hocker stand als Einstiegshilfe davor, weil es so hoch war. Ein gewaltiger Kamin wärmte den Raum schon so, ohne dass ein Feuer darin brannte.

Crowley bemerkte, dass Leah das Ölbild über dem Kaminsims ganz genau betrachtete.

„Das Bild hat ein einheimischer Künstler gemalt, der genau dort auf dem Balkon gestanden hat, um den Blick auf den Fluss festzuhalten", sagte er und zeigte auf eine bodentiefe Doppeltür.

Leah ging hinüber und warf einen Blick hinaus auf den gemütlichen Balkon, von dem aus man einen beeindruckenden Blick über den Fluss hatte.

Crowley nahm eine kleine Fernbedienung vom Nachttisch und sagte: „Hey, guck mal." Er richtete die Fernbedienung auf das Ölbild, drückte auf einen Knopf, und geräuschlos glitt das Bild zur Seite, um dahinter einen Flachbildfernseher zum Vorschein kommen zu lassen.

„Sehr cool, Crow", sagte Leah grinsend.

Sie ging auf die rechte Seite des Bettes und warf einen Blick in eine Nische, in der sich eine einladende Sitzecke und ein Bücherregal befanden. Sie drehte sich zu Crowley um und sagte: „Das Zimmer ist ja riesig."

„Ja, wir haben damals aus drei Schlafzimmern eines gemacht", erklärte ihr Crowley und legte die Fernbedienung wieder zurück auf den Nachttisch. Dann ging er zu der gepolsterten Bank am Fußende des Bettes, setzte sich und stützte sich mit den Ellenbogen auf dem weichen Bett hinter sich ab.

Leah öffnete eine weitere Flügeltür, hinter der sich das Bad befand. Es hatte einen weißen Marmorboden mit grauer Maserung, und ihr fiel sofort ein exquisiter schmiedeeiserner Kronleuchter auf. Die Wände waren zweigeteilt. Das untere Drittel hatte eine weiße Holzvertäfelung, der obere Teil war in einem weichen Salbeigrün gestrichen. Eine riesige Klauenfußbadewanne dominierte den gesamten Raum.

„Wie schwierig war es wohl, eine Badewanne zu finden, die groß genug für einen sanften Riesen wie dich ist?", rief Leah ihm aus dem Bad zu.

„Nicht gerade einfach, das kann ich dir sagen."

In dem Bad befand sich außer der prachtvollen Wanne noch eine riesige bodentiefe Dusche mit Glaswand, sodass der Blick in den weiten Raum nicht unterbrochen wurde.

Leah betrat die Dusche und bemerkte: „Die Dusche ist größer als so manches Schlafzimmer, das ich bisher gehabt habe", und als sie die Dusche wieder verlassen wollte, stellte sie fest, dass Crowley in der Tür stand und sie beobachtete.

„Ich bin ein großer Mann. Ich brauche viel Platz", erklärte er und gab dann den Weg frei, damit sie das Bad wieder verlassen konnte.

In dem Schlafzimmer befanden sich noch zwei weitere Türen, und als Leah die erste öffnete, fand sie dahinter einen leeren begehbarer Kleiderschrank vor. Sie schaute sich die Tür genauer an, und Crowley bemerkte, dass sie erstaunt war.

Er fragte deshalb: „Was ist denn?"

„Sie hat kein Schloss", antwortete Leah nur achselzuckend.

Etwas irritiert sah Crowley sie an. „Aber ein Schloss an einer Kleiderschranktür ergibt doch gar keinen Sinn, Lee."

„Da gebe ich dir absolut recht", murmelte sie, ohne ihn dabei anzusehen, kontrollierte aber aus reiner Gewohnheit auch noch die andere Tür.

„Das ist noch ein Kleiderschrank. Und nein, er ist auch nicht abschließbar." Er nahm Leah bei der Hand, verließ mit ihr das Zimmer und sagte: „Komm, ich habe Hunger."

Doch Leah zupfte an seinem Ärmel, sodass er stehen bleiben musste, und sagte ganz ernsthaft: „Du hast ein wunderschönes Zuhause, Crowley."

„Haus", korrigierte er sie. „Ein Zuhause würde es erst durch eine Familie, und die fehlt." Dabei lächelte er sie matt an und ging dann die Treppe hinunter.

Leah bemerkte die Traurigkeit in seiner Stimme und fragte sich, warum ein so wundervoller Mann nicht bereits ein Haus voller Kinder hatte. Er schien das Alleinsein als Junggeselle jedenfalls nicht gerade zu genießen.

Crowley führte Leah auf die Rückseite des Hauses in eine riesige Küche, die beinah die gesamte Hausbreite einnahm. Die Küche hatte eine flippige Landhausatmosphäre, in der Leah Crowleys Handschrift wiedererkannte.

Die Nüchternheit und Strenge der Küchengeräte aus Edelstahl wurde etwas aufgefangen durch Ober- und Unterschränke aus warmem Eichenholz. Die Oberschränke waren alle mit einem schönen Kranzprofil verziert, und eine Holzdecke mit offen liegenden Deckenbalken in Verbindung mit den schwarzen Granit-Arbeitsplatten und dem tiefen Retro-Porzellanspülbecken gaben dem Raum noch mehr Charakter.

Eine mächtige, massive Kücheninsel mit einem auf alt getrimmten weißen Unterteil und einer Arbeitsplatte aus Walnussholz nahm die Mitte der Küche ein. Darauf stand eine fast einen Meter hohe Figur von einem Hahn, der aussah, als wäre er geradewegs aus dem Gemälde in *Sophies Café* herausstolziert und hätte sich in Crowleys Küche niedergelassen.

„Diese Küche gefällt mir", sagte Leah und strich mit der Hand über die glatte Arbeitsfläche. Sie schaute in eine Reihe von Emaillebehältern hinein und stellte fest, dass sie alle leer waren.

Crowley griff nach oben, um eine der Pendellampen über der Kücheninsel vorsichtig festzuhalten. „Die hier haben mein Vater und ich selbst gebaut." Die Lampenschirme waren aus blauen Einweckgläsern gemacht, die an verschnörkelten schmiedeeisernen Halterungen befestigt waren.

„Oh, wie hübsch", sagte Leah, als sie sich die Lampen genauer ansah.

„Wir sind mit unserer Idee zu einem Kunstschmied hier im Ort gegangen, und er hat uns dann geholfen, sie so hinzubekommen. Ich fand sie perfekt für eine Farmhausküche."

Leah musste lächeln, als er wieder diese stark untertriebene Bezeichnung für das Plantagenanwesen verwendete. Ihr Blick wanderte jetzt hinüber zu einer Wand, an der ein alter olivgrüner Geschirrschrank stand, dessen Türen mit Hasendraht bespannt waren. Neben dem schweren Möbelstück war die Wand mit einer

Reihe von alten Werbeschildern aus Metall dekoriert. Auf einem davon war ein Huhn auf seinem Nest abgebildet, darunter befand sich die Aufschrift: *Frische Eier zu verkaufen.* Ein anderes Schild mit einem gelben Halbmond darauf machte Werbung für *Moon Pies* – eine süße Leckerei aus den Südstaaten. Doch Leahs Lieblingsschild war eines mit der bordeauxroten Aufschrift: *Das Leben ist unberechenbar … immer zuerst das Dessert essen.*

„Jede Wette, dass du das da selbst ausgesucht hast", sagte sie und zeigte auf das alte Schild.

Crowley betrachtete es lächelnd und sagte: „Jep. Das hat mich auf jeden Fall angesprochen." Dann ging er hinüber zum Backofen und drehte am Temperaturschalter.

„Was gibt es denn zu essen?", fragte Leah, die ganz in seiner Nähe an die Arbeitsplatte gelehnt dastand.

„Steak, Ofenkartoffeln und Salat", sagte er und legte zwei in Alufolie gewickelte Kartoffeln in den Ofen.

„Kann ich bei irgendetwas helfen?"

„Den Salat habe ich vorhin schon gemacht, also brauchst du mir nur Gesellschaft zu leisten", antwortete Crowley und warf ihr ein schiefes Grinsen zu.

„Vielleicht schaffe ich das", sagte sie und lächelte zurück.

„Die Kartoffeln brauchen eine Weile. Was hältst du davon, wenn ich dir noch ein bisschen mehr vom Haus zeige?"

„Ja gerne", antwortete Leah, ging hinüber zu Crowley und griff zum ersten Mal von sich aus nach seiner Hand, hatte dabei aber vor lauter Unsicherheit Herzrasen. Ihre ausgestreckte Hand war ein dringend notwendiger nächster Schritt gewesen, und als er ganz selbstverständlich ihre Hand nahm, war Leah überrascht, wie richtig es sich anfühlte.

Die nächste Stunde verbrachten sie auf einem Rundgang durch das Familienzimmer, die große Waschküche und einen versteckten Gang hinter der Treppe. Die Hausführung endete in dem großen repräsentativen Esszimmer mit dem glänzenden Holztisch, um den zwölf gepolsterte Stühle standen, ebenfalls auf einem Perserteppich in leuchtenden Farben. Der Tisch war wunderschön, aber was Leah wirklich faszinierend fand, war eine große Vitrine mit Porzellan.

„Was um alles in der Welt ist denn das?", fragte sie verblüfft und trat näher an die Vitrine heran.

Crowley kam hinterher und lachte leise. „Also das da ist einer der Gründe, weshalb ich meine Mutter so schrecklich vermisse." Er öffnete die Glastüren und nahm zwei Essteller heraus. In der Porzellanvitrine befanden sich 25 Gedecke aus Porzellan – jedes in einem anderen Muster. Der Teller in Crowleys rechter Hand war weiß mit einem roten und goldenen Rand, der in der linken war blaues Wedgewood. Leah nahm sie ihm vorsichtig aus der Hand und betrachtete die Muster aus der Nähe.

„Meine Mutter und Sophie haben damals einen ganzen Tag im Porzellanladen verbracht, um all die nicht zueinanderpassenden Teile auszusuchen. Meiner Mutter war bewusst, wie dankbar sie dafür sein konnte, in so großem Wohlstand zu leben, aber sie hat immer gesagt, dass sie das auf keinen Fall heraushängen lassen wollte."

Wieder lachte Crowley leise.

Leah schaute sich all die unterschiedlichen Geschirrmuster an. „Das klingt so, also ob ich deine Mutter gemocht hätte."

Crowley nahm erst Besteck aus der Silberschublade, gab es Leah und holte dann noch zwei Salatteller aus dem Schrank, einen mit einer Hummel in der Mitte und einer grünen Borte am Rand und den anderen mit einem lebhaften Magnolienblütenmuster. Dann ging er vor Leah her wieder in die Küche und stellte die Teller auf die Kücheninsel.

Nach einem deftigen Essen half Leah ihm beim Abwasch, und als sie so nebeneinander an der Spüle standen, fiel Leah auf, wie still er geworden war.

Sie stupste ihn mit der Hüfte an und fragte ihn: „Woran denkst du gerade?“ Dabei reichte sie ihm einen fertig gespülten Teller.

„Dass ich gerade zum ersten Mal seit dem Tod meiner Eltern wieder in diesem Haus gegessen habe.“

Ganz tief in ihrem Inneren registrierte sie, was für ein tiefgreifendes Geständnis das war. „Nein … wirklich?“

Er nickte nur schweigend.

Leah rechnete kurz nach und sagte: „Dann hat dieses Haus hier seit über zehn Jahren einfach nur so herumgestanden?“ Sie zog den Stöpsel aus dem Spülbecken und trocknete sich die Hände an einem der Küchenhandtücher ab, bevor sie es Crowley weiterreichte.

Er konzentrierte sich ganz aufs Händeabtrocknen und antwortete dann schließlich mit einem Seufzen: „Sophie hat immer wieder davon angefangen, dass ich eine Einweihungsparty für das Haus feiern soll, und am Ende habe ich mich damit einverstanden erklärt, wenigstens draußen im Garten zu feiern. Es war, im Frühling nachdem meine Eltern gestorben waren, und mir kam es einfach zu persönlich … zu intim vor, alle Welt in dieses Haus zu lassen.“

Leah schlang die Arme um seine Körpermitte und umarmte ihn. „Danke, dass du mich hereingelassen hast“, sagte sie, den Kopf an seine Brust gelegt.

Er strich ihr sachte über den Rücken. „Meinst du, du könntest das Gleiche tun?“

Leah blickte auf und fragte: „Was denn?“

Crowleys hypnotischer Blick bohrte sich in ihren. „Mich in dein Leben hereinlassen, Leah“, flüsterte er.

„Ich würde ja gern, aber wenn ich es versuche, bleiben mir die Worte im Hals stecken …", antwortete sie und schaute weg.

„Wenn das hier mit uns funktionieren soll …", sagte er und zog sie noch etwas fester in seine Umarmung, „… dann wirst du es müssen. Mir fällt es auch nicht gerade leicht, das alles hier mit dir zu teilen."

„Vielleicht empfindest du aber nicht mehr dasselbe für mich, wenn du erfährst, wer ich *wirklich* bin." Sie war sich sicher, dass ihre Beziehung vorbei sein würde, wenn er erführe, dass sie eine Mörderin war.

„Aber das ist eine Brücke, die wir demnächst überqueren müssen", sagte er und löste sich von ihr, nahm aber ihre Hand in seine und fragte: „Bist du bereit?"

„Sicher", sagte sie zögernd und wünschte, sie hätte mehr Zeit.

Als sie wieder im Freien waren, ging Leah zur Fahrerseite des Trucks, aber Crowley war schneller. „Jetzt fahre ich", sagte er, und auch als sie mit zusammengelegten Handflächen eine bittende Geste machte, blieb er hart.

„Nein, dieses Mal nicht, Lee", antwortete er grinsend und setzte sich mit verschmitztem Blick seine Mütze verkehrt herum auf. „Schnall dich an. Jetzt zeig ich dir mal, wie man das Ding hier richtig fährt."

Während Leah noch dabei war, sich anzuschnallen, startete Crowley schon den Motor, legte den Gang ein und schoss los in Richtung des kleinen Wäldchens, das sich neben der Plantage befand. Er schaltete in kurzen Abständen, und der Truck sauste wie der Blitz einen holprigen Weg entlang, sodass Leah sich an den Armlehnen festhalten musste, um nicht den Halt zu verlieren.

Crowley erreichte eine Lichtung, bog scharf rechts ab und trat voll auf die Bremse, sodass der Truck in die Richtung ausbrach, aus der sie gerade gekommen waren. In eine Staubwolke gehüllt, fuhr er wieder an und schoss vorwärts, sodass Leah in echter Countrygirl-Manier juchzte.

In diesem mitreißenden Moment kam Leah zu dem Schluss, dass sie das Geländefahren im Blut hatte. Sie hatte sich nie wirklich lebendig gefühlt, bis sie den Südstaatenboden von Rivertown, South Carolina, betreten hatte.

21

In null Komma nichts ging der Frühling in den Sommer über. Leah übernahm immer mehr Aufgaben im Café und damit auch mehr Verantwortung, und Sophie ließ es sogar zu. Die beiden Frauen waren so gerne zusammen, dass sie oft auch noch sonntags nach der Kirche auf Flohmärkten oder Bauernmärkten gemeinsam unterwegs waren.

Leah ging weiterhin alleine joggen, besuchte zusammen mit Anna Kaffeehäuser und half sogar bei der Organisation eines Campingausflugs für Jugendliche aus der Stadt, bei dem Crowley ein Wochenende mit seinen Jungen bei der Hütte am Fluss zeltete, mit ihnen angelte und den Fang dann abends über dem Lagerfeuer zubereitete und verzehrte. Am darauffolgenden Wochenende betreuten Anna und Leah dann die Mädchen beim Poolhaus, aber das war eher eine Art Übernachtungsparty mit Maniküre, Tanzen und Schwimmen. Leah gefiel die Idee, auf der Plantage wieder für Leben zu sorgen.

Als es Mai wurde, stagnierte die Freundschaft zwischen Leah und Crowley. Er wartete wohl darauf, dass sie sich ihm gegenüber mehr öffnete, bevor sie einen nächsten Schritt in ihrer Freundschaft gehen konnten, und das konnte Leah ihm nicht verübeln. Sie war schon fast so weit, sich nur mit einer Freundschaft zu Crowley zufriedenzugeben, solange er nur bei ihr war.

Eines Morgens, als der Frühstücksbetrieb im Café bereits ein wenig abgeebbt war, kam Crowley in seinem besten Anwaltsoutfit – maßgeschneiderter Anzug, weißes Hemd und blau-grau gestreifte Krawatte – ins Café geschlendert. Leah blickte auf, lächelte den blendend aussehenden Mann an, und er lächelte zurück. Sie schaute kurz auf seine Füße, um sich zu vergewissern, dass er seine schwarzen Business-Schuhe trug, was der Fall war, und fand, dass er großartig aussah.

„Verstehe, du trägst deine Heldenuniform", sagte sie.

„Ja, Ma'am", bestätigte er, „und außerdem nehme ich auch noch deinen Jeep", fuhr er fort und nahm sich selbst einen Kaffee, während ihm Leah einen Frühstückswrap fertig zubereitete. „Das esse ich, wenn ich aus dem Gericht zurück bin."

„Okay. Im Handschuhfach ist etwas Geld zum Bezahlen", sagte Leah wissend. „Und grüß Nate von mir."

„Möchtest du, dass ich etwas aus seinem Laden für dich hierherschmuggle, wenn ich zurückkomme?"

„Nein danke", antwortete sie und häufte das Rührei auf den Vollkorn-Tortillafladen, streute noch etwas Käse darüber und wickelte ihn dann ordentlich zusammen.

„Ein Donut wird schon nicht schaden", sagte er.

„Sei bloß still, bevor Sophie dich hört. Nein, einer schadet nicht, aber einer ist nie genug." Sie steckte den Frühstückswrap in eine Tüte und gab sie ihm. „Und … steht etwas Interessantes auf dem Gerichtskalender?"

„Ja, Jessup Barns. Ich muss ihn freibekommen", sagte Crowley, gab ihr dabei einen Zehndollarschein und hielt die Tüte hoch. „Danke, Ma'am." Mit diesen Worten verließ er das Café durch den Hinterausgang.

Leah ging hinterher und rief Sophie, die gerade im Vorratsraum war, zu: „Ich bin gleich wieder da!"

Crowley war dabei, auf der Fahrerseite in ihren Wagen zu steigen und den Sitz weiter nach hinten zu stellen, als Leah seitlich auf seinen Schoß rutschte und ihn ansah. Er legte seine Hände an ihre Hüften und wartete auf ihre Frage.

Und da kam sie auch schon: „Warum um alles in der Welt willst du einem alten Trunkenbold helfen, aus dem Gefängnis freizukommen?"

Jessup saß jetzt schon seit zwei Monaten hinter Gittern, wo er Leahs Meinung nach auch hingehörte.

Crowley bewegte seine Daumen in Kreisen auf ihren Hüften und antwortete: „Jessup war nicht schon immer Alkoholiker, sondern ein ehrlicher und anständiger Kerl, eine echte Bereicherung für diese Stadt. Der Mann konnte nämlich praktisch alles reparieren."

Bevor er weitersprach, wartete er, bis Leah ihn ansah, und fuhr dann fort: „Jedenfalls bis zu dem Zeitpunkt, als seine Frau und ihr gemeinsamer kleiner Sohn ums Leben kamen. An diesem Tag ist für ihn eine Welt zusammengebrochen, und er ist mit den beiden zusammen gestorben. Er ist nie darüber hinweggekommen und hat schlussendlich angefangen zu trinken, um sich zu betäuben. Ich finde das wirklich nicht gut, aber ich verstehe es sehr gut."

„Warum hast du mir das denn nicht schon früher gesagt?", fragte Leah beinahe flüsternd.

„Es steht mir nicht zu, Jessups Geschichte zu erzählen", antwortete Crowley und strich Leah eine Locke hinters Ohr, die sich aus ihrem Zopf gelöst hatte."

„Ich hoffe, dass du vor Gericht nicht mit so starkem Südstaatenakzent sprichst wie gerade mit mir", sagte sie grinsend und versuchte, ihn in der Seite zu kitzeln, aber er war zu schnell, hielt ihre Hände fest und kitzelte stattdessen sie.

„Das ist hier in der Gegend genau die passende Sprache, und kein Richter in der Gegend würde es mir, als Jungen vom Land, ankreiden."

Leah hauchte Crowley einen Kuss auf die Wange, kletterte wieder von seinem Schoß, und als sie schon beinahe wieder beim Hintereingang war, drehte sie sich, bevor er die Tür des Jeeps zuschlug, kurz noch einmal um und rief ihm zu: „Du bist ein feiner Anwalt, Crowley Mason."

„Meinst du dabei mein gutes Aussehen oder meine Fähigkeiten als Anwalt?", fragte er mit einem Schmunzeln.

„Natürlich beides", antwortete sie, winkte noch einmal und ging wieder zurück ins Café.

Sie traf Sophie am Herd an, wo sie in einem Topf mit Erdbeermarmelade rührte, dem ersten in diesem Jahr. Gestern hatte sie Leah das Rezept gezeigt und ihr gesagt, dass sie bis zum Ende der Erdbeersaison das Rezept mit Sicherheit auswendig können würde. Sophie kochte immer so viel Marmelade, dass es für das gesamte Jahr reichte.

Leah lehnte sich neben Sophie an die Arbeitsplatte, zupfte an der Rüsche ihrer Schürze herum und sagte dann: „Ich bin eine solche Heuchlerin."

Sie fand es selbst richtig abstoßend, wie voreingenommen sie Jessup gegenüber gewesen war.

„Sind wir das nicht alle?", fragte Sophie nur und schaltete die Gasflamme aus. „So,… fertig", stellte sie fest und trat beiseite, damit Leah den Topf mit der heißen, flüssigen Marmelade hinüber auf den großen Arbeitstisch wuchten konnte.

„Ich bin doch kein bisschen besser als Jessup Barns. Er braucht eine Flasche Schnaps, um mit seinem Leben fertigzuwerden, während ich verurteilend mit dem Finger auf ihn zeige und mich gleichzeitig mit enormen Mengen Süßkram vollstopfe, um mit meinem eigenen Leben fertigzuwerden", stellte Leah kopfschüttelnd fest.

„Manchmal ist es einfacher, auf die Sünde von jemand anderem zu zeigen. Aber … hey…", Sophie tätschelte lächelnd Leahs Hand, um ihre Aufmerksamkeit zu bekommen, „… ich glaube, dass ihr zurzeit beide trocken seid."

Leah lächelte ein ganz klein wenig zurück und versprach: „Wenn Crowley ihn aus dem Gefängnis herausbekommt, backe ich Jessup einen Kuchen."

„Crowley will den Richter bitten, Jessup in eine Therapieeinrichtung einzuweisen, bevor er ihn wieder nach Hause lässt. Es könnte also noch eine Weile dauern, bis es so weit wäre", berichtete Sophie und reichte Leah eine kleine Kelle, damit sie anfangen konnten, die Marmelade in Gläser zu füllen.

„Er tut mir so leid …", sagte Leah und füllte das erste Glas mit der leuchtend roten Marmelade.

„Aber Jessup braucht kein Mitleid, sondern Unterstützung. Du kannst ihn ja mal im Gefängnis besuchen und ihm erzählen, wie sehr auch dir deine Trauer zusetzt. Vielleicht könnt ihr beiden euch ja gegenseitig helfen, nach dem weiterzuleben, was ihr durchgemacht habt", sagte Sophie.

„Ja, vielleicht."

*

An einem feuchtwarmen Mainachmittag blieb Leah nach ihrer täglichen Joggingrunde abrupt bei ihrem Jeep stehen, denn auf dem Dach waren zwei Surfbretter festgezurrt, und am Heckfenster klebte ein Sticker mit einem Surf-Logo. Dann blieb ihr Blick an der Karte hängen, die unter dem Scheibenwischer klemmte. Sie zog sie heraus und las:

Zählt ein Tag am Strand als echtes Date?
Ich hoffe es jedenfalls.
Ich hole dich morgen früh um 9:00 Uhr ab.
Crowley

PS: Ist mit der Chefin schon abgesprochen. Schlaf einfach aus und mach dich für eine Runde Surfen bereit.

Leah freute sich auf das Abenteuer, sprang in ihren Jeep und fuhr die etwa acht Kilometer zum Strand zu einem Surferladen, wo sie sich eine Surfershorts und ein Schwimmshirt kaufte. Dann fuhr sie wieder zurück zum Café, um noch ein wenig für den nächsten Tag vorzubereiten, nur für den Fall, dass sie am Strand ihr schlechtes Gewissen plagen sollte. Sie kochte schon die Hühnersuppe vor, gab aber die Nudeln noch nicht hinein, und außerdem backte sie ein paar Ladungen ihrer inzwischen berühmt gewordenen Haferflockenriegel und ein Dutzend Brownie-Happen, sodass Sophie für das Mittagsgeschäft nichts mehr zu backen brauchte.

Am nächsten Morgen um fünf Uhr saß Leah an ihrem kleinen Esstisch, weil sie nicht mehr schlafen konnte. Der Duft von frisch gebackenen Muffins und Kaffee zog von unten aus dem Café zu ihr hoch. Die Abläufe im Café waren ihr mittlerweile so in Fleisch und Blut übergegangen, dass es ihr richtig schwerfiel, nicht zu helfen. Doch sie widerstand dem Drang und kümmerte sich stattdessen um ihren eigenen Haushalt, indem sie putzte und die Wäsche erledigte.

Gegen acht kam Sophie herein – wie immer ohne anzuklopfen –, was Leah aber eher beruhigend fand. Die kleine, zierliche Frau hatte einen Picknickkorb dabei und grinste übers ganze Gesicht. Sophie fand es einfach wunderbar mitzuerleben, wie sich die

Beziehung zwischen ihren beiden Lieblingsmenschen vor ihren Augen entfaltete.

„Tut mir leid, dass ich heute Morgen bei dir schwänze", sagte Leah und sah dabei so reumütig aus, dass Sophie lachen musste.

„Du hast auch ab und zu mal einen freien Tag verdient, Kindchen", sagte Sophie und stellte den Korb auf den Tisch. „Außerdem hast du gestern schon so viel vorbereitet, dass ich sogar Zeit genug hatte, um für dich und Crowley ein Picknick zusammenzupacken."

„Wie lieb von dir, danke", sagte Leah und beugte sich ein wenig vor, um Sophie zu umarmen.

„Habt einen schönen Tag heute, ihr beiden", verabschiedete sich Sophie und drückte Leah noch ein letztes Mal, bevor sie wieder ging.

Gegen zehn erreichten Leah und Crowley den Strand und ließen sich an einem schönen Plätzchen nieder. Crowley breitete eine Decke aus, Leah stellte ihre Tasche und den Picknickkorb darauf, er zog sein T-Shirt aus und warf es ebenfalls auf die Decke, während er zuschaute, wie Leah ihr Oversize-T-Shirt auszog, unter dem ihre Surfershorts und das Schwimmshirt zum Vorschein kamen.

„Machst du Scherze, Lee?", fragte er, die Hände in die Hüften gestemmt. „Seitdem du gestern aus dem Surferladen zurückgekommen bist, war ich gespannt wie ein Flitzbogen. Ich habe mich so gefreut, endlich einmal etwas mehr von deinem wunderschönen Körper zu sehen zu bekommen." Dabei zwinkerte er ihr zu.

„Träum weiter, Crow", schimpfte Leah mit ihm, während sie gleichzeitig insgeheim seine Schwimmshorts bewunderte, die tief auf seinen schmalen Hüften saß.

Den größten Teil des Tages verbrachten sie damit, im Wasser herumzutoben. Leah schaffte es ein paarmal, aufs Surfboard aufzusteigen, fiel aber jedes Mal gleich wieder herunter. Crowley schien sich auf seinem Board wie zu Hause zu fühlen und ritt auf einer Welle nach der anderen dahin. Völlig ausgehungert kehrten die beiden schließlich zu ihrem Picknick zurück und verschlangen Sandwiches, frisches Gemüse und selbst gebackene Cookies. Nach dem Mittagessen streckten sie sich auf der Decke aus und nahmen ein Sonnenbad.

Crowley griff zu ihr hinüber, zupfte am Saum von ihren Surfershorts und bemerkte: „Also du hättest mir auch eine etwas weniger bedeckte Erinnerung von dir mit auf die Reise geben können."

„Was soll denn das heißen?", fragte Leah und schlug mit einer trägen Bewegung seine Hand von ihrem Oberschenkel.

„Ich muss morgen zu einem Juristenkongress nach Atlanta, und danach fahre ich direkt weiter nach Columbus, um Matt und seine Firma bei einem Fall von großem öffentlichen Interesse zu unterstützen", antwortete Crowley, und dabei fielen ihm beinahe die Augen zu.

Erschrocken riss Leah die Augen auf. „Und wie lange bist du weg?"

„In zwei, höchstens drei Wochen bin ich wieder da. Das hängt ganz davon ab, wie der Prozess verläuft."

Eine ganze Weile lagen sie schweigend da. Crowley döste vor sich hin, und Leah empfand großes Unbehagen bei dem Gedanken an seine überraschende Abreise am nächsten Tag.

„Warum hast du mir denn davon nicht schon früher etwas gesagt?"

Da öffnete Crowley die Augen und drehte sich auf die Seite, damit er sie ansehen konnte. „Du erzählst mir absolut gar nichts von dir, bist aber gekränkt, wenn ich das Gleiche tue. Wie soll ich denn das übereinanderbekommen?" Er wollte ihr über die Wange streichen, aber sie wich zurück.

„Tut mir leid. Du hast recht, es geht mich ja auch gar nichts an", sagte sie nur und fand sich selbst zum Weglaufen.

„Außerdem habe ich erst diese Woche zugesagt", erklärte er und hielt ihrem Blick stand, während er ihr mit der Hand durchs feuchte Haar strich.

„Und warum hast du überhaupt beschlossen zu fahren?", fragte sie, drehte sich auf den Rücken und bedeckte mit der linken Hand ihre Augen.

Crowley zog die Hand wieder weg, gab ihr einen Kuss auf die vernarbte Handfläche und erklärte: „Ich will mehr, Leah. Ich mache mir Sorgen, dass wir die Sache vermasseln, wenn du mir nicht vertrauen kannst. Wir unternehmen alles Mögliche gemeinsam – wir angeln, fahren Fahrrad oder Truck – und das ist auch alles ganz toll. Ich bin noch nie mit jemandem so gerne zusammen gewesen wie mit dir, aber das reicht mir nicht. Ich möchte mehr über dich erfahren."

Er fuhr noch einmal mit dem Zeigefinger an der ausgezackten Narbe entlang, bevor er sich wieder auf den Bauch drehte.

„Ich habe mir gedacht, dass es vielleicht ganz gut ist, diese dienstliche Reise zu machen, damit du Zeit und Raum hast, darüber nachzudenken, ob du das auch willst."

Leah bedeckte ihre Augen erneut mit der Hand und gab dann das Einzige von sich preis, wozu sie sich durchringen konnte. „Bevor ich hierhergezogen bin, habe ich zehn Jahre in Olympia, Washington gelebt."

Sie ließ ihm Zeit, diese kleine Information erst einmal sacken zu lassen, bevor sie fortfuhr: „Das einzige Sinnvolle, was ich in der ganzen Zeit getan habe, war, ehrenamtlich in einem Kinderheim mitzuarbeiten."

„Wie großzügig von dir", sagte Crowley und wischte ihr Sand von der Schulter.

Sie nahm erneut die Hand von den Augen, sah ihn an und entgegnete: „Nein, das war es eigentlich nicht. Nicht wirklich. Ich habe das nur getan, weil ich einsam war und in einer Art Hölle auf Erden gelebt habe. Ich habe mich nicht der armen Kinder wegen dort engagiert, sondern aus reinem Eigennutz. Ich habe dort nach der Geborgenheit gesucht, die man eigentlich in seiner Ursprungsfamilie bekommen sollte."

Eine Weile sahen sie sich nur an und lauschten dem Kreischen der Möwen und dem Geräusch der Wellen, die sich am Ufer brachen.

„Der Mensch, der ich war, bevor ich hier angekommen bin, wird dir nicht gefallen", fuhr Leah kopfschüttelnd fort.

„Ich mag die Frau, die ich hier vor mir sehe, *wirklich* sehr, Leah, und daran wird deine Vergangenheit nichts ändern", sagte er mit dem Brustton der Überzeugung.

„Da wäre ich an deiner Stelle nicht so sicher", widersprach sie, holte einmal tief Luft und fuhr fort: „Das kannst du jetzt leicht sagen, aber …", sie sah Crowley an, wickelte nervös eine ihrer langen Locken um einen Finger und wünschte sich, es gäbe eine Gelegenheit, das Gespräch an dieser Stelle zu beenden.

Da griff er zu ihr hinüber, nahm, ohne noch etwas zu sagen, behutsam ihre Hand und bedeutete ihr, dass es damit erst einmal gut sei.

Dann schaute er sie lange von der Seite an, bis sein Blick glasig wurde und ihm die Augen zufielen. Er schien immer so mit sich und seinem Leben im Reinen zu sein. Da sprachen sie über ihre Beziehung – eine Beziehung, die Crowley wirklich im Schneckentempo anging –, und er war dabei so sicher und vertrauensvoll, dass er einfach einschlafen konnte.

Das war bei Leah anders. Sie lag da, schaute ihm beim Schlafen zu und machte sich Gedanken. Crowley war ein Mann der Tat, deshalb hoffte sie, dass er von sich aus Nachforschungen anstellen würde, während er unterwegs war – mit räumlichem Abstand von ihr –, damit sie nicht die Enttäuschung in seinem Blick miterleben musste, wenn er erfuhr, wer sie wirklich war. Und sie war sich absolut sicher, dass sich diese Enttäuschung einstellen würde.

Der Rest des Tages, den sie in unbehaglichem Schweigen mit Sonnenbaden verbrachten, verlief ruhig. Als die Sonne dann hinter dem Horizont verschwand, packten sie ihre Sachen zusammen und machten sich auf den Heimweg. Dabei war Leah wegen seiner bevorstehenden Abreise die ganze Zeit den Tränen nah, denn sie hatte ihn in den vergangenen paar Monaten lieb gewonnen.

Crowley brachte sie noch ins Haus und blieb wie immer am Treppenaufgang stehen. Dort holte er ein kleines Stück Papier aus seiner Hosentasche und eine Fernbedienung, an der ein Schlüssel hing. Beides gab er Leah mit den Worten: „Ich habe meine Handynummer aufgeschrieben, nur für den Fall, dass du mich brauchst, während ich weg bin, und das ist die Fernbedienung für das Tor. Wenn du möchtest, kannst du jederzeit auf dem Anwesen joggen oder schwimmen gehen. Auf dem Zettel steht auch der Alarmcode für das Haus." Er zeigte auf den Schlüssel und erklärte: „Das ist der Hausschlüssel."

Leah nahm die Sachen entgegen und flüsterte: „Danke." Sie merkte, wie eine Mauer zwischen ihnen entstand, und hätte sie am liebsten durch ein spontanes Geständnis niedergerissen, doch stattdessen trat sie ein paar Schritte von ihm zurück.

Doch Crowley zog sie noch einmal an sich und umarmte sie so fest, dass es ihr am ganzen Körper wehtat. Er war so stark verglichen mit ihrer Schwäche.

„Das ist kein Abschied", flüsterte er ihr ins Ohr. Dann löste er sich von ihr, wartete, bis sie ihm in die Augen sah, grinste sie flirtend an und sagte: „Sophie, Anna und du werdet mit der Planung des Sommerfestes so beschäftigt sein, dass ihr mich alten Knaben bestimmt nicht vermissen werdet."

Leah wusste, dass er mit einem guten Gefühl gehen wollte, also hielt sie die Tränen zurück und machte ihm das einzige Geschenk, das sie hatte. Sie kitzelte ihn in der Seite und neckte ihn zurück. „Ich merke genau, was du vorhast, Crow. Du willst dich nur vor der vielen Arbeit drücken."

Sophie hatte sie für die Organisation des Wettgrillens und als Unterstützung beim Erdbeer-Rezepte-Wettbewerb eingeteilt.

„Erwischt", sagte er mit einem matten Lächeln. „Ich werde dich vermissen." Dann zog er sie noch einmal in einer bittersüßen Umarmung an sich.

„Ich dich auch." Sie zwang sich, ihn loszulassen, ihn unten am Fuß der Treppe stehen zu lassen und die Treppe hinauf in ihre Wohnung zu gehen. Sie wartete nicht wie sonst, bis sie hörte, dass er die Hintertür schloss, sondern ging direkt ins Bad und drehte die Dusche auf. Und dann flossen auch schon die Tränen.

22

Die erste Woche, in der Crowley nicht da war, zog sich für Leah qualvoll in die Länge, und sie musste sich jeden Tag aufs Neue gut zureden, ihn nicht anzurufen. Er hatte gesagt, sie könne ihn anrufen, wenn sie ihn bräuchte. Weil sie sich jedoch in keinem Notfall befand, traute sie sich nicht, ihn einfach nur anzurufen, weil sie seine Stimme hören wollte. Vielleicht half ihr diese Zeit der Trennung ja zu erkennen, wie wichtig er für sie geworden war – vielleicht sogar wichtig genug, dass sie es riskieren konnte, sich ihm gegenüber zu öffnen …

Jedes Mal wenn Sophie oder Anna erzählten, dass Crowley sich bei ihnen gemeldet hatte, war Leah innerlich sehr aufgewühlt. Sie hatte gehofft, er würde sie so sehr vermissen, dass er doch anrief, und jetzt machte sie sich Sorgen, dass sie ihm gar nicht fehlte oder dass er ihren Hintergrund recherchiert hatte und nun die Wahrheit kannte. Anna berichtete, dass der Juristenkongress wohl langweilig sei, er aber jetzt wieder Kontakt zu Kollegen habe, die er lange nicht gesehen hatte. Sophie erzählte, dass der Fall in Columbia sich als unerwartet kompliziert erwiesen hätte und dass Crowley – zu Leahs großer Enttäuschung – noch bis zum Sommerfest dort zu tun haben würde.

In den Wochen, seitdem Crowley abgereist war, hatte Leah es sich angewöhnt, auf dem Gelände der Plantage joggen zu gehen. Meistens sprang sie dann hinterher noch in den Pool und schwamm eine Weile, sonnte sich ein wenig und lief dann wieder zurück nach Hause. Ein paarmal entschied sie sich dagegen, noch zu schwimmen, und setzte sich stattdessen auf die große Veranda vor dem Haus, entweder in die Schaukel oder in einen der Schaukelstühle. Das Haus betrat sie kein einziges Mal, weil es sich für sie einfach falsch anfühlte, sich ohne Crowley darin aufzuhalten.

Die Organisation des dreitägigen Sommerfestes lenkte Leah ein wenig davon ab, dass Crowley nicht da war – wenn auch nicht völlig –, und Sophie hielt sie mit dem Wettgrillen und dem Erdbeer-Rezepte-Wettbewerb auf Trab. Sie hatte Leah die Aufgabe übertragen, die Stellplätze für die beiden Stände auszusuchen, für den Aufbau zu sorgen und noch einmal alle Teilnehmer der beiden Wettbewerbe anzurufen, um sich ihre Teilnahme bestätigen zu lassen und zu erfragen, welchen Wettbewerbsbeitrag sie einreichen würden. Außerdem war es ihre Aufgabe, die Preisrichter zu bestimmen und Medaillen und Pokale für die Sieger zu besorgen – alles in allem sehr viel Organisationsarbeit.

Am Vorabend des Sommerfestes veranstaltete Anna einen „Abend der Südstaatenschönheiten" für junge Frauen, die quasi in die Gesellschaft von Rivertown eingeführt werden sollten, und spannte Leah bei den Vorbereitungen der Snacks mit ein. Es sollte leichte Horsd'œuvres geben, unter anderem Tomatentorteletts, Obst- und Gemüseplatten, Mini-Erdbeertörtchen mit frischer Schlagsahne, und Erdbeerbowle.

Leah unterstützte ihre Freundin an dem besagten Abend auch noch bei der Bewirtung der Gäste und amüsierte sich köstlich bei einem Handtaschenspiel, bei dem die jungen Frauen Gegenstände aus ihrer Tasche holen mussten, die mit einem bestimmten Buchstaben anfingen, der jeweils aus einem Hut gezogen wurde. Den festlich gekleideten Debütantinnen war es kein bisschen peinlich, beim Buchstaben T Tampons aus ihren Handtaschen zu holen und hochzuhalten, auch wenn das für Gekicher sorgte. Eines der Mädchen hielt sogar einen BH hoch, als der Buchstabe B gezogen wurde. In diesem Augenblick wäre Leah beinah geplatzt vor Lachen.

Anna hatte außerdem die Repräsentantin einer Kosmetikfirma eingeladen, die nach den Spielen und dem Essen den Mädchen die Anwendung verschiedener Produkte zeigte. Am Ende bekam jede Teilnehmerin eine Goodie Bag voller Kosmetika, und alle waren begeistert, als sie darin auch noch ein buntes Perlenarmband fanden, das sie als von Anna ernannte Mitglieder der *Southern Belle League* auswies.

Nachdem nach der Party alles wieder aufgeräumt war, verabschiedete Leah sich und wandte sich zum Gehen.

„Immer langsam, junge Dame", sagte Anna in diesem Moment. „Ich habe hier noch zwei Sommerkleider hängen, die du anscheinend ganz vergessen hast. Eines davon wirst du für den Tanz am Samstagabend brauchen."

Der Höhepunkt des dreitägigen Sommerfestes war nämlich immer der Tanz auf den Straßen. Anna und die jungen Mädels hatten über nichts anderes gesprochen, und Anna hatte dafür praktisch alle Sommerkleider, die sie auf Lager hatte, an die weibliche Stadtbevölkerung verkauft – junge wie alte.

„Ich bin davon ausgegangen, dass du sie am Ende alle verkauft hast und für mich keines mehr übrig ist", sagte Leah mit einem Achselzucken, folgte Anna aber in die Umkleidekabine, wo ihr ihre zierliche Freundin beim Anprobieren half. Als Erstes schlüpfte sie in das schwarze Neckholderkleid, und es gefiel ihr sehr, wie es fließend fast bis auf ihre Füße fiel. Als Nächstes probierte sie das kürzere One-Shoulder-Kleid in unterschiedlichen Blau- und Türkistönen an, die sie an das Meer in der Karibik erinnerten.

„Zum Tanzen ist das hier besser", bemerkte Anna, holte noch ein Paar goldene Sandalen mit Keilabsatz und einen goldenen Armreifen und forderte Leah auf, beides zu dem Kleid anzuprobieren. Als Leah die Schuhe angezogen und sich wieder aufgerichtet hatte, trat Anna ein paar Schritte zurück und betrachtete sie. „Dreh dich mal."

Leah tat es, und der fließende Rock des Kleides bauschte sich wie ein Regenschirm.

Anna stemmte die Hände in die Hüften. „Hmmm!"

„Was ist denn?", fragte Leah und schaute an ihrem Outfit hinunter, um zu sehen, was los war.

„Ich kann nicht zu dem Tanz gehen", antwortete Anna.

„Wieso denn das nicht?", fragte Leah und stand mit in die Hüften gestemmten Händen da.

„Weil ich dieses Jahr nicht das heißeste Girl bin", antwortete Anna und gab Leah spielerisch einen Klaps auf den Po.

„Bück dich mal ein bisschen, du Riesin", sagte sie dann, fasste Leahs Haar zusammen, hielt es hoch und betrachtete das Ergebnis in dem großen Spiegel. „Na, wie findest du das?"

„Meinst du, ich sollte meine Haare hochstecken?", fragte Leah.

Anna ließ die Haare wieder los.

„Ja. Vielleicht würde es Crowley gefallen", sagte Anna als Versuch, Leah zu provozieren, aber Leah ignorierte es. „Und, kann Jake es denn einrichten, dabei zu sein?", fragte sie im Gegenzug. Sie schlüpfte wieder aus den Sandalen und fing an, sich umzuziehen.

„Ja. Er kommt am Samstagmorgen, und er hat gesagt, dass Crowley erst nach ihm da sein wird", berichtete Anna und sah Leah dabei an. „Crowley hat Jake erzählt, dass er dich wirklich vermisst", berichtete sie und lächelte, als sie feststellte, wie erleichtert ihre Freundin war.

Leah sammelte ihre Einkäufe zusammen und ging dann zur Kasse, um zu bezahlen. „Was empfindest du eigentlich wirklich dabei, dass Crowley und ich befreundet sind?", fragte sie.

Die beiden Frauen hatten jetzt lange genug einen großen Bogen um dieses Thema herum gemacht, aber Leah wusste, dass eine Klärung nötig war.

„*Befreundet?*", fragte Anna lachend. „Die Art, wie Crowley dich ansieht, ist genau das, wonach ich mich so lange bei ihm gesehnt habe. Aber jetzt ist mir klar, wie egoistisch das von mir war. Ich liebe ihn, und das wird auch immer so bleiben." Sie schob Leahs Einkäufe in eine Tüte und nahm noch ein paar goldene Ohrhänger mit roten Steinen, die sie dazulegte.

„Ich will dir nicht wehtun", sagte Leah leise, als sie Anna das Geld gab.

„Dann tu ihm nicht weh", ermahnte Anna sie. „Er wird immer wie ein Bruder für mich sein."

„Ich weiß", erklärte Leah und wandte sich zum Gehen.

„Vergiss deine Goodie Bag nicht, Miss Allen. Und denk dran, beim Festival dein Armbändchen zu tragen", sagte Anna lächelnd.

Es gefiel Leah, wie offenbar alle in dieser Stadt sich bemühten, Gespräche um jeden Preis positiv enden zu lassen.

„Es würde mir doch niemals einfallen, mein exklusives *Southern Belle*-Armband nicht zu tragen, Anna, Liebes", antwortete sie darauf in gespielter Südstaatenmanier, warf ihrer Freundin zum Abschied noch eine Kusshand zu, nahm die Tüte mit ihren Sachen und machte sich auf den Weg nach nebenan.

*

Das Sommerfest schien Leahs Status als Einheimische weiterzufestigen. Am Donnerstag- und am Freitagnachmittag half sie bei den Vorbereitungen für das Fest und amüsierte sich darüber, dass ihr eine ganze Horde von Mädels im Teenageralter wie ein Schatten folgte. Dass sie von manchen Leuten sogar gefragt wurde, welche Vorführungen sie sich anschauen sollten oder welche Stände sie empfehlen würde, gab ihr das Gefühl, jetzt wirklich als eine der Ihren akzeptiert zu sein.

Sophies Café war zwar am Samstag wegen des Festes geschlossen, aber Sophie und Leah boten an einem Stand in der Nähe des großen Festzeltes, in dem auch die Wettbewerbe stattfanden, Sandwiches und Gebäck an. Sophie hatte stundenweise ein paar Mädchen als Aushilfen für den Stand eingestellt, und wenn dort gerade viel Betrieb war, halfen sie auch selbst immer wieder aus.

Den Vormittag verbrachte Leah damit, das Zelt für den Erdbeer-Rezepte-Wettbewerb aufzubauen. Für die Wettbewerbsbeiträge verschiedener Marmeladen und Gelees wurde ein Tisch aufgebaut, ein weiterer für Torten und Obstböden. Körbe voller saftiger Beeren schmückten die Tische mit den roten Tischdecken.

Mitten am Vormittag kam Sophie in einer weißen Bauernbluse, einer knöchellangen Jeans und den Sneakern, die ihr Markenzeichen waren, angeflitzt, um nach Leah zu schauen.

„Wie läuft es denn, Liebes?“, fragte sie und band sich dabei ein rotes Tuch in ihr silbergraues Haar.

„Ich weiß ja nicht, ob die Beeren hier bei mir sicher sind“, antwortete Leah und atmete tief den köstlichen Erdbeerduft ein, der über allem lag.

„Du bist ein harter Knochen, das schaffst du schon“, sagte Sophie schmunzelnd, und dann war sie auch schon wieder weg, um nach dem Verkaufsstand des Cafés zu schauen, während Leah die Beschriftungskarten für die Wettbewerbsbeiträge aus ihrer

Schürzentasche nahm und sie neben dem jeweiligen Beitrag aufstellte.

Der Wettbewerb schloss am späten Nachmittag und es gelang Leah tatsächlich, nur ein einziges Stückchen Erdbeertorte zu essen. Außerdem nahm sie noch ein Stück Erdbeerboden mit Puddingfüllung, das sie für Crowley zurückstellte, nur für den Fall, dass sie ihn an diesem Tag noch zu sehen bekäme. Den ganzen Tag über hielt sie Ausschau nach einem großen Mann, der die Menschenmenge überragte, und war am Ende enttäuscht, dass er dann doch nicht auftauchte.

Nachdem sie ihre Pflichten auf dem Fest erledigt hatte, machte sich Leah auf den Weg zu ihrer Wohnung. Sie stellte den Erdbeerboden in den Kühlschrank und ging unter die Dusche, wo sie sich ganz besonders viel Zeit ließ.

Nach dem Abtrocknen cremte Leah sich mit einer duftenden Bodylotion ein und besprühte sich mit dem passenden Parfüm mit Rosen- und Zitrusnoten. Dann wickelte sie sich in ihr Handtuch und ging hinüber zum Spiegel. Nachdem sie ihn abgewischt hatte, weil er durch den Dampf im Bad beschlagen war, schaute sie sich ihre Augenbrauen an und zupfte ein paar verirrte Härchen aus. Mit dem Ergebnis zufrieden, ging Leah ins Schlafzimmer und bewunderte das wunderschöne Kleid, das ausgebreitet auf ihrem Bett lag. Sie war fest entschlossen, mit dem schönen Outfit anzugeben – egal, ob Crowley da sein würde oder nicht.

Die darauffolgende Stunde verbrachte sie dann damit, das neue Make-up von der *Southern* Belle-Party zum Einsatz zu bringen und sich dann eine romantische Hochsteckfrisur zu zaubern. Sie rundete ihren Look mit einem Hauch Bräunungspuder auf der nackten Schulter und den Armen ab, um ihren gebräunten Teint noch etwas hervorzuheben.

Als sie noch einen letzten Kontrollblick in den Spiegel warf, hörte sie schon, wie draußen die Stadt mit Blasmusik zum Leben erwachte. Kurz darauf klopfte es an ihrer Wohnungstür, und sie empfand große Erleichterung und auch Aufregung, als sie ging, um aufzumachen, denn sie war vor Sehnsucht nach Crowley schon ganz kribbelig. Sie öffnete die Tür, vor der ein umwerfend gut aussehender Mann stand.

„Anna hat gesagt, ich soll dich dazu überreden, mit uns zum Tanzen zu kommen", sagte Jake lächelnd.

Leah verspürte einen Stich der Enttäuschung darüber, dass leider der falsche große, dunkelhaarige, gut aussehende Mann vor ihrer Tür stand, und sie hatte Mühe, sich einigermaßen zu sammeln, bevor er es merkte.

„Mit deinem hübschen Lächeln hast du mich schon überredet", sagte sie, lächelte ebenfalls, nahm den Arm, den er ihr höflich bot, und ließ sich von ihm hinaus auf die belebten Straßen geleiten.

Draußen war die Luft von lauter Musik erfüllt und überall herrschte Vorfreude und gute Laune. Es gab Sommerkleider in allen Farben mit wirbelnden Röcken, Köpfe wippten im Rhythmus der Musik, und es wurde zum Takt der Songs mitgeklatscht. Der Rhythmus der Tanzmusik zog die Menschen in den überfüllten Straßen in seinen Bann, sodass sie völlig losgelöst waren und sich ganz dem Vergnügen hingaben.

Irgendwann ließ sie Jakes Arm los und begann, sich zu der dynamischen Melodie hin- und herzuwiegen, den Blick in den klaren Abendhimmel gerichtet, von dem die Sterne scheinbar anerkennend auf das Fest hinunterblinkten. Bunte Papierlampions, die gefährlich niedrig über der Straße aufgehängt waren, schienen im Rhythmus der Musik mitzuwippen. Das Mondlicht schien zwischen den Zweigen der Bäume hindurch und glitzerte auf dem Fluss, und die Energie, die in der Luft lag, brachte ihre

Haut zum Kribbeln und riss sie mit. Mit geschlossenen Augen drehte sich Leah, völlig in diese wunderbare Atmosphäre versunken.

Als sie die Augen wieder öffnete, sah sie plötzlich nur ein paar Meter von sich entfernt Crowley stehen. Er trug ein weißes Leinenhemd und Jeans, und sein Anblick verschlug ihr regelrecht den Atem. Sein Blick war geradezu hypnotisch und zog sie sofort in seinen Bann, aber ihr Körper wiegte sich weiter zur Musik, während er langsam auf sie zukam.

Ohne ein Wort zog er sie an sich und fing ebenfalls an, sich zur Musik zu bewegen, und tanzte mit ihr im Arm, wirbelte sie zu dem mitreißenden Song vorwärts und dann wieder zurück.

Als die Musik kurz aufhörte, erstarrte für Sekundenbruchteile die gesamte belebte Straße, und als es weiterging, drehte Crowley Leah wie in einer eingeübten Choreografie, und sie musste kichern. Er drehte sie wieder zurück, presste sie an sich und sang dabei den Text des Songs mit, in dem es darum ging, dass jemand gehen musste, aber zu seiner großen Liebe zurückkehren würde.

Leah legte einen Arm um Crowleys Hals und strich ihm mit den Fingern durchs Haar, während sie zum Takt der Musik tanzten. Dann war der Song zu Ende, und es ging übergangslos mit einem weiteren schnellen Stück weiter. Dabei fiel Leah auf, dass gar keine langsamen Songs gespielt wurden. Die Zeit verging wie im Flug, während sie sich mit Crowley in diesem endlosen Tanz verlor, und zwei Stunden lang tanzten sie zu einem schnellen, fetzigen Song nach dem anderen.

Irgendwann flüsterte ihr Crowley ins Ohr: „Komm, lass uns gehen“, und die emotionale Selbstvergessenheit war beendet.

Er hielt sie fest bei der Hand, und so schlängelten sie sich durch die völlig verstopften Straßen und betraten schließlich durch den Hintereingang das stille Café.

Die kühle Luft dort erfrischte Leahs völlig überhitzten Körper. Sie ging in die Küche, füllte ein Glas mit Wasser, und nachdem sie einen großen Schluck daraus getrunken hatte, hielt sie es Crowley hin. Er trank es leer, stellte es dann auf den Tresen, nahm sie in die Arme und wiegte sie nach der Melodie ihres Herzschlags.

Und während sie ganz langsam so tanzten, zog Crowley die Haarnadeln aus Leahs Haar, sodass ihre Locken ihr offen über die Schultern und auf den Rücken fielen. Dann fuhr er ihr mit den Händen durch das Haar, während sie langsam in der Küche ihre Kreise drehten, bis er sie ganz langsam hinaus auf den Gang zog. Er führte sie tanzend, bis sie mit dem Rücken zur Wand stand, und hielt dann inne, um sie zu bestaunen.

„Du siehst bezaubernd aus heute Abend", murmelte er, und sein Blick ruhte auf ihrer bloßen Schulter. Mit den Fingerspitzen strich er an ihrem Schlüsselbein entlang, sodass ihr ein Schauer über den Rücken lief.

Leah war unfähig zu reagieren, stand einfach nur da in seiner Umarmung und schaute zu, wie er sie ansah.

Er legte eine Hand an ihre Wange und fragte mit rauer Stimme: „Darf ich dich küssen, Leah?"

„Ja", antwortete sie nur mühsam und brachte dann kein Wort mehr heraus.

Er strich ihr mit dem Daumen an der Unterlippe entlang, beugte sich dann ein wenig vor und gab ihr einen sanften Kuss. Wieder sah er Leah an und bat mit dem Blick erneut um ihre Erlaubnis. Er bekam sie, indem sie sich vorbeugte, bis sich ihre Lippen wieder berührten. Es war ein zarter Kuss ohne Hast, und sie zerschmolz fast darin, so schön war er. Sie küssten sich, bis Leah sich von ihm lösen musste.

„Was ist denn?", flüsterte Crowley.

Sie lachte leise und massierte sich den Nacken, woraufhin er sich auf eine Treppenstufe setzte und sie auf seinen Schoß zog.

„Besser?“, fragte Crowley, während sie sich immer noch den Nacken rieb.

Leah nickte.

„Gut“, antwortete er. „Ich bin nämlich noch nicht fertig mit dem Küssen“, und schon fanden sich ihre Lippen wieder – weich und langsam und dann immer intensiver.

Crowleys Mund war so zärtlich und andächtig, dass Leah sich fühlte, als handele es sich um den allerersten Kuss ihres Lebens. Jede Berührung seines Mundes löste eine überwältigende Sehnsucht in Leah aus, wie sie sie noch nie erlebt hatte. Das Gefühl von Hoffnung und Mitgefühl war geradezu körperlich spürbar.

Sie küssten sich lange und lösten sich erst voneinander, als sie beide Luft holen mussten. Leahs Puls raste, und sie hatte das überwältigend befriedigende Gefühl, richtig gut geküsst worden zu sein. *Das war fantastisch. Wieso um alles in der Welt verbringen die Menschen nicht mehr Zeit mit Küssen?*

Crowley bemerkte ihr Grinsen und fragte: „Was ist denn?“

Weil es Leah zu peinlich war, zu sagen, was sie gerade gedacht hatte, gestand sie ihm stattdessen etwas anderes. „Ich habe dich schrecklich vermisst.“

Danach versuchte sie aufzustehen, aber Crowley hielt sie fest.

„Bitte geh noch nicht.“

Leah spürte die Anspannung in seiner Stimme und sagte deshalb: „Okay.“

Da drückte Crowley sie ganz fest an sich, und sie hörte, wie sein Herz hämmerte.

So saß Leah an ihn gelehnt, während er ihr sanft den Rücken streichelte, bis sein Herz wieder normal schlug. Sie schmiegte sich in seine warme Halsbeuge und atmete seinen verführerischen Duft ein, bis sie eingenickt war.

*

Crowley hatte es nicht eilig, sie wieder zu verlassen, also saßen sie über eine Stunde lang da, und er hielt sie unendlich beruhigend in den Armen. Er hätte für den Rest seines Lebens dort auf der Treppe hocken, sie einfach nur in den Armen halten und an ihren ersten Kuss denken können. Ihm war dabei sehr bewusst gewesen, dass es der einzige erste Kuss war, den er je von ihr bekommen würde, und war fest entschlossen gewesen, das Beste daraus zu machen. Es gab nun mal im Leben nur eine bestimmte Anzahl erster Male, und es hing ganz von einem selbst ab, ob man sie als selbstverständlich oder ihre Besonderheit zu würdigen wusste. Erste Male ließen sich nun einmal nicht wiederholen.

Irgendwann nahm Crowley die schlafende Leah auf und trug sie hinauf in ihre Wohnung ins Schlafzimmer. Er schlug ihre Bettdecke zurück, legte sein schlafendes Dornröschen ins Bett, und als er ihr die goldenen Sandalen auszog und sie zudeckte, wachte sie auf. Sie schaute ihm direkt in die Augen, die intensiv auf sie hinunterblickten.

„Ich geh jetzt lieber", flüsterte Crowley und gab Leah einen Kuss auf die Stirn, aber als er aufstehen wollte, griff sie nach seiner Hand, weil sie sich nicht von ihm trennen konnte.

„Ich muss doch meinen Ruf als Gentleman wahren, Miss Leah", sagte er in Südstaatenmanier, beugte sich noch einmal zu ihr hinunter und hauchte ihr einen zarten Kuss auf den Mund. „Es könnte sein, dass das nicht mehr möglich wäre, wenn ich jetzt noch länger bliebe."

Dann küsste er sie noch einmal und ging.

Die Musik hatte schon längst aufgehört zu spielen, als Crowley das Café durch den Hintereingang verließ. Er bog zügig um die Ecke und traf dort auf Sophie, die an einem der Tische im Außenbereich saß. Der Rest der Menge hatte sich unten am Flussufer versammelt, um das Feuerwerk zu bestaunen, das gleich beginnen sollte. Er tat so, als hätte er sie nicht gesehen, und machte sich auf den Heimweg.

*

Als Sophie Crowley schnellen Schrittes in Richtung seines Hauses gehen sah, fragte sie: „Wohin des Wegs so eilig, mein Junge?“

„Ich brauche eine kalte Dusche!“, antwortete er nur und winkte ihr im Vorbeigehen zu.

Daraufhin erwiderte Sophie lachend: „So genau wollte ich es gar nicht wissen.“

Und als das erste Feuerwerk in den Himmel stieg, flüsterte sie: „Danke, lieber himmlischer Vater, für das Wunder der Liebe.“

Es bereitete ihr solche Freude, die Beziehung der beiden jungen Leute erblühen zu sehen, und es machte ihr Hoffnung, dass Leah das, was auch immer sie bis dahin noch für sich behalten hatte, bald würde preisgeben können.

23

Am Sonntagmorgen wurde Leah mit ganz neuer Lebenslust wach. Sie lag unter ihrer Decke, schaute, wie der Sonnenschein ins Zimmer fiel, und dachte noch einmal an die Ereignisse des vergangenen Abends zurück. Das alles fühlte sich an wie ein Traum, und sie hätte vielleicht sogar geglaubt, es wäre einer, wenn nicht die leichte Rötung um ihren Mund herum durch Crowleys Bartstoppeln gewesen wäre.

Sie strich sich mit dem Finger über die Lippen und lächelte. Er hatte sie endlich geküsst, und jetzt fühlte sie sich aufgedreht wie ein Teenager nach dem ersten Kuss. Der erste Kuss … ja, genau den hatte sie gestern Abend von Crowley bekommen, dachte sie, als sie auf den Wecker auf ihrem Nachttisch schaute. 8:00 Uhr, das bedeutete, dass sie noch zwei Stunden Zeit hatte, bis sie sich mit Sophie in der Kirche treffen wollte.

Leah streckte sich und dachte mit gerunzelter Stirn an den vollen Terminplan für diesen Tag. Es würde keine Gelegenheit geben, Zeit mit Crowley allein zu verbringen, denn die Kirchengemeinde veranstaltete nach dem Gottesdienst ein Picknick für die ganze Stadt, wahrscheinlich in der Hoffnung, die Einheimischen trotz einer durchtanzten Nacht aus dem Bett locken zu können. Anschließend sollten Crowley und Jake an einem Wohltätigkeits-Baseballspiel für das neue Kinderkrankenhaus in der

Nachbarstadt teilnehmen. Außerdem hatte Sophie Leah gebeten, sie zu einem Besuch bei Jessup im Therapiezentrum zu begleiten, das aber genau am entgegengesetzten Ende der Stadt lag wie der Baseballplatz.

Ja, es würde ein voller Tag werden.

Nachdem sie noch eine weitere Stunde faul im Bett gelegen hatte und auch ein paarmal wieder eingedöst war, schwang Leah schließlich die Beine aus dem Bett, um in den Tag zu starten. Doch in dem Moment, in dem sie aufstand, hatte sie einen Krampf in der rechten Wade, sodass sie sich aufs Bett zurückfallen ließ und erst einmal den Muskel massieren musste. Der Schmerz brachte sie zum Lächeln bei der Erinnerung daran, wie sie sich mit Crowley im Takt der Musik gewiegt hatte. Dabei war sie eigentlich gar keine Tänzerin. Kopfschüttelnd stand sie ganz langsam auf und machte sich auf den Weg ins Bad, um erst eine Schmerztablette zu nehmen und dann ein ausgiebiges Bad zu genießen.

Beim Schminken war sie besonders sorgfältig, aber ihre Locken ließ sie einfach ungebändigt und offen auf die Schultern fallen, weil Crowley es so am liebsten mochte.

Leah zog das neue Sommerkleid schon zur Kirche an, und weil das Picknick direkt nach dem Gottesdienst stattfinden sollte, fand sie das auch nicht unpassend. Crowley begrüßte sie am Eingang der Kirche und ging mit ihr zu dem Platz, an dem sie immer saßen. Er setzte sich ganz dicht neben sie und legte ihr den Arm um die Schultern.

Leah sah ihn direkt an und wurde rot, als sie seinen Mund ansah. Mit aller Willenskraft, die sie aufbringen konnte, richtete sie ihre Aufmerksamkeit auf den Prediger, aber es war schwer, sich zu konzentrieren, weil Crowley ihr die ganze Zeit langsam über ihre Schulter strich.

Auf dem Rasen, von dem die Kirche umgeben war, unter den gewaltigen, alten Eichen, füllten sich dann rasch die Picknicktische, die bereits dort aufgestellt worden waren. Nachdem Leah geholfen hatte, das Büfett aufzubauen, und sich einen Teller gefüllt hatte, war für sie nur noch gegenüber von Crowley ein Platz übrig. Zwei Jungen im Teenageralter hatten sich neben ihn gesetzt und diskutierten gerade mit ihm über die Taktik bei dem Baseballspiel, auf das alle schon gespannt waren.

Crowley füßelte unter dem Tisch mit ihr und sah sie dabei die ganze Zeit an, während er sich cool mit den Jungen unterhielt. Sie brachte kaum einen Bissen herunter und hatte nur einen Wunsch, nämlich sich ihren Gentleman in Flipflops zu schnappen und mit ihm davonzulaufen. Sie sah, wie Crowley mit seiner Gabel auf ihren Teller deutete, als Aufforderung, etwas zu essen, und zu Leahs Entsetzen richtete jetzt auch noch Anna ihre Aufmerksamkeit auf sie.

„Was um Himmels willen ist denn mit deinem Gesicht passiert, Leah?“, fragte sie, woraufhin Leah tiefrot anlief. „Das sieht aus, als hättest du um den Mund herum einen Ausschlag … *Ach so* …“ Sie grinste.

Da brach die ganze Gruppe in Gelächter aus. Die Jungen stupsten Crowley scherzhaft am Arm an, wie um ihn zu beglückwünschen, die Mädels giggelten und Leah bedeckte den Mund mit einer Hand und sah Crowley an. Doch der war ihr keine große Hilfe, denn sein Blick glühte immer noch bei der Erinnerung an den gestrigen Abend, sodass sie in diesem Moment ganz auf sich allein gestellt war. Sie sah die stolze Selbstgefälligkeit in seiner Miene und nahm an, es gefiel ihm, dass jetzt alle über sie Bescheid wussten.

„Es liegt wahrscheinlich … an all den Erdbeeren … die ich gestern gegessen habe …“, sagte Leah zur Erklärung.

„Ich habe sie gewarnt, dass Erdbeeren färben", sagte Sophie, die jetzt hinter Leah auftauchte und sie verteidigte. „Bist du so weit? Können wir uns jetzt auf den Weg machen?"

Dankbar, nun einen Grund zu haben, den peinlichen Fragen und Bemerkungen zu entkommen, nickte Leah und nahm ihren immer noch gut gefüllten Teller mit.

Doch bevor sie aufstehen konnte, hielt Crowley sie mit seinen Füßen unter dem Tisch fest. „Sehen wir euch denn nachher bei dem Spiel, meine Damen?"

„Zur zweiten Halbzeit könnten wir es vielleicht schaffen", antwortete Sophie.

Der Besuch bei Jessup verlief dann viel unkomplizierter und reibungsloser, als Leah gedacht hatte. Sie hatte damit gerechnet, in der Therapieeinrichtung einen völlig verwahrlosten und betrunkenen Mann anzutreffen; stattdessen begegnete sie einem verlegenen, sauberen und gepflegten Mann, der ziemlich reumütig war. Sie war froh, dass er sogar ein bisschen zugenommen hatte. Als Mitbringsel für ihn hatte sie den Erdbeerboden dabei, den sie eigentlich für Crowley gekauft hatte, doch nachdem er sie nicht vor den Reaktionen der Gruppe am Picknicktisch in Schutz genommen hatte, war ihr nicht mehr danach gewesen, Crowley auch noch Kuchen zu spendieren.

Jessup schien sich sehr über den Kuchen zu freuen, bestand aber darauf, ihn mit den beiden Frauen zu teilen, und Leah nahm die Einladung dankbar an, weil sie endlich wieder Appetit hatte. Den Rest des Kuchens brachte Sophie den Pflegern und Pflegerinnen ins Stationszimmer und ließ Leah einen Augenblick mit Jessup allein.

„Der Kuchen war köstlich, Miss Leah", lobte Jessup sie.

„Ja, das stimmt. Ich habe gestern in der Kategorie Erdbeerboden den zweiten Platz erreicht", erklärte sie, während sie die

Pappteller zusammenräumte und in den Müll warf. „Aber ich muss mit Süßem sehr aufpassen", fügte sie hinzu.

Es tat ihr leid, wie sie ihn behandelt hatte, und das wollte sie ihn irgendwie wissen lassen. Sie setzte sich also wieder, fummelte an einem der türkisfarbenen Glitzersteine auf ihrem Kleid herum und erklärte dann: „Das ist meine Methode, mit Verletzungen umzugehen."

„Wie denn das?", fragte Jessup.

„Ich … äh … also, bevor ich nach Rivertown gekommen bin, habe ich einen … furchtbaren Verlust erlitten." Ihre Augen füllten sich mit Tränen, und sie musste sich abwenden. „Ich habe versucht, diesen Schmerz mit Süßkram zu bekämpfen, und hatte deshalb richtige Fressanfälle", gestand sie mit heiserer Stimme. Dann wischte sie sich die Tränen ab und sah ihn wieder direkt an. „Sophie hat mir gezeigt, dass es so für mich nicht funktioniert."

Jessup nickte. „Dann warst du wohl auch in der Sophie-Therapie, was?"

Leah musste lächeln, als sie merkte, dass er verstanden hatte, was sie meinte. „Ja, wahrscheinlich bin ich im Fortgeschrittenenkurs, aber ich weiß nicht, ob ich jemals ganz geheilt sein werde."

Da legte Jessup seine wettergegerbte Hand auf Leahs und sagte: „Wahrscheinlich müssen wir es einfach weiterversuchen, bis wir wissen, wie es geht."

Leah nickte.

Nachdem sie Jessup versprochen hatten, ihn bald wieder zu besuchen, machten sich Leah und Sophie auf den Weg zum Baseballplatz. Leah staunte, dass die Tribünen bis auf den letzten Platz besetzt waren, und auch an den Spielfeldrändern saßen Menschen auf mitgebrachten Klappstühlen. Ihr war gar nicht klar gewesen, was für eine große Sache dieses Baseballspiel war.

Crowleys Team bestand überwiegend aus Anwälten. Um bei dem Spiel mitmachen zu können, musste jeder Teilnehmer 300 Dollar spenden, also hatte Crowley für die beiden Teenager Jacob und Brandon mitbezahlt, damit sie dabei sein konnten. Sie waren die Stars des Baseballteams der Highschool, und mithilfe der beiden Jungen wollte Crowley die Siegeschancen seines Teams verbessern. Leah musste lächeln, als sie all seine Freunde aus der Studentenverbindung um das Spielfeld herum verteilt sah.

Das gegnerische Team bestand aus einigen Richtern und beinahe der gesamten Polizei der Stadt. Dabei ging es bei dem Spiel im Grunde um nicht mehr, als im Falle eines Sieges damit prahlen zu können, und um ein Essen im Steakhaus, das von der Verlierermannschaft bezahlt werden musste. Alle waren in guter Stimmung und benahmen sich absolut sportlich.

Als Crowley, der im Outfield stand, aufblickte, entdeckte er Leah ganz hinten bei der Spielerbank. Er trabte zu ihr und Sophie hinüber, um kurz mit ihr zu reden, während die Spieler ihre Positionen für das fünfte Inning einnahmen. Er trug ein dunkelblaues Baseballshirt mit der Aufschrift *Anwälte wissen alles.*

„Ich kann mich eigentlich auch ebenso gut hier zu dir setzen", sagte Crowley im Näherkommen zu Leah.

„Wieso denn das?", fragte sie gegen den Zaun gelehnt.

Er steckte seinen Handschuh in die Gesäßtasche seiner Baseballhose und legte seine Hand auf ihre. „Ich kann mich unmöglich auf das Spiel konzentrieren, wenn du in dem hübschen Kleid hier herumläufst", flüsterte er ihr daraufhin ins Ohr, was ein köstliches Kribbeln an ihrem ganzen Hals auslöste.

Dann beugte Crowley sich vor, gab ihr einen Kuss auf die Wange, ging zurück aufs Feld und sorgte auf diese Weise dafür, dass die gesamte Spielerbank pfiff und johlte. Crowleys Kumpels jubelten, weil er sich endlich öffentlich zu seiner Beziehung mit Leah bekannte.

Um seine Freunde zu provozieren, trabte Crowley zurück zum Zaun, nahm seine abgewetzte Baseballmütze ab, um sein und Leahs Gesicht vor den Blicken der Spieler auf der Bank abzuschirmen, und küsste sie noch einmal lang und innig.

*

Leah war ziemlich beeindruckt von Crowleys Können. Es war ein lebhaftes Spiel, bei dem bei jedem Inning die Führung wechselte und es schließlich damit endete, dass Crowleys Team doch noch mit zwei Runs gewann. Danach stürmten alle aufs Spielfeld, um dem Siegerteam zu gratulieren, aber Crowley ging mitten in der Aufregung über den Sieg schnurstracks zu Leah und schloss sie küssend in die Arme.

„Die Teams machen sich gleich auf dem Weg zum Steakhouse", sagte er.

„Viel Spaß", wünschte sie ihm lächelnd und war enttäuscht, dass sie an diesem langen Tag nur so wenig Zeit zusammen hatten. Aber sie wollte auch, dass er das Zusammensein mit seinen Freunden genoss.

Bevor Crowley etwas sagen konnte, kam eine Gruppe von Spielern auf ihn zugestürmt, die ihm den Inhalt eines Wassereimers über den Kopf gossen, woraufhin ein Riesendurcheinander ausbrach. Leah und Sophie gelang es noch gerade rechtzeitig zu entkommen. Auf dem Weg hinaus erwähnte eine von Sophies Freundinnen, dass am Ende des Spieles mit den Spenden der Spieler und den Ticketverkäufen über 10.000 Dollar zusammengekommen seien, mit denen ein Indoorspielplatz für die Patienten der Kinderklinik finanziert werden sollte.

Etliche lange Stunden später kuschelte sich Leah auf ihrem Sofa ein und versuchte, sich auf den neuen Krimi zu konzentrieren, den Nick vor ein paar Tagen vorbeigebracht hatte. Gegen Mitternacht jagte ihr ein leises Klopfen an ihrer Tür einen Schauer der Vorfreude durch den ganzen Körper. Sie hatte sich so sehr gewünscht, dass Crowley noch vorbeischauen würde, war aber gerade kurz davor gewesen, die Hoffnung aufzugeben und ins Bett zu gehen.

Sie versuchte, ihr Lächeln ein bisschen zurückzunehmen, bevor sie die Tür öffnete, aber schon beim ersten Blick auf ihn war es damit vorbei.

Er hatte beide Hände hinter dem Rücken versteckt und grinste genauso breit wie sie. „Ich möchte schwimmen gehen."

„Du hast gerade ein T-Shirt und Schwimmshorts an und außerdem besitzt du einen perfekten Pool. Also worauf wartest du noch?"

Da nahm er die rechte Hand hinter dem Rücken hervor und überreichte ihr eine kleine Geschenktüte. „Ich möchte, dass du mitkommst, Miss Neunmalklug."

Leah griff in die Tüte, holte einen schwarzen Bikini heraus und sagte entschieden: „Nein!"

Da stemmte Crowley seine freie Hand in die Hüfte und fragte: „Und wieso nicht?"

„Erstens, weil es ein Bikini ist, und zweitens, weil er auch noch eine Nummer zu klein ist."

„Also mir kommt er genau richtig vor", widersprach er.

„Nein", wiederholte sie mit Nachdruck.

„Na gut", gab er nach und reichte ihr die andere Tüte, die er hinter seinem Rücken versteckt hatte.

Dieses Mal holte Leah einen hellblauen Neckholder-Tankini und ein passendes Unterteil heraus. „Wieso hast du mir den denn nicht gleich gegeben?"

„Hey, du kannst einem Mann doch nicht zum Vorwurf machen, dass er es zumindest mal versucht“, erklärte Crowley, betrat jetzt ihre Wohnung und machte die Tür hinter sich zu. Bevor sie sich umziehen konnte, hatte er sie aber schon in die Arme genommen und ihr einen ganz zarten Kuss auf den Mund gegeben. Dann fuhr er fort, ihre Ohrläppchen zu küssen.

„Ich freue mich, dass du den Pool genossen hast, während ich weg war“, murmelte er ihr dabei ins Ohr.

Leah wich ein wenig zurück und fragte: „Woher weißt du denn das?“

Crowley zog sie wieder an sich und antwortete: „Vor ein paar Jahren hat jemand versucht, auf meinem Anwesen einzubrechen. Danach habe ich eine Alarmanlage installieren und außerdem ein paar Überwachungskameras um das Grundstück herum anbringen lassen. Die Kameras sind mit meinem Laptop verbunden.“

Da nahm Leah die beiden Geschenktüten in ihre rechte Hand und schlug ihn damit. „Du *Mistkerl*, du hast mir nachspioniert.“

„Immer langsam … das war doch gar nicht meine Absicht. Aber ich hätte dich warnen sollen, dass ich ab und zu mal nachschaue …“

„Wenn ich das gewusst hätte …“

„Tut mir leid. Ich wollte dir wirklich keine Angst machen.“ Er näselte an ihrem Hals herum, und sein Atem kitzelte sie. „Aber es hat mir geholfen, dich in der Zeit, in der ich weg war, wenigstens ab und zu mal zu sehen und mich zu vergewissern, dass es dir gut geht. Dadurch konnte ich mich beherrschen, dich nicht jeden Tag anzurufen.“

„Und was ist mit mir? Für mich war es richtig schlimm, dass du mit allen telefoniert hast außer mit mir“, sagte sie, zog einen Schmollmund und fuhr ihm dabei mit den Fingern durchs Haar.

„Ich hatte gehofft, dass du mich dadurch noch mehr vermisst“, erklärte er mit einem breiten Grinsen.

Leah löste sich aus seiner Umarmung und ging ins Bad, um sich dort umzuziehen. „Das ist dir gelungen, Crow“, sagte sie.

Kurz darauf schwangen sie sich auf ihre Fahrräder, die hinter dem Café standen, und radelten in Richtung Plantagenhaus und Pool los. Die feuchte Luft hüllte sie ein, während sie in den darauffolgenden paar Stunden im Wasser herumtollten. Mond und Sterne funkelten in der klaren Nacht so hell, dass Crowley die Beleuchtung am Pool gar nicht einzuschalten brauchte, und Leah fühlte sich, als wären sie zu zweit in ihrer ganz eigenen Welt.

Als sie vom Schwimmen müde wurden, legte Crowley sich Leahs Beine um den Bauch und stand mitten im Pool in dem 1,80 Meter tiefen Wasser. Er küsste sie ganz sanft hinter einem Ohr und fuhr dann mit den Fingerspitzen an der Narbe entlang, die sich dort befand.

„Ich möchte etwas über das hier erfahren“, flüsterte er und fuhr dabei mit den Lippen über die Narbe.

Doch sie schüttelte wortlos den Kopf.

Er überraschte sie, indem er auf die Stelle tippte, an der die – wie sie glaubte – unsichtbare gezackte Narbe auf ihrer Hüfte verlief, und murmelte ihr ins Ohr: „Und über das hier möchte ich auch etwas erfahren.“

Woher wusste er davon?

Er sah sie jetzt durchdringend an, und sie bemerkte eine tiefe Traurigkeit im Blick seiner meerblauen Augen. Sie wollte nicht, dass er auch nur irgendeinen Teil ihrer Last trug, doch offenbar tat er das schon.

Er drückte seine Lippen auf die blasse Narbe an ihrer linken Augenbraue und fuhr fort: „Und über das hier möchte ich auch etwas erfahren.“

Er arbeitete sich weiter vor zu der kaum noch sichtbaren Narbe an ihrem Kinn, die gerade abgeheilt war, als sie in der Stadt angekommen war. „Und über das hier auch."

Er erinnerte sich also.

Crowley schaute Leah unverwandt in die Augen, während sie sich gemeinsam im Wasser hin- und herwiegten. Er ließ ihre Hüfte los, zog ihre vernarbte Handfläche an seine Lippen und hauchte einen Kuss darauf.

„Und hierüber möchte ich etwas erfahren." Dann drückte er ihre Hand auf sein pochendes Herz und sagte: „Ich *muss* etwas darüber erfahren."

Als Letztes fuhr er mit dem Daumen an der langen Narbe entlang, die quer über ihre Unterlippe verlief. „Und über die hier muss ich etwas erfahren", sagte er noch einmal mit so viel Leidenschaft in der Stimme, dass ihr Tränen in den Augen brannten.

Er war einfach zu aufmerksam, bekam zu viel mit, und sie legte ihren Kopf an seine Schulter, um ihre Tränen zu verbergen. „Warum musst du etwas über ein paar hässliche alte Wunden wissen?", murmelte sie gegen seine Schulter.

Er ging ein Stück weiter ins tiefere Wasser, sodass sie den Kopf etwas heben musste und gezwungen war, ihm in die Augen zu sehen. „Ich muss es erfahren, damit ich etwas zur Heilung beitragen kann", antwortete er und wischte ihr mit dem Handrücken die Tränen von der Wange.

„Manche Wunden heilen nie", flüsterte sie. „Sosehr man es sich auch wünscht. Sie sind einfach zu tief." Sie ließ sich noch eine Weile von ihm in einem sanften Rhythmus im Wasser wiegen und barg ihren Kopf in seiner beruhigenden Halsbeuge.

Und während sie sich an ihn schmiegte und sich an ihm festhielt, klangen seine Worte in ihr nach. Es wurde Zeit, dass sie sich mit der Vergangenheit auseinandersetzte, auch wenn das vielleicht hieß, dadurch auf eine Zukunft zu verzichten, für die sie alles gegeben hätte.

Sie löste sich von ihm und schwamm zum Ausstieg des Pools. „Gut. Dann treffen wir uns morgen nach der Arbeit in deinem Büro und ich erzähle dir alles“, sagte sie, nahm ihr Handtuch und stapfte zu ihrem Fahrrad. Sie versuchte, wütend auf ihn zu sein, aber es gelang ihr nicht.

Crowley stemmte sich an der Seitenwand aus dem Pool, streckte den Arm aus, um sie aufzuhalten, und sagte: „Bitte, geh doch nicht so.“

Aber sie entgegnete nur: „Es ist spät, und ich muss schon in ein paar Stunden wieder arbeiten.“ Dann ging sie zu ihrem Fahrrad, wickelte sich in ihr Handtuch und stieg auf.

„Möchtest du es denn nicht klären, damit unsere Beziehung sich entwickeln kann?“, fragte er beinah flehend.

„Wenn ich es dir erzählt habe, wird es keine Beziehung mehr geben, um die man sich Gedanken machen müsste“, entgegnete sie nur, fuhr los und hoffte, dass er ihr nicht folgen würde, auch wenn sie wusste, dass er das auf jeden Fall tun würde.

Auf dem Weg zum Hintereingang des Cafés sagte Crowley kein Wort mehr, wofür sie ihm sehr dankbar war. Es schien so, als ob alles, was an diesem Abend hatte gesagt werden müssen, gesagt war, und um jetzt mit der Sache weiterzumachen, war es sowieso zu spät.

Leah wusste, dass es Zeit war, also drehte sie sich in der Tür noch einmal um, bevor sie sie schloss, und sagte: „Also dann bis morgen nach der Arbeit.“

24

Am nächsten Nachmittag um kurz nach drei klopfte Leah leise an Crowleys Tür. Er machte ihr auf, bat sie herein, und sie betrat das Haus. Im Eingangsbereich befanden sich an einem langen Gang drei Türen, an denen jeweils Namensschilder aus Messing hingen. Sie ging nach links und las das Namensschild, auf dem *Crowley J. Mason III, Anwalt* stand. Dann ging sie nach rechts und las das Namensschild auf der Tür gegenüber von der des Büros von Crowleys Vater, und es stand darauf genau das, was sie erwartet hatte: *Crowley J. Mason IV, Anwalt.* Als sie ein paar Schritte weiter dann vor dem letzten Büro stand, war sie überrascht, dass auf dem Schild an der Tür der Name *Lydia C. Mason, Anwältin* stand.

Leah sah Crowley an und fragte: „Lydia?“

„Ja, das war meine Großmutter. Sie ist in die Fußstapfen ihres Vaters getreten, der ebenfalls Anwalt war“, erklärte Crowley und strich dabei über das besagte Namensschild.

„Das ist eine ziemlich lange Ahnenreihe von Anwälten“, sagte Leah voller Bewunderung.

„Ja, es liegt mir sozusagen im Blut“, bestätigte er.

Leah beschloss, ihr Anliegen nicht mehr länger aufzuschieben, richtete sich ein bisschen gerader auf, fasste Mut und sagte dann: „Das ist gut für mich … weil ich nämlich einen Anwalt brauche.“

Crowley nickte. Wenn er es sich anders überlegt hatte und eigentlich doch nichts über ihre dunkle Vergangenheit erfahren wollte, ließ er es sich jedenfalls nicht anmerken, sondern sagte nur: „Dann gehen wir am besten in mein Büro."

Leah drehte sich um und ging in Richtung des Büros mit dem Schild Crowley J. Mason IV, aber Crowley deutete zu dem Büro von Crowley J. Mason III.

„Ich bin nach dem Studium in das Büro meines Vaters umgezogen. Bitte schön", sagte er und öffnete ihr die Tür.

Das Büro war groß, mit einem riesigen, geschnitzten Schreibtisch aus Kirschbaumholz in der Mitte, davor zwei Ohrensessel und dahinter ein großer Ledersessel, der sehr weich aussah. Leah setzte sich auf einen der Ohrensessel, während Crowley auf dem Stuhl hinter dem Schreibtisch Platz nahm und sich einen Notizblock zurechtlegte. Leah war beeindruckt, wie rasch er die seriöse Aura eines professionell wirkenden Anwalts ausstrahlte, obwohl er Jeans und T-Shirt trug.

Mit dem Stift in der Hand saß er geduldig da und wartete, und als sie immer noch nichts sagte, versuchte Crowley, ihr einen Anstoß zu geben, indem er fragte: „Was kann ich für Sie tun, Miss Allen?"

Da holte Leah einmal zittrig Luft, und dann platzte es aus ihr heraus: „Ich war die vergangenen zehn Jahre mit dem Teufel höchstpersönlich verheiratet … mit Brent Sadler." Sie verschluckte sich fast an diesem Namen, während sie an sich herunterschaute. „All diese Narben stammen von ihm."

„Verheiratet *warst* … das heißt also, dass ihr geschieden seid?", fragte Crowley und notierte sich dabei die Information. Seiner gerunzelten Stirn nach zu urteilen, überlegte er bereits, wie er Brent ausfindig machen und ihm auch ein paar Narben verpassen konnte.

„Nein, ich habe ihn getötet", flüsterte Leah und konnte selbst kaum glauben, dass sie das tatsächlich gesagt hatte.

Sie sah zu, wie der völlig verblüffte Crowley seinen Stift fallen ließ und mit offenem Mund dasaß. Das konnte sie nicht aushalten und deshalb stand sie so abrupt auf, dass ihr Sessel dabei umfiel.

„Tut mir leid", sagte sie nur und stürmte aus dem Gebäude.

*

Sophie stand in der Küche und war so geschockt nach dem Telefonat, dass sie wie erstarrt war. Crowley hatte ihr in aller Eile erklärt, was Leah ihm gestanden hatte, und sie gebeten, die völlig aufgewühlte junge Frau nicht allein zu lassen. Schon bevor Sophie sich wieder aus ihrer Erstarrung gelöst hatte, ging krachend die Tür auf, und eine völlig aufgelöste Leah kam herein.

Doch statt nach oben in ihre Wohnung zu gehen, wie Sophie erwartet hatte, marschierte Leah geradewegs hinüber zur Kuchenvitrine und nahm sich ein großes Stück Schokoladenkuchen heraus.

„Du weißt, dass dadurch nichts besser wird", sagte Sophie nur ganz ruhig und erhaschte einen kurzen Blick auf Crowley, der sichtlich aufgewühlt durch den Hintereingang das Haus betrat. *Armer Junge.*

„Kann ich das nicht einfach in Ruhe essen?", fragte Leah patzig. „Und zwar allein."

Sophie legte eine Hand auf Leahs zitternden Arm und sagte beruhigend: „Er kann dir nie wieder etwas tun, Schätzchen."

Da riss sich Leah los, warf das Stück Kuchen auf den Boden und stieß ein so lautes kehliges Kreischen aus, dass ihr ganzer Körper bebte.

Sophie hatte keine Ahnung, was sie jetzt tun sollte, also stand sie einfach nur da und wurde Zeugin, wie Leahs Schutzmechanismen zusammenbrachen und alles aus ihr herausbrach, was dahinter verborgen gewesen war.

Crowley kam langsam näher, aber Sophie sah ihn nur an und schüttelte kaum merklich den Kopf, um ihm zu signalisieren, dass er bleiben sollte, wo er war. Sie wusste, dass die verzweifelte junge Frau erst einmal alles herauslassen musste.

Nachdem Leahs Schreie sich gelegt hatten, wiederholte Sophie noch einmal: „Er kann dir nichts mehr tun, Leah."

„Wie kannst du es wagen, mir das zu sagen?", zischte ihr Leah mit einem warnenden Blick zu und fing dann an wie ein Tier in einem Käfig hin und her zu laufen. Dann blieb sie abrupt stehen, wirbelte herum und hielt ihre Handfläche hoch, sodass Sophie sie sehen konnte. „Diese Narbe war die Strafe dafür, dass ich einmal sein Abendessen habe anbrennen lassen. Er hat die Hand über die Gasflamme gehalten. Sie kribbelt immer noch durch die bleibenden Nervenschäden – *immer noch*!"

Sophie drehte sich der Magen um, aber sie stand stoisch da und beschloss, nichts zu sagen. In diesem Moment brauchte Leah nicht zuzuhören, sondern sie brauchte eine Person, die ihr zuhörte.

Leah strich ihr Haar zurück, damit Sophie die lange Narbe hinter ihrem Ohr sehen konnte. „Das hier ist auch eine Verbrennung. Die habe ich mir durch ein Glätteisen verdient, weil mein Haar nicht perfekt geglättet war, als er eines Tages unerwartet früh nach Hause kam." Sie ließ die Haare wieder los, sodass sie ihr ins Gesicht und über die Schultern fielen. „Er hat das Glätteisen so heiß werden lassen, wie es ging, und mich dann damit verbrannt. Dazu hat er gesagt, er würde wetten, dass ich nie wieder vergessen würde, mir die Haare rechtzeitig zu machen. Und damit hat er absolut recht behalten."

Sophies Blick wanderte zu Leahs Knöchel, als sie ein Hosenbein hochzog.

„Das hier tut jedes Mal weh, wenn es regnet. Und weißt du, warum?“ Sophie schüttelte den Kopf. „Er hat mich eine Treppe hinuntergestoßen, weil ich Schuhe mit zu hohen Absätzen anhatte. Ich hatte einen so komplizierten Knochenbruch, dass es operiert werden musste.“

Leah drehte sich von Sophie weg und zerrte ihre Yogahose herunter, um ein weiteres Geheimnis zu zeigen.

Sophie trat einen Schritt vor, um die gezackte Narbe auf Leahs Hüfte besser sehen zu können, und konnte kaum ein Aufkeuchen unterdrücken.

„Das stammt von einem Schürhaken, mit dem ich geschlagen wurde.“ Leah stieß ein höhnisches Lachen aus. „Er hat gesagt, es wäre nicht seine Absicht gewesen, so fest zuzuschlagen.“ Sie zog die Hose wieder über ihre Hüfte und sah Sophie an, und Sophie machte den Mund auf, ohne den Hauch einer Ahnung, was sie sagen sollte. Doch da fuhr Leah schon mit ihrer Bestandsaufnahme fort.

„Weißt du, warum ich den Kopf nicht richtig nach rechts drehen kann?“ Sie umfasste ihren Hals mit beiden Händen.

Sophie schüttelte nur den Kopf und war absolut geschockt über all die Narben, mit denen der Körper der jungen Frau übersät war.

„Eines Abends hat er mich so lange gewürgt, dass ich das Bewusstsein verloren habe, und zwar nachdem er mich erst so lange geschüttelt hatte, dass ich in meinem Hals etwas knacken hörte. Das hat ihn aber nicht davon abgehalten, mich danach noch zweimal mehr zu würgen … du hast doch die Blutergüsse gesehen, oder?“, fragte Leah und Sophie nickte.

„Und jetzt gerade pocht es an der Stelle, weil ich so laut schreie, und ich weiß schon jetzt, dass ich morgen meinen Kopf gar nicht mehr werde drehen können." Leah wischte sich die Tränen ab und zischte: „Frag mich doch mal, was der Arzt gesagt hat. Los, frag schon."

„Was ist denn mit deinem Hals?", fragte Sophie zögernd.

„Keine Ahnung. Er hat mir nicht erlaubt, damit zum Arzt zu gehen", antwortete Leah und fuhr fort: „Stattdessen war ich eine Woche lang in einem begehbaren Schrank eingesperrt, damit mein Anblick ihn nicht daran erinnerte, was er mir angetan hatte."

Jetzt konnte Sophie einen Schreckenslaut nicht mehr zurückhalten und ging auf die völlig aufgelöste junge Frau zu, doch Leah wich zurück. „Ach Leah …"

Leah zitterte jetzt unkontrolliert, redete aber mit zusammengebissenen Zähnen weiter. „Also wag es nicht, mir zu sagen, dass er mir nicht mehr wehtun kann. Das tut er nämlich *jeden* einzelnen Tag meines Lebens!" Sie hielt sich den Bauch und krümmte sich. „Und es tut tief innen so weh, dass ich manchmal keine Luft mehr kriege", flüsterte sie. „Wie kannst du es also wagen, mir zu sagen, dass es durch Kuchen nicht besser wird? Es ist meine einzige Möglichkeit, diese Schmerzen zu betäuben."

Sophie nahm jetzt allen Mut zusammen und sagte: „Mir scheint, dass Crowley sie auch ganz gut betäubt hat."

Daraufhin richtete Leah sich wieder auf, wischte sich die Nase mit dem Ärmel ihres Shirts und entgegnete: „Na ja … nachdem ich ihm jetzt gesagt habe, dass ich meinen Mann umgebracht habe, bin ich verdammt sicher, dass es damit vorbei ist. Und im Moment will ich nichts anderes als das Stück Kuchen!", schrie Leah beinah hysterisch.

Sophie hob das Stück Kuchen vom Boden auf und legte es zur Seite, woraufhin Leah abwehrend die Hände hob. Dann nahm Sophie zwei Gabeln, gab eine davon Leah und holte die Torte, die sie gerade mit Creme überzogen und dekoriert hatte. Sie schnitt nicht nur ein Stück ab, sondern stellte die ganze Torte auf den Tisch, der am nächsten stand, und sagte entschlossen: „Wir essen jetzt so viel Kuchen, wie wir wollen."

Die beiden Frauen setzten sich also vor den Kuchen, stachen mit den Gabeln hinein und immer noch schluchzend und mit heftigem Schluckauf schob sich Leah einen riesigen Bissen in den Mund. Sophie, der nach der Schilderung all der Misshandlungen ganz mulmig war, nahm ebenfalls einen großen Bissen und kaute pflichtschuldig. Sie wusste, dass sich Leah danach nur noch schlechter fühlen würde, aber sie war entschlossen, Leahs Last mitzutragen, auch wenn das bedeutete, dass sie Bauchschmerzen bekommen würde. Wenn es möglich gewesen wäre, hätte sie die Schmerzen all der Wunden dieser armen Frau auf sich genommen.

Sophie schaute über Leahs bebende Schultern hinweg zu Crowley, der ebenfalls zitterte. Sie wusste, dass es für ihn jetzt das Beste war, sich erst einmal zu beruhigen, deshalb bedeutete sie ihm, unauffällig zu gehen. Er zögerte kurz, schlich sich aber dann leise hinaus.

*

Crowley taumelte förmlich in der Nähe seines Hauses zum Flussufer hinüber und ließ sich dort ins tiefe Gras fallen. All die Narben und ihre Ursachen gingen ihm durch den Kopf. „Blöder Unfall …", dachte er schnaubend – so hatte sie es bezeichnet.

„Blöder Unfall", wiederholte er kopfschüttelnd, und ihm wurde ganz übel bei der Vorstellung, was für furchtbare Schmerzen sie gehabt haben musste, als ihr Mann ihre Hand über die Gasflamme gehalten hatte … oder bei den Schlägen mit dem Schüreisen … oder bei der Verbrennung mit dem Glätteisen …

Crowley hatte gewusst, dass das, was sie ihm sagen wollte, schlimm sein würde, aber er hätte sich nicht im Entferntesten vorstellen können, wie schlimm. Ihm war mittlerweile so übel, dass er sich hinkniete und sich heftig erbrach.

Als das Würgen langsam nachließ, ging er zum Ufer und starrte mit leerem Blick auf das Wasser.

Kurz darauf kam Sophie und setzte sich zu ihm. „Um kurz vor sieben ist sie ins Bett gegangen. Das arme Ding war völlig fertig“, flüsterte sie.

„Hat sie den ganzen Kuchen aufgegessen?“, fragte er mit heiserer Stimme, weil seine Kehle sich ganz rau anfühlte.

Sophie schüttelte den Kopf. „Sie hat nicht einmal ein Stück geschafft. Ich glaube, sie hat selbst gemerkt, dass es ihr dadurch nicht besser wird.“

Da ging ein Ruck durch Crowley, er stand auf und blaffte: „Nach allem, was diese Frau durchgemacht hat … wenn sie Kuchen will, dann lass sie doch Kuchen essen!“

Sophie zuckte zusammen, sagte aber nur in strengem Ton: „Nicht in dem Ton, Crowley Mason. So redest du nicht noch mal mit mir. Ich weiß, dass dich das alles sehr mitnimmt, und mir geht es nicht anders, aber durch Kuchen wird ganz bestimmt nicht das heil, was in dem Mädel zerstört ist.“ Sie hielt inne, um ihre Stimme wieder in den Griff zu bekommen, und fuhr dann fort: „Glaubst du, dass 45 Kilo mehr ihr wieder guttun würden?“

„Das ist mir doch völlig egal … wenn sie sich dadurch besser fühlt“, sagte er müde. „Ich möchte nur, dass sie glücklich ist. Sie hat es verdient, glücklich zu sein.“

„Als sie letztes Jahr hier angekommen ist, hat es da so ausgesehen, als würde diese Methode für sie funktionieren?“, fragte Sophie.

Vor Crowleys innerem Auge blitzten Bilder der von Misshandlungen gezeichneten Frau auf. Der Mann musste sie fast totgeschlagen haben. Er schüttelte die schmerzvollen Bilder ab und stürmte dann ins Haus. Er war fest entschlossen, das Chaos, in dem Leah steckte, wie auch immer es konkret aussehen mochte, in Ordnung zu bringen, auch wenn er im Moment noch nicht so genau wusste, wie.

In diesem Augenblick, nur angetrieben von purem Adrenalin und seinem Zorn, ging Crowley in die Küche und kochte sich eine Kanne starken Kaffee, um mithilfe des Koffeins die Arbeit zu schaffen, die er vor sich hatte.

Dann stürmte er in sein Büro und fuhr sowohl seinen Computer als auch sein Laptop hoch. Es fehlten immer noch jede Menge Puzzleteilchen von Leahs Geschichte, die er irgendwie allein zusammenbekommen musste.

Als er sich die erste Tasse Kaffee eingeschenkt hatte, rief er Matt an und bat ihn um Hilfe. Der versprach, sich sofort an die Arbeit zu machen und zurückzurufen, sobald er etwas Neues in Erfahrung gebracht hatte.

Crowley saß an seinem Schreibtisch und versuchte, so gut es ging, seine Gefühle auszublenden, um sich ganz und gar darauf konzentrieren zu können, Leah weiterzuhelfen.

In der ersten Morgendämmerung hatte er schließlich genügend Informationen zusammenbekommen und einen Flug nach Washington gebucht. Matt hatte ein paar seiner Kontakte angerufen und diese wiederum einige ihrer Kontakte, und am Ende hatten sie den leitenden Ermittler im Fall Brent und Gabriella Sadler ausfindig gemacht, der sich sofort und gern dazu bereit erklärt hatte, sich am Flughafen mit Crowley zu treffen.

Als alle Reiseformalitäten erledigt waren, fuhr Crowley seinen Laptop herunter, verstaute ihn zusammen mit den anderen Informationen in seinem Aktenkoffer, packte eine Reisetasche und duschte.

Er zog ein langärmeliges Hemd, Jeans und braune Lederschuhe an, nahm das blaue Sportsakko und seine Taschen und verließ das Haus. Bevor er zum Flughafen fuhr, legte er noch einen kurzen Zwischenstopp im Café ein. An dem Platz hinter dem Tresen, an dem normalerweise Leah arbeitete, stand an diesem Morgen Sophie. Das Café war noch leer.

„Du bist früh auf", sagte Sophie, musterte ihn genau und fuhr dann fort: „Oder ist es eher Zeit ins Bett zu gehen?"

„Wo ist denn Leah?"

„Sie ist noch nicht nach unten gekommen", antwortete Sophie, schenkte ihm einen Kaffee ein und stellte ihn vor ihm hin. „Nach dem Zusammenbruch gestern habe ich ihr gesagt, sie soll sich heute freinehmen."

Crowleys Blick ging zur Treppe.

„Lass ihr ein bisschen Zeit und Raum, okay?"

Den Blick immer noch auf den Fuß der Treppe gerichtet, willigte Crowley zögerlich ein. „Also gut. Ich muss sowieso jetzt los, wenn ich meinen Flug nicht verpassen will. Kann ich noch einen Kaffee und ein Sandwich zum Mitnehmen bekommen?"

„Wohin willst du denn?", fragte Sophie und toastete einen English Muffin für ihn.

„Nach Washington. Und ich komme erst wieder, wenn ich das Chaos, in dem Leah steckt, in Ordnung gebracht habe." Er schaute Sophie zu, wie sie sein Sandwich zubereitete, und legte behutsam seine Hand auf ihre und sagte: „Ich habe dich von Herzen lieb, Miss Sophie, und ich schäme mich unendlich dafür, wie ich gestern mit dir geredet habe. Das war wirklich respektlos. Ich hoffe, du kannst mir verzeihen."

Da legte Sophie ihre andere Hand auf seine große und sah ihm sehr ernst in die Augen. „Ja, dein Benehmen gestern war wirklich respektlos, mein Junge, aber wenn du jemals eine Entschuldigung für so ein Verhalten gehabt hast, dann auf jeden Fall gestern. Ich hab dich auch lieb. Und du weißt doch, dass ich dir längst vergeben habe." Dann drückte sie noch einmal seine Hand, bevor sie mit seinem Frühstück weitermachte.

Crowley beugte sich vor und betrachtete kopfschüttelnd die völlig verunstaltete, angegessene Torte in der Kühlvitrine.

„Was meinst du, was ich damit machen soll?", fragte Sophie. „Sie ist ziemlich gut, und ich bringe es einfach nicht übers Herz, sie wegzuwerfen."

„Pack sie in eine Transportbox und gib sie mir. Ich habe ein paar lange und anstrengende Tage vor mir und kann bestimmt ab und zu einen Zucker-Boost gebrauchen."

Sophie tat, was er gesagt hatte, und überreichte ihm dann die Box.

Crowley nahm die Dose und auch den restlichen Proviant, den Sophie ihm zusammengestellt hatte, und gab ihr einen Kuss auf die Wange. Dann drehte er sich noch einmal zur Treppe um, zögerlich, weil er ging, ohne Leah gesehen zu haben.

„Sagst du ihr bitte, dass ich mich um die Sache kümmere und in ein paar Tagen wieder zurück bin?"

Sophie nickte. „Pass auf dich auf."

„Das mache ich", sagte Crowley und machte sich auf den Weg, um seinen Auftrag zu erfüllen.

25

Am späten Dienstagnachmittag landete Crowleys Flieger in Olympia, Washington. Im Wartebereich des Terminals entdeckte er schnell einen glatzköpfigen Mann in einem blauen Anzug, auf den die Beschreibung des Ermittlers passte, die er bekommen hatte. Als der Mann von der Akte aufblickte, die er in der Hand hatte, erkannte er auch Crowley.

„Crowley Mason?“, fragte er und gab ihm die Hand.

„Ja, das bin ich“, antwortete er.

„Ich bin Detective Mitch Collins. Ich habe gehört, dass Sie die junge Frau gefunden haben“, sagte er und tippte auf die Akte in seiner Hand.

„Kann schon sein. Deshalb bin ich da.“ Er würde diesem Mann gegenüber erst einmal gar nichts zugeben.

Mitch lachte leise in sich hinein und bemerkte: „Da hört man aber einen typischen Anwalt sprechen. Kommen Sie, machen wir uns gleich an die Arbeit.“ Er führte Crowley aus dem Flughafengebäude zu einer noch ziemlich neuen Limousine und öffnete den Kofferraum, damit Crowley seine Reisetasche dort verstauen konnte.

Während die beiden Männer einstiegen, informierte Mitch Crowley darüber, was er vorhatte. „Ich habe mir überlegt, dass es vielleicht am besten wäre, wenn wir zuerst in das Loft der Sadlers fahren und ich Sie vor Ort über den Stand der Ermittlungen informiere."

Eine Viertelstunde später hielten sie vor dem protzigen Haus, und Mitch führte Crowley durch die Garage, in der immer noch Leahs Range Rover und Brents Mercedes Sportwagen abgestellt waren.

Mitch deutete zu dem Range Rover hinüber und sagte: „Das da ist Mrs Sadlers Fahrzeug. Es wurde mit offener Fahrer- und Beifahrertür aufgefunden."

Während Crowley ihm die Treppe nach oben hinauf folgte, fragte er sich unwillkürlich, ob dies wohl die Treppe war, die Leah hinuntergestoßen worden war. Sein Bauchgefühl sagte ihm, dass es so war.

Mitch schloss die Tür auf, hinter der sich eine moderne Wohnung befand, die allerdings eher wie der Showroom eines Möbelhauses wirkte als wie ein Zuhause. In der Eingangsdiele blieb er stehen und blätterte einen Stapel Fotos durch, die er aus dem Ordner nahm.

„Weil natürlich mittlerweile die Tatortreiniger hier gewesen sind, habe ich noch mal die Fotos von der Wohnung mitgebracht, wie wir sie vorgefunden haben."

Er reichte Crowley eines davon, auf dem ein paar Tropfen Blut auf dem weißen Fußboden im Eingangsbereich zu sehen waren.

„An dem Tag ist gegen eins jemand vom Lieferservice eines Supermarktes gekommen, um eine Bestellung für Mrs Sadler auszuliefern. Bei seiner Ankunft stand die Wohnungstür offen, und als er dann das Blut auf dem Fußboden bemerkte, hat er sofort die Polizei gerufen." Mitch zeigte auf das Blut. „Das stammt wahrscheinlich von oberflächlichen Verletzungen. Wir glauben, dass hier im Eingangsbereich ein Kampf stattgefunden hat, der dann im Schlafzimmer fortgesetzt wurde."

Mitch führte Crowley durch die Wohnung ins Schlafzimmer, wo das Bettzeug und die Matratze vom Bett entfernt worden waren. Der Ermittler bedeutete Crowley mit einer Geste, ihm in den großen begehbaren Schrank zu folgen, wo er ihm ein paar weitere Fotos gab. Crowley sah sich jedes an. Eines war das Gesamtbild eines völligen Durcheinanders von Kleidungsstücken und zerbrochenem Glas auf dem Fußboden und blutigen Fußabdrücken, die aus dem Zimmer hinausführten. Ein weiteres Foto war die Nahaufnahme von einem der blutigen Fußabdrücke.

„Der Fußabdruck passt zu Mrs Sadlers Schuhgröße", erklärte Mitch und deutete auf das Foto.

„Woher kommt denn das Glas?", fragte Crowley und stellte sich dabei vor, wie die völlig verängstigte Leah in diesem Raum in die Enge getrieben worden sein musste.

„Das war eine Whiskeyflasche. Gerüchten zufolge war Mr Sadler ein richtiger Fan von dem Zeug, und die Autopsie hat auch ergeben, dass er stark alkoholisiert war." Mitch zeigte auf das blutige Handtuch auf dem Fußboden, das auf einem der Fotos zu sehen war. „Das war noch feucht, deshalb glauben wir, dass Mrs Sadler noch versucht hat, hier sauber zu machen, bevor sie sich aus dem Staub gemacht hat."

Mit dieser Bemerkung führte Mitch Crowley in das angrenzende Bad und gab ihm weitere Tatortfotos, auf denen noch mehr blutige Fußabdrücke und Blutschlieren an den Wänden und auf dem Boden zu sehen waren. Daraus schloss Crowley, dass Leah getaumelt sein musste. Ein weiteres Foto zeigte den blutbespritzten weißen Fußboden in der Dusche und ein paar auf dem Boden verstreute blutige Handtücher.

Mitch ging wieder ins Schlafzimmer, blieb vor dem Bett stehen und zögerte kurz, bevor er Crowley einen weiteren Stapel Fotos gab: „Auf denen ist Brent Sadlers Leiche."

Crowley nickte, nahm die Fotos und sagte: „Ich habe schon ein paar ziemlich grausige Mordfälle hinter mir, Mr Collins. Ich glaube, damit werde ich fertig."

Dann sah er sich das erste Foto genau an. Der Mann war älter, als er gedacht hatte. Statt eines toten Mannes Mitte 20 war darauf ein Mittvierziger zu sehen, der in einer seltsamen Position auf der Seite lag und mit leerem Blick in die Kamera starrte. Neben dem Bett lagen noch mehr Glasscherben, und das Kopfkissen neben Brents Kopf war ebenfalls blutbeschmiert.

Crowley blätterte weiter zum nächsten Foto, auf dem die weiße Bettdecke beiseitegeschoben worden war, sodass ein riesiger Blutfleck in der Mitte der Matratze zu sehen war.

„Möchten Sie wissen, was das Verrückteste an der ganzen Geschichte ist?", fragte Mitch.

Crowley starrte immer noch den auf dem Foto festgehaltenen Albtraum an, den Leah erlebt hatte. „Was denn?", fragte er.

„Von all dem Blut hier stammt nicht ein einziger Tropfen von Mr Sadler."

Crowley blickte von den Fotos auf. „Wie ist denn das möglich, wenn sie ihn umgebracht hat?"

„Wer sagt denn, dass sie ihn umgebracht hat?", fragte Mitch irritiert.

„Wie bitte?", fragte Crowley und zog erstaunt die Augenbrauen hoch.

„Mrs Sadler hat ihren Mann nicht umgebracht. Er hat zwar einen stumpfen Schlag auf den Kopf bekommen und dadurch wahrscheinlich das Bewusstsein verloren – die Glassplitter auf dem Foto hier stammen von einer Kristallvase –, aber die Autopsie hat ergeben, dass er an einem schweren Herzinfarkt gestorben ist."

Mitch nahm den Autopsiebericht aus dem Ordner, gab ihn Crowley und fuhr fort: „Der Mann war ein Musterbeispiel an gesundem Lebensstil. Er war bekannt für seine Disziplin bei Ernährung und Bewegung. Schwer zu glauben, dass er im Alter von nur 45 Jahren an einem Herzinfarkt stirbt."

Kopfschüttelnd gab Crowley den Autopsiebericht und die Fotos zurück. „Ich dachte, es handelt sich hier um eine Mordermittlung."

„Nein. Es ist eine Vermisstenermittlung. Nach Aussage des Mannes, der die Lebensmittel geliefert hat, sollte an Mrs Sadler geliefert werden. Das wurde vom Geschäftsführer des Supermarktes bestätigt. Natürlich hat Mrs Sadler sich abgesetzt, aber ich glaube nicht, dass das alles ist."

Mitch bedeutete Crowley, ihm zu folgen. „Kommen Sie, da ist noch etwas, das ich Ihnen zeigen muss", sagte er und führte ihn durch das Gästezimmer zu dem dortigen begehbaren Schrank.

Crowley bemerkte die beiden Schlösser außen an der Schranktür, und zwar eines am Türknauf und noch eines ganz oben an der Tür. Er konnte seine Wut jetzt kaum noch zügeln. Die Erkenntnis, dass er hier gerade an der Tür ihres Gefängnisses stand, war wie ein Schlag in die Magengrube, und der Anblick überforderte ihn völlig. Er bereits dabei, das Zimmer schon wieder zu verlassen, doch Mitch forderte ihn mit einer Geste auf, einen Blick in den Schrank zu werfen.

„Wir haben darin eine Kaffeedose gefunden, die offenbar als Toilette benutzt wurde, und es waren an verschiedenen Stellen Saft- und Wasserflaschen und Essen versteckt … Es sieht also ganz so aus, als hätte Mrs Sadler hier viel Zeit eingesperrt verbracht."

Dann holte er aus einem Kopfkissenbezug eine ziemlich zerlesene Bibel und gab sie dem absolut erschütterten Crowley, der sich das Buch unter den Arm klemmte, während Mitch weiter erklärte, was die Spurensicherung sonst noch alles gefunden hatte.

„Feuchttücher, eine Zahnbürste und Zahnpasta waren in einem Schuhkarton versteckt, unter dem Schlafsack eine Taschenlampe und eine Armbanduhr. Außerdem haben wir noch …"

„Guter Gott", sagte Crowley. Sein Puls raste.

Mitch zeigte auf einen nicht angeschlossenen Lichtschalter. „Wahrscheinlich wollte er nicht, dass sie hier drinnen Licht hatte."

„Ich muss hier raus", murmelte Crowley und verließ die Wohnung – die Bibel immer noch fest unter den Arm geklemmt. Er hatte geglaubt, das hier genauso gut durchstehen zu können wie jeden anderen Fall auch, aber weil er persönlich betroffen war, empfand er es als geradezu unerträglich. Kurz darauf war Mitch auch schon bei ihm, nachdem er die Wohnung wieder abgeschlossen hatte.

„Das Kinderheim, dessen Bau Mrs Sadler unterstützt hat, ist nur ein paar Kilometer entfernt. Möchten Sie sich vielleicht dort noch umhören?", fragte er.

„Leah. Ihr Name ist Leah Allen", korrigierte ihn Crowley. „Was meinen Sie damit, dass sie den Bau unterstützt hat?", fragte er, während sie wieder in Mitchs Auto stiegen.

„Leah war Sponsorin verschiedener Wohltätigkeitsevents, um Geld für den Bau des Kinderheims zusammenzubekommen, und sie hat das Projekt von Anfang an auf vielerlei Weise unterstützt. Das scheinen die einzigen Aktivitäten gewesen zu sein, die ihr Mann ihr erlaubt hat. Die Leiterin des Kinderheimes war es auch, die, ein paar Tage nachdem der Lebensmittellieferant die Polizei gerufen hatte, Mrs Sadler als vermisst gemeldet hat."

Mitch startete den Wagen und fuhr los Richtung Kinderheim. Er hielt vor einem zweigeschossigen, fröhlich gelb gestrichenen Gebäude mit einem bunten Schild im Vorgarten, auf dem *New Hope Children's Home* stand. Und darunter war in kleinerer Schrift zu lesen: *Wo sich jeder zu Hause fühlen kann.*

Nachdem sie das Gebäude betreten hatten, stellte Mitch Crowley einer älteren Dame namens Sue vor. Mitch wartete draußen, während sie Crowley bereitwillig herumführte, nachdem er erklärt hatte, wer er war und in welcher Beziehung er zu Gabriella beziehungsweise Leah stand.

Sue führte ihn zu einer Wand mit gerahmten Bildern, und auf einem davon erkannte er sofort eine rothaarige Leah. Sie stand darauf mitten in einer Gruppe grinsender Kinder. Die Bildunterschrift lautete: *Der erste Tag Heimbetrieb mit Gründerin Gabriella Sadler.* Sie gingen weiter den Gang entlang, bis Crowley ein weiteres Foto von Leah entdeckte, auf dem sie ein paar Jahre älter und ein bisschen runder war als auf dem ersten Foto.

Sie stand lächelnd hinter einer Gruppe ebenfalls lächelnder Kinder auf einem großen Spielplatz, aber ihr Blick wirkte leer und leblos. Die Bildunterschrift lautete: *Feier anlässlich der Fertigstellung des Spielplatzes.*

Nachdem Crowley sich die Fotos angeschaut hatte, führte Sue ihn in ein großes Spielzimmer, wo gerade eine Geburtstagsparty im Gang war. Sie zeigte auf eine Gruppe von Frauen, die am Kuchenbüfett standen, und erklärte: „Diese Frauen haben mit Gabriella zusammen hier ziemlich viel ehrenamtlich gearbeitet. Wenn Sie möchten, können Sie ihnen gerne ein paar Fragen stellen. In meinem Büro warten ein paar Mitglieder des Vorstandes auf mich, aber lassen Sie sich ruhig Zeit."

Dann legte sie Crowley eine Hand auf den Arm und sagte: „Bitte sagen Sie Gaby doch, dass wir sie schrecklich vermissen und sehr erleichtert sind, dass es ihr gut geht."

Er gab ihr lächelnd die Hand und sagte: „Es hat mich gefreut, Sie kennenzulernen, und ich werde es ihr auf jeden Fall ausrichten. Ich hoffe, dass wir demnächst noch einmal zusammen herkommen können."

„Das wäre wunderbar. Tun Sie das doch bitte, ja?“ Dann drückte sie ihm die Hand und ging davon.

Crowley drehte sich wieder zu den in dem Raum spielenden Kindern um. Er schaute sich die Frauen am Büfett an, die wie gelangweilte Vorzeige-Ehefrauen reicher Männer wirkten, die nur irgendeinen Zeitvertreib brauchten.

Die Ansage, dass die Kinder nun nach draußen gehen und auf Trampolinen hüpfen durften, sorgte dafür, dass alle zur Tür rasten, und Crowley musste schmunzeln, wie schnell sich der Raum leerte.

Als er noch einmal zu der Gruppe der Frauen hinüberschaute und überlegte, ob er mit ihnen sprechen wollte, ertappte ihn eine langbeinige Brünette dabei, wandte sich anschließend ihren Freundinnen zu und flüsterte ihnen irgendetwas zu. Und bevor er noch entschieden hatte, was er tun sollte, kamen die Frauen bereits zu ihm herübergetänzelt.

„Sind Sie *der* Crowley Mason?“, fragte die langbeinige Brünette.

Er fuhr sich mit den Fingern durch sein zerzaustes Haar und antwortete: „Ich weiß nicht, ob ich *der* bin, aber ja, mein Name ist Crowley Mason. Wie kommen Sie denn darauf, Ma'am?“

Die Brünette legte sich ihre perfekt manikürte Hand aufs Herz und sagte: „Ma'am? Oh, meine Damen, wir haben es hier mit einem echten Südstaatengentleman zu tun.“ Sie schaute kurz ihre Freundinnen an, richtete ihre Aufmerksamkeit dann aber gleich wieder ganz auf Crowley und erklärte: „Es gab in der Zeitschrift *Cosmo* einen Artikel über Sie, in dem Sie als einer der begehrtesten Junggesellen der Vereinigten Staaten bezeichnet wurden“, gurrte die Brünette. „Mein Name ist übrigens June, und das sind meine Freundinnen Hannah und Sara. Wir arbeiten ehrenamtlich hier im Kinderheim mit.“

„Es freut mich, Sie kennenzulernen“, sagte Crowley und gab jeder der Damen die Hand. „Ich habe mich gefragt, ob Sie mir vielleicht ein wenig über …“, es schmerzte ihn richtig, sie so zu nennen, „über Gabriella Sadler erzählen könnten.“

Daraufhin rückte Sara das Stirnband in ihrem dunkelblonden Haar zurecht und winkte nur ab. „Die Frau war doch eine einzige Katastrophe. Keine Ahnung, was Brent an ihr gefunden hat. Der Mann hat ihr die Welt zu Füßen gelegt, und sie hat sich dermaßen gehen lassen.“

Sara versuchte, die Stirn zu runzeln, doch anscheinend war das wegen einer Botoxbehandlung nicht mehr möglich.

Die Gehässigkeit, mit der diese Frau über Leah sprach, schockierte Crowley, aber das ließ er sich nicht anmerken.

„Warum fragen Sie? Hat man sie endlich gefunden?“, fragte Hannah.

„Ja, es geht ihr gut“, sagte Crowley und schaute dabei auf die Uhr. Er kam zu dem Schluss, dass die Frauen nichts als eine Schar vor sich hin gackernder Hühner waren und dass er mit ihnen nur seine Zeit vergeudete.

„Bitte sagen Sie nicht, dass diese Loserin wieder zurückkommt“, sagte June.

„Wieso ist sie denn eine Loserin?“, fragte er und schaute sich im Raum um.

„Na, sie hatte den besten Mann der ganzen Gegend, und sie hat sich nicht gut um ihn gekümmert. Wenn Brent meiner gewesen wäre, dann hätte ich dafür gesorgt, dass sein gutes Herz in erstklassigem Zustand gewesen wäre.“ Sie wiegte sich dabei ein ganz klein wenig in den Hüften, und ihre Freundinnen kicherten.

Crowley sah sich die Gruppe an, die da vor ihm stand, und dachte: *Die Frauen waren einfach neidisch auf sie.* Er steckte die Hände in die Hosentaschen und atmete einmal tief durch. Er hatte genug von dem Gegacker, deshalb sah er June direkt an und sagte in sachlichem Ton: „Der Mann war ein Alkoholiker, der seine Frau gequält hat, indem er sie in einen Schrank in ihrer Wohnung gesperrt hat, Ma'am. Er hat sie fast zu Tode geprügelt, bevor Gott Erbarmen mit ihr hatte und ihn durch einen Herzinfarkt außer Gefecht gesetzt hat."

Crowley ließ seine Worte erst einmal wirken und fuhr dann fort: „Wenn Sie Ihre Zeit nicht damit vertan hätten, sie zu verurteilen und abzulehnen, dann hätten Sie vielleicht gemerkt, dass sie misshandelt wurde. Sie hätte nämlich gut ein paar Freundinnen gebrauchen können."

Mit diesen Worten ging er davon, drehte sich aber noch einmal um, sah June direkt an und sagte: „Machen Sie sich mal keine Gedanken darüber, dass ich noch weiter auf irgendeiner Junggesellenliste stehen werde, Ma'am. Ich liebe Gabriella, und das wird für den Rest meines Lebens so bleiben." Damit ließ er die sprachlosen Frauen einfach stehen und ging zu dem Wagen, in dem Mitch auf ihn wartete.

Der Ermittler bemerkte Crowleys verstörte Miene. „Hätten Sie Lust, noch den besten Kaffee der Stadt zu trinken und einen guten Donut dazu zu essen?"

„Ja, sicher, und könnten Sie mich danach vielleicht bei einem Hotel absetzen? Ich bin jetzt seit einem … nein, zwei Tagen auf den Beinen, und langsam holt mich der Schlafmangel ein."

Mitch fuhr also zu einem nostalgischen Lokal namens *Donut-Diner.*

„Toller Laden", bemerkte Crowley, als sie ihn betraten.

„Die Besitzer bringen zweimal im Monat Donuts ins Kinderheim, deshalb hat die Heimleiterin der Polizei den Tipp gegeben, sich mit den Ladenbetreibern in Verbindung zu setzen, um vielleicht von ihnen etwas über Leahs Aufenthaltsort zu erfahren.

Nach Aussage der Tochter des Eigentümers, die hier ebenfalls arbeitet, war Leah fast jeden Donnerstag hier." Mitch zeigte auf eine rötlich blonde Frau Mitte 20 und sagte: „Das ist sie."

Dann deutete Mitch auf Crowley und sagte: „Shayna, ich möchte Ihnen gern einen guten Freund von Gaby Sadler vorstellen."

Crowley nickte. „Freut mich, Sie kennenzulernen."

Mit angstvoller Miene und flehendem Ton sagte sie: „Bitte sagen Sie mir, dass mit Gaby alles in Ordnung ist."

Crowley nickte noch einmal und versicherte: „Es geht ihr gut."

Da ging ganz langsam ein Lächeln über ihr Gesicht und sie sagte erleichtert: „Gott sei Dank."

Crowley rief auf seinem Handy ein Foto von ihrer Angeltour auf und zeigte es Shayna, die sich das Bild der breit grinsenden Leah mit dem großen Wels anschaute.

„Wow, sie sieht ja fantastisch aus."

Mitch schaute sich ebenfalls das Foto an und stieß einen leisen Pfiff aus. „Das ist ja mal 'ne schöne Frau."

„Da gebe ich Ihnen absolut recht", sagte Crowley stolz und steckte sein Handy wieder ein.

Mitch räusperte sich. „Shayna, meine Liebe, könnten wir bitte zwei Kaffee und sechs Donuts bekommen?"

„Klar. Irgendeine bestimmte Sorte?", fragte sie auf dem Weg zum Tresen.

„Gabys Lieblingssorten", antwortete Crowley, bevor er sich ziemlich ermattet setzte.

„Das wären dann die mit Bayerischer Creme und Schokoglasur, die mit Zitronenpuddingfüllung und Puderzucker und die Apfelkrapfen", sagte sie und fing an, eine Schachtel mit den entsprechenden Sorten zu befüllen, die sie dann zusammen mit dem Kaffee brachte.

An Crowley gewandt sagte sie: „Bitte richten Sie ihr doch aus, wie froh ich darüber bin, dass es ihr gut geht und dass dieser Mann tot ist."

„Sie haben gewusst, dass Brent sie misshandelt hat?", fragte Crowley.

„Sie hat es mir nie gesagt, aber die Anzeichen waren schon ziemlich eindeutig. Ich habe versucht, sie dazu zu bringen, darüber zu reden, aber das hat sie nie getan", antwortete Shayna kopfschüttelnd.

„Danke, dass Sie freundlich zu ihr waren", sagte Crowley zu ihr, woraufhin die Frau lächelte und erklärte: „Gaby ist eine tolle Frau, die alle Freundlichkeit der Welt verdient hat."

Da stimmte ihr Crowley absolut zu und gelobte, Leah mit Freundlichkeit zu überschütten, sobald er wieder zu Hause war – hoffentlich für den Rest seines Lebens.

*

Als Mitch Crowley bei einem Hotel absetzte, gab er ihm noch einige weitere Informationen, bevor er wieder fuhr. Er nannte ihm ein Krankenhaus in Lincoln, Nebraska und erklärte: „Bis dahin sind wir auf unserer Suche nach Leah gekommen. Sie ist dort aufgenommen und fast eine Woche lang stationär behandelt worden, aber danach hat sich ihre Spur dann verloren."

Crowley nahm diese Information zur Kenntnis und schüttelte dann dem Ermittler die Hand. „Danke, Mitch. Sie haben mir sehr geholfen. Ich rufe Sie an, sobald ich wieder in South Carolina bin."

„Gern geschehen. Ich bin froh, dass dieser Fall ein gutes Ende genommen hat. Bei den meisten meiner Vermisstenfälle ist das nicht so."

Sobald Crowley eingecheckt und sich in seinem Zimmer eingerichtet hatte, schaute er sich die Information über das Krankenhaus genauer an und buchte für den nächsten Morgen einen Flug nach Nebraska. Irgendetwas fehlte noch, aber er kam nicht darauf, was es war. Es fehlte noch ein Puzzleteil, und er hoffte, es am nächsten Tag zu finden.

Nach einer schnellen Dusche wollte Crowley unbedingt erst einmal Leahs Stimme hören und versuchte deshalb, sie über die Festnetznummer ihrer Wohnung zu erreichen, aber niemand nahm ab. Auch im Café ging niemand ans Telefon. Da fuhr er seinen Computer hoch und rief die Überwachungskameras auf der Plantage auf. Er wollte ihr nicht hinterherspionieren, aber er machte sich jetzt wirklich Sorgen und hoffte einfach, irgendeinen Hinweis darauf zu bekommen, dass es ihr gut ging.

Er ließ sich auf einen Sessel plumpsen und stieß einen Seufzer aus, als er keinerlei Anzeichen dafür entdecken konnte, dass sie in den letzten paar Tagen dort gewesen war. Er wollte das Fenster mit den Aufnahmen gerade wieder schließen, als er in der Ferne auf dem Bildschirm ein Licht bemerkte, das von der Kamera am Pool aufgenommen wurde. Es kam von der Hütte am Fluss.

26

Zu Crowleys großer Erleichterung lief auf den Flügen nach Lincoln, Nebraska alles glatt. Sofort nach der Ankunft nahm er sich ein Taxi direkt zur Klinik und wollte den Besuch dort einfach nur hinter sich bringen, damit er möglichst schnell nach Hause weiterfliegen konnte. Am letzten Abend hatte er spät noch Matt angerufen und ihn gebeten, Termine mit den Ärzten und der Stationsschwester zu vereinbaren, die Leah behandelt hatten.

Als er an den Informationsschalter in der Eingangshalle kam und seinen Namen nannte, wurde er in einen kleinen Besprechungsraum geführt und gebeten, auf die Hebamme zu warten, da diese sich verspäten würde.

Eine halbe Stunde später betrat eine leger gekleidete Frau den Raum, begrüßte ihn mit einem Lächeln und fragte: „Sind Sie Mr Crowley Mason?"

Crowley stand auf, gab ihr die Hand und sagte. „Ja, Ma'am."

„Ich bin Mona und war in der Zeit, als Gabriella Sadler hier war, diensthabende Stationsleitung. Tut mir leid, dass Sie warten mussten. Ich habe heute eigentlich frei und gerade eben erst den Anruf bekommen, dass Sie mit mir sprechen möchten. Wenn Sie kurz warten, hole ich noch Mrs Sadlers Patientenakte. Die Rechtsabteilung hat sie teilweise freigegeben."

Crowley nickte. „Ja sicher. Es tut mir leid, dass ich ausgerechnet an Ihrem freien Tag hereinplatze."

„Machen Sie sich darüber mal keine Gedanken. Ich bin sehr erleichtert, dass Gabriella am Leben ist und es ihr gut geht. Ehrlich gesagt war ich mir gar nicht so sicher, ob sie es schaffen würde."

„Eigentlich sollte ich hier auch noch einen Dr. Daniels treffen …", sagte Crowley dann.

„Auch das tut mir leid", erklärte Mona und war schon halb zur Tür hinaus. „Er ist noch bei einem Notkaiserschnitt." Mit diesen Worten schloss sie die Tür.

Kaiserschnitt … Immer wieder drehte und wendete Crowley das Wort in seinem Kopf und rieb sich das müde Gesicht. Er musste sich setzen, um erst einmal zu verdauen, was dieses eine Wort bedeutete. *Die Wunde im tiefsten Inneren, die sie Sophie gegenüber hinausgeschrien hatte. Ein Schmerz, der so tief saß, dass er ihr manchmal den Atem nahm.*

Manche Wunden heilen nie … Sie sind einfach zu tief.

Das hatte sie zu ihm gesagt, als er sie vor ein paar Tagen in seinem Pool in den Armen gehalten hatte. Sein Mund wurde ganz trocken und ihm tat der Magen weh.

Nach etwa zehn Minuten kam Mona zurück, setzte sich neben Crowley und öffnete die Patientenakte.

„Wo soll ich anfangen …"

„Am besten am Anfang, und zwar am liebsten so offen und direkt wie möglich."

Mona blickt von der Patientenakte zu ihm auf und dann wieder zurück. „Mrs Gabriella Sadler traf Ende Oktober mit zahlreichen Wunden und Verletzungen sowie frühzeitigen Wehen hier ein. Sie hatte starke Blutungen, sodass wir als Erstes die Blutung stoppen mussten. Doch es war zu spät und Dr. Daniels blieb nichts anderes übrig, als sie zu entbinden. Das Kind, ein Mädchen, wurde tot geboren. Es wog nur etwa 800 Gramm."

Crowley räusperte sich. „In der wievielten Woche war sie denn?"

„Nach unserer Schätzung war sie etwa in der 25. Schwangerschaftswoche. Nachdem sie erfahren hatte, dass ihr Baby nicht überlebt hatte, weigerte sich Mrs Sadler uns weitere Informationen zu geben. Ich glaube, weil sie darin einfach keinen Sinn mehr sah."

„Sie nennt sich übrigens jetzt mit ihrem ersten Vornamen und hat wieder ihren Mädchennamen angenommen, also Leah Allen", bat Crowley die Schwester, weil er es nicht aushalten konnte, Leahs Namen in Verbindung mit dem des anderen Mannes zu hören.

Mona nickte und machte eine Notiz in die Akte, bevor sie fortfuhr: „Ich habe das Baby gebadet, in eine Decke gewickelt und es Leah in den Arm gelegt, bevor wir es ihr wieder wegnehmen mussten. Sie hat das Baby mehrere Stunden gehalten, während wir ihre Wunden versorgt haben, und als Dr. Daniels die Blutung gestoppt und sie eine Bluttransfusion bekommen hatte, hat er eine der Schwestern angewiesen, das Baby an sich zu nehmen." Mona schüttelte den Kopf und hustete leise.

„Was ist denn, Ma'am?", fragte Crowley leise, als sie nicht weitersprach.

„In all den Jahren, die ich jetzt schon als Hebamme arbeite, habe ich noch bei keiner Mutter eine solche Qual erlebt wie in jener Nacht und werde sie auch *nie* vergessen, Mr Mason. Ich habe bis heute Albträume davon. Sie hat geweint, laut geschrien und sich geweigert, das Baby herzugeben. Ich habe ihr gut zugeredet und ihr versprochen, mich um das Baby zu kümmern, aber sie hat es nur noch fester an sich gedrückt und noch lauter geweint."

Crowley musste heftig schlucken. „Und was haben Sie getan?"

„Irgendwann mussten wir ihr ein Beruhigungsmittel geben. Ich habe wirklich keine Ahnung, wie sie während dieser ganzen qualvollen Prozedur bei Bewusstsein bleiben konnte. Es war, als wüsste sie, dass sie das Baby nie wiedersehen würde, wenn sie einmal die Augen schließt."

Crowley rieb sich das stoppelige Kinn und fragte: „Hat sie dauerhafte Schäden zurückbehalten? Kann sie noch …?"

„Nein, keine bleibenden *körperlichen* Schäden. Sie müsste eigentlich ohne Komplikationen weitere Kinder bekommen können. Das hat Dr. Daniels ihr damals auch versichert, aber da befand sie sich schon wie in einem Tunnel."

Crowley nickte und sah, dass die Schwester mehrere Fotos aus der Patientenakte nahm.

„Hier sind ein paar Fotos von Gab… Leah. Die wurden als Beweismittel für die Anzeige bei der Polizei gemacht. Weil sie auf keinen Fall Anzeige erstatten wollte, haben wir die Fotos aufgenommen, nachdem sie sediert war. Außerdem musste ich in ihrer Handtasche nach ihrem Führerschein suchen, um ihre Personalien aufzunehmen. Sie wollte uns nicht einmal ihren Namen sagen, und wir wussten nicht so genau, was sie vorhatte."

Crowley schaute sich das erste Foto an, auf dem eine rothaarige Frau zu sehen war, deren Gesicht so entstellt war, dass Crowley sie niemals als Leah erkannt hätte. Ihr linkes Auge war dunkellila und vollkommen zugeschwollen. Es waren genau die Verletzungen, die ihm bei ihrer ersten Begegnung in ihrem Gesicht aufgefallen waren. Das war bereits zwei Wochen nach der Nacht gewesen, in der die Aufnahmen von den frischen Verletzungen gemacht worden waren. Die Frau auf den Fotos sah aus, als wäre sie tot.

„Die Wunde über ihrem Auge musste genäht werden und auch die an ihrer Unterlippe. Beim Kinn war nur ein Klammerpflaster nötig", berichtete Mona weiter.

Das nächste Foto war eine Nahaufnahme von ihrem Hals. „Diese Blutergüsse an ihrem Hals sind Handabdrücke. Sie muss also heftig gewürgt worden sein. Gegen die Verstauchung am Hals haben wir ihr als Stütze eine Halskrause angelegt."

Dann zeigte Mona auf ein Foto von einer geschwollenen Schulter. „Außerdem hatte sie ein gebrochenes Schlüsselbein. Ich habe ihr eine Armschlinge gegeben, die außerdem das gebrochene Handgelenk gestützt hat."

Und dann legte die Hebamme die letzten beiden Fotos vor ihm auf den Tisch. Es waren Aufnahmen von Leahs Rumpf. Ihr Bauch und die gesamte linke Seite waren ein einziger geschwollener Bluterguss, der so dunkel war, dass er wie aufgemalt aussah.

„Das war die Gewalteinwirkung, durch die die vorzeitigen Wehen ausgelöst wurden. Entweder ist sie mit einem stumpfen Gegenstand oder mit der Faust geschlagen worden. Sie hat außerdem zwei gebrochene Rippen davongetragen."

Crowley dachte an die zerbrochene Whiskeyflasche in der Wohnung. *Wenn Brent nicht schon tot wäre ... welches Ungeheuer darf jemandem so etwas antun;* und eine stille Wut überkam ihn. Das hier auf den Fotos war nicht irgendjemand, sondern die Frau, die er liebte.

Mona legte die Fotos wieder in die Akte, schloss kurz die Augen und sagte dann: „Seit ich dreizehn war, habe ich immer davon geträumt, Hebamme zu werden, Mr Mason. Das war das Jahr, in dem ich dabei sein durfte, als meine Mutter meinen kleinen Bruder auf die Welt gebracht hat. So etwas Wunderschönes – mitzuerleben, wie ein neues Leben auf die Welt kommt ..." Sie schüttelte den Kopf. „Ich hätte nie gedacht, dass ich einmal Zeugin eines so grauenhaften Anfangs und Endes des Lebens eines erstgeborenen Kindes sein würde."

Mona tippte auf das Foto von Leahs geschundenem Gesicht. „Das, was ihre ganze Freude war, wurde dieser Frau aus dem Körper gerissen, und es macht mich ganz krank, dass ich es nicht verhindern konnte." Sie wischte sich die Tränen ab. „Entschuldigen Sie bitte."

„Aber Sie haben sie nicht sterben lassen, oder?", sagte Crowley und versuchte, so gut es ging, zu lächeln.

„Ich habe getan, was ich konnte, aber ich bin sicher, dass in jener Nacht auch ein Teil ihrer Seele gestorben ist." Mona stand auf und auch Crowley erhob sich.

„Ich würde Ihnen noch gern etwas zeigen, das ich Leah damals versprochen habe, Mr Mason", sagte die Hebamme. „Hätten Sie noch Zeit, es sich anzuschauen? Ich fände es schön, wenn Sie es ihr erzählen könnten."

„Ja, und bitte nennen Sie mich doch Crowley."

Die Welt war ein so grausamer Ort für Leah gewesen, und er war so unendlich dankbar dafür, dass diese Frau an ihrer Seite gestanden hatte.

*

20 Minuten später parkte Mona ihren Minivan vor der Kirche, zu der sie gehörte, und führte Crowley auf einen gepflegten Friedhof direkt daneben. Vor einem rosafarbenen Granitgrabstein blieb sie stehen und erzählte: „Als Leah am nächsten Tag wieder zu Bewusstsein kam, war sie richtig hysterisch. Ich habe versucht, sie zu trösten, habe sie sogar in den Armen gehalten." Mona wischte ein paar Blätter von dem Stein und fuhr fort: „Sie hat mich angefleht, nicht zuzulassen, dass das Krankenhaus das Baby einfach entsorgt. Ich solle 10.000 Dollar aus ihrer Handtasche nehmen und davon ein Begräbnis bezahlen."

Crowley kniete an dem kleinen Grabstein und strich mit den Fingern über die Inschrift: *Unser kostbarer kleiner Engel hat die Flügel ausgebreitet und ist nach Hause in den Himmel geflogen.* Darüber waren zarte Engelsflügel eingraviert und das Datum 22. Oktober. Er sah sich die kleinen Gegenstände an, die dort für das Baby abgelegt worden waren. Ein Windspiel klimperte leise im Wind, und ein Windrad aus Metall drehte sich schnurrend. Rechts vom Grabstein schaukelte an einem Metallstab ein Schmetterling aus Glas und reflektierte bunt das Sonnenlicht, das darauffiel. Vor dem Grabstein stand ein kleiner Asternstrauß.

Crowley stand da und betrachtete eine pinkfarben gestrichene kleine Bank, die vor dem Grab stand. „Sie haben sich wirklich gut um ihr Baby gekümmert. Ich bin sicher, dass das ein großer Trost für Leah sein wird."

„Die Tragödie hat die ganze Gemeinde so sehr berührt, dass alle für die Begräbniskosten zusammengelegt haben. Ich habe der Kleinen ein handgenähtes Rüschenkleidchen angezogen, in dem sie wirklich wie ein Engel aussah. Das Bestattungsunternehmen hat einen rosa Babysarg zur Verfügung gestellt und für seine Dienste nichts berechnet. Der Blumenladen hat kostenlos Kränze und Blumengestecke in Weiß und Pink zur Verfügung gestellt, und die Inhaberin schmückt das Grab immer noch je nach Jahreszeit. Die Kirche war an dem Tag brechend voll mit Trauergästen. Bitte sagen Sie ihr das, ja?"

Crowley nickte, weil er kein Wort herausbrachte und das Gefühl hatte, noch einen weiteren geliebten Menschen durch die Hand von Brent Sadler verloren zu haben. Ein kleines Mädchen, das er hätte lieb haben können …

„Ich konnte Gab… Leah nicht ausfindig machen, um ihr das Geld für das Begräbnis zurückzugeben, und nach einigem Überlegen hat die Kirchengemeinde es dann als Grundstock für eine Stiftung zu Ehren von Gabriella und Angel genommen. Sie heißt *Angel-Stiftung* und unterstützt Maßnahmen und Programme zur Prävention und Hilfe bei häuslicher Gewalt und Kindesmisshandlung. Ich sorge dafür, dass der Name in den Dokumenten in Leah geändert wird."

„Haben Sie vielleicht Informationsmaterial über die Stiftung?", fragte Crowley mit belegter Stimme und schaute wie gebannt auf das kleine Grab.

„Ja, in der Kirche haben wir einen Flyer, in dem alles genau erklärt wird. Möchten Sie einen mitnehmen?"

Als Crowley nickte, sagte sie: „Dann warten Sie kurz, ich hole einen. Ich bin gleich wieder da." Sie ging rasch hinüber zu einem Seiteneingang der Kirche und verschwand darin.

Crowley setzte sich auf die kleine Bank, holte sein Handy hervor und machte mehrere Fotos von dem Grab. Als er danach dasaß und ein Gebet flüsterte, dass Gott ihm und Leah helfen möge, das alles gemeinsam durchzustehen, kam Mona mit dem Infomaterial zurück und war dann sogar so freundlich, ihn noch zum Flughafen zu bringen. Er hatte beinah unerträgliche Sehnsucht nach Leah und nahm für die Heimreise den ersten Flug, den er bekommen konnte. Im Flugzeug sitzend empfand er die Ereignisse der vergangenen Tage als so belastend, dass er auf die Bordtoilette das Einzige erbrach, was er im Magen hatte – Kaffee. Noch nie hatte sein Schmerz um jemanden ihm körperlich dermaßen zugesetzt wie jetzt der um Leah.

Eine Stewardess brachte ihm ein Gingerale zur Beruhigung seines Magens, und nach einer Weile fühlte er sich schließlich imstande, den Flyer über die *Angel Stiftung* zu öffnen. Während seines Aufenthaltes in Atlanta, wo er auf seinen Anschlussflug wartete, rief Crowley Jake an und gab die wichtigsten Informationen über die Stiftung an ihn weiter.

„Kümmerst du dich bitte um den erforderlichen Papierkram und spendest eine halbe Million Dollar anonym von meinem Privatkonto?", bat er seinen Freund, der sich um seine Finanzen kümmerte.

„Ja klar, Mann. Ich kümmere mich darum", versprach Jake.

„Ach ja, und dann habe ich noch ein Problem, um das du dich auch noch unbedingt kümmern musst. Mein Name steht auf irgendeiner Liste begehrter reicher Junggesellen. Was glaubst du, wie er da hingekommen ist?"

„Ich schau mal, was ich in Erfahrung bringen kann", antwortete Jake lachend.

„Das ist nicht lustig. Sorg bitte dafür, dass er da verschwindet." Damit beendete er das Gespräch und stieg in den letzten Flieger.

27

Home, sweet home, seufzte Crowley, als er am Mittwochabend vor dem Café hielt. Die beiden Tage, die er fort gewesen war, fühlten sich an wie Jahre.

In der Küche brannte noch Licht, also schloss er die Tür auf, ging hinein und war überrascht, dort nicht Leah, sondern Sophie anzutreffen. Er schloss die kleine alte Dame fest in die Arme und hob sie dabei ein wenig hoch.

„Ich habe dich vermisst, alte Lady", sagte er und atmete dabei den beruhigenden Duft von Kräutern ein, von dem Sophie ständig umgeben war.

„Ich dich auch, mein Junge."

Dann sah Crowley Sophie wieder an, schaute sich in der Küche um und fragte: „Wo ist denn Leah?"

Da schaltete Sophie die Gasflamme aus, auf der ein Topf mit Suppe stand, sah ihn an und antwortete: „Sie ist weg, Crowley, schon seit Montagabend. Ihr Jeep steht fertig beladen draußen im Hof, aber sie hat ihn einfach stehen lassen. Ich bin noch hier, weil ich immer noch hoffe, dass sie zurückkommt, um ihre Sachen zu holen, und ich ihr noch mal gut zureden kann."

„Mach dir keine Sorgen. Ich weiß, wo sie ist", sagte Crowley daraufhin, nahm einen der Jutebeutel, die immer in der Küche an einem Haken hingen, und packte ein paar Flaschen Limo und einige Sandwiches und Salate hinein. „Kannst du mir auch ein paar Portionen von der Suppe mitgeben? Ich habe das Gefühl, dass sie seit Sonntag nichts mehr gegessen hat."

„Dann passt es ja gut, dass es ihre Lieblingsgemüsesuppe ist", bemerkte Sophie, nahm zwei Behälter, die unter dem Arbeitstisch gestapelt standen, und füllte sie mit dampfender Suppe. „Wo ist sie denn?"

„In der Hütte am Fluss", antwortete er. „Ich habe die Überwachungskameras auf der Plantage gecheckt, während ich weg war, und dabei gesehen, dass in der Hütte Licht brannte." Er verstaute die Suppe und noch einige Cracker in einem zweiten Jutebeutel.

„Hmm. Da bin ich auch gewesen, als ich nach ihr gesucht habe, aber da war keine Spur von ihr. Wie war denn deine Reise?"

Crowley nahm die Beutel und schüttelte erbittert den Kopf. „Dieses Monster ist an einem Herzinfarkt gestorben. Leah hat ihn gar nicht umgebracht."

„Was für eine Erleichterung!", seufzte Sophie.

„Sie hat ein Baby verloren, Sophie", flüsterte er gequält und rieb sich dabei den Nacken.

Sophie nickte.

„Das hast du gewusst?"

„Das habe ich aus einigen Symptomen und Hinweisen geschlossen, als sie im letzten November hier ankam."

„Warum hast du mir denn nichts gesagt?"

„Es steht mir nicht zu, ihre Geschichte zu erzählen, mein Junge, und das weißt du auch. Und hättest du es denn damals wirklich wissen wollen? Nein." Sophie legte eine Hand auf seinen Unterarm und sagte: „So, und jetzt geh und kümmere dich um unser Mädel."

Crowley beugte sich nach unten, gab ihr einen Kuss auf die Wange und sagte dann auf dem Weg zur Tür: „Leah hat recht.

Anna ist die einzige Person in der Stadt, die an die Wichtigkeit von Klatsch und Tratsch glaubt."

*

Leah lag seit Montagabend dick eingepackt immer noch an derselben Stelle unter mehreren Decken. Crowley war nicht gekommen, um sie zu suchen, und sie war dankbar dafür, diesen Rückzugsort zu haben. All der Schmerz, den sie seit dem vergangenen Herbst verdrängt hatte, war mit einer solchen Wucht aus ihr hervorgebrochen, dass es ihr selbst Angst machte.

Der finstere Himmel draußen hatte gerade alle Schleusen geöffnet, und der Regen prasselte in einer trübsinnigen Melodie auf das Blechdach.

Leah döste vor sich hin, als sie plötzlich neben dem Bett etwas wahrnahm. Zitternd schaute sie unter der Decke hervor.

„Was machst du denn hier?", fragte sie mit einer Stimme, die so eingerostet war, als wäre sie draußen im Regen vergessen worden.

„Das ist meine Hütte. Also was machst *du* hier?"

„Ich verstecke mich und warte darauf, dass die Polizei kommt. Ist sie mit dir mitgekommen?"

„Nein. Ich bin allein." Crowley drehte sich um, verließ das Zimmer wieder und sagte: „Ich habe dir etwas zu essen und Limonade mitgebracht. Ich bin in der Küche. Wenn du so weit bist, kannst du kommen." In der Tür blieb er noch einmal stehen und fügte hinzu: „Brent ist an einem schweren Herzinfarkt gestorben, Leah, nicht durch irgendetwas, das du getan hast."

Dann ließ er sie allein und schloss leise die Tür hinter sich.

Mit einer Mischung aus Schock und Erleichterung versuchte Leah das alles zu begreifen, und sie wusste nicht, wie sie sich in diesem Augenblick fühlen sollte. Der Albtraum von Brents Tod war vorbei, aber er hatte einen hohen Preis gefordert. Sie wusste jetzt, dass sie nicht für seinen Tod verantwortlich war, aber sie trug immer noch die Last der Schuld mit sich herum, dass sie ihr Baby verloren hatte.

*

Crowley saß am Esstisch, wo er seinen Behälter mit Suppe, einen Salat, ein Sandwich und ein halbes Dutzend Erdnussbutterkekse verzehrt hatte, bevor er Leah im Bad rumoren hörte. Kurz darauf kam sie in die Küche geschlurft und blinzelte, weil es dort so hell war. Sie hatte dunkle Ringe unter den geröteten Augen, ihr lockiges Haar hing ihr glanzlos und verzottelt ins Gesicht, und sie trug noch immer dieselben Sachen wie am Montag. Crowley fand, dass sie blass und vielleicht ein bisschen dehydriert aussah.

Leah setzte sich ihm gegenüber, nahm eine Flasche Limonade, die dort für sie bereitstand, und trank sie leer.

Er ging hinüber zur Mikrowelle und sagte lächelnd: „Sophie hat deine Lieblingsgemüsesuppe gekocht. Ich hatte eigentlich auf Chili gehofft, aber daran erkennt man eben, wer wirklich ihr Liebling ist."

Doch Leah reagierte nicht auf seine scherzhafte Bemerkung. Er stellte die aufgewärmte Suppe vor ihr auf den Tisch und gab ihr einen Löffel, aber sie aß nur ein paar Happen davon und schob den Behälter dann von sich weg. Stattdessen nahm sie noch eine weitere Flasche von der Limonade und ging damit hinaus auf die überdachte Veranda, wo sie sich auf einen Schaukelstuhl setzte und zuschaute, wie die Regentropfen auf dem dunklen Fluss tanzten. Er kniete sich vor sie und wartete dann, bis sie ihn ansah.

„Ich liebe dich, Leah."

Er sah, wie sie kurz ruckartig den Kopf schüttelte und ihr eine Träne die Wange hinunterlief. Daraufhin stand er auf, setzte sich auf den Schaukelstuhl neben ihrem und griff nach ihrer zitternden Hand. Schweigend saßen sie so da und lauschten dem Geräusch des Regens.

Zögernd griff er in seine Tasche und nahm das Handy heraus. Er wusste, dass er ihr noch mehr wehtun musste, bevor sie gemeinsam heil werden konnten. Er rief also die Fotos vom Friedhof auf und gab ihr dann das Handy.

Erst schaute sie nur etwas irritiert die Bilder an, aber dann begriff sie.

„Ich bin am Dienstagmorgen schon ganz früh nach Washington geflogen, und einen großen Teil des heutigen Tages habe ich mit deiner Hebamme Mona verbracht." Er hielt inne und wartete auf eine Reaktion, aber es kam keine. „Sie hat sich gut um dein Baby gekümmert, Leah. So wie sie es versprochen hat."

„Ach ja, Mona", wiederholte Leah. „Ich konnte mich einfach nicht mehr an ihren Namen erinnern."

Sie legte das Handy auf ihren Schoß und stieß dann einen herzzerreißenden Schluchzer aus. Ihr Schmerz war so heftig, dass es ihm durch und durch ging, und jetzt hielt er es nicht mehr aus. Er nahm sie in die Arme, legte dann die Decke wieder um sie und wiegte sie auf seinem Schoß. Und weil er sich völlig hilflos fühlte, weinte und trauerte er einfach mit ihr.

Irgendwann ließ der Schmerz endlich etwas nach und sie beruhigte sich ein wenig. Diesen Augenblick nutzte Crowley, um ihr von der Stiftung zu erzählen, die ihr und dem Baby zu Ehren gegründet worden war, und eine neue Welle von Schluchzern und Tränen erfasste sie, sodass sein Hemd völlig durchnässt war.

Gegen Mitternacht hatte sich Leah dann in einen unruhigen Schlaf geweint, und Crowley trug sie zu ihrem Bett. Dort brachte er es aber nicht fertig, sie loszulassen, sondern legte sich neben sie und barg sie in seinen Armen.

Als er ihr mit den Fingern durch ihr zerzaustes Haar strich, dankte er Gott dafür, dass er Leah geholfen hatte, dem Sturm zu trotzen, den ihr das Leben beschert hatte, und bat ihn, ihr Heilung zu schenken. Dabei überkam ihn große Ruhe, sodass er zum ersten Mal seit Tagen das Gefühl hatte, wieder atmen zu können.

*

Gegen vier Uhr morgens wachte Leah auf und musste dringend auf die Toilette. Sie löste sich aus Crowleys Umarmung, ging leise ins Bad und seufzte, als sie sich im Spiegel sah.

Es gab noch mehr, worum sie sich kümmern musste und das sie nicht mehr länger aufschieben konnte. Sie duschte also ausgiebig – alle nötigen Toilettenartikel, auch Zahnbürsten, hatte sie im Spiegelschrank gefunden – und nach einer Stunde gründlicher Körperpflege schaute Leah sich die einzigen Kleidungsstücke an, die sie dabeihatte, die aber alles andere als sauber waren. Auf Zehenspitzen ging sie also wieder zurück ins Schlafzimmer, kramte in den Kommodenschubladen herum und war erleichtert, als sie eine frische Boxershorts aus weicher Baumwolle fand und ein T-Shirt. Leah stand in dem dunklen Raum, ließ das Badetuch fallen und schlüpfte in die frischen Sachen.

Dann schlich sie noch einmal auf Zehenspitzen zurück zum Bett, wo Crowley ausgestreckt auf dem Bauch lag, das Gesicht zur Seite gedreht. Seine Unterlippe war nicht vorgeschoben, so wie sonst, wenn er schlief, deshalb wusste sie, schon bevor er die Augen öffnete, dass er wach war. Sie kam wieder ins Bett und gab ihm einen Kuss auf seine nackte Schulter, woraufhin er ein unterdrücktes Stöhnen von sich gab.

Dann lächelte er sie an und sagte: „Ich dachte schon langsam, dass ich nach dir schauen muss, so lange, wie du im Bad warst."

Dann drehte er sich um und zog Leah zu sich, bis sie sich an seine Brust schmiegte. Er fuhr ihr mit der Hand durch das noch feuchte Haar und sagte: „Du hast ja keine Ahnung, wie fantastisch meine Boxershorts dir stehen."

Leah hob den Kopf, gab ihm als Dankeschön einen Kuss auf den Mund und dann noch einen. „Du bist der erste Mann in meinem Leben, den ich liebe, Crowley Mason", sagte sie, drückte ihm noch einen Kuss auf seinen lächelnden Mund und wiederholte: „Ich liebe dich."

Er strich ihr mit den Händen seitlich am Körper entlang und stieß einen ungehaltenen Laut aus.

Unsicher geworden, erstarrte Leah, während seine Hände immer noch seitlich an ihrem Körper verharrten.

„Was ist denn los?", fragte sie.

„Ich kann deine Rippen fühlen", antwortete er, setzte sich auf und zog sie auf seinen Schoß. „Du musst mehr essen. Komm, ich gebe dir was."

„Ich hab' aber keinen Hunger", erklärte Leah daraufhin, doch ihr Magen strafte sie Lügen, als er laut knurrte.

„Was hast du gesagt?", fragte Crowley lachend, und dann küsste er sie noch ein letztes Mal, bevor er sie von seinem Schoß schob, damit er aufstehen konnte.

„Wohin gehst du denn?"

„Erst mal kalt duschen, und dann hole ich uns was zum Frühstück", antwortete er mit gepresster Stimme, bevor er die Tür zum Bad schloss.

Später am Vormittag, nachdem sie ein reichhaltiges Frühstück verzehrt hatten, forderte Crowley Leah auf, sich vor dem Haus auf die Veranda zu setzen und die Augen zu schließen.

„Hast du deine Augen geschlossen?", fragte er noch einmal, bevor er zu ihr hinausging.

„Ja. Aber worauf warte ich denn?"

Sie hörte, wie Crowley neben sie trat, und dann spürte sie, wie etwas langes Dünnes an ihrem Arm lehnte.

„So, jetzt kannst du die Augen wieder aufmachen."

Leah musste über das verpackte Geschenk lachen, das so offensichtlich eine Angel war. „Hattest du die hier für mich deponiert oder hast du immer Geschenke für deine Gäste vorrätig?", fragte sie.

Crowley grinste. „Nein. Du bist etwas ganz Besonderes. Aber ich hatte fast schon wieder vergessen, dass ich sie für dich bestellt hatte. Der Laden hat mich angerufen, als ich gerade deinen Koffer aus deinem Jeep geholt habe, also habe ich sie rasch abgeholt und noch einen kurzen Abstecher in mein Haus in der Stadt gemacht, um sie dort schön zu verpacken."

Leah musste kichern, als sie mit den Händen über das Geschenkpapier strich, das ihr von Weihnachten her irgendwie bekannt vorkam.

„Habe ich dir eigentlich schon mal erzählt, dass jemand zu Weihnachten ohne mein Wissen einen Weihnachtsbaum in meine Wohnung geschmuggelt hat?"

„Das ...", sagte Crowley zwischen zwei Schlucken Kaffee, „... war gar nicht so einfach. Sophie hat mir gesagt, ich solle die Geschenke heimlich nach oben bringen und sie unter den Baum legen, aber als ich dann nach oben kam, hattest du gar keinen Baum. Also habe ich mich durch den Hintereingang wieder hinausgeschlichen, meinen eigenen Baum zu dir hinübergeschleppt und ihn hinter dem Café versteckt. Dann habe ich so lange gewartet, bis du dich auf den Weg in den Park gemacht hast, und in dieser Zeit habe ich ihn dann nach oben getragen." Er lachte.

„Ich habe eine Spur von Tannennadeln und Lametta hinterlassen und musste mich danach richtig beeilen, alles noch rechtzeitig zu beseitigen. Um ein Haar wäre ich sogar zu spät zum Weihnachtsliedersingen gekommen."

Überwältigt legte Leah das Geschenk beiseite, setzte sich auf seinen Schoß, schlang ihm die Arme um den Hals und küsste ihn innig. „Du hast mir also meinen ersten Weihnachtsbaum geschenkt. Ich habe an Heiligabend darunter geschlafen, weil ich so fasziniert davon war." Sie küsste ihn noch einmal. „Danke."

Zärtlich strich er ihr über den Rücken und sagte: „Ich möchte dir die Welt zu Füßen legen, Leah Allen."

Leah bemerkte die Entschlossenheit in seiner Stimme und hatte keinen Zweifel daran, dass er alles geben würde, dieses Versprechen zu halten. Sie sprang von seinem Schoß und packte das Geschenk aus, eine knallpink, und türkisfarbene Glitzer-Angel mit passender Rolle.

„Können wir sie gleich ausprobieren?", fragte sie begeistert, und Crowley stimmte ebenso freudig zu.

Den Nachmittag verbrachten sie dann am Ende des Bootsstegs, die Füße im kühlen Wasser baumelnd, und angelten.

Crowley hatte Leah gerade dabei zugeschaut, wie sie einen handgroßen Fisch herausholte, ihn vom Haken löste und behutsam wieder zurück ins Wasser setzte. Dann steckte sie eine Heuschrecke als Köder auf den Haken und warf die Angel erneut aus.

Crowley stupste sie mit dem Fuß an und sagte: „Das hier ist das Heißeste, das ich je gesehen habe", aber in diesem Augenblick wurde es an seiner Angel lebendig, und er holte einen Fisch heraus, der doppelt so groß war wie der, den Leah gerade gefangen hatte. Er nahm ihn vom Haken, ließ ihn jedoch ebenfalls wieder frei.

„Angeber“, sagte Leah und verdrehte die Augen.

Doch er grinste nur und warf seine Angel wieder aus. „Ich habe am Dienstag einen Rundgang durch das *New Hope Children's Home* gemacht. Da hast du wirklich etwas Beachtliches auf die Beine gestellt, Leah.“

Sie staunte, dass er in so kurzer Zeit ihr gesamtes Leben durchleuchtet hatte.

„Alle waren sehr erleichtert, dass es dir gut geht“, erklärte er und lächelte sie aufmunternd an.

„Wetten, dass ich dir die Namen von ein paar Leuten nennen könnte, die darüber wahrscheinlich eher enttäuscht waren?“ Sie grinste, während die Gesichter der gehässigen Frauen vor ihrem inneren Auge aufblitzten.

„Ach, du meinst sicher die Hühnerschar, oder?“, meinte Crowley.

„Du hast sie getroffen?“, fragte sie, woraufhin Crowley nickte.

„Ich habe sie insgeheim auch immer als gackernde Hühnerschar bezeichnet“, erklärte sie, und sie mussten beide lachen.

„Ich wette, sie sind über ihre viel zu hohen Absätze gestolpert, als sie dich gesehen haben, oder?“

„Ich habe sie in ihre Schranken gewiesen“, erklärte er nur und sah mit ernster Miene aufs Wasser.

Da lehnte sich Leah an ihn, gab ihm einen Kuss auf die Wange und sagte: „Mein Held.“

„Ich habe auch Shayna getroffen“, berichtete er weiter, „und sie hat mir all deine Lieblingsdonutsorten serviert. Ich habe sie alle probiert, und sie ist froh, dass du überlebt hast und Brent endlich tot ist, soll ich dir von ihr ausrichten.“

Über ihre Vergangenheit in Olympia ganz in Gedanken versunken, merkte sie plötzlich, wie Crowley sie mit dem Fuß an stupste, um sie auf sich aufmerksam zu machen.

„Und außerdem wartet in Washington ein kleines Vermögen auf dich, das dir zusteht“, sagte er.

„Davon will ich nichts. Kannst du dafür sorgen, dass das Geld als Spende an das Kinderheim geht?“, fragte sie und ließ den Blick über den Fluss schweifen.

„Ich kümmere mich darum“, versprach er. „Ich rufe Sue noch diese Woche an und setze die nötigen Papiere auf.“

Leah schaute hinunter auf ihre Hände. „Hast du sonst noch jemanden getroffen, den ich kenne?“

„Nein, das waren alle.“

„Dann fehlt nur noch meine Ärztin in Olympia. Ich muss ihr unbedingt mitteilen, dass es mir gut geht“, flüsterte Leah abwesend und strich sich über ihren flachen Bauch.

„Das können wir morgen machen. Wie heißt sie denn?“, fragte Crowley und streichelte ihr über den Rücken.

„Dr. Clara Simmons.“

Dieser Name kam Crowley irgendwie bekannt vor, und er sprang auf, rannte in die Hütte und rief ihr zu: „Ich bin gleich wieder da.“

Leah schaute zu, wie er hineinging, aber blitzschnell wieder auftauchte, und zwar mit ihrer Bibel in der Hand.

„Ich habe mir gedacht, dass du die vielleicht gerne wiederhättest, aber der Name darin hat mich irritiert.“ Er gab ihr die Bibel und Leah blätterte die Seiten mit den vielen Eselsohren durch.

Sie musste ein paar Tränen wegzwinkern und lächelte dann auf die Seiten hinunter. „Die hat sie mir an dem Tag geschenkt, als ich das erste Mal bei ihr war, und gesagt, ich müsse Gott besser kennenlernen, und damit hat sie absolut recht gehabt.“

„Ich glaube, die Frau würde mir gefallen“, sagte Crowley lächelnd.

„Sie hat mich mit ihrem Südstaatendialekt so fasziniert, dass ich auch so einen haben wollte und mich auf den Weg hierher gemacht habe." Bei der Erinnerung an Dr. Simmons musste Leah lächeln.

„Ich schicke ihr eine Wagenladung Rosen und Schokolade dafür, dass sie dich zu mir geschickt hat."

„Hierhergeschickt hat mich Gott. Er hat Dr. Simmons dazu gebraucht, mich in die richtige Richtung zu stupsen", korrigierte ihn Leah.

„Dazu sag ich Amen", erklärte Crowley und legte ihr einen Arm um die Schultern. „Ich bin froh, dass wir uns darin endlich einig sind."

28

Es war ein Sonntagmorgen kurz vor Sonnenaufgang, und Leah lag noch in ihrem Bett in ihre Decke eingekuschelt. Als es an der Tür klopfte, lächelte sie, legte sich die leichte Decke, die am Fußende des Bettes lag, um die Schultern und tapste zur Tür. Weil sie bereits wusste, wer vor ihrer Tür stand, öffnete sie und blickte direkt in ein Paar meerblaue Augen.

Crowley vergeudete keine Zeit und zog sie sofort in seine Arme. „Langsam ist es so weit, und ich bin mehr nach dir als nach Süßem süchtig, Miss Leah. Wenn ich dich sehe, läuft mir sofort das Wasser im Mund zusammen", flüsterte er und fuhr ihr dabei mit der Nase am Hals entlang.

„Das sagst du andauernd. Erzähl doch mal, wann dir zum ersten Mal bei meinem Anblick das Wasser im Mund zusammengelaufen ist, Mr Crowley", forderte sie ihn auf, während er ihr Küsse auf die Wange hauchte.

Er löste sich gerade weit genug von ihr, um sie ansehen zu können, und antwortete dann: „Das erste Mal, dass mir deinetwegen das Wasser im Mund zusammengelaufen ist, war in der Nacht mit dem Eisregen. Ich bin nach dem Feuerwerk noch mal zu dir gekommen und habe mir einen Kuss auf deine süße Wange gestohlen, meine hübsche Lady." Er lächelte und legte seine Hand an die besagte Wange.

„Aber das ist unmöglich. Da habe ich mich doch gerade von dieser fiesen Grippe erholt“, entgegnete sie und sah ihn zweifelnd an.

„Glaub mir, zu diesem Zeitpunkt habe ich es bereits gewusst.“

„Was hast du gewusst?“, fragte sie nach.

Er tat so, als hätte er ihre Frage nicht gehört, und sagte stattdessen: „Würdest du mich bitte auf einen Spaziergang begleiten?“

Sie bestand nicht auf einer Antwort und willigte ein. Crowley holte sich noch schnell einen Kuss bei ihr ab, und sie vereinbarten, sich gleich unten zu treffen.

Zehn Minuten später hatte sie ein gelbes Sommerkleid an und ihre Haare, so gut es ging, in einem Pferdeschwanz gebändigt. Unten angekommen, traf sie Crowley auf einer Bank vor dem Café. Es war dieselbe Bank, auf der er gesessen hatte, als sie sich zum ersten Mal begegnet waren.

Sie kam von hinten an ihn herangeschlendert und gab ihm einen Kuss in den Nacken. „Guten Morgen.“

„Yes, Ma'am, das kann man wohl sagen.“ Bevor er ihr in die Augen sah, schaute er sie einmal von oben bis unten an und lächelte anerkennend. „Appetitlich siehst du aus.“

Leah lachte. „Hör auf, mit mir zu flirten, und sag mir lieber, wohin wir gehen.“

Crowley stand auf und nahm ihre kleine Hand in seine große. „Ich möchte dir gerne zeigen, wie schön es ist, wenn auf der Plantage die Sonne aufgeht. Das ist ein ziemlich spektakulärer Anblick, wie die Sonnenstrahlen in den Blättern der alten Eichen tanzen.“

„Ja, das würde ich zu gerne sehen“, sagte sie, und so gingen sie Hand in Hand los.

Crowley führte sie durch das große Tor, und als sie die Zufahrt halb hinter sich hatten, blieb er stehen. Die Sonne begann gerade durch das Geäst der Bäume zu blitzen, und kurz darauf wurde das Paar mit einem atemberaubenden Sonnenaufgang verwöhnt. Die Sonnenstrahlen führten einen zauberhaften Tanz mit den uralten Eichen auf, sodass Leah vor Staunen atemlos war.

Crowley beugte sich zu ihr hinunter und flüsterte: „Willkommen in einem neuen Tag."

„Danke für die Einladung", erwiderte sie.

Er führte sie weiter zum Haus und blieb dann auf den Stufen der Veranda wieder stehen. „Diese Plantage ist seit vielen Generationen in Familienbesitz, Leah. Ich trage denselben Namen wie mindestens vier dieser Generationen. Meine Vorfahren haben an einen starken Familienzusammenhalt und gute Werte geglaubt, und dieses Erbe möchte ich bewahren und weitergeben. Ich habe beim Wiederaufbau dieses Hauses geholfen in der Hoffnung, dass Gott mir eine Frau schenkt, die es mit mir mit einer Familie füllt. Ich hätte nur niemals gedacht, dass es so lange dauern würde, bis er dich zu mir schickt. Doch während des Eisregens hat er mir ganz deutlich gesagt, dass du endlich zu Hause angekommen bist."

Dann holte Crowley einen zarten Silberring mit Diamanten aus der Tasche und sagte: „Dieser Ring ist – genau wie die Plantage – in meiner Familie immer weitervererbt worden. Er hat einmal meiner Mutter gehört."

Die Muskeln an seinem Hals spannten sich an, als er Leah in die Augen sah. „Würdest du mir die Ehre erweisen, für den Rest meines Lebens meine Frau zu sein, Leah?"

„Ja", sagte sie, nickte und hielt ihm die zitternde Hand hin, um sich den Ring anstecken zu lassen. Dabei musste sie ein paar Tränen wegblinzeln. Sie hätte nie gedacht, dass es einen Mann wie Crowley Mason geben könnte, geschweige denn, dass so ein Mann eines Tages der ihre sein würde.

Crowley steckte ihr den antiken Ring an den Finger und drückte dann einen Kuss darauf. Zuletzt schloss er sie fest in seine Arme und küsste sie auf den Mund.

*

Es dauerte nach seinem Antrag nicht einmal einen Monat, bis die Hochzeit stattfand. Crowley war der Meinung, dass es unnütz wäre, mit dem Beginn ihres gemeinsamen Lebens noch länger zu warten. Und so feierten sie ihre Hochzeit im Vorgarten der Plantage. Der Bräutigam trug zum Hochzeitsanzug lederne Flipflops, die Braut hatte ein antikes Brautkleid aus Spitze an und die höchsten High Heels, die sie hatte auftreiben können.

Sie feierten den ganzen Tag, und die gesamte Stadt kam, um mitzufeiern. Wunderhübsche Blumengirlanden aus Geißblatt und Pfingstrosen hingen in den großen Eichen und schienen genauso zu tanzen wie die fröhlichen Gäste. Die Gäste aßen und tanzten bis in den Abend hinein und feierten fröhlich den Beginn des gemeinsamen Lebens der Masons.

Lange nachdem am Abend die letzten Gäste gegangen waren, schaukelte das frischgebackene Ehepaar noch auf der Verandaschaukel und schwelgte im Rückblick über das Wunder ihrer Hochzeitsfeier. Die Grillen zirpten und begrüßten die Nacht, als der Bräutigam endlich aufstand und seine Braut auf seine Arme hob.

„Sind Sie bereit, *nach Hause* zu gehen, Mrs Mason?“, fragte er seine wunderschöne Ehefrau, während er zur Eingangstür ging.

„Absolut, Mr Mason“, sagte Leah und gab ihm einen Kuss auf den Hals, während er seine Braut über die Schwelle in ihr gemeinsames Zuhause trug.

Epilog

Zwölf glückliche Jahre später

Leah stand mit einem Wäschekorb auf der Hüfte im Wohnzimmer des Plantagenhauses und betrachtete das große Porträt über dem Kamin. Darauf war ein lächelndes Paar in einem alten Kanu mit Angelruten in der Hand zu sehen. Ein Fotograf hatte am Fluss hinter der Plantage Hochzeitsfotos von ihnen gemacht, aber Crowley hatte dem gesamten Fotoshooting erst zugestimmt, als der Fotograf versprochen hatte, auch ein paar Fotos von ihnen mit Angeln in der Hand zu machen.

Lautes Rufen riss Leah aus ihren Erinnerungen.

„Mama! Mama!“, schrien die Zwillinge wie aus einem Mund.

Leah drehte sich um und sah, wie ihre beiden sechs Jahre alten Töchter auf sie zugerannt kamen.

„Was ist denn?“

„CJ will nicht mit uns Teeparty spielen!“ Layla und Lola blickten mit ihren meerblauen Augen, die genauso aussahen wie die ihres Vaters, zu ihr auf.

In diesem Moment tauchte der elfjährige große Bruder Crowley J. Mason V hinter ihnen auf, und seine Miene drückte pures Elend aus. Das überraschte sie nicht weiter, denn seine beiden kleinen Schwestern nervten ihn ohne Ende. Obwohl er erst elf

Jahre alt war, war er schon fast so groß wie seine Mutter, und er würde wahrscheinlich einmal mindestens so groß werden wie sein Vater. Der sanftmütige Junge war ihr schönstes Hochzeitsgeschenk gewesen und fast genau neun Monate nach der Hochzeit seiner Eltern auf die Welt gekommen.

Um ihres Sohnes willen verkniff sich Leah das Lachen. „Gleich kommt euer Papa nach Hause, Mädels. Habt ihr nicht Lust, ihm einen kleinen Snack zuzubereiten?“

„Jaaa!“, riefen die beiden wieder wie aus einem Munde, rannten in die Küche, und die Teeparty war völlig vergessen.

CJ ging zu seiner Mutter und gab ihr einen Kuss auf die Wange. „Danke, Mama. Komm, ich nehme dir die Wäsche ab“, sagte er und nahm den Korb.

„Danke, mein Junge.“

Während sie zuschaute, wie ihr Ältester mit der Wäsche nach oben ging, hörte Leah – bevor sie sie sah – zwei Rennwagenfahrer um die Ecke rasen. Justin schob den kleinen Gabriel in einem Bollerwagen in Rekordgeschwindigkeit über das Parkett, während der Kleine sich an den Seiten festklammerte und dabei wilde Rennwagengeräusche von sich gab.

Justin war ein neun Jahre altes, scheinbar unermüdliches Energiebündel, was den Vorteil hatte, dass es ihm Spaß machte, nonstop hinter seinem kleinen Bruder Gabriel Allen Mason herzurennen.

„Brrrr, immer langsam!“, sagte Leah und hob die Hände, um die beiden kleinen Raser zu stoppen.

Justin blieb abrupt vor ihr stehen und Leah holte ein Taschentuch aus ihrer Rocktasche und machte sich bereit, genau den richtigen Moment abzupassen, um ihrem Jüngsten die Reste vom Mittagessen aus dem Gesicht zu entfernen, bevor er protestieren konnte.

„Nein, Mama. Ich muss los!", schrie Gabriel und versuchte, sich loszureißen. „Wir müss'n weiterfah'n!"

Da ließ Leah ihn los, und die beiden Jungs sausten weiter.

Grinsend drehte sie sich wieder zu dem Porträtfoto über dem Kamin um. Ihr Leben hätte nicht schöner sein können. Noch während sie das dachte, bahnten sich warme Hände den Weg unter ihre Jacke und zogen sie an eine breite Brust.

„Wenn ich dich sehe, läuft mir immer noch das Wasser im Mund zusammen", flüsterte Crowley seiner Frau ins Ohr und dabei streichelten seine Hände ihren Bauch.

Sie drückte ihren sich rundenden Leib etwas stärker in seine behutsamen Hände.

„Solche Schmeicheleien, mein lieber Mann, sind der Grund, warum ich ständig diese Figur habe." In diesem Augenblick strampelte das Baby, als wollte es die Äußerung seiner Mama noch einmal unterstreichen.

Lydia sollte in wenigen Wochen auf die Welt kommen und so die Kinderzahl der Masons auf stattliche sechs erhöhen.

„Es gibt nichts Sexyeres als meine wunderschöne Frau, die sich durch Familienzuwachs rundet", sagte er und näselte an ihrem Ohr herum.

In diesem Augenblick kamen die Zwillinge mit dem Snack für ihren Vater aus der Küche hereingestürmt. Es waren Müsliriegel, die sie mit Erdnussbutter bestrichen und mit Rosinen bestreut hatten.

„Guck mal, was wir für dich gemacht haben, Papa!", sagte Lola begeistert.

Crowley ließ seine Frau los und beugte sich vor, um die Nascherei von seinen beiden Töchterchen entgegenzunehmen. Er stopfte sich einen großen Bissen in den Mund und fing an zu kauen.

„Hmmm lecker", sagte er übertrieben. „Danke, meine beiden kleinen Prinzessinnen", fügte er noch augenzwinkernd hinzu, und beide fingen an zu kichern.

Auch die beiden kleinen Rennwagenfahrer kamen nun herbeigesaust, um die Rückkehr ihres Vaters ausgiebig zu feiern. Crowley hatte ein paar Tage irgendwo in einem Gericht im Hinterland festgesessen und war schmerzlich von seiner Familie vermisst worden.

Er gab seinem kleinen Jüngsten, der schon ungeduldig darauf wartete, einen Bissen von dem Müsliriegel ab. Leah lächelte, als sich der kleine Gabriel dabei die pummeligen Bäckchen mit Erdnussbutter beschmierte. Sie stibitzte sich eine verirrte Rosine von dem Teller, steckte sie in den Mund und versuchte, das Chaos auszublenden.

„Wie war es denn?", fragte sie.

„Wir haben natürlich gewonnen", antwortete er mit einem selbstgefälligen Grinsen. „Es gibt also etwas zu feiern." Amüsiert schaute er sich um, als die Kinder über seinen Vorschlag jubelten.

„Wie wäre es denn, wenn wir den Sieg mit einem kleinen Angelausflug feiern?", fragte CJ, während er die Treppe herunterkam.

„Das ist eine großartige Idee. Also, alle holen sofort ihre Angelausrüstung!", sagte der Familienvater und schaute dann zu, wie die Kinder auseinanderstoben, um ihre Hüte und Flipflops zu holen. Er wandte sich zur Treppe, um hinaufzugehen und den Anzug aus- und Angelkleidung anzuziehen, als er merkte, dass Leah ihm folgte.

Er blieb stehen und sah sie an. „Wohin wollen Sie denn, Ma'am?"

„Na, meine Angelkleidung anziehen."

Da schloss er sie in die Arme und sagte: „Willst du nicht lieber hierbleiben und dich ein bisschen ausruhen?" Als sie schmollte und protestierend die Unterlippe vorschob, beugte er sich vor und biss spielerisch hinein. „Lydia macht sich bald auf den Weg, und du weißt doch, dass du jetzt Pausen machen solltest, solange das noch möglich ist."

„Also gut, ich ruhe mich aus, wenn du mir versprichst, mir ein Flussmonster zu fangen."

„Ich werde tun, was ich kann", versprach er, gab ihr einen Kuss und ging dann nach oben, um sich umzuziehen, während Leah ihm immer noch auf dem Fuß folgte. Er drehte sich um und sah sie fragend an.

„Ich will nur den Anblick genießen, wie sich mein gut aussehender Anwalt in einen charmanten Angler verwandelt."

Crowley grinste. „Na, dann beeil dich, bevor die Truppe unruhig wird", sagte er und nahm beim Hochgehen immer zwei Stufen auf einmal.

Eine halbe Stunde später saß Leah in ihrem Liegestuhl im Schatten und schaute zu, wie ihre Meute mit Angeln bewaffnet zum Fluss aufbrach. Fünf Kinder mit weißblonden Locken, die sich wie bei ihrer Mutter in alle Richtungen kringelten, in Begleitung ihres Vaters, eines sanften Riesen. Crowley hatte den kleinen Gabriel auf dem Arm, und an der freien Hand ging eines der Zwillingsmädchen. Immer wieder beugte er sich hinunter, um etwas zu dem anderen Zwillingsmädchen zu sagen, woraufhin sie jedes Mal kicherte.

„Ach, wie ich diesen Mann liebe", sagte Leah gerade leise vor sich hin, und in diesem Augenblick vibrierte das Handy in ihrer Tasche. Sie nahm es heraus und lächelte, als der Name des Anrufers auf dem Display aufleuchtete.

„Hallo Mama", meldete sie sich.

„Hallo meine Süße, ist unser Junge schon wieder zu Hause?", fragte Sophie.

„Ja, ist er, und jetzt feiert er gerade mit den Kindern am Fluss."

„Das ist gut. Wie läuft es denn im Café?"

„Gut. Das neue Mädel hat heute angefangen, und ich glaube, dass es mit ihr sehr gut klappen wird. Außerdem war Jessup da und hat den Grill repariert."

„Ab nächsten Montag übernehme ich deine Aufgaben erst einmal für eine Weile. Bald ist unsere Lydia da, und du brauchst Zeit, um alles vorzubereiten."

„Okay", sagte Leah grinsend und erinnerte sich daran, dass sie es nach ein paar Schwangerschaften gelernt hatte, wie sinnlos es war, Sophie zu widersprechen.

„Wir sehen uns ja nachher. Das Abendessen ist um sechs fertig. Bis dann. Hab dich lieb."

„Ich dich auch, Mama", sagte Leah und legte dann auf.

Sophie hatte sie nach der Hochzeit zu Weihnachten mit der Idee überrascht, Leah als Tochter zu adoptieren. Außerdem hatte sie sich kurz danach zur Ruhe gesetzt mit der Begründung, sie bräuchte mehr Zeit für ihre Enkelkinder, und Leah hatte das Café gerne übernommen.

Lächelnd steckte sie das Handy jetzt wieder ein und schaute noch einmal ihre Familie an. Die Meute war stehen geblieben, und Crowley stand gebückt da und hörte Gabriel aufmerksam zu. Sie drehten sich beide zu Leah um, Crowley nickte, und der kleine Junge kam zu seiner Mama zurückgerannt.

„Was ist denn, mein Schatz?", fragte Leah, als er auf ihren Schoß krabbelte.

„Ich will lieber zu dir."

„Ja?", fragte Leah und strich ihm eine verschwitzte weißblonde Locke aus der Stirn. Sophie sagte immer, dass Gott so viel Farbe in die Augen der kleinen Masons gepackt hatte, dass für ihr Haar keine mehr übrig gewesen sei.

Gabe nickte und nahm die vernarbte Hand seiner Mutter in seine kleinen pummeligen Hände.

„Warum küssen dich eigentlich immer alle hier?“, fragte er und zeigte auf die Narbe.

Crowley hatte die Handinnenseite so oft geküsst, dass jedes ihrer Kinder irgendwann die gleiche Frage gestellt hatte wie jetzt ihr Jüngster.

„Sie küssen mein Aua weg“, antwortete sie.

Er betrachtete die Narbe noch eine ganze Weile, bevor er sie zu seinem klebrigen Mund führte und einen Kuss daraufdrückte.

Dann blickte er auf zu seiner Mama, lächelte und sagte: „Jetz isses besser.“

„Ja, das ist es, mein Kleiner“, sagte sie und ihre Augen füllten sich mit Tränen des Glücks.

Die Zärtlichkeit, mit der Crowley die Narbe am Abend ihres dreißigsten Geburtstags berührt hatte, war mit jedem Kind intensiver geworden. Er hatte eine so hässliche Narbe und ihre gesamte unschöne Vergangenheit genommen und etwas ganz Besonderes daraus gemacht. Leah konnte diese Narbe unmöglich jemals wieder anschauen, ohne an die unzähligen kostbaren Küsse zu denken, die sie schon darauf bekommen hatte.

Sie war so dankbar für die Heilung, die Gott ihr aus lauter Barmherzigkeit geschenkt hatte – indem er ihre traurige Vergangenheit genommen und ihr ein außergewöhnliches Leben jenseits der Wunden geschenkt hatte.

Mit genügend Liebe können Wunden ganz und gar verheilen.

Heile mich, Herr, dann werde ich geheilt,
hilf mir, dann ist mir geholfen!
Dich allein will ich preisen!
Jeremia 17,14

Eine Anmerkung der Autorin

Weihnachten ist eine Zeit, in der wir die Geburt unseres Erlösers feiern, und ich schäme mich zu gestehen, dass das zu Weihnachten 2011 anders war. Damals kämpfte ich nämlich gegen den heimtückischsten Sturm meines Lebens.

Ich saß bei meiner Mutter in einem Krebszentrum und bekam Worte zu hören, die mir so fremd waren, dass ich den Arzt bitten musste, sie erst zu wiederholen und dann sogar noch zu buchstabieren: „Kleinzelliges Lungenkarzinom." An der düsteren Miene des Arztes und seinen vorsichtig geäußerten Worten merkten wir schon, dass er gerade ihr Todesurteil gesprochen hatte.

Ich versorgte mich mit Informationsmaterial und zog los, um meiner Mutter bei der Strahlentherapie, der Chemotherapie, den Bluttransfusionen und einer Unmenge an Untersuchungen und Bürokratie beizustehen.

Ich betete ununterbrochen: „Bitte, Gott, bitte heile meine Mutter."

Während ich Gott um dieses Wunder anflehte, schlug die Geschichte dieses Buches Wurzeln, die zum kreativen Ventil wurden, wenn die Last der Realität – nämlich dass ich meine Mutter verlieren würde – nicht auszuhalten war.

Während der endlosen Therapien erzählte ich Teile der Geschichte auch meiner Mutter, und ich musste ihr versprechen, sie der ganzen Welt zu erzählen, und ich erklärte mich einverstanden, dass ich das eines Tages tun würde.

Im Frühjahr 2013 erhörte Gott meine Gebete, aber nicht so, wie ich es mir vorgestellt hatte. Statt den Körper meiner Mutter zu heilen, heilte er ihre Seele und befreite sie von ihrer von häuslicher Gewalt geprägten Vergangenheit. Diese Heilung war das kostbarste Geschenk, das ich seit der Geburt meiner Kinder bekommen habe, denn meine Mutter hat sehr lange gelitten, bevor dann der Krebs kam.

Im Mai 2013 war das Manuskript von *Sophie's Café* fertig, aber ich legte es erst einmal beiseite, um meiner Mutter zu helfen, ihre Angelegenheiten zu regeln, bevor der Krebs ihr die Kraft dazu nahm. Ja, die Behandlung gegen die grausame Krankheit hatte nicht angeschlagen und der Krebs hatte sich weiter ausgebreitet.

Im Sommer 2013 empfand ich dann einen so furchtbaren Schmerz, wie ich ihn niemals für möglich gehalten hätte. Ich musste von meiner Mutter Abschied nehmen. Mitansehen zu müssen, wie sie litt und immer weniger wurde, machte mich völlig kaputt.

Am 19. September 2013 tat der zerbrechliche Körper meiner Mutter in meinen Armen den letzten Atemzug auf dieser Erde, und ich konnte den Schmerz darüber kaum aushalten.

Mehrere Monate lang blieb das so, und ich wusste nicht, wie ich jemals aus diesem Zustand wieder herausfinden sollte. Das Leben ging ohne mich weiter, und jetzt betete ich um die Heilung meines gebrochenen Herzens. In den vergangenen drei Jahren war es nur um den Kampf gegen den Krebs meiner Mutter gegangen, und jetzt, da dieser Kampf vorüber war, fühlte ich mich unendlich verloren. Ich flehte Gott an, mir zu helfen, dass ich weiterleben konnte.

Im Januar 2014 sagte mir Gott schließlich, dass es Zeit sei, *Sophie's Café* zu veröffentlichen. Ich hatte Angst und fand, dass ich es nicht wert war, aber ich hatte meiner Mutter ein Versprechen gegeben, das ich auch halten wollte. Durch die Kraft meines himmlischen Vaters begann mein gebrochenes Herz langsam zu heilen. Ich weiß, dass es zu meinen Lebzeiten hier auf der Erde nicht wieder ganz heil werden wird, aber eines Tages …

Seitdem ich *Sophie's Café* veröffentlicht habe, klopft immer wieder eine Flut von Geschichten an die Tür meines Herzens, die darum bitten, erzählt zu werden. Sie sind nicht perfekt, denn ich bin kein perfekter Mensch, aber solange Gott mir solche Geschichten schenkt, verspreche ich, sie weiterzuerzählen. Danke, dass Sie sie lesen und mir dabei helfen, das Versprechen einzulösen, das ich meiner Mutter gegeben habe.

Der Verlag weist ausdrücklich darauf hin, dass im Text enthaltene externe Links vom Verlag nur bis zum Zeitpunkt der Buchveröffentlichung eingesehen werden konnten. Auf spätere Veränderungen hat der Verlag keinerlei Einfluss. Eine Haftung des Verlags ist daher ausgeschlossen.

FSC
www.fsc.org
MIX
Papier aus verantwortungsvollen Quellen
FSC® C014496

Die amerikanische Originalausgabe ist im Verlag
Tyndale House Publishers, Inc.
Carol Stream, Illinois erschienen
unter dem Titel „Lulu's Café".
© 2014, 2019 by T.I. Lowe
© 2021 der deutschen Ausgabe Gerth Medien in der
SCM Verlagsgruppe GmbH, Dillerberg 1, 35614 Aßlar

Bibelzitate folgen, wo nicht anders angegeben, dem Text der Hoffnung für alle®.
© 1983, 1996, 2002 by Biblica Inc.™ Hrsg. von fontis – Brunnen Basel.
Alle weiteren Rechte weltweit vorbehalten.

1. Auflage 2021
Bestell-Nr. 817743
ISBN 978-3-95734-743-5

Umschlaggestaltung: Hanni Plato
Umschlagmotiv: Kristina Blokhin / Alamy Stock Photo
Satz: Apel Verlagsservice, Celle
Übersetzung: Antje Balters
Druck und Verarbeitung: GGP Media GmbH, Pößneck
Printed in Germany

www.gerth.de